SUPERB

Della stessa autrice

ANNA DAGLI OCCHI VERDI
IL BARONE
SAULINA (IL VENTO DEL PASSATO)
COME STELLE CADENTI
DISPERATAMENTE GIULIA
DONNA D'ONORE
E INFINE UNA PIOGGIA DI DIAMANTI
LO SPLENDORE DELLA VITA
IL CIGNO NERO
COME VENTO SELVAGGIO
IL CORSARO E LA ROSA
CATERINA A MODO SUO
LEZIONE DI TANGO
VICOLO DELLA DUCHESCA
6 APRILE '96
QUALCOSA DI BUONO
ROSSO CORALLO

SVEVA CASATI MODIGNANI

VANIGLIA
E CIOCCOLATO

VANIGLIA E CIOCCOLATO

Proprietà Letteraria Riservata
© *2000 Sperling & Kupfer Editori S.p.A.*
I edizione «Superbestseller» Paperback maggio 2002
In copertina: Foto Brad Hitz/Laura Ronchi - © *Tony Stone*
Sul retro: Foto dell'autrice di Dominique Laugé

ISBN 978-88-8274-387-1
86-I-07

IX EDIZIONE

Visitate i siti www.sveva.it e www.sperling.it

I fatti narrati sono immaginari. Ogni riferimento a persone realmente esistite o esistenti è puramente casuale.

*All'amico Ezio Bartocci,
un eroe del nostro tempo,
assassinato il 20 luglio 1999*

Ringrazio Donatella Barbieri che mi ha seguita e consigliata durante la stesura del romanzo; le «ragazze» della Sperling, per l'affetto e la professionalità; Giuseppe Baroffio che mi ha sempre consentito di lavorare in assoluta libertà; e Carla Tanzi per l'attenta partecipazione in ogni fase del mio lavoro.

Ringrazio infine il dottor Augusto Enrico Semprini dell'Università di Milano, specialista in ostetricia, ginecologia e immunologia, e l'amica Stefania Maroni, per avermi raccontato un'esperienza drammatica che mi ha ispirato questa vicenda.

Il «salotto chippendale», che fa da sfondo a un momento importante della storia, è un suggerimento della mia cara amica Annamaria Andreini Arisi.

24 maggio, domenica

Caro Andrea, disgrazia della vita mia,

ho minacciato tante volte di andarmene e non l'ho mai fatto. Adesso, me ne vado. Sai quanto sia lenta ma tenace nelle mie decisioni.

In diciott'anni di matrimonio ho misurato il tuo egoismo, la tua capacità di mentire, le tue paure, il tuo infantilismo.

Non voglio sapere come riuscirai a cavartela senza di me, visto che da solo non sei in grado neppure di aprire una lattina di birra.

Se vorrai sopravvivere, imparerai a occuparti di te stesso, dei nostri tre figli, dello zoo di casa. Non sarà un'impresa facile impartire ordini alla domestica, che tu graziosamente definisci «la cretina», né destreggiarti con suor Alfonsina che minaccia il castigo perpetuo se non facciamo battezzare il piccolo Luca, con tua madre che sparisce da casa a giorni alterni e bisogna setacciare la città per ritrovarla, con lo psicologo di Lucia, con Daniele che si trafigge d'anelli e, a quindici anni, fa ancora pipì nel letto, con le bollette da pagare in Posta e quelle da pagare in banca, con le pezze d'appoggio del 740, con la lista quotidiana della spesa. Dovrai fare la spola tra scuola e asilo, tra la palestra di judo per Daniele, la piscina comunale per Luca, la scuola di danza per Lucia. Dovrai cercare un idraulico per il sifone che perde e neutralizzare legioni di formiche giganti che escono da un buco sul terrazzo e sono refrattarie a qualsiasi veleno.

Dovrai vedertela con tutto questo e altro ancora perché io non sarò lì a tentare, inutilmente, di tappare le falle di una barca destinata al naufragio.

Mi chiedo come riuscirai a trovare il tempo e la voglia

per coltivare i tuoi sport preferiti: le bugie, i tradimenti, il disinteresse per i nostri figli.

Tranne una breve, meravigliosa parentesi, che risale a molto tempo fa, per anni sono stata la schiava devota di un padrone arrogante.

So di esserti stata complice in questo gioco perverso e so di avere sopportato offese e soprusi perché temevo di restare sola.

Alla fine, la tua mancanza di rispetto è stata più forte della mia paura per la solitudine.

La mia condizione è identica a quella di milioni di altre donne. Siamo tutte vittime consapevoli e speriamo in un domani migliore, in un colpo di magia che possa ribaltare la situazione.

Quante volte, stanca di ingoiare rospi, ho tentato di smuoverti dal tuo egoismo. È stato tutto inutile. Ho capito che le parole non servono, scivolano via come l'acqua. Contano i fatti. Così ho deciso di agire.

Dopo diciott'anni di matrimonio non m'incanti più.

Come potevo immaginare che l'uomo del quale mi ero innamorata fosse solo un bambino che si rifiuta di crescere?

Quando ci siamo sposati, ero troppo giovane e insicura per capirlo.

Accidenti a me, al mio bisogno di essere approvata da tutti, soprattutto da mia madre. Lei voleva per me un marito tradizionale. L'ho accontentata.

E mi sono trovata per compagno il tipico maschio dispotico che spadroneggia sulla moglie, mentre i nostri figli sono quanto di più complicato potesse capitarmi. Nessuno si rassegna alle proprie sconfitte e non c'è dubbio che Lucia, Daniele e Luca siano la prova del mio fallimento. Ma non ho più voglia di sentirmi in colpa per questo. Da oggi, dovrai vedertela tu con loro.

Li amo appassionatamente, come ho amato te. Lascio

loro con dolore e mi allontano da te, con un senso di liberazione.

Non sopporto più la tua doppiezza, il tuo narcisismo, il tuo finto ruolo di padre-compagno, generoso, comprensivo, che compera ai figli i regali che io nego, che ascolta le loro bugie grandi e piccole con una benevolenza che non ti appartiene.

Tu sei il padre buono, io la madre cattiva. Tu quello che concede, io quella che proibisce.

Ogni volta che oso metterti alle corde, diventi una furia e rompi tutto quello che ti capita fra le mani.

La scenataccia è l'unica risposta che sai dare quando ti inchiodo alle tue responsabilità. Poi te ne vai sbattendo l'uscio di casa. C'è stato un tempo in cui temevo che non tornassi. Ero la vittima che ha paura di essere lasciata dal proprio aguzzino. Ho nascosto pietosamente il tuo infantilismo ai nostri figli, ma loro hanno capito e sono confusi e smarriti.

Disgrazia della vita mia, non immagini quanto rancore abbia accumulato e quanto dolore mi costi abbandonare i miei bambini. Guai a te se non avrai cura di loro. Vado a Cesenatico, nella villa della nonna, perché ho bisogno di stare sola.

Dirai ai nostri figli che potranno telefonarmi in qualunque momento, sia sul cellulare sia alla villa. Per quanto riguarda te, invece, dovrai reggere il mio gioco e sostenere che mi sono presa una vacanza per riposare. Ti sfido a venire a cercarmi. Se lo facessi, sappi che tornerei soltanto per prendere i bambini e lasciarti per sempre. Dunque, se ti sta a cuore la nostra famiglia, non farti sentire né vedere.

Ora sei solo con le tue responsabilità e, per la prima volta, con i tuoi figli. Spero tanto che possiate aiutarvi a vicenda.

Penelope

C'era stato un litigio...

1

C'era stato un litigio furibondo tra Andrea e Penelope a causa di Stefania, un'avvenente giornalista che si occupava di cronaca degli spettacoli. La ragione della lite non era nata tanto dalla gelosia, quanto dalla rabbia di Penelope per la sfrenata capacità del marito di mentire, negando ogni volta l'infedeltà, anche di fronte all'evidenza. Andrea la tradiva da sempre e da sempre si proclamava innocente.

«Si dà il caso che, proprio stamattina, poche ore dopo aver fatto l'amore con te, io abbia preso un caffè al bar con la tua bella collega. Alla fine si è rifugiata in lacrime tra le mie braccia, chiedendomi di perdonarla», aveva esordito Penelope.

«Stai sparando al buio», aveva replicato Andrea.

«Guarda che è stata lei a cercarmi e a raccontarmi tutto.»

«Siete due pazze. Due visionarie!» Andrea sgranava gli occhi, stupefatto.

Incominciava ad avere paura e Penelope, conoscendolo, sapeva che era sul punto di esplodere, di spaccare qualche oggetto.

Troppe volte aveva assistito alle sue scenate plateali per farsi intimorire.

«Sei uno sciocco, Andrea», aveva commentato. «Tu non sai fino a che punto possa arrivare la complicità tra noi donne. Non solo Stefania mi ha raccontato tutto piangendo, ma alla fine siamo riuscite persino a sorridere dei tuoi ridicoli maneggi per non farti scoprire da me.»

Ora Andrea la fissava rigido, sull'attenti, pronto a scattare. Lei aveva proseguito imperterrita: «Già che siamo in argomento, devo dirti che non puoi continuare a insultare la mia modesta intelligenza. Sei una frana, come marito e come padre. Sono stanca di te. Questa volta, tra noi, è davvero finito tutto», aveva concluso, incurante del fatto che Priscilla, la cameriera, li spiasse da dietro la porta del soggiorno e che i figli, nelle loro camere, sentissero tutto.

Andrea, in quel momento, teneva tra le mani un volume della Treccani.

Lo aveva scagliato contro il vetro della porta che era esploso in mille schegge. Subito dopo era uscito di casa sbattendo fragorosamente l'uscio.

Era rientrato a mezzanotte, portando con sé una torta gelato alla vaniglia e cioccolato. L'avrebbe messa nel congelatore, se sua moglie si fosse già addormentata. Ma se fosse stata sveglia, avrebbe recitato il solito atto di contrizione, lei lo avrebbe perdonato e avrebbero festeggiato la fine delle ostilità al tavolo di cucina, tra una carezza e una fetta di dolce.

La casa era silenziosa. I ragazzi dormivano.

Sansone, sdraiato accanto al piccolo Luca, gli rivolse uno sguardo indifferente, poi richiuse gli occhi. Penelope era distesa sul divano e stava dormendo. Almeno, così sembrava. La guardò con tenerezza, pensando che un giorno o l'altro avrebbe smesso di procurarle tante inquietudini.

Lo colpì la cornice vuota della porta e solo allora ricordò di aver frantumato il vetro. Pazienza. Penelope avrebbe provveduto a farlo sostituire. Si chinò su di lei e le accarezzò una guancia. Poi raggiunse stancamente la camera da letto. Al giornale, dove era caposervizio della sezione spettacoli, aveva avuto una serata rovente. I fax erano andati in tilt e il pezzo più importante dell'inviato da Londra non era arrivato per tempo. Così, lui stesso si era dovuto mettere al computer e, con materiale d'archivio e un sintetico resoconto telefonico, aveva scritto il pezzo d'apertura.

C'erano state altre seccature, compreso un articolo enfatico su un programma televisivo pessimo di cui era stato costretto a parlare bene.

Si spogliò gettando gli indumenti alla rinfusa sulla poltrona, e si infilò nel letto. Tentò di leggere qualche pagina della biografia di una cantante famosa che avrebbe dovuto recensire, ma crollò vinto dalla stanchezza. L'ultimo pensiero prima di addormentarsi fu che, la mattina dopo, avrebbe avuto tutto il tempo per far pace con la moglie.

Si svegliò alle undici. Si stirò come un gatto, avvertendo sulla pelle il contatto piacevole delle lenzuola di rasatello. Gli venne subito in mente Penelope, la persona più importante della sua vita. Per Andrea, non c'era donna che reggesse il confronto con lei, la sua amatissima compagna che gli era indispensabile come l'aria, per sopravvivere. Stefania, per esempio, era una bellezza prorompente. Era stato divertente portarsela a letto, perché sapeva trasformare l'amore in un gioco irresistibile. Ma non l'avrebbe mai sostituita con la sua donna che profumava di fiori di campo e pane fresco. Penelope dalle gambe di seta, i fianchi generosi, il seno da adolescente, il ventre piccolo e sodo nonostante tre gravidanze, gli piaceva più di qualunque altra. La sua bocca sapeva di mandarino, i grandi occhi dorati lo incantavano. Amava tutto di lei: la voce pastosa, le mani paffutelle, la grazia con cui si rosicchiava le unghie. Quando infilava le dita tra i suoi capelli bruni, eternamente arruffati, o abbracciava il suo corpo morbido e forte, si sentiva padrone del mondo. Lei era una roccia cui si era avvinghiato e non c'era donna, per quanto splendida, che potesse competere con la sua adoratissima Pepe. Stefania, come le altre compagne occasionali, era soltanto un gioco.

Dunque, bisognava riappacificarsi subito. In questo lo avrebbe favorito l'assenza dei figli che, come ogni domenica, erano ospiti dei cugini di sua moglie.

Scese dal letto, si infilò la vestaglia, spalancò la finestra sul balcone e aprì la porta della camera da letto. Non sentì la solita musica di sottofondo che contrassegnava i risvegli domenicali. Si stupì di trovare Sansone, il bianco pastore maremmano, acquattato davanti alla sua porta. Lo preoccupò il silenzio. Erano tutti inquietanti segnali d'allarme.

«Pepe, dove sei?» gridò, sperando di sentire la voce della moglie. Non ebbe risposta. Invece di entrare in bagno per farsi la doccia, si precipitò in cucina.

Di solito trovava la tavola accuratamente apparecchiata, la sua ciotola di frutta sminuzzata, la scodella con lo yogurt fresco, le fette di pane tostato, il miele, il caffè americano, chiaro e aromatico, e sua moglie seduta al tavolo che sfogliava i quotidiani. Quella mattina non c'era niente di tutto questo e Andrea trattenne il fiato per lo sgomento perché aveva di fronte una visione chiara di ciò che resta dopo la rivoluzione: piatti sporchi, tazzine con avanzi di latte e fiocchi d'avena, barattoli di marmellata scoperchiati, zucchero sparso sul piano del tavolo. Indietreggiò quasi spaventato.

«Pepe, dove sei?» gridò ancora, con l'affanno di un bambino che non trova la mamma.

Gli rispose soltanto Sansone, con un lieve uggiolio.

«Ma che cosa succede stamattina?» si allarmò, mentre ispezionava la casa, spalancando le porte di tutte le stanze. Il salotto era un caos. Lo stesso disordine era nelle camere dei figli, nei bagni, nell'anticamera. Di Penelope non c'era traccia. Escluse che avesse accompagnato i ragazzi a casa dei cugini. Erano sempre loro che venivano a prelevarli la mattina della domenica. Sentì una preoccupante accelerazione del battito cardiaco. Non era possibile che Penelope fosse uscita lasciando tutto quel disordine senza una spiegazione. Tornò in cucina. Sulla credenza, appoggiata al piccolo orologio di porcellana viennese, vide una busta con la scritta: *Per Andrea*. Era sigillata. La mano gli tremò mentre la lacerava e sfilava un foglio scritto con una grafia minuscola ma ordinata. Cominciò a scorrerla.

Lesse tutto, fino in fondo. Poi si lasciò cadere su una sedia. Era stordito, come se avesse ricevuto un colpo alla testa. Quelle non erano parole di Penelope. Sansone, ai suoi piedi, lo fissava silenzioso. Anche Cip e Ciop, i pappagallini, nella loro gabbia sul davanzale, erano stranamente quieti. A quel punto notò un altro messaggio, scritto con il gesso, sulla lavagnetta appesa accanto al panciuto frigorifero azzurro. Diceva: *Bambini adorati, ho deciso di andare via per un po'. Ho bisogno di riposare. Tornerò presto. Vi amo. Vi abbraccio forte. Mamma.*

«Non è possibile!» sbottò Andrea e guardò il cane come se da lui potesse venirgli una risposta. Allora ricordò quello che sua moglie aveva urlato il giorno prima: «Questa volta, tra noi, è davvero finito tutto».

«È diventata matta», sussurrò sgomento, rivolgendosi a Sansone che replicò con uno sbadiglio. «Un conto è minacciare e altra cosa è mettere in pratica una follia. Adesso mi sente», disse, mentre tornava nel soggiorno. Sollevò il ricevitore del telefono e compose il numero del cellulare di

Penelope. Gli rispose una voce registrata che gli suggerì di richiamare perché l'utente non era «al momento raggiungibile». Sferrò un calcio al contenitore delle riviste e lanciò un urlo seguito da un'imprecazione. Si era fatto male al piede.

Tornò in cucina zoppicando, aprì lo sportello del frigorifero e prese la bottiglia dell'acqua minerale. Riempì un bicchiere e bevve lunghe sorsate.

Poi afferrò il barattolo dello zucchero e lo lanciò contro la credenza. I granellini bianchi caddero a pioggia sul pavimento. Era fuori di sé e non c'era nessuno con cui sfogarsi.

Non riusciva ad accettare le accuse di Penelope ma, soprattutto, non gli sembrava vero che lo avesse lasciato. Si sentì insultato e offeso.

«Non l'avessi mai incontrata», sibilò. Appallottolò la lettera e la buttò lontano. «Quella grandissima cretina! Ma chi si crede di essere? Ha spento anche il cellulare! Adesso monto in macchina, la prendo per il collo e la riporto a casa a schiaffoni», gridò ancora, guardando Sansone. Il cane pensò che le urla fossero per lui e prese a ringhiare sollevando il labbro superiore e mostrando i denti.

«E piantala!» ordinò Andrea, mentre cercava il punto in cui era finita la lettera. La trovò, la raccolse, la appianò e tornò in camera da letto. Era l'unica stanza dove ci fosse un minimo di ordine. Si sdraiò sopra le coperte, che conservavano ancora il tepore in cui si era crogiolato fino a pochi minuti prima, quando non aveva idea della catastrofe che si era abbattuta su di lui, e ricominciò a leggere la lettera di sua moglie, soppesando ogni singola parola. Penelope aveva tratteggiato il profilo di un disgraziato nel quale non si riconosceva.

Aveva descritto una famiglia disastrata che non poteva essere la sua.

Si era raccontata come una schiava, vittima di uno sfruttatore, di un tiranno. E infine lo ricattava: se lui fosse andato a prenderla, si sarebbe portata via i figli. Un disastro. Ma era tutto vero? Lui si era sempre considerato un buon marito e un buon padre. Qualche volta perdeva le staffe. Ma chi non si arrabbia con la propria moglie, soprattutto quando sa essere abbastanza perfida da non lasciarsi sfuggire occasione per mettere il marito con le spalle al muro? Che si fosse ingelosita a causa di Stefania?

Penelope si era arrabbiata perché lui si ostinava a negare. Ma chi è quell'uomo tanto sciocco da ammettere un'infedeltà? Si rialzò dal letto e si affacciò al balcone. La strada era quella di sempre, i tigli sprigionavano tutto il loro profumo, le automobili percorrevano il viale nei due sensi, il mondo non era cambiato. Ma lui sì. Sua moglie lo aveva lasciato e Andrea non riusciva a credere che le ragioni fossero quelle esposte nella lettera. Forse c'era dell'altro. Ma che cosa? «E se fosse tutto vero?» si domandò all'improvviso. Ma certo, la sua Penelope aveva ragione. Si era comportato da incosciente. Fu come se un lampo avesse rischiarato il buio della mente, mostrandogli tutta la sua pochezza. Era sempre stato un marito infedele, mentiva, lasciava a lei il compito difficile di gestire la casa e la famiglia, intervenendo raramente e sempre a sproposito. Perché era così stupido? E Penelope, come aveva potuto sopportarlo per tanti anni? Aprì la mano e affidò la lettera al vento. Poi appoggiò le braccia sul parapetto e pianse.

L'ultima volta in cui aveva pianto così era ancora un ragazzo. Ma quella era una vecchia storia di famiglia. Perché gli tornava in mente proprio adesso?

2

Nuvole cariche di pioggia si addensavano all'orizzonte. Penelope risalì in macchina, dopo aver lasciato l'autogrill dove aveva bevuto un pessimo cappuccino e sbocconcellato una brioche che trasudava margarina. Nell'andare alla toilette per sciacquarsi la bocca, si era imbattuta in un gruppo di grasse, chiassose turiste tedesche. Era fuggita. Passando davanti alla cassa, aveva fatto incetta di caramelle. Poi aveva ripreso l'autostrada verso Bologna, masticando mentine quasi potessero addolcire lo strazio dei pensieri. Un rimedio assolutamente inefficace. Davanti a sé non vedeva il nastro d'asfalto, ma i volti dei suoi figli che aveva lasciato appena due ore prima e non avrebbe rivisto per qualche tempo. «Per tutto il tempo che sarà necessario», pensò, sgranocchiando caramelle. «E speriamo che serva davvero», bisbigliò con un sospiro spezzato da un singhiozzo, mentre le lacrime le velavano lo sguardo e i primi goccioloni di pioggia cadevano sul parabrezza. Aveva scelto una giornata pessima per separarsi dalla sua famiglia. La decisione, a lungo rimandata, non era stata un capriccio, ma una necessità. Aveva intuito che non c'era altra soluzione per imprimere una svolta ai problemi che affliggevano lei, Andrea e i loro bambini.

Dopo l'ultima, squallida lite con suo marito, Priscilla aveva raccolto le schegge di vetro, mentre lei si aggirava per la casa, istupidita, incapace di fare qualunque cosa. Era passata davanti alla camera di Lucia. L'uscio era socchiuso. Sua figlia stava acciambellata sul letto e abbracciava un cuscino guarnito di pizzi e nastrini. Daniele era seduto su uno sgabello e accarezzava Igor, il suo boa, attorcigliato su un braccio. Luca sedeva sul parquet e stava costruendo qualcosa con il Lego.

Lucia e Daniele discutevano e lei si fermò ad ascoltarli.

«Quei due sono insopportabili», stava dicendo sua figlia.

«È anche colpa nostra. Mamma è nervosa perché le diamo un sacco di problemi», aveva replicato il fratello.

«Tu gliene dai, perché non studi. Io sono la prima della classe. Quindi parla per te.»

«Però tu fai la dieta dei fachiri. Questo le dà molto fastidio.»

«I figli creano problemi. È scritto. Ma non tutti i genitori si azzuffano quanto i nostri», aveva sentenziato Lucia.

«Papà è un puttaniere. Questo non è scritto, ma è una verità inconfutabile», aveva puntualizzato il ragazzo.

«Anche lei potrebbe farsi un amante. Così sarebbero pari. Le distrazioni fanno bene», aveva detto sua figlia, con l'accento di una donna vissuta.

«Gli amanti si chiamano distrazioni?»

La domanda era venuta dal piccolo Luca che, fino a quel momento, sembrava ignorare il parlottio dei fratelli.

«Taci tu, che non hai ancora sei anni e non capisci niente», gli intimò Lucia.

«Io, quando sarò sposato, mi prenderò molte distrazioni e, se sarà il caso, strozzerò una figlia come te, se l'avrò», aveva replicato il piccolo, per niente intimorito.

Il senso di colpa di quei bambini verso i loro sgangherati genitori la annientò. In quell'istante aveva deciso di andare via. Forse Andrea sarebbe diventato un padre responsabile, se lei si fosse tolta di mezzo. Doveva assolutamente tentare e affidargli tutto il peso della famiglia, altrimenti Lucia sarebbe presto diventata anoressica, Daniele avrebbe corso rischi d'altro genere, ma ugualmente pericolosi, Luca, così silenzioso e introverso, chissà quali altre sofferenze avrebbe patito. Lasciarli soli con il padre era l'unica soluzione ragionevole, anche se dolorosa.

Dopo cena aveva portato fuori il cane. Lucia era andata in pizzeria con il suo ragazzo. Daniele e Luca erano andati a letto. Priscilla si era imbellettata per raggiungere Muhamed, il fidanzato egiziano con il quale trascorreva tutti i fine settimana.

«Mi trovi sexy, signora?» le aveva chiesto prima di andarsene. «Quand'ero in Filippine, ero più *slim* e molto sexy. Adesso Muhamed mi dice che sono grassa.»

«Sei carina, Priscilla. Non preoccuparti», l'aveva rassicurata.

A volte Muhamed la riempiva di botte. Lei si gonfiava d'orgoglio. «Mi picchia perché mi ama», diceva.

Penelope aveva aspettato il ritorno di Lucia, poi aveva preparato i bagagli. Infine si era sdraiata sul divano, davanti al televisore, a stordirsi con uno stupidissimo programma di varietà.

Aveva sentito l'ascensore fermarsi al piano. Aveva subito spento il televisore e chiuso gli occhi. Non voleva parlare con Andrea. Quando il marito le aveva accarezzato il viso, lei avrebbe voluto mordergli la mano. Alla fine si era assopita.

Poche ore dopo si era seduta al tavolo di cucina e aveva scritto la lettera per Andrea, di getto.

Poi aveva svegliato i figli e preparato la colazione. Li aveva guardati mangiare. Aveva ascoltato le loro chiacchiere, sforzandosi di rispondere a tono, perché la sua mente era confusa. Li amava, stava per lasciarli e non poteva dirglielo.

Alle nove, i cugini Pennisi avevano citofonato. I ragazzi erano pronti per uscire.

«Chi viene a prenderci?» aveva domandato Lucia.

«Verrà papà», aveva assicurato lei.

«Allora raccomandagli la puntualità. Devo assolutamente essere a casa per le quattro, per finire un esercizio di greco. Domani ho anche una interrogazione di storia.»

«E brava la mia ragazzina», aveva commentato Penelope, sorridendole, mentre si sforzava di non aggiungere le solite raccomandazioni, come quella di non far finta di mangiare e nascondere il cibo sotto la tavola. Lucia sarebbe stata perfetta, senza quella mania di voler essere magra. Il suo ideale era un corpo sottile come quello di Veronica Pivetti e il viso meraviglioso di Claudia Schiffer.

Aveva aperto la porta dell'ascensore, dando loro un ultimo bacio a fior di labbra. Luca aveva posato le piccole labbra rosate sulla sua guancia sfoderando il solito «brrr» che era una via di mezzo tra un bacio e uno sberleffo. Daniele aveva fatto tintinnare la campanellina appesa al lobo dell'orecchio.

«Io non ho niente da studiare. Quindi anche se papà arriva tardi, mi va bene. Anzi, meglio», aveva bofonchiato.

Già, lui non aveva mai nulla da studiare. Però prendeva voti pietosi e rischiava la bocciatura.

Penelope si affacciò alla finestra del salotto e guardò giù, nella via. Vide i suoi figli salire sull'auto dei cugini. Richiuse le imposte e andò in cucina. Se non avesse deciso di partire, si sarebbe rimboccata le maniche e avrebbe incominciato a fare pulizia. Invece, stilò un breve messaggio sulla lavagnetta. Dalla tasca della vestaglia prese la lettera per il marito e la mise bene in vista sul piano della credenza. Poi andò nella stanza guardaroba dove era già pronta la valigia. Sebbene fosse la fine di maggio, la giornata non era delle migliori. Il cielo era coperto di nuvole e l'aria era frizzante. Spalancò il suo armadio e, tra gli abiti rimasti, scelse un vecchio tailleur color glicine che non indossava da anni, da prima che nascesse Luca.

La gonna e la giacca aderivano ancora perfettamente alla sua figura.

Dalla scarpiera prelevò un paio di mocassini blu, molto comodi per la guida. Agguantò la borsetta, la valigia e si avviò verso la porta di casa, in punta di piedi, per non svegliare Andrea. Quando fu sull'uscio ebbe un ripensamento. Tornò verso la camera dei ragazzi. «Dio mio, che confusione», disse, mentre controllava gli oggetti sul tavolino da notte di Luca. «Ecco, lo sapevo, ha dimenticato il Ventolin», constatò, sottovoce, e si mise subito in allarme, incolpandosi per non essere stata più diligente. Se il piccolino avesse avuto un attacco d'asma, senza quel farmaco a portata di mano, si sarebbe spaventato ancora di più. Se lei avesse pensato di meno al suo problema e di più a quello del bambino, questo non sarebbe accaduto. Forse era il caso di rimandare la partenza. Lo spray era molto più importante. Forse non sarebbe nemmeno dovuta partire. Bastava disfare la valigia, strappare la lettera, cancellare la scritta sulla lavagnetta e continuare a vivere come aveva sempre fatto.

«Ma finora è stato soltanto un disastro», sussurrò, guardandosi intorno. Pensò che al peggio non c'è mai fine ed era necessario interrompere la spirale perversa del degrado famigliare. «Luca si arrangerà. I suoi fratelli lo aiuteranno», concluse. Riattraversò il corridoio in punta di piedi e uscì.

La sua auto era parcheggiata davanti a casa, sull'aiuola centrale del viale, sotto un filare di platani. Salì a bordo e spense il cellulare.

Aveva evitato di comunicare la sua decisione non soltanto ai cugini Pennisi e alle sue amiche del cuore, Donata e Sofia, ma anche ai suoi genitori. Quando lo avessero saputo, e non ci sarebbe voluto molto perché Andrea suonasse la grancassa, lei sarebbe già stata a Cesenatico e da lì avrebbe sfidato chiunque a stanarla.

Allo svincolo per Ancona, la pioggia era diventata un diluvio. I tergicristalli non riuscivano a spazzare via l'acqua, rendendo problematica la visibilità. Penelope rallentò l'andatura e decise di fare una nuova sosta. Non voleva rischiare un incidente. Per i suoi figli voleva soltanto una madre lontana, non ricoverata al traumatologico.

Parcheggiò davanti a un autogrill e deprecò la sua sbadataggine: aveva lasciato l'ombrello nel baule. Per fortuna aveva un impermeabile d'emergenza sul sedile posteriore. Se lo infilò alla meglio e attraversò di corsa il piazzale, affondando i piedi in larghe pozze d'acqua.

Come lei, altri viaggiatori gremivano il locale aspettando che spiovesse.

A quel punto aprì la borsetta e riattivò il telefonino. Ormai si sentiva abbastanza lontana da casa per considerarsi al riparo dai ripensamenti.

Non sapeva quanto sarebbe durato il suo esilio. Forse pochi giorni, forse qualche settimana. Nel frattempo avrebbe misurato se e quanto suo marito le sarebbe mancato. Probabilmente, superato l'impatto iniziale, anche Andrea avrebbe potuto riflettere sul loro rapporto, sui figli, su tutto. Forse sarebbero tornati insieme, forse si sarebbero lasciati. In questo caso, certamente lei non avrebbe rinunciato ai suoi bambini, anche a costo di trascinare in tribunale il loro padre.

«Chi se lo immaginava», pensò, «che la nostra grande storia d'amore sarebbe finita così?»

Guardò la pioggia battente di là dalle vetrate e sperò ardentemente di recuperare al più presto la sua famiglia, perché Andrea non era soltanto il padre dei suoi figli, era l'uomo di cui si era innamorata e nel quale aveva creduto. A lui aveva dedicato la vita.

Quando aveva incontrato Mortimer, aveva vissuto momenti terribili, dilaniata dai sensi di colpa e angosciata perché non riusciva a scegliere fra i due uomini che amava.

Erano passati sette anni da quando si era decisa a chiudere la storia con Mortimer. Ma l'interrogativo persisteva. Mortimer continuava a occupare un posto importante nel suo cuore. Si chiedeva ancora se sarebbe stata più felice con lui. Tuttora non aveva una risposta.

Le venne in mente un pronostico di Donata, l'amica astrologa: «Andrea è una croce che ti porterai sulle spalle per tutta la vita». Non voleva accettare il verdetto, soprattutto perché pesava anche sulle spalle esili dei suoi bambini.

La pioggia cessò all'improvviso e tra le nuvole che si allontanavano irruppe il sole. Penelope trovò un cestino di metallo e lo riempì di pacchetti facendo incetta di acqua minerale, perché quella di Cesenatico era imbevibile, succhi di frutta, barattoli di miele e di marmellata, scatole di spaghetti e bottiglie di passata di pomodoro.

Nella vecchia casa di sua madre c'era sempre una scorta di cibi in scatola, ma lei preferiva un buon piatto di pastasciutta a un panino con il tonno.

Quand'era in ansia, si gettava sul cibo che era sempre stato la sua grande consolazione.

Pagò il conto e uscì. Mise i sacchetti sul sedile posteriore dell'auto. Aprì la borsetta perché le era sembrato di sentire il trillo del cellulare. A quel punto il telefonino taceva. Digitò la combinazione e individuò una chiamata di sua madre.

Le sfuggì un mezzo sorriso. Immaginava la ragione di

quella telefonata. Andrea era andato a piangere sulla sua spalla. Dubitava che avesse trovato consolazione perché non era il genero dei suoi sogni. Sua madre avrebbe voluto per lei un marito magari meno appariscente, ma con un sostanzioso conto in banca e una professione molto più remunerativa.

Non si preoccupò di rispondere al messaggio. Invece rimise in moto la macchina. Infilò nello stereo il CD di *Un americano a Parigi* di Gershwin diretto da Adriano Maria Barbieri, e sperò, ascoltando quelle note gioiose e limpide, di placare ansia, risentimento e dolore.

Seguiva il tempo ritmandolo con le dita sul volante. A trentotto anni aveva ancora voglia di vivere, di amare, di essere felice. Ed ebbe un lampo di ottimismo. Per una frazione di secondo sentì che sarebbe riuscita a emergere da quella specie di melma in cui era immersa da anni. Dopo tutto aveva preso una decisione importante e difficile che soltanto una donna energica poteva attuare. «Pepe, tu sei forte», disse a se stessa, per farsi coraggio.

Aveva detto ad Andrea che lo lasciava solo ad affrontare i problemi della famiglia. Era una mezza verità. Gli stessi problemi avrebbero continuato a occupare i suoi pensieri, nella solitudine di Cesenatico. Avrebbe dovuto affrontarli e sviscerarli a uno a uno, a cominciare dal suo rapporto con il marito.

«Disgrazia della vita mia», sibilò, a denti stretti.

Mentre usciva dall'autostrada e, girando a destra, infilava la provinciale per Cesenatico, ebbe l'assoluta certezza che Andrea, in quel momento, stesse piangendo.

Finalmente anche lui avrebbe scoperto il potere terapeutico delle lacrime.

3

PENELOPE entrò in paese attraversando il ponte sul porto canale, dove le barche da pesca all'attracco ostentavano maestose vele dai colori sgargianti nel cielo di maggio dorato dal sole. Per quanto possibile, si sentì rincuorata. Era nata a Milano, ma le sue radici erano lì, in quel grande borgo assediato dalle nebbie invernali, dall'umidità torrida delle estati sempre più brevi, dalle malinconie autunnali. Lì era nato il bisnonno Gualtieri, capitano di Marina, lì era nata e vissuta la nonna Diomira, lì era cresciuta la sua bellissima mamma e, ancora lì, lei aveva trascorso molte estati della sua vita.

Conosceva Cesenatico in tutte le sue pieghe, dal vecchio borgo dove sopravvivevano le case antiche dei pescatori, alla parte nuova, cresciuta selvaggiamente negli ultimi cinquant'anni. Erano ormai lontani gli anni in cui, durante la prima notte del solstizio d'estate, arrivavano da Cesena, da Forlì e da altre piccole città dell'interno le famiglie più ricche che portavano sui carri i capanni di legno in una corsa all'accaparramento del posto migliore sulla spiaggia che, allora, era libera. In quegli anni si mangiavano cibi ormai dimenticati, come il «pane dorato», che teneva il posto delle cotolette ed era fatto con fette sottili di pane vecchio bagnato nel latte e fritto nello strutto, e gli «strozzapreti», piccoli maccheroni ottenuti dall'impasto di farina con acqua e un pizzico di sale, bolliti e conditi di lardo. Cibi poveri, per povera gente che viveva di stenti ma era ricca di bonomia, fantasia, ingegno, stravaganza che rasentava la follia e voglia di risollevarsi dalla miseria. Una voglia acuita dal confronto con i «signori» che, in estate, a bordo delle loro barche, ospitavano artisti e intellettuali e navigavano pigramente lungo la costa, dandosi alla «bella vita».

«Sono a casa», pensò Penelope, mentre percorreva il viale Roma.

Fermò la macchina davanti a un vecchio cancello in ferro battuto. Una bassa recinzione di ferro a larghe volute delimitava il giardino. Sul fondo, un po' nascosta dai pini marittimi, si vedeva la facciata della villa. Era stata costruita dal bisnonno, alla fine dell'Ottocento, in puro stile liberty. Era un edificio a due piani, sovrastato da una torretta laterale con le finestre ad arco.

Penelope scese dalla macchina e aprì il lucchetto che chiudeva il cancello arrugginito, poi spalancò i battenti che, cigolando sui cardini, disegnarono due semicerchi sulla ghiaia del viale d'accesso invaso dalle erbacce. Oltrepassò, in automobile, due grandi fucsie rigogliose e raggiunse la casa. Le tapparelle erano abbassate. L'intonaco dei muri, una volta di un bel giallo dorato, era scrostato, ingrigito. I tratti di una greca policroma sopravvivevano lungo il perimetro del sottotetto. Il portoncino di legno, cui si accedeva salendo sei gradini, rivelava crepe profonde create dall'umidità invernale che lo aveva gonfiato. Nell'aria avvertì l'odore del mare.

Salì i gradini calpestando uno strato di foglie che nessuno aveva rimosso. Aprì i battenti e fu avvolta dall'oscurità fredda e umida della vecchia casa disabitata.

Pensò che quello era l'unico posto al mondo in cui avrebbe potuto riflettere e tentare di rimettere ordine nella propria vita.

Un triangolo di sole irruppe nell'oscurità del vestibolo, rischiarando il pavimento, di mattonelle a losanghe bianche e nere, coperto da un velo di sabbia che si era infiltrata dalle fessure, portata dai venti d'autunno. Dal fondo del vestibolo veniva il chiarore opaco della veranda a vetrate verdi e lilla.

Premette l'interruttore della luce. La lampada non si accese.

«Ci risiamo», brontolò Penelope.

Il loro vicino, il vecchio professor Attilio Briganti, aveva l'incarico di pagare le bollette delle varie utenze. Ma, ultimamente, capitava che se ne dimenticasse. Così, la casa restava senza luce. Lei avrebbe dovuto aspettare il mattino seguente, correre in Posta a pagare e supplicare l'impiegato di turno perché facesse ripristinare subito l'elettricità. Pazienza. La sera avrebbe acceso qualche candela e si sarebbe lavata con l'acqua fredda.

Alzò le tapparelle del vestibolo, poi quelle del salotto, infine entrò in cucina. Era affamata. Avrebbe messo sul gas una pentola d'acqua e, aspettando che bollisse per tuffarvi gli spaghetti, avrebbe scaricato dalla macchina la valigia e i viveri. Spalancò gli scuri e fece per alzare una tapparella. La cinghia le restò in mano. Si era rotta. Per fortuna c'era una seconda finestra. Accadde la stessa cosa. «Cominciamo bene», brontolò. Non le piaceva l'idea di cucinare al lume di candela alle due del pomeriggio. Ma non si perse d'animo. Trovò e accese una candela, prese la pentola dalla rastrelliera e l'appoggiò nel lavandino. Aprì il rubinetto dell'acqua e sentì un gorgoglio sospetto. Poi, più nulla.

A quel punto le sembrò che ogni cosa cospirasse contro di lei e per un attimo ebbe paura di aver sbagliato tutto.

«E adesso, che cosa faccio?» si domandò, scoraggiata.

La candela, sul tavolo, proiettava ombre sinistre nell'oscurità della cucina. Come sempre, nei momenti di sconforto, l'assalì una fame furiosa, incontenibile. «Mangerò comunque», decise.

Tra le scatole stipate nella credenza, ne scelse una che le sembrò abbastanza grande. L'accostò alla fiamma e lesse: «Ventresca di tonno all'olio d'oliva. Tonnara di San Cusumano. Grammi 300». «Molto bene», disse a voce alta, mentre cercava l'apriscatole in un cassetto.

Aprì la lattina e, afferrata una forchetta, mangiò tutto, fino all'ultimo boccone. Poi, si lavò le mani con l'acqua minerale.

A quel punto sentì il trillo del telefono, che era appeso a una parete del vestibolo. Lì, per fortuna, entrava la luce del sole. Pronunciò un «pronto» a mezza via tra il pianto e la rabbia. Era sua madre che la investì con un fiume di parole.

«Si può sapere che cos'hai combinato questa volta?» esordì e continuò: «Non intendo farmi carico dei tuoi figli e di quel nevrotico di tuo marito. Questo è bene che tu lo sappia subito. Ho già i miei problemi, io».

Penelope conosceva bene i problemi di sua madre: una lotta feroce contro l'incalzare del tempo, gli appuntamenti dalla parrucchiera, dall'estetista, dal dottor Bottari che le cancellava le rughe e le tirava la pelle, le sedute al Club Conti per mantenere la linea. Quando uscivano insieme, chi non le conosceva le scambiava per sorelle. Sua madre era la sorella minore. Indossava minigonne attillate, scarpine da tennis che sottolineavano l'andatura sciolta, magliette da teenager perché le sue braccia e il suo décolleté, a cinquantotto anni, erano ancora giovani. Irene Pennisi era sfacciatamente bella e tale sarebbe rimasta ancora a lungo. Penelope l'aveva sempre vissuta come una rivale, non come una madre. Così disse: «Non voglio parlare con te. Fammi il piacere di non occuparti della mia vita. Hai già combinato abbastanza guai con me e anche con mio padre. Adesso, se sbaglierò, sarà soltanto per mia scelta e non per volerti assecondare». Riagganciò senza ascoltare la replica.

Finalmente, con poche parole, era riuscita a dirle quello che le pesava sul cuore da sempre. Tutta la rabbia, il rancore, le frustrazioni e i bocconi mal digeriti esplosero così, come un fuoco d'artificio.

«Vai all'inferno tu, questa casa, questa mia vita sbagliata», imprecò. «Andate tutti quanti al diavolo», urlò. Urtò un tavolino pieno di ninnoli, che oscillò pericolosamente, e diede un calcio a una poltrona del salotto chippendale. Due gambe si scollarono e la poltrona crollò a terra.

Allora, risentì la voce roca di nonna Diomira.

Il salotto chippendale

1

«Penelope, per amor del cielo, smettila di dondolarti sulla mia chippendale», urlò la nonna, con la voce arrochita dalle sigarette.

La sua «chippendale» era una sedia imbottita e faceva parte del salotto, nello stesso stile, di cui andava molto fiera. Due sedie, due poltrone, un divanetto a due posti tutti assolutamente scomodi, tre tavolini, una étagère con i vetri molati e un abat-jour a piantana.

La bambina finse di non sentirla e continuò imperterrita a dondolarsi avvertendo con piacere il lamento del legno sul punto di scollarsi. Era sola, si annoiava e traeva consolazione da quel dondolio mentre il suo sguardo percorreva la seta verde a disegni cinesi che rivestiva sedili e schienali.

«Te ne approfitti perché sai che tua madre non può intervenire», gridò ancora la nonna, riferendosi alla figlia che stava sulla veranda in compagnia di un uomo giovane, arrivato poco prima con un gran mazzo di gladioli.

La nonna spense la sigaretta dentro un calamaio di bronzo, poi allungò le braccia, per afferrare Penelope. La piccola vide quegli arti bianchi dalla pelle increspata, le mani dalle dita lunghe incurvate dall'artrite e le unghie scarlatte tendersi verso di lei per ghermirla. Fece un piccolo scarto, scivolò dalla sedia, svicolò prima di essere agguantata. Passandole accanto sentì il profumo della nonna che era un miscuglio di Givenchy, cipria e tabacco. Fuggì con la velocità di un gatto e fu subito in giardino, inseguita dalla voce roca della nonna.

«Ecco qui come hai ridotto la mia preziosa chippendale. Non sarò certo io a pagare la spesa del restauro.»

Penelope si acquattò in un'aiuola punteggiata da begoniette bianche che facevano corona a una pomposa ortensia dai fiori azzurri. Lì, sotto l'ortensia, tra due grossi sassi, era nascosto il suo tesoro: una scatola di latta dei biscotti Oswego che conteneva un astuccio da rossetto di sua madre, un braccialetto di coralli, un autografo di Iva Zanicchi e il quadernetto delle sue poesie.

Il rossetto di mamma sapeva di viola e lo aprì per poterlo annusare. Era come sentire il profumo delle labbra di sua madre. Il braccialetto, dono della prima comunione, lo aveva smarrito e per questo era stata sculacciata.

Quando lo aveva ritrovato, tra la ghiaia del giardino, invece di mostrarlo alla mamma lo aveva nascosto per non doverlo più infilare al braccio. L'autografo della sua cantante preferita l'aveva avuto da un'amica, barattandolo con un sacchetto di patatine San Carlo. Il quaderno, di cui era gelosissima, era un regalo del professor Briganti, il vicino di casa.

«Stai per andare in quinta», le aveva detto. «È il momento di incominciare a scrivere i tuoi pensieri. Ogni giorno puoi fissare con parole le tue riflessioni. Questo esercizio ti aiuterà a capire tante cose.»

«I miei pensieri non piacerebbero alla mamma», replicò Penelope.

«Non devi scrivere per compiacere gli altri. Non è neppure necessario che ciò che scrivi piaccia a te. Conta invece esprimersi. Sono stato chiaro?»

Il professor Briganti era sempre chiaro e, soprattutto, non chiedeva mai a qualcuno se aveva capito, ma se lui si era spiegato. A Penelope piaceva quell'uomo di mezza età che riceveva le visite dei suoi allievi, ragazzi e ragazze del liceo di Cesena, dove insegnava Storia e Filosofia. Le piaceva perché era gentile e le parlava come se lei fosse già adulta, e non una bambina di nove anni.

Aveva incominciato così ad annotare sul quadernetto i dubbi, le amarezze, i rimbrotti ingiusti, le incongruenze dei grandi e a scrivere poesie. Le veniva facile comporre rime baciate. Lo prese, liberò la matita che era legata al quaderno con un cordoncino, richiuse la scatola e s'incamminò pensosa lungo il vialetto, sul retro della villa. Sostò sotto la veranda a vetri policromi, dove la mamma stava intrattenendo l'ospite misterioso.

Ora c'era anche la nonna.

«Io non veggo la necessità di tanta *prostrazione*», stava dicendo la nonna, con il suo linguaggio antiquato, zeppo di strafalcioni, che faceva sorridere tutti ma che, secondo lei, era indice dell'ottima educazione ricevuta e del suo alto rango.

«Ma ti rendi conto del guaio nel quale ti sei cacciata?» disse sua madre. «Hai venduto i casali, le terre di Sant'Arcangelo e adesso stavi per ipotecare la villa.»

«Ma ora ci sono io a darvi una mano», disse l'ospite.

«Onde per cui, signor Oggioni, lei provvederà a che si eviti il guaio. È così, dunque?» insistette la nonna parlando a mezza bocca perché si stava accendendo una sigaretta.

Penelope non sapeva che cosa significasse «ipotecare la villa», ma le parole le piacquero molto. Così aprì il quaderno e le trascrisse. Poi sedette sulla panchina di pietra, sotto la veranda, e decise di non perdere una sillaba della conversazione.

«Ma in che modo ci aiuterà se non ci sono più soldi?» insistette sua madre.

«Facendo fruttare quello che è rimasto», rispose l'ospite. «Per questo ho bisogno di conoscere esattamente la situazione patrimoniale.»

«La mia situazione matrimoniale è stata vieppiù disastrosa», disse la nonna, che essendo anche un po' sorda, non aveva capito bene. «E questa è una calamità che, *savà sandir, tulmonconné*.»

Penelope scrisse velocemente: patrimoniale, matrimoniale e tulmonconné.

Figlia di un comandante di Marina, la nonna era cresciuta in collegio dove aveva imparato un francese pessimo, un po' di musica, sufficiente per suonare al piano alcuni valzer, un po' di ricamo, che le aveva consentito di preparare il corredo, e le tecniche più elementari per dipingere ad acquerello glicini frondosi, bouquet di rose e scorci di paesaggi improbabili.

Non era mai stata bella. Aveva un corpo squadrato e legnoso, un pessimo carattere e, soprattutto, era piena di sé.

Il padre comandante, alla fine dell'Ottocento, aveva fatto costruire la villa di Cesenatico dove vi aveva insediato la figlia appena uscita dal collegio, sperando che trovasse presto un buon partito. Ma Diomira, così si chiamava la nonna, aveva grandi pretese e nessun corteggiatore le sembrava all'altezza della propria condizione.

Il padre, intanto, con alcune speculazioni fortunate era riuscito a mettere insieme una discreta fortuna in terreni e case. Poi era morto, lasciandola sola.

Diomira aveva quarantacinque anni. Da un giorno all'altro si trasformò radicalmente. Cominciò a rinnovare il guardaroba vestendo come una ragazzina, prese a truccarsi, ad andare ai balli, a fumare. Pianse su tutti i probabili mariti che aveva scartato e si lasciò catturare da uno scavezzacollo di Forlimpopoli che aveva la metà dei suoi anni, era senz'arte né parte, ma era bello come Robert Taylor. Non ci volle niente a farsi sposare. La nonna seppe di essere incinta quand'era ormai al quinto mese di gravidanza. Credeva di essere entrata in menopausa, perché aveva ormai quarantasei anni.

Quando nacque Irene, sua madre, il marito bello e giovane se ne era già andato dopo essersi appropriato della metà del patrimonio di Diomira, che non si diede molto pensiero per questo. Crebbe Irene, che dal padre aveva ereditato la bellezza, continuando a dipingere tralci di glicine, a suonare al pianoforte i valzer di Strauss, a ricamare, a fumare e a considerarsi due spanne al di sopra di tutti. Intanto per sopravvivere vendeva le terre e i casali su cui il bellissimo marito non era riuscito a mettere le mani. Un giorno le arrivò da Goma, una città del Congo, la notizia che lui era morto. Non seppe mai che cosa l'uomo avesse fatto laggiù né perché fosse morto in mezzo a tutti «quei negri, che schifo». Disse soltanto: «Pace all'anima sua».

«Signora Diomira, parlo di patrimonio, di beni al sole, insomma», disse l'ospite, alzando il tono della voce.

Penelope scrisse sul quaderno «beni al sole», perché anche queste parole le piacevano.

«Ho ancora la palazzina di *Frampula*», spiegò la nonna, alludendo a una cadente abitazione di Forlimpopoli affittata ad alcune famiglie operaie. Quindi soggiunse: «E questa villa, naturalmente. Poi ci sono i miei gioielli che non posso assolutamente *anielare* in quanto che fan belvedere quando frequento la società».

«E lo smeraldo colombiano carré», precisò la mamma. «Purissimo, senza carboni. Lo portò il nonno da un viaggio in Sudamerica.»

Penelope smise di scrivere per interrogarsi su quello che stava accadendo fra la madre, la nonna e l'ospite misterioso, il signor Oggioni. Era un bel giovane. Non così giovane come la mamma, ma quasi. Doveva essere ricco, perché aveva parcheggiato nel viale una Alfa Giulia color amaranto. Veniva da Rimini dove alloggiava al *Grand Hotel*. Suo padre aveva una Seicento e arrivava a Cesenatico per il fine settimana con il motore in ebollizione, anche se in autostrada non superava mai i cento all'ora.

Penelope incominciò a scrivere: «Lunedì, 27 luglio. Matrimonio e patrimonio, qui è tutto un manicomio. Beni al sole? Tulmonconné, che qui di soldi non ce n'è. Anieleremo gioielli e villa, onde per cui non avrem più una spilla. Non veggo però la necessità, di nascondere tutto al mio papà».

Chiuse il quaderno e lo ripose nella scatola di latta che nascose di nuovo sotto l'ortensia. Poi tornò in casa di soppiatto. Il parlottio nella veranda si era spento. La nonna era in cucina e lavava il pesce in una catinella piena d'acqua. Salì le scale in punta di piedi. Superò il primo piano e affrontò la scala a chiocciola che portava alla torretta, con le finestre ad arco aperte su quattro lati.

Da lì si dominavano i giardini della nonna e dei vicini: da una parte quello del professor Briganti, dall'altra quello dei signori Zoffoli. Vide la sua amica, Sandrina Zoffoli, con la cuginetta arrivata in visita da Bologna. Stavano dando forma a qualcosa di indefinito con la pasta al sale e chiacchieravano animatamente.

Le invidiò e le dispiacque che Sandrina non l'avesse invitata. Si affacciò sul lato della strada e vide la processione di villeggianti che tornava al mare dopo la siesta. Non era uno spettacolo interessante. Dalla parte opposta, sul quarto lato, c'era un vialetto di terra battuta, poco frequentato, che portava alla spiaggia. In quel momento, sul vialetto, vide sua madre. Era appoggiata alla recinzione del loro giardino. Di fronte a lei c'era il signor Oggioni. Più che parlare, sussurravano e lei non sentiva quello che dicevano. Lui mise una mano sulla spalla della donna. Penelope si ritrasse come se avesse visto qualcosa che non voleva vedere. Scese a precipizio la scala a chiocciola, tornò nel salotto al piano terreno e riprese a dondolarsi sulla chippendale della nonna sentendosi infinitamente triste.

2

Penelope concluse la quinta elementare e venne iscritta alla scuola media. Partì con la mamma per la solita lunga vacanza a Cesenatico. Era ormai una ragazzina in costante conflitto con la madre, che faticava a tenerla a freno, perché la piccola coglieva ogni pretesto per litigare con lei.

Una sera di luglio, dopo cena, Penelope entrò nella camera dei genitori. Irene era sola e si stava agghindando per andare a Milano Marittima, all'*Hotel Miramare*, dove la aspettavano alcune amiche.

«Mamma, posso andare a vedere *Romeo e Giulietta*?» esordì. Irene indossava un tubino bianco, molto aderente, che sottolineava la figura esile e armoniosa, lasciando nude le braccia e le spalle abbronzate. Si stava truccando davanti alla specchiera ovale della *pétineuse*.

Girò il capo per guardare la figlia.

«Stai ingrassando un po' troppo», osservò. E soggiunse: «Guarda i capelli come sono in disordine! Non sei capace di pettinarti?» Posò sul ripiano di marmo la matita nera per gli occhi e allungò una mano verso la testa della figlia. Passò le dita a pettine tra i suoi capelli arruffati. Poi scosse il capo con aria desolata. «Ispidi e arrabbiati come quelli di tuo padre», commentò. «Non c'è verso di farli stare a posto.»

«Mica tutti possono essere belli come te», replicò la ragazzina, con un tono di voce a mezza via tra il rimprovero e l'ironia. E insistette: «Allora, ci posso andare?» Intanto la osservava.

Irene era veramente bella. Aveva ventott'anni, ma ne dimostrava dieci di meno. I capelli castani, lisci e lucidi come seta, le sfioravano appena le spalle ed erano trattenuti da un cerchietto di madreperla bianco. Ai lobi delle orecchie spiccavano vistosi pendenti da mare fatti di piccole perle che scendevano a grappolo e conferivano lucentezza al viso dorato dal sole. Penelope cercò inutilmente qualche tratto di somiglianza fra lei e sua madre.

«Andare, dove?» domandò Irene, che aveva ripreso a truccarsi gli occhi.

«Sulla piazzetta della Conserve. Questa sera c'è uno spettacolo di teatranti romagnoli. Danno *Romeo e Giulietta*», spiegò la ragazzina.

«Non eravamo d'accordo che saresti venuta con me?» osservò.

«Veramente eri d'accordo tu, non io», protestò. «Non mi piace stare con le figlie delle tue amiche. Si danno un sacco di arie. Non le sopporto proprio.»

«Come sarebbe: si danno un sacco di arie?»

Tra gli aspetti irritanti della personalità di sua madre c'era quello di replicare alle domande con altre domande.

«Hai capito benissimo. Parlano solo di vestiti, di crociere che hanno fatto o che faranno, dei corsi di danza e di equitazione. Mi fanno sentire una povera scema.»

Si aspettava che la mamma replicasse: «Le sceme sono loro». Invece disse: «Sai com'è, i loro padri sono uomini ricchi, di successo. Tuo padre, invece, è uno che si è sempre accontentato. È un uomo senza ambizioni».

Ecco un altro atteggiamento di sua madre che la irritava. Penelope parteggiava per il padre. In un tema scolastico, per il quale aveva ottenuto un giudizio lusinghiero, aveva scritto: «Il mio papà è un vero papà: è buono, gentile, bello e la sua pelle profuma di limone».

In quell'ultimo anno era cresciuta e si era resa conto che i suoi genitori non andavano d'accordo.

La guastafeste, secondo lei, era la mamma che non perdeva occasione per criticare il marito, sia pure benevolmente, proprio come stava facendo adesso. Secondo lei, era tutta una farsa. Aveva letto da qualche parte l'espressione «acqua cheta» e l'aveva immediatamente appioppata a sua madre, poiché definiva una persona che sembrava tranquilla e remissiva, ma in realtà era volitiva e subdola.

Fino all'estate precedente, le serate nel giardino dell'*Hotel Miramare* erano piacevoli. La mamma faceva salotto con gli amici e lei giocava con le loro figlie a ping-pong, a *vedo Roma*, a calcetto. Ma adesso quel clima frivolo non l'interessava più. C'era anche un altro fatto che la infastidiva: la presenza del signor Romeo Oggioni che dedicava a Irene tante attenzioni e veniva ricambiato con sorrisi e sguardi languidi. Quella storia non le piaceva. Però non lo disse, perché sapeva che sua madre avrebbe reagito infuriandosi.

«Anche Sandrina va in piazzetta a vedere il teatro. Staremo insieme», insistette.

«È fuori discussione. Non ti lascio andare in mezzo a tutta quella confusione.» Aveva finito di truccarsi. Si alzò e si rimirò allo specchio.

«Sei cattiva», disse Penelope. «Papà mi avrebbe dato il permesso.»

«Ne sei sicura? Telefonagli. Se lui dice di sì, per me va bene. Ma sia ben chiaro che, se ti succede qualcosa, la colpa sarà soltanto sua», replicò Irene con voce aspra.

«Non disturberò papà per questo. Lui lavora e ha bisogno di stare tranquillo», dichiarò Penelope. Era chiaro il riferimento alla mamma che non faceva assolutamente nulla, tranne divertirsi. Irene capì e si infuriò.

«In questo caso, resterai a casa con la nonna», decise mentre usciva dalla camera ancheggiando sui sandaletti bianchi con il tacco a spillo. Penelope le fece linguacce, poi balzò sul letto facendo cigolare le molle. Si distese dalla «parte di papà» e abbozzò un mezzo sorriso, considerando la sua mezza vittoria. Non sarebbe andata a vedere i teatranti, ma aveva evitato una serata imbarazzante al *Miramare*.

Per la prima volta osservò attentamente quella camera da letto che era stata del bisnonno, il capitano di Marina Alcibiade Gualtieri. Di lui e della moglie, morta nel dare alla luce la nonna Diomira, c'era un grande ritratto color seppia appeso sopra il comò. La bisnonna era una giovane dall'aria scialba, con un abito tutto pizzi e merletti che la copriva fino al collo. Sedeva su una poltrona, le braccia posate languidamente sul grembo, gli occhi piccoli, un po' spaventati, i capelli scuri, divisi in due bande e raccolti sulla nuca. Il capitano, ritto accanto a lei, indossava una divisa bianca da ufficiale, e in testa aveva il berretto d'ordinanza. Non fosse stato per i baffi folti e scuri, sarebbe stato tale e quale alla nonna. Penelope considerò che anche la nonna avrebbe avuto un paio di baffi così, se la parrucchiera non li avesse eliminati con la ceretta.

Sul marmo rosa del comò era posata una cornice di madreperla che racchiudeva il ritratto dei suoi genitori nel giorno delle nozze. Erano affiancati da due ragazzini in abiti da paggetti: Mariarosa e Manfredi Pennisi, i suoi cugini.

In passato, più di una volta si era lamentata con la mamma.

«Perché non ci sono anch'io in quella fotografia?» aveva chiesto.

«Il giorno delle nozze, tu eri ancora sulla luna. Sei nata nove mesi dopo. Se papà e io non ci fossimo sposati, tu non saresti mai nata.»

Ora capiva, ma quand'era piccola, quella spiegazione le risultava incomprensibile e la viveva come un'esclusione dalla vita dei suoi genitori. In quella fotografia a colori spiccava il volto bruno di suo padre Domenico, detto Mimì. Era di qualche centimetro più basso di mamma che indossava un abito in stile impero a vita alta, «copiato da un modello di Giuseppina Bonaparte», sosteneva la nonna che sceglieva sempre punti di riferimento importanti. La mamma sembrava una sposa bambina. Tra i capelli, graziosamente raccolti, era posata una coroncina di fiori d'arancio da cui scendeva un velo di tulle. Papà sorrideva timidamente all'obiettivo e teneva stretta nelle sue una mano guantata della mamma. Penelope aveva visto un film e, nell'attore protagonista, Omar Sharif, aveva colto la rassomiglianza con il padre che aveva un volto arabo.

Domenico era siciliano. Quella dei Pennisi era una famiglia numerosa. Quando si riunivano tutti, superavano il centinaio. Erano stati grandi proprietari di terre e masserie in provincia di Catania. Poi, le suddivisioni ereditarie avevano azzerato il patrimonio. Papà possedeva ancora un appezzamento di terreno e una villa cadente ai piedi dell'Etna.

Dopo il liceo era stato mandato a Roma, dove si era laureato in Economia, e aveva ottenuto un posto in banca. Si era rivelato un impiegato brillante, tanto che, dovendosi aprire una nuova filiale a Cesena, era stato spedito in Romagna come direttore. Sul campo da tennis del club nautico di Cesenatico, Mimì Pennisi aveva incontrato Irene. Il siciliano si era perdutamente innamorato di lei che non era rimasta insensibile al fascino del brillante funzionario, dai modi galanti e dalle eccellenti prospettive. Era al vaglio, infatti, la proposta di un nuovo trasferimento a Milano per dirigere una sede in corso Buenos Aires.

La nonna Diomira aveva fatto tutto il possibile per favorire queste nozze, prima di tutto perché i soldi cominciavano a scarseggiare e poi perché Irene era troppo inquieta per essere tenuta sotto controllo da una madre già anziana. Così aveva organizzato un matrimonio in grande stile ed era stata felice quando la figlia era partita per Milano dove i genitori di Mimì avevano comperato un appartamento in via Plinio e l'avevano regalato agli sposi. La nonna Diomira, da parte sua, aveva generosamente donato gran parte dell'argenteria inglese acquistata da Alcibiade Gualtieri durante i suoi viaggi intorno al mondo.

Penelope aveva assistito spesso alle discussioni fra i suoi genitori provocate da Irene, figura dominante, che rimproverava al marito di essere venuto meno alle sue aspettative. Irene si era illusa di vederlo insediato ai vertici della banca per la quale lavorava. Lui l'aveva delusa. Un po' per inerzia, un po' per l'assoluta incapacità di farsi valere, ma soprattutto perché si considerava appagato dal proprio lavoro che gli consentiva di stare accanto alla famiglia.

«Quando arrivi in alto, non hai più una vita affettiva. Ci sono i pranzi e le cene di lavoro, le riunioni del consiglio, i viaggi in Italia e all'estero. Io sono un siciliano pantofolaio e amo la tranquillità», si era giustificato con la moglie che, al solito, lo criticava.

«Trascuri un piccolo particolare: il denaro. Perché accontentarsi di uno stipendio modesto, quando potresti guadagnare dieci volte tanto?» aveva obiettato Irene.

«Perché troppi soldi sono fonte di guai. Guarda le tue amiche: spendono a piene mani e non sono mai contente. A noi non manca il necessario e possiamo concederci anche qualche capriccio. Come questo», aveva detto Mimì porgendo un dono alla moglie. Era un piccolo Rolex d'oro massiccio.

Irene, sempre sensibile a queste attenzioni, aveva chiuso le ostilità. Le avrebbe riaperte alla prossima occasione.

Penelope, spettatrice silenziosa, aveva ormai capito come funzionava il meccanismo famigliare e, nel suo intimo, si era definitivamente schierata dalla parte di papà.

Sentì la nonna che la chiamava dal piano terreno. Lasciò il letto dalle reti cigolanti e scese in salotto. Il televisore era acceso. La nonna stava guardando *Giochi senza frontiere*.

«Perché non sei uscita con la mamma?» domandò, dopo aver aspirato con forza una boccata di fumo.

«Volevo andare in piazzetta. Questa sera c'è il teatro. Tra poco verrà a prendermi Sandrina e io non posso muovermi perché la mamma me lo ha proibito», spiegò imbronciata.

«Non deggio, né posso discutere le decisioni di tua madre. Onde per cui, t'è giocoforza adeguartici», disse Diomira.

«E malvolentieri mi ci accingo», replicò la ragazzina facendo il verso alla nonna. Aveva messo a punto un linguaggio particolare per rivolgersi a lei, che sembrava gradirlo.

«Ho deciso. Ti condurrò io a vedere il teatro, sebbene mi aduggi non poco mescolarmi alla folla dei bagnanti», decise. Spense il televisore e la sigaretta. Calzò con grazia il cappellino blu di rafia, agguantò la borsetta e precedette Penelope verso l'uscita. Sul viale venne loro incontro Sandrina Zoffoli. Anche lei era molto eccitata per lo spettacolo che avrebbero visto. Costeggiarono il porto canale e, quando arrivarono nella parte più antica del borgo, furono abbagliate dalle luci del palcoscenico improvvisato con quinte di legno grezzo.

La nonna trovò una sedia libera, in fondo alla piazza, mentre Penelope e la sua amica si aprivano un varco tra il pubblico per arrivare più vicine agli attori che, in costumi un po' consunti, duellavano e si scambiavano battute fulminanti.

Penelope non colse l'ingenuità della recitazione, né la povertà delle scenografie. Invece beveva, più che ascoltare, i dialoghi e ripeteva tra sé alcune battute, a bassa voce, per non dimenticarle, affascinata dalle immagini che queste evocavano nella sua mente fervida.

«L'amore è un gioco che sfavilla negli occhi degli amanti», sussurrava Romeo. E Giulietta, più avanti, replicava: «I miei occhi cercheranno di non scintillare più di quanto il buon senso non dia loro il permesso di spingersi».

I due giovani attori erano bellissimi o, almeno, tali li giudicava Penelope che si identificò in Giulietta e arrossì quando Romeo la baciò, dopo averle sussurrato: «Ecco, dalle mie labbra, per mezzo delle tue, è tolto il mio peccato».

Tutto quel ragionar di occhi, di labbra, di baci, la mandò in visibilio, anche se non sempre riusciva a cogliere il senso di quel torrente impetuoso di parole.

Sandrina le diede di gomito quando la vide piangere per la fine tragica dei due innamorati.

«Ma sei scema? È soltanto una commedia», la rimbrottò.

«È una tragedia. La scema sei tu, che non capisci niente. Questa è vera poesia», replicò e si rese conto di quanto le sue rime fossero stupide e vuote. Aveva il cuore gonfio di emozioni che non sapeva esprimere. Così le dispiacque quando vide i due infelici amanti tornare in vita per ricevere gli applausi. Per due ore, trascorse in un lampo, si era calata in un mondo fantastico che l'aveva fatta sorridere, vibrare e piangere. E quello stato d'animo perdurava ancora quando rincasarono. Irene non era tornata. La nonna raggiunse le scale che portavano al piano superiore.

«Vai subito a dormire», le disse. «E soprattutto non raccontare a tua madre che ci siamo mescolate alla folla», si raccomandò.

«Grazie di tutto, nonnina», bisbigliò la ragazza, sfiorandole la guancia con un bacio.

Invece di andare a letto, salì la scaletta a chiocciola, entrò nella torretta e si affacciò alla finestra, che dava sul giardino e sul vicolo. Trasse un lungo respiro osservando il cielo punteggiato di stelle. Una dolente malinconia la copriva come un manto. Si accarezzò i capelli immaginando che fossero lunghi e biondi come quelli di Giulietta. Poi abbassò lo sguardo sul giardino e, improvvisamente, non era più nella villa di Cesenatico, ma nel palazzo dei Capuleti, a Verona. Ripeté con voce sommessa e appassionata le battute della tragedia appena vista.

«Qual uomo sei tu che, così celato dalla notte, inciampi a questo modo nei miei segreti?» recitò, come se il bellissimo Romeo fosse lì sotto.

E proseguì: «Oh, Romeo, Romeo. Perché sei Romeo?»

Non si sarebbe stupita se Romeo le avesse risposto, raccontandole il suo amore. La luna di luglio, ormai alta nel cielo, rischiarava il vicolo oltre il giardino.

Vide due figure, un uomo e una donna, che si stavano abbracciando.

La donna indossava un abito bianco. Il grappolo di perle, alle orecchie, scintillava nel buio vellutato della notte. «La mamma», sussurrò, riconoscendola. Il suo cuore mancò un colpo. «E Romeo Oggioni», constatò con disprezzo.

Misurò l'abisso tra il giovane Montecchi e l'orribile Oggioni che stava divorando le labbra di sua madre.

3

Quella scoperta si tradusse in una dolorosa sensazione di gelosia e di inganno. Quell'estate smise di tenere il suo diario in rima. La scatola dei biscotti Oswego, con il prezioso tesoro, finì nel secchio della spazzatura.

Non raccontò mai a sua madre di averla vista, ma i rapporti con lei diventarono ancora più conflittuali. Penelope le era decisamente ostile. Se Irene le chiedeva di fare una certa cosa, per ripicca ne faceva un'altra. Questa specie di guerra fredda si protrasse per molto tempo.

Penelope compì diciassette anni e, invariabilmente, la sua estate si consumava nella villa di Cesenatico. Un pomeriggio di luglio, rincorrendo il gatto della nonna che aveva rubato una salsiccia, entrò nella camera da letto dei genitori. Irene, seduta sul letto, stava piangendo. Il rimmel, sciogliendosi, aveva disegnato due rivoli scuri sulle sue guance.

«Vieni qui, Pepe», disse con voce rotta.

Il gatto era balzato in cima all'armadio e le osservava, stringendo saldamente nella bocca la salsiccia, consapevole di essere imprendibile.

Penelope si avvicinò cautamente a sua madre, guardandola con diffidenza. «Lo sai perché sto piangendo?» le domandò Irene.

Penelope scosse il capo. Non lo sapeva e non le importava saperlo.

«Credo di avere perduto un affetto cui tengo tanto», sussurrò la donna.

«Già. Me l'hanno detto, Romeo Oggioni si è sposato», si lasciò sfuggire la ragazzina e subito si pentì, perché non avrebbe mai voluto pronunciare un nome che le era odioso.

Irene si pulì il viso con un fazzolettino di carta.

«Lui non c'entra. È per te che piango», disse sottovoce. «Sono anni che mi sfuggi. Mi sforzo di non drammatizzare le nostre incomprensioni, mi dico che passeranno. L'adolescenza è un periodo difficile e una madre deve imparare a essere paziente. Però adesso sei cresciuta, sei quasi una donna. E continuo a sentire la tua ostilità. Non ne capisco la ragione. Che cosa ti ho fatto? In che modo ti ho offesa?»

Percepì le parole di sua madre come un'intrusione nei propri sentimenti. Non aveva nulla che l'accomunasse a lei. Si era abituata a considerarla un'estranea e desiderava mantenere le distanze.

«Non mi hai fatto niente», replicò. «Comunque, se stai piangendo per me, la cosa non mi riguarda. Lasciami fuori dai tuoi problemi. Così come io sto alla larga dai tuoi.»

«Sei molto dura», constatò Irene.

«Sono soltanto sincera. Sono come tu hai voluto che fossi», precisò, sul punto di andarsene. In realtà soffriva molto nel mantenere le distanze da sua madre. Si era ripiegata su se stessa per non affrontare un groviglio di sentimenti così complessi da procurarle un disagio profondo. Aveva scritto una canzone e quella mattina, sulla spiaggia, accompagnandosi con la chitarra l'aveva cantata all'amica Sandra, sapendo che sua madre l'ascoltava.

Era un'invettiva spietata contro Irene, che aveva taciuto e, dopo, si era rifugiata nella sua camera a piangere.

Il gatto, dalla sommità dell'armadio, planò sul cassettone e da lì volò fuori dalla stanza come una scheggia. Penelope avrebbe voluto essere come lui: arraffare tutto quello che poteva, ignorando i sentimenti propri e altrui. Invece si abbuffava di cibo, ingrassava e si sentiva in colpa. Fece per andarsene, ma preferì rifugiarsi sul balcone. Sua madre la raggiunse e tentò inutilmente di afferrarle una mano.

«Ti prego, Pepe, parliamo», supplicò Irene. «Perché ce l'hai tanto con me?» tornò a domandarle.

Penelope osservò il giardino del professor Briganti e gli ospiti che lo animavano. Persone quiete, un po' avanti negli anni, che avevano un'aria serena. C'erano anche due ragazzini che giocavano con Piccarda, la vecchia tartaruga che si aggirava pigra tra le aiuole.

Giunse fino a loro la voce preoccupata del professore.

«Bambini, mi raccomando, abbiate cura di quell'anziana ragazza.» Temeva che le facessero del male.

Quell'immagine di vita tranquilla, pacata, ispirò a Penelope un senso di pace, di serenità.

«Non ce l'ho con te», rispose. «Soltanto non capisco perché tu possa fare quello che vuoi, mentre io devo sempre chiedere il permesso per ogni cosa e il più delle volte mi sento rispondere con un rifiuto.»

«Perché hai parlato di Romeo Oggioni?»

«Lo sai anche tu», rispose titubante, abbassando lo sguardo.

Irene le sollevò il viso obbligandola a guardarla dritto negli occhi.

«Il signor Oggioni è riuscito a salvare quel poco che restava dei beni della nonna. È un uomo d'affari. Se la casa di Forlimpopoli è ancora della nostra famiglia è merito suo. Ha sfrattato gli inquilini e vi ha trasferito uno dei suoi laboratori di bottoni. Oggi la nonna sopravvive con i proventi dell'affitto che lui paga. Ha risanato i muri a sue spese. È bello, intelligente e abbastanza cinico per avere successo. Con tua nonna è stato onesto e generoso. Lo ha fatto per me. Gli piacevo. Anche lui non mi dispiaceva. Per un paio d'anni mi sono lasciata corteggiare. Ci siamo anche baciati e tu, dalla torretta, ci hai visti. Forse mi sarei spinta oltre. Sei stata tu a fermarmi e a consentirmi di salvare i principi nei quali credo: la fedeltà, il mio matrimonio, mia figlia. Insomma, Pepe, tra me e Oggioni c'è stato soltanto qualche bacio, quelli che hai visto. Poi, più nulla. Per questo lui si è sposato. Io amo tuo padre e, sinceramente, mi auguro che tu trovi un compagno come lui. Magari con un briciolo di ambizione in più. Se è vero che i soldi non fanno la felicità, è garantito che si soffre meglio nell'abbondanza. Di questo sono profondamente convinta. È tutto.»

Penelope l'aveva ascoltata con attenzione. Nel silenzio che seguì ripensò a quella notte d'estate, sulla torretta, quando aveva desiderato essere Giulietta e morire accanto al suo innamorato. Rivide Romeo Oggioni che baciava sua madre. In quel momento, Irene aveva ucciso tutti i suoi sogni.

Era davvero troppo semplice e ingenuo che sua madre credesse di cancellare con quattro parole un episodio che l'aveva fatta soffrire per tanto tempo.

Erano passati cinque anni da quella sera e aveva imparato a diffidare di lei. Non era affatto sicura che le stesse dicendo la verità.

«Perché mi dai delle spiegazioni non richieste?» le domandò, bruscamente. E soggiunse: «E poi, perché me ne parli proprio adesso?»

«Non sopporto più di sentirti così lontana. Ti avevo vista, quella notte. Anche se avevo sperato che, nell'oscurità, non mi avessi riconosciuta. C'è voluto tempo per capire che sapevi. E dopo mi sono chiesta a lungo se eri pronta per ascoltare la verità», ragionò Irene.

«Ora che me l'hai detto, che cosa ti aspetti che faccia?» la sfidò.

«Non ne ho idea.»

«Bene. Allora non credere che ti butti le braccia al collo, né che ti dica: diventiamo amiche.»

«Mi basterebbe che tu smettessi di odiarmi.»

«Quanta importanza ti attribuisci! Io neanche ti vedo. Pensa un po' se posso odiarti» e a questo punto le si riempirono gli occhi di lacrime.

«Mi stai dicendo cose terribili», Irene la guardava, sconcertata.

«Mi dispiace, mamma. Però non riesco a esprimermi diversamente. Sono spesso infelice e inquieta. Non sono una studentessa brillante. Perciò mi avete iscritto alle magistrali invece che al liceo. Ma anche lì studio poco e malvolentieri. Le tue amiche e le loro figlie mi hanno creato un sacco di complessi. Di fronte alla tua bellezza mi sento come una ranocchia grassa e sgraziata. Come faccio a perdonarti tutto questo?» si sfogò, scoppiando finalmente in un pianto dirotto.

Si ritrovò tra le braccia di Irene che, tenendola stretta a sé, le disse piano: «Che cosa posso fare per confortarti?»

«Prova con la bacchetta magica. Tu mi hai fatto brutta. Fammi diventare bella e desiderabile come te», balbettò fra le lacrime.

Irene sorrise. Lo sfogo di sua figlia le sembrava un buon punto di partenza per riconquistarla.

«Guarda che io ce l'ho la bacchetta magica, anche se tu non la vedi. Certo, non agisce sull'istante. Ci vorrà un po' di tempo e la tua collaborazione», dichiarò, accarezzandole i capelli.

«Spiegati meglio», chiese Penelope sciogliendosi dalle sue braccia.

«Intanto ti metterò a dieta. Poi farai molto sport. T'insegnerò a giocare a tennis. Ti porterò dalla mia parrucchiera, dall'estetista e andremo a Forlì a comperare dei vestiti nuovi. A settembre avrai la taglia quarantadue. È una promessa. A quel punto ti accorgerai di essere bella.»

«Ma non sarò mai come te», disse Penelope, sconsolata.

«Sarai meglio di me. Imparerai a essere te stessa e a piacerti. È garantito.»

«Staremo a vedere», dubitò la ragazza, imbronciata. Lasciò il balcone e attraversò la camera per uscire. Quando fu sulla porta si voltò: «Non mi hai ancora dato il permesso di andare alla festa sulla spiaggia».

Le amiche dell'estate l'avevano invitata a festeggiare il compleanno di una di loro con una grigliata. Avrebbero acceso il falò, cantato e ballato. Ognuno avrebbe portato da casa qualcosa da mangiare e da bere. Penelope ne aveva parlato con sua madre da alcuni giorni e Irene l'aveva tenuta sulla corda senza negare, né acconsentire.

«Guarda nel frigorifero. Ho preparato, per questa festa, una teglia di spiedini di gamberi. Ho fatto scorta di aranciata e ho comperato due chili di gelato. È tutto pronto. Ci sono anche i bicchieri e i piatti di plastica.»

«Davvero hai fatto tutto questo?» si stupì Penelope.

«Ricorda che più tardi arriva tuo padre. Aspettalo prima di uscire. Questa sera comportati con giudizio. E adesso fila. Io devo lavarmi questa faccia imbrattata di rimmel», rispose Irene, sorridendo.

Penelope arrivò sulla spiaggia portando tutto quel bendidio e anche la sua chitarra. C'erano tutte le amiche e gli amici riuniti. C'era anche Roby, il bagnino, detto Bobby Solo per via della straordinaria capacità nell'imitare la voce del cantante romano. Roby era il figlio di piccoli albergatori del posto. D'estate arrotondava le magre entrate della famiglia tenendo sotto controllo i bagnanti, quando non era occupato a corteggiare le ragazze alle quali cantava: *Una lacrima sul viso*. Penelope si era presa una cotta per lui. Irene se n'era accorta e, naturalmente, non vedeva di buon occhio la situazione. Così, dicendo alla figlia: «Comportati con giudizio», aveva alluso a quella specie di vitellone di provincia, che aveva ventisei anni e nessuna prospettiva per il futuro.

Penelope capì il messaggio e non se ne curò. Semmai, l'idea di un bel ragazzo che la corteggiava le risollevò il morale. Da un paio d'anni le sue amiche del cuore e le sue compagne di classe erano protagoniste di complesse vicende sentimentali. Storie che nascevano e si concludevano nell'arco di pochi mesi e si rinnovavano di continuo. I ragazzi consideravano Penelope soltanto una buona amica. Nessuno di loro le avrebbe mai mandato un bigliettino d'amore. Lei ci pativa e reagiva facendo il maschiaccio, vestendosi in modo trasandato e facendo scorpacciate di merendine. Ma si sentiva brutta, sola, e ne soffriva atrocemente. Quell'estate, il bagnino l'aveva circuita lodando la sua abilità di nuotatrice. Con la ridente parlantina romagnola la adulava, esaltando la delicatezza del suo viso, il fascino della voce, l'estro nell'inventare canzoni. Irene, da lontano, la teneva d'occhio e temeva che questa ingenua infatuazione potesse procurarle dei dispiaceri.

Anche la nonna Diomira si era accorta dei loro maneggi per restare soli e aveva affrontato la nipote con la solita schiettezza: «Stai alla larga da quel disgraziato. Te lo ricordi il *Rigoletto*? 'Questa e quella, per me pari sono.' Ma lui non è neanche il duca di Mantova».

Penelope pensava all'autunno, al suo ritorno a scuola, quando le compagne avrebbero sciorinato le loro storie d'amore estive. Forse avrebbe avuto anche lei una storia da raccontare.

Quando scese la notte, nel bel mezzo della festa, il Bobby Solo della spiaggia l'agguantò sussurrandole: «Bambolina, facciamo due passi in riva al mare». Penelope si lasciò condurre lontano dagli altri, incantata dalle sue parole. Quando il bagnino la invitò a sedere dentro una barca in secca, con la complicità del chiaro di luna, Penelope ammirò il suo bel corpo e immaginò che Roby fosse un guerriero vichingo.

Attribuì una stirpe reale a lui e a sé, vedendosi bella, così come sua madre le aveva detto che sarebbe diventata. Si lasciò baciare, dapprima stordita, perché non capiva la ragione di quella lingua estranea nella sua bocca, poi vinta da una scarica di pulsioni nuove e avvolgenti. Rabbrividì quando il giovane le infilò una mano sotto il costume per accarezzarla. D'improvviso sentì la mano di lui che guidava la sua là, dove la mano di una brava ragazza non dovrebbe mai finire. Abbassò lo sguardo. La luce della luna rischiarava qualcosa di spaventoso che nasceva dai bermuda fosforescenti del bagnino.

Penelope urlò inorridita. Saltò fuori dalla barca e cominciò a correre verso il gruppo degli amici. Lo superò e uscì dalla spiaggia, inseguita da Sandrina che la chiamava a gran voce: «Fermati, Pepe. Vuoi dirmi che cos'è successo?»

«No, che non mi fermo. È successo che con i maschi ho chiuso. Dio, che schifo», rispose correndo verso casa, verso sua madre.

4

PENELOPE non raccontò a nessuno, neppure a sua madre, l'amara esperienza con il bagnino. La tenne gelosamente per sé e, ancora una volta, si convinse di essere davvero sfortunata: le sue amiche non avevano mai avuto avventure tanto squallide. Comunque, avrebbe fatto tesoro di questa delusione.

Giorno dopo giorno, mese dopo mese, si riavvicinò a sua madre. Capì che, per quanto giovanissima, Irene era dotata di una robusta dose di buon senso e da quello, più che dai sentimenti, si lasciava guidare. Dal padre vagabondo, mai conosciuto, aveva ereditato l'amore per il denaro. La madre megalomane, amante dell'esteriorità, le aveva trasmesso il piacere per le cose belle e l'importanza di apparire.

Diomira, la regina degli strafalcioni, aveva insegnato alla figlia con l'esempio, più che con le parole, una certa dirittura morale e il rispetto delle regole.

«Non si può vivere così, come fanno i giovani d'oggi, *a la sanfoson*», diceva la nonna. E proseguiva: «In Francia, i sanculotti han fatto la *révolüsion*, poi son finiti con il *derrier* per terra».

Seguendo i consigli della mamma, Penelope aveva migliorato il suo aspetto, tanto che l'amica Sofia più d'una volta le aveva detto: «Lo sai che stai diventando davvero carina?»

Migliorò anche il rendimento scolastico. Il suo carattere riservato, malinconico, la sua innata scontentezza rimasero quelli di sempre. Ma si rese conto che, quando l'aspetto si fa più bello, anche i cattivi umori diventano più tollerabili.

L'amica Donata, che già allora si divertiva con l'astrologia, gratificando parenti e amici con i suoi pronostici, aveva preparato per lei un oroscopo esauriente.

«Hai un carattere velato. Poiché sei dominata dalla Luna, le tue spigolosità non sono evidenti. Sembri tranquilla, perché nascondi bene le inquietudini. Attenta a non rinchiuderti troppo nel tuo guscio, perché dagli altri puoi ricevere il male, ma anche il bene. Perché ti sottovaluti sempre?» le aveva domandato.

Penelope avrebbe voluto replicare: «Perché ci sei già tu che ti sopravvaluti e mi fai sentire un verme».

Ma non riusciva davvero a scoprirsi, a dire agli altri, comprese le amiche più care, quello che pensava effettivamente di loro.

Quando tornò a Cesenatico, l'estate successiva, il Bobby Solo della costa romagnola aveva cambiato bagno. Adesso, sul pattino rosso di salvataggio, c'era un nuovo bagnino. Anche questo era un bel ragazzo del luogo. Penelope si guardò bene dal fraternizzare con lui. Quando non stava sulla spiaggia con sua madre, frequentava la casa del professor Briganti che l'aiutava nei compiti delle vacanze ma, soprattutto, aveva la capacità di catturare la sua attenzione raccontandole pagine di storia, di mitologia, di letteratura. L'anziana madre del professore era «passata a miglior vita» durante l'inverno. Qualche mese prima se n'era andato anche il caro amico Marino Moretti, lasciando un vuoto incolmabile. L'insegnante, durante i mesi di vacanza, si sentiva solo e accoglieva con gioia le visite pomeridiane di Penelope.

«Piccarda è ancora viva», la informò. «Questa brava, vecchia ragazza sopravviverà anche a me.»

Penelope non riusciva a capire come ci si potesse affezionare tanto a una tartaruga. Con il gatto di nonna, quand'era di luna buona, ci si poteva giocare. Con una tartaruga no.

«Quando si è soli», le spiegò l'uomo, «non potendo fare investimenti affettivi sui nostri simili, si fanno su un animale, qualunque sia, e gli si attribuiscono valori che, in realtà, non ha.»

«Lei non è solo, professore. Ha ancora tanti amici, i suoi allievi le vogliono bene. Anch'io le voglio bene», sussurrò.

«Un giorno ti leggerò qualche pagina di un grande scrittore latino. Si chiamava Seneca. Nel suo breve saggio sulla vecchiaia, ha raccontato cose che erano vere duemila anni fa, come oggi. La malattia peggiore, per la quale non ci sono rimedi, è la vecchiaia, che porta con sé la solitudine. Tu sei giovane e pensi che il mondo ti appartenga. È effettivamente così. Ma arriva presto il tempo in cui gli anni scorrono veloci come l'acqua di un fiume. Ti ritrovi vecchio e ti accorgi di essere sempre più solo. Allora avresti bisogno di sentire qualcuno vicino a te. Io avevo mia madre che, fino all'ultimo, è stata lucidissima. Stavamo bene insieme. Le leggevo il giornale e ragionavamo dei fatti del mondo. Ora mi è rimasta Piccarda. È poca cosa, lo so. Non è che una tartaruga. Eppure, quando esce dal letargo invernale, via via che riacquista le forze, mi viene a cercare proprio qui, ai piedi della scala. Sa che l'aspetto. Le offro una foglia di lattuga e, in quel momento, siamo entrambi felici.»

L'uomo le aveva aperto il suo cuore e rivelato la profonda malinconia del tramonto. Penelope si commosse.

«Lei non è così vecchio, professore», tentò di consolarlo. «È molto più giovane di nonna Diomira. Perché non si è mai sposato?» domandò ingenuamente.

«Perché sono timido. Lo sono sempre stato, soprattutto con le donne. Quand'ero giovane, se incontravo una ragazza che mi piaceva, arrossivo fino alle orecchie, guardandola. Mi emozionavo, balbettavo qualche sciocchezza e poi scappavo, pieno di vergogna», confessò.

«Caro professore, lei è proprio una persona squisita», dichiarò Penelope, con convinzione.

«Non parliamo più di questo», disse lui, ritraendo il capo nelle spalle, proprio come faceva la tartaruga Piccarda. «Ho soltanto tentato di rispondere alla tua domanda.»

Scrisse per lui una poesia che gli regalò.

Era una composizione breve, toccante. L'uomo la lesse e gli vennero i lucciconi. Non fece commenti, ma le passò una mano esitante sui capelli, quasi temesse di farle male.

Penelope gli parlava spesso di sé, della sua scontentezza, dei suoi dubbi sul futuro. Un giorno riuscì a confessargli il desiderio di mettere in musica alcune poesie.

«Ma non riesco a inventare una buona melodia. Ho capito che la musica ha bisogno di grandi silenzi, mentre nella mia testa c'è un chiasso infernale. In questo senso, non ho talento. E neppure in altri sensi, per la verità», si lamentò.

«Io credo che tu non debba avere fretta. Il talento, se c'è, verrà fuori al momento giusto. Capisco che vorresti fare la cantautrice. Ma non sempre chi scrive parole riesce anche a musicarle. Pensa ai librettisti dei melodrammi. Le melodie immortali di Mascagni, Verdi, Puccini prendevano corpo seguendo le trame e i dialoghi di eccellenti librettisti», ragionò il professore. «Può darsi che tu abbia bisogno di un buon musicista che creda nella tua poesia.»

«Non c'erano librettiste donne?» s'incuriosì Penelope.

«Temo di no. Forse c'erano donne che avrebbero potuto scrivere bellissime parole. Ma non avrebbero trovato consensi. E dire che le donne hanno sempre avuto tanta intelligenza, sensibilità e genialità», spiegò.

«Lo crede davvero?» domandò Penelope.

«Eccome! Un giorno ti racconterò di sant'Ambrogio, il patrono della tua città, che aveva imparato a leggere, senza declamare a voce alta, dalle suore di clausura, obbligate a rispettare la regola del silenzio.»

I pomeriggi di Penelope, nel giardino del professore, trascorrevano così, tra la stesura dei compiti per le vacanze e le digressioni sui temi della vita. La ragazza amava quelle ore di serena intimità con l'uomo colto, benevolo, saggio. Accadeva spesso, però, che la nonna o la mamma la chiamassero temendo che tanta assiduità potesse infastidire il loro vicino.

Un giorno la mamma la chiamò e, non appena entrò in casa, le disse che la nonna doveva essere ricoverata urgentemente in ospedale.

«Che cos'ha?» si preoccupò la ragazza.

«Il medico dice che si tratta di una broncopolmonite e sono insorte anche delle complicazioni cardiache», la informò, angosciata.

Venne un'ambulanza a prendere la nonna, Irene andò con lei e Penelope restò a casa da sola, aspettando notizie.

La mamma rientrò quando ormai era buio. Piangeva.

«Tua nonna è grave. Forse non se la caverà», le disse fra le lacrime.

Penelope voleva bene alla nonna e ogni giorno inforcava la bicicletta e andava a trovarla nel piccolo ospedale del paese, lindo ed efficiente. La nonna respirava con l'aiuto dell'ossigeno, le avevano infilato in bocca un sondino per nutrirla e, sul dorso di una mano, l'ago di una flebo, per idratarla. Era costantemente sopita.

Penelope si sedeva al suo capezzale e le accarezzava il viso, dolcemente.

Sperava che l'affetto avesse un potere terapeutico e facesse guarire la nonna.

Intanto i giorni passavano e non c'erano miglioramenti. A fine settimana suo padre arrivò da Milano. Penelope sentì i genitori bisbigliare nel chiuso della loro camera. Poi la voce di papà si alzò di tono.

«Non vorrai che muoia in un letto d'ospedale», affermò deciso. La mamma sussurrò qualcosa di incomprensibile cui seguì una nuova replica del padre.

«Prenderemo un'infermiera per la notte. Lei ha fatto tanto per noi. Adesso è arrivato il momento di fare qualcosa per lei.»

La nonna venne riportata a casa. Passò un'altra settimana di sopore totale. Venne il parroco della chiesa dei Cappuccini a impartirle l'estrema unzione. Penelope pregò devotamente per la sua guarigione. E all'improvviso, una mattina all'alba, la voce roca di nonna si fece sentire per tutta la casa.

Penelope e sua madre accorsero nella sua camera dove l'infermiera stentava a tenerla tranquilla.

«Voglio il mio caffè. Che sia forte e ben zuccherato», stava dicendo.

«Vado subito a prepararartelo», si offrì sua nipote. Rideva di gioia mentre si precipitava in cucina, ormai consapevole del fatto che le sue preghiere avevano operato il miracolo.

«Pepe, telefona subito al medico. Digli che venga a vedere la nonna che mi sembra guarita», ordinò sua madre, dall'alto della scala.

Irene e l'infermiera riuscirono a metterla in piedi, a lavarla e a farle indossare una bella camicia da notte, mentre Diomira non faceva che brontolare.

«È bastato che non stessi bene per qualche giorno ed ecco che ve ne siete approfittate. Guarda in che stato sono i miei capelli. E i baffetti? Ispidi come fili di ferro. Le mie unghie! Nessuno si è preoccupato di rimettermi lo smalto.» Era tornata la Diomira di sempre. Sorseggiò il suo caffè con infinito piacere, distribuendo sorrisi maliziosi.

«È un miracolo! Un miracolo!» ripeteva l'infermiera.

«Ma quale miracolo! Mi sono presa soltanto qualche ora di riposo», si stizzì. «È giorno fatto e sono ancora nella mia camera. Voglio scendere in salotto», soggiunse scostando il lenzuolo e reclamando la sua vestaglia.

Non si reggeva in piedi, ma Irene e l'infermiera non riuscirono a dissuaderla dal suo proposito.

«Non questa. Voglio quella di raso celestino», s'impuntò.

Penelope non si era mai sentita tanto felice. Aiutò la mamma e l'infermiera a reggerla mentre scendeva faticosamente le scale e impartiva ordini a raffica.

«Fate venire subito la parrucchiera. Preparatemi un altro caffè. Per pranzo voglio una sostanziosa zuppa di pesce. Accendete il ventilatore, perché qui dentro fa troppo caldo.»

Irene ripeteva incessantemente: «Va bene, mamma. Certamente, mamma».

Varcarono la soglia del salotto. Volle la sedietta rigida. Le misero un cuscino su cui appoggiare la testa un po' vacillante. Diomira trasse un lungo respiro.

«Così va decisamente meglio», si ammansì. Poi si rivolse a Irene: «Voglio restare sola con mia nipote. Quindi uscite e chiudete la porta».

Si guardò intorno soddisfatta e sorrise a Penelope.

«Non sto così bene come sembra», confessò. «Ma un malato ha diritto di imporre la sua volontà.»

«Bisogna ritappezzare il mio salotto», constatò, considerando lo stato della seta ormai consumata. Poi abbassò la voce. «Adesso, ragazzina, devi farmi un favore. Apri il cassettino sotto l'étagère. Troverai sigarette e fiammiferi.»

«Nonna! Hai avuto una broncopolmonite. Non vorrai mica...» protestò la nipote.

«Taci e fai come ti dico. Ecco, brava. Dammi una sigaretta. Accendila tu, per favore. E spalanca la finestra. Se tua madre se ne accorge, è capace di fare una scenataccia.»

Penelope le infilò tra le labbra la sigaretta e Diomira trasse una lunga boccata di fumo. Sorrise soddisfatta.

«Ah! *Je suis soulagée*», commentò felice.

Reclinò il capo e si addormentò per sempre sulla sua preziosa chippendale.

5

Nonna Diomira riposava dentro la bara foderata di raso bianco con impunture dorate. Era stata vestita con l'abito di pizzo macramè color bordeaux che aveva indossato per andare alla prima del *Rigoletto* al teatro *Bonci* di Cesena. Irene le mise fra le mani una corona del rosario, acquistata di corsa in una gioielleria che si affacciava sul porto. Aveva i grani rosso cupo che si intonavano al vestito.

Penelope, quando fu certa di non essere vista, prese il pacchetto delle sigarette e i fiammiferi dal cassettino sotto l'étagère e li fece scivolare nella bara.

«Casomai ti venisse voglia di farti una fumatina», sussurrò all'orecchio della nonna, convinta che l'avrebbe gradito.

La notizia della morte di Diomira Gualtieri dalle case vicine si propagò all'intero paese. E fu subito un andirivieni di gente di ogni età e condizione. Il primo a presentarsi fu il professor Briganti. Indossava per l'occasione un abito nero, una camicia immacolata, la cravatta nera e un panama nero che si levò entrando nel vestibolo dove Irene, aspettando l'arrivo del marito da Milano, riceveva i visitatori. Anche lei indossava un abito di seta nero a pallini bianchi e stava dignitosamente ritta sulla soglia del salotto.

«Cara Irene, sono venuto a porgere le mie condoglianze», le disse il professore in un sussurro.

«Grazie, amico mio. Se desidera vedere la mamma...» rispose, indicando con un gesto l'interno del salotto dove il divano, le poltrone e le sedie chippendale erano state allineate di fronte alla bara, ai cui lati ardevano due ceri.

Penelope era in cucina con Sandrina Zoffoli e sua madre Gigina, che si erano offerte di aiutarla. E infatti, via via che le visite si susseguivano, le tre donne si affaccendavano a preparare caffè caldi, caffè ghiacciati, tè freddi con la pesca, acqua frizzante. Le persone, dopo una breve sosta accanto alle spoglie di Diomira, venivano dirottate nel tinello e sulla veranda. Penelope e Sandrina andavano avanti e indietro dalla cucina con vassoi pieni di tazzine e bicchieri e coglievano i commenti sulla defunta.

«Ha visto, signora, com'è bella la Diomira? Sembra che dorma.» «Ha fatto la morte del giusto. Se n'è andata senza soffrire.» «Gran donna, la Diomira. Che Dio l'abbia in gloria.» «Certo che era giovane. Poteva campare ancora qualche anno.» Quest'ultima considerazione veniva dalle sue amiche, alcune più anziane di lei, che ora temevano per se stesse.

Secondo la tradizione il cancello della villa aveva un battente chiuso, come la porta di casa da cui entravano fattorini con mazzi di fiori e bigliettini di condoglianze.

Arrivò anche Mimì Pennisi che abbracciò sua moglie, sua figlia e poi si mise a piangere come un bambino. Si era affezionato sinceramente a quella suocera strana che gli aveva sempre dimostrato una tenerezza particolare.

Fu una giornata faticosissima. Irene andò nelle case dei vicini a fare incetta di vasi in cui mettere i mazzi di fiori. A sera, il salotto era diventato una serra.

Intanto la signora Zoffoli si era messa a tirare la pasta

per preparare le lasagne e le tagliatelle. Sul fuoco sobbollivano i sughi e al profumo dei fiori si sovrapponeva quello degli intingoli. A Cesenatico, quando moriva qualcuno, si consumavano parole, ettolitri di caffè e chili di pastasciutta.

Il professor Briganti tornò sul far della notte, offrendosi di vegliare la nonna. Venne a proporsi anche il padre di Sandrina che era coetaneo e amico di Mimì Pennisi.

«Tu e tua moglie andate a riposare», li esortò. «Domani ci saranno i funerali e sarà un'altra giornata faticosa. Con questo caldo! Il professore e io faremo compagnia a Diomira.»

Il medico di famiglia, arrivato in visita ufficiale con la moglie, somministrò un sedativo a Irene e la spedì a letto.

«Io rimango alzata», annunciò Penelope. La morte della nonna era un evento straordinario nella sua vita e intendeva viverlo fino in fondo. Sandrina volle restare accanto a lei. Così, quando scese la notte, mentre il signor Zoffoli e il professor Briganti chiacchieravano sommessamente sulla veranda, Penelope e la sua amica rigovernarono la cucina, alternando considerazioni sulla morte a quelle sui visitatori, sulle storie della spiaggia, sui fuochi fatui che d'estate si accendevano nei cimiteri.

«In India, i morti li mettono in un grande recinto e li lasciano esposti al sole e alla luna. Arrivano i corvi e se li mangiano. Dopo una settimana i parenti vanno a raccogliere le ossa», disse Penelope.

«Questa te la sei inventata adesso. In realtà in India le ceneri dei morti vengono affidate a un fiume, il Gange, che le porta lontano, fino al mare», puntualizzò Sandrina.

«Ma quelli che stanno lontani dal fiume finiscono come ho detto io», si intestardì Penelope.

«Quelli che stanno lontano dal Gange li bruciano. Fanno

falò immensi, come i nostri di Capodanno quando bruciamo in piazza la *Focaraccia*», insistette l'amica.

«Comunque sia, noi siamo cristiani e la nonna verrà sepolta nella tomba della famiglia Gualtieri, vicina ai suoi parenti», concluse Penelope, che non aveva voglia di discutere.

«A proposito di tombe di famiglia, hai visto la villa nuova dei Bertarelli?»

«Sembra proprio un mausoleo. Tutto quel marmo bianco mi fa rabbrividire», constatò Penelope.

«I Bertarelli sono *sburoni*. Hanno fatto, non si sa come, un mucchio di soldi. Clelia Bertarelli è stata mia compagna di scuola alle elementari e alle medie. Eppure, quando mi incontra, finge di non conoscermi. Parla con il *birignao* e dice che ha il fidanzato americano», raccontò Sandra, in una buffa imitazione del portamento affettato della compagna.

«La nonna mi mancherà», sussurrò Penelope, esternando finalmente il dolore che aveva nel cuore. «Però, fino a domani, è ancora con noi.» Gli occhi le si riempirono di lacrime.

«Dai, Pepe, lascia fare a me. Finisco io di asciugare i piatti. Tu vai da lei», suggerì l'amica, dolcemente.

Penelope uscì dalla cucina, attraversò il vestibolo in punta di piedi ed entrò in salotto. Le lampade a stelo diffondevano una luce tenue. La ragazzina fu avvolta dal profumo intenso dei fiori. Si avvicinò alla nonna e la osservò pensosa. Le sembrò che il suo petto si alzasse e si abbassasse nel respiro. «E se si fosse soltanto addormentata?» sperò. Poi allungò una mano e le sfiorò la fronte. Era gelida.

Dal tinello venivano le voci sommesse del professor Briganti e del padre di Sandra che intessevano un dialogo pacato.

Lei pensò che Diomira era stata una nonna strana, buona e generosa. Quante volte l'aveva portata al cinema, alla sala-giochi, a teatro. Si era sempre schierata con lei contro Irene quando si dimostrava troppo severa. Il suo linguaggio strampalato e fantasioso finiva con lei. La sua megalomania sarebbe diventata leggenda nella storia della famiglia. Coerente con se stessa fino alla fine, se n'era andata sulla sua chippendale, come una regina che muore sul trono.

«Ciao nonna. Mi mancherai», sussurrò, commossa, accarezzandole una mano. «Spero che il buon Dio ti lasci fumare», aggiunse, per stemperare la commozione.

Uscì dal salotto e salì al primo piano. La porta della stanza dei genitori era socchiusa. Non proveniva nessun rumore. Stavano dormendo, esausti. Passò oltre e s'inerpicò sulla scala a chiocciola. Fu sulla torretta e guardò il cielo. Le sembrò che il mondo dovesse manifestare un segno di lutto per la morte della nonna. Le stelle, quella notte, avrebbero dovuto spegnersi e gli alberi del giardino reclinare i rami. Invece, tutto era come sempre. Abbassò lo sguardo sulla strada. Era deserta. Soltanto un risciò, con il tettuccio di tela rossa, avanzava lentamente. Sentì il cigolio delle catene e vide le gambe di un uomo e di una donna che pedalavano. All'improvviso la ruota davanti si sganciò dal telaio e rotolò sull'asfalto per qualche metro. Il risciò cadde in avanti. Ci fu uno strillo e i due occupanti vennero sbalzati a terra, davanti al cancello della villa. La ragazza indossava una gonna bianca e un top nero. Strillava con voce rabbiosa: «Te l'avevo detto che questo era scassato!»

Il giovane, in jeans e polo gialla, si rialzò e tentò di soccorrerla, ma lei mulinava le braccia per allontanarlo.

«È tutta colpa tua. Sei un deficiente!»

Penelope scese a precipizio al piano terreno, uscì sul viale e aprì il cancello.

«Serve aiuto?» domandò, avvicinandosi ai due.

Il ragazzo la guardò e le sorrise. Aveva gli occhi grandi e scuri e un viso bellissimo, dorato dal sole. Lo sentì dire, con una voce che la incantò: «Magari. La signorina si è sbucciata un ginocchio».

«Venite in casa. Ma parlate piano, perché mia nonna è morta questa mattina», li informò. Li precedette nella cucina. Sandrina se n'era andata. Penelope si portò un dito alle labbra per segnalare ai due ospiti di parlare sottovoce.

«Ma c'è davvero il morto in casa?» domandò la ragazza, preoccupata.

Penelope annuì e precisò: «È nella stanza accanto».

«Io qui non ci sto», affermò la sconosciuta, con tono deciso.

«Guarda che mia nonna non ti mangia», disse Penelope, seccata.

Aveva già in mano un canovaccio inumidito ed era pronta a passarlo sui suoi graffi.

«Per fortuna che volevi lanciarmi nel mondo della canzone. Per ora mi hai sbattuta per terra e trascinata a una veglia funebre», sibilò stizzita al giovane che non smetteva di guardare Penelope. Allontanò sgarbatamente la mano protesa verso il suo ginocchio, e uscì dalla cucina dondolandosi sugli altissimi tacchi a spillo.

Penelope e il ragazzo si guardarono negli occhi.

«Mi chiamo Andrea», sussurrò lui.

«Io sono Penelope. Pepe, per gli amici», rispose sottovoce.

«Sembri la sosia di Romy Schneider. Ma sei più bella di lei.»

Penelope pensò che Andrea era bello da togliere il fiato. Sentì di piacergli e seppe che, in quel momento, era incominciata la sua prima storia d'amore.

«Questo è il regalo di nonna Diomira», sussurrò. Andrea non capì a che cosa si riferisse. Da fuori venne la voce volgare della ragazza che urlava: «Allora, ti decidi a portarmi a casa?»

«C'è una fatina che ti chiama», lo avvertì Penelope con un sorriso ironico.

6

La risacca accarezzava la sabbia e i loro piedi scalzi, mentre il sole era un enorme disco di fuoco che nasceva dal mare. Andrea e Penelope si videro, si corsero incontro, si abbracciarono e si scambiarono il primo bacio. E fu un momento irripetibile di felicità assoluta.

Erano trascorsi dieci giorni dalla morte di Diomira. Andrea aveva telefonato a Penelope ogni giorno, da Milano, dove lavorava nella redazione di un importante quotidiano. La chiamava in orari concordati, quando lei sapeva che sua madre non era in casa. Le parole, tra loro, scorrevano impetuose come un fiume in piena. Andrea aveva tenuto subito a chiarire che la ragazza con cui aveva avuto l'incidente sul risciò non era neppure un'amica. Faceva la cantante in un'orchestrina romagnola e aveva tanta voglia di comparire sui giornali. Gli era stata presentata da un collega, che lavorava per *Il Resto del Carlino*, che gli aveva chiesto il favore di segnalarla, in cronaca degli spettacoli, sul giornale milanese.

«Non è il tipo di ragazza che frequenterei», aveva precisato.

«Qual è il tipo di ragazza che frequenteresti?» aveva domandato Penelope, che incominciava ad affinare l'arte innata della civetteria femminile.

«Lo sai già.» Andrea sembrava non volersi sbilanciare più del necessario.

«Invece non ne ho nessuna idea», lo aveva stuzzicato.

«Sei tu. Mi piacciono i tuoi occhi ridenti, la tua bellezza discreta. Penso a te e vorrei che fossi una bambolina da tenere nella tasca della mia giacca, per non lasciarti mai.»

Penelope ascoltava in estasi queste parole banali che per lei erano sublimi. Stava nascendo il suo primo amore e lei lo accarezzava con tenerezza e stupore, come fosse un fiore meraviglioso sul punto di sbocciare.

«Anche tu mi piaci», aveva sussurrato fremendo, arrossendo e benedicendo il telefono che impediva ad Andrea di vedere il suo turbamento. Lui aveva ventidue anni e stava imparando il mestiere del giornalista. Le aveva raccontato degli esordi difficili. Aveva cominciato a diciott'anni a girare per le redazioni elemosinando collaborazioni saltuarie e mal retribuite, senza perdersi d'animo. Viveva con sua madre che faceva la bidella in una scuola elementare. Finalmente era stato assunto in un quotidiano, aveva passato l'esame di giornalista, era stato assegnato alla pagina degli spettacoli. La sua più alta aspirazione era quella di diventare «inviato».

Penelope non sapeva che cosa dire di sé. Le sembrava di non aver nulla di interessante da comunicargli. Gli aveva confidato, tuttavia, il suo sogno: scrivere belle canzoni.

Dopo tante ore trascorse a parlarsi da una distanza di trecento chilometri, una mattina squillò il telefono. Non erano ancora le cinque. I suoi genitori si svegliarono di soprassalto, lei scese a precipizio la scala per rispondere.

«Sono qui, a Cesenatico. Ti aspetto sulla spiaggia.»

«Chi è?» aveva domandato suo padre, con voce assonnata.

«Qualcuno che ha sbagliato numero», mentì, mentre sgattaiolava fuori di casa. Era montata in sella alla bicicletta e aveva cominciato a pedalare con foga, verso il mare. Albeggiava e la cittadina romagnola sembrava un luogo irreale.

Le ruote della bicicletta affondarono nella sabbia mentre frenava, davanti all'ingresso dei bagni. Aggirò il bar, che era chiuso. All'orizzonte, nascevano dal mare i primi raggi del sole. Si guardò intorno e vide Andrea, sulla spiaggia, a un centinaio di metri. Indossava la polo gialla. Si liberò dei sandaletti e gli corse incontro.

Si abbracciarono. Andrea la baciò e Penelope ricambiò quel bacio con la passione ingenua dei suoi diciott'anni.

«Non riesco a credere di averti ritrovata», disse lui.

«Neppure io», rispose Pepe, in un soffio.

«Ti amo», sussurrò il bellissimo giornalista.

«Ridimmelo», lo incalzò lei.

«Ti amo, ti amo, ti amo», ripeté felice.

«Anch'io. Mi sembra di conoscerti da sempre. Io non lo sapevo, ma stavo aspettando te.» Pensò a nonna Diomira cui piacevano gli uomini belli. In questo le assomigliava. Se Andrea fosse stato un ragazzo insignificante, non se ne sarebbe mai innamorata.

«Dio mio, come sono felice», gridò Andrea, levando le braccia al cielo. Poi tornò ad abbracciarla. «Anch'io ti ho cercata a lungo. Sei la ragazza che ho sempre voluto.»

Penelope pensò che dovessero fare qualcosa di speciale per festeggiare il loro amore.

«Hai mai fatto il bagno alle cinque del mattino?» le propose lui quasi avesse indovinato i suoi pensieri.

Non l'aveva mai fatto. Lo vide togliersi la maglia e i jeans. Sotto indossava un costume da bagno giallo e blu. Ammirò di sfuggita la meravigliosa compattezza di quel corpo giovane e forte. Lei non aveva il costume. Indossava ancora la camicia da notte di cotone bianco, con i bordini rossi e le maniche corte in pizzo di Sangallo. Per quanto fosse ingenua, intuì che Andrea avrebbe voluto vederla nuda. Non gli avrebbe dato questa soddisfazione.

Lo afferrò per la mano e corsero insieme in acqua, sollevando grandi spruzzi. Poi presero a nuotare verso il largo, infilandosi in una corrente tiepida.

A tratti, muovendo le braccia, i loro corpi si sfioravano, procurandole una sensazione meravigliosa.

Il sole, ormai fuori dall'acqua, sembrava una sfera incandescente sulla linea dell'orizzonte. Penelope si girò sul dorso, imitata da Andrea. Rimasero immobili, le braccia spalancate, tenendosi per mano, a guardare quella palla di fuoco che lentamente si alzava nel cielo.

«Avevo sperato di arrivare laggiù, a toccare il sole», disse lei.

«Possiamo arrivare da un'altra parte e fare colazione», scherzò lui.

Tornarono a riva. Emersero esausti dall'acqua. Penelope rabbrividì.

Andrea l'asciugò come poté con la sua polo gialla. Lei ricordò d'avere un copricostume nel cestino della bicicletta ed entrò in un capanno per cambiarsi.

In quel momento il proprietario del bagno alzò la saracinesca del bar. Ordinarono cappuccino e bomboloni, sedendo a un tavolo sulla spiaggia.

«Fino a che ora possiamo stare insieme?» le domandò.

«I miei si alzano alle sette e mezzo. Devo essere a casa un quarto d'ora prima. Non sanno che sono uscita», spiegò. «Ma possiamo vederci nel pomeriggio. In che albergo stai?»

«Devo essere in redazione all'una. Sono partito questa notte, dopo la chiusura del giornale, e sono corso da te. Non avevo altro modo per poterti rivedere.»

«Non sei neppure andato a dormire?»

«Avevo in mente una specie di bella copia di Romy Schneider. Si chiama Penelope ed è in vacanza con i suoi genitori a Cesenatico. È una sirena e mi ha stregato con il suo richiamo. Non potevo lasciarmi vincere dal sonno», spiegò, con fare scherzoso.

«Non va bene mettersi in viaggio quando si è stanchi», ragionò lei, che tuttavia si sentiva molto lusingata da quella prova d'amore.

«Ma so essere prudente. Non voglio avere un incidente e rischiare di non vederti più», replicò Andrea, baciandola sul braccio.

Arrivarono i bomboloni e il cappuccino bollente. Penelope affondò i denti nella pasta soffice e fragrante.

«Mangia e smettila di guardarmi», lo spronò.

«Non riesco a staccare gli occhi dalla ragazza più bella dell'universo», si giustificò lui.

«Per fortuna non sono il tipo che si monta la testa. In confronto a mia madre, io sono soltanto un brutto anatroccolo», confessò con semplicità, dopo avere deglutito il boccone.

Il padrone del bar incominciò ad aprire gli ombrelloni. Un garzone prese a rastrellare la sabbia.

Loro due si lasciarono.

«Telefonami quando arrivi a Milano», si raccomandò lei.

«Resta in zona perché tornerò molto presto», promise lui.

Lo guardò allontanarsi su un'utilitaria malandata che assomigliava alla macchina di papà, quando era bambina. Alle sette e un quarto salì silenziosamente le scale di casa e raggiunse la sua stanza. Si distese sul letto, abbracciò il cuscino. Andrea era partito e lei si sentì sola. Fu colta dalla tristezza che si tramutò subito in pianto. Era questo l'amore? Un attimo di esaltazione e dopo soltanto lacrime? A voce alta ripeté più volte il nome di Andrea: «An-dre-a. Tre sillabe bellissime. Forse sono due solamente: Andrea», sussurrò affondando il viso nel cuscino. Cercò delle parole che facessero rima con quel nome. Le venne in mente «marea». La marea sale e si ritira seguendo gli influssi della Luna. Andrea compariva e se ne andava allo stesso modo. Sarebbe stato sempre così?

Sentì il bisogno di raccontare a qualcuno la sua magnifica storia. Le amiche parlavano dei loro amori con le madri. Lei, invece, avrebbe dovuto essere molto cauta con Irene perché, ne era sicura, sarebbe riuscita a guastare tutto.

Se le avesse detto che amava un giornalista squattrinato, mamma avrebbe fatto fuoco e fiamme. La nonna, che l'avrebbe capita e confortata, non c'era più. Poteva telefonare a Sofia o a Donata. Poi pensò che certe storie non si possono raccontare per telefono. Doveva aspettare di ritornare a Milano. Però adesso poteva parlarne con Sandrina Zoffoli. Era un'amica leale e non l'avrebbe tradita.

Un giorno Andrea le telefonò.

«Sono riuscito ad anticipare le ferie. Il mio amico de *Il Resto del Carlino* mi presta la sua casa. È un appartamento sulla via Roma di fianco alla Coop», annunciò.

«Quando arrivi?» domandò ansiosa.

«La prossima settimana. Staremo insieme fino a Ferragosto.»

Era più di quanto sperasse. Si incontravano sulla spiaggia tutte le mattine. I suoi genitori non scendevano più al mare, perché la consuetudine voleva che osservassero un periodo di lutto.

Papà lavorava in giardino, mamma preparava le conserve da portare in città. Lei era libera come l'aria fino all'ora di colazione.

Con Andrea nuotava, andava al largo in pattino, prendeva il sole, parlava e lo ascoltava parlare. Sembrava che i loro argomenti non dovessero esaurirsi mai. Lui le raccontava le storie del paese in cui era nato, del padre morto sotto una colata di acciaio per salvare un compagno di lavoro, di suo fratello che lavorava a Roma e aveva sposato una specie di ereditiera, di nonna Stella, la madre di suo padre, sempre vestita di nero, sempre amorevole con i figli e i nipoti.

Penelope gli parlava di Donata e Sofia, le amiche del cuore, dei pranzi di Natale a Catania, in casa dei parenti di suo padre, di nonna Diomira che portava sempre nel cuore, del desiderio di incontrare un musicista che ascoltasse qualche sua canzone.

«Un giorno ti farò conoscere Danko», promise.

«Quale Danko? Quello di *Margherite per te*, di *Baciami strega*?» domandò, citando due motivi che in quel momento avevano un grande successo.

«È un mio amico. Sarà l'ospite d'onore di una serata, al night di Villalta», spiegò.

«Non posso credere che tu conosca Danko. Forse non te ne rendi conto, ma per me Danko è un mito.»

«Abbi fede, te lo presenterò.»

Una sera, con la complicità di Sandrina, Penelope strappò ai suoi genitori il consenso di fare tardi. Andrea voleva portarla a Villalta, in un night club dove le avrebbe fatto incontrare Danko.

«Mi raccomando, non oltre la mezzanotte», aveva deciso Irene.

Iniziò una serie di trattative ed ebbe il permesso di rientrare all'una.

Era la prima volta che Penelope e Andrea riuscivano a stare insieme così a lungo. Lui la aspettava in macchina davanti alla Coop. Come d'accordo, Sandrina si defilò.

«Non voglio fare il terzo incomodo. Io vado a casa di mia zia. Quando torni passa a prendermi. Così nessuno scoprirà il nostro segreto.»

«Se non temessi di offendere Penelope, ti bacerei», gigioneggiò Andrea.

La portò al night. Danko e sua moglie Ivona li stavano aspettando.

Il giornalista fece le presentazioni. Era ancora presto e c'erano soltanto loro nel locale. Il musicista affidò a Penelope la sua chitarra. Sugli accordi di un vecchio tango, la ragazza recitò, più che cantare, le parole di una canzone che aveva scritto.

Danko sorrideva, sembrava divertito.

«Hai scritto altri testi?»

«Quaderni interi», intervenne Andrea, compiaciuto.

«A me queste parole piacciono molto», decretò Ivona. «Hanno un'atmosfera intensa.»

«Ma non ho idee per la musica», si lamentò Penelope.

«Se tutti i parolieri scrivessero anche le note, io sarei un disoccupato», scherzò Danko.

Nacque quella sera un'amicizia che durò per tutta la vita.

Quando il locale incominciò a riempirsi, i due innamorati se ne andarono.

«Dove mi porti?» domandò la ragazza.

«Nel solo posto dove possiamo restare finalmente soli, tu e io.»

«Forse non è ancora il momento», esitò Penelope.

«Io ti desidero, amore mio», sussurrò Andrea, accarezzandole il seno.

Erano di nuovo in macchina, tornavano a Cesenatico.

«Perché non si possono fare certe cose alla luce del sole?» ragionò la ragazza.

«Sei tu che hai deciso che dobbiamo vederci di nascosto, come ladri. Perché?» domandò Andrea.

«Fino a quando è possibile, vorrei che questa storia appartenesse a noi due solamente», spiegò.

«Così infili bugie, una dopo l'altra. Il pomeriggio dici che vai a casa del professore e scavalchi la siepe per raggiungermi. La sera ti inventi le uscite con la tua amica. Tutto questo mi sembra molto irragionevole», sbottò Andrea.

Era la loro prima discussione.

«Tu non conosci Irene Pennisi», si giustificò.

«Domani parto e non potremo vederci fino a quando non tornerai in città», l'avvertì con aria minacciosa.

Penelope si considerava una ragazza saggia e non sapeva come conciliare le pulsioni d'amore con gli insegnamenti materni.

«Va bene. Facciamo come vuoi», disse con il tono della vittima sacrificale. Desiderava e temeva quello che sarebbe accaduto.

7

AVEVA creduto di entrare in uno dei tanti, squallidi appartamenti estivi con i mobili di plastica, il linoleum sul pavimento, i tavolini in similteck, i divani ricoperti di finta pelle. Invece, superata una breve rampa di scale, si trovò in un vestibolo a cielo aperto, circondato da colonne bianche. Al centro, in una fontana rettangolare, l'acqua che scorreva produceva suoni carezzevoli. Tutto intorno si aprivano le stanze.

Penelope conosceva bene Cesenatico, eppure non aveva idea che la palazzina anonima, accanto alla Coop, nascondesse un appartamento fantastico come quello. Andrea glielo fece visitare: la cucina modernissima, i bagni in marmo rosa del Portogallo, le camere e il salone in stile provenzale con pregevoli pezzi d'antiquariato, quadri importanti dell'Ottocento francese, tappeti delle manifatture di Aubusson.

«Ma dove mi hai portato?» gli domandò stupita.

«Nel solo posto che fosse degno di te», rispose Andrea spalancando la porta di una camera dove troneggiava un gran letto a baldacchino, con le tendine a fiori identiche alla carta della tappezzeria, un mazzo di lillà bianchi, profumatissimi, dentro un grande vaso posato sul cassettone.

«I fiori li ho messi io, questa mattina», precisò lui.
«Allora sapevi che sarei venuta qui.»
«Lo speravo», sussurrò abbracciandola.

Penelope pensò che una ragazza per bene sarebbe dovuta fuggire, ma chi gliela dava la forza di andare via quando desiderava restare e scoprire quello che sarebbe accaduto? Era stata cresciuta nel rispetto di tante regole. La più importante stabiliva che «una brava ragazza arriva vergine al matrimonio».

Sofia e Donata, che avevano parecchi ammiratori, non si erano mai concesse. Sandrina era innamorata del figlio di un commerciante di pesce che la corteggiava da alcuni mesi. Lei non aveva ancora ceduto.

Nessuna di loro, però, aveva incontrato un tipo eccezionale come Andrea. Eppure, anche le sue amiche vivevano storie d'amore intense, spesso più sognate che reali.

Ora lei era sola, in una casa bellissima, di fronte a un uomo che la desiderava.

Ricordò alcune affermazioni della nonna: «Un uomo che ha intenzioni serie non compromette una brava ragazza». Le intenzioni serie erano quelle matrimoniali. Sperò che Andrea non le chiedesse di sposarlo perché non era sicura di accettare. Il matrimonio non c'entrava niente con le sensazioni sconvolgenti che lui le suscitava. Inoltre, le sembrava volgare mettere su un piatto della bilancia la passione, avendo come contrappeso una garanzia di nozze. Tutte queste considerazioni facevano ressa nella sua mente, mentre Andrea le copriva il volto di baci e lei sentiva il suo respiro, il suo profumo e ascoltava rapita le tenere, stupidissime parole che le sussurrava.

In quel momento accadde qualcosa di strano in lei. Penelope ebbe la percezione del suo potere su di lui. Andrea respirava con affanno e le sue mani tremavano mentre l'accarezzava. Dipendeva da lei, soltanto da lei, cedere o respingerlo. Lo teneva in pugno e questa consapevolezza la faceva sentire forte. Ma, a sua volta, era sopraffatta dal desiderio e non era facile decidere se assecondarlo o far prevalere i principi secondo i quali era stata educata. La soluzione arrivò inaspettata. Sentì un gran vuoto tra stomaco e cervello. Impallidì e si afflosciò sul letto mentre sussurrava: «Mi sento male». E svenne.

Andrea, spaventato, corse in cucina a prendere un bicchiere d'acqua. Lei lo bevve a piccoli sorsi.

Pian piano il malessere passò e il volto ritornò roseo.

«Mi dispiace», bisbigliò con un sorriso mesto.

«È soltanto colpa mia», ammise lui. «Dovevo capire che per le brave ragazze come te non è facile affrontare il primo rapporto.»

Penelope si sedette sul letto e lo guardò con aria gelida.

«Così, se ti avessi ceduto, non sarei stata una brava ragazza», constatò.

«Sai bene che non volevo dire questo», si difese.

«Invece ho capito benissimo. Aveva ragione nonna Diomira quando sosteneva che 'gli uomini hanno i denti dei cani, se non mordono oggi, mordono domani'. È così», sostenne con fermezza.

Andrea la guardò disorientato. Lei vide i suoi bellissimi occhi incupirsi, le labbra arricciarsi in un'espressione feroce.

«Piantala!» sbottò, afferrando il bicchiere e scagliandolo contro la parete. Penelope sussultò come se fosse stata schiaffeggiata. Quel gesto inconsulto non le era piaciuto, così rincarò la dose: «Tu hai cercato di approfittarti di me. Avevi organizzato tutto con freddezza: l'incontro con Danko, questa casa bellissima, i lillà profumati nel vaso. Contavi sul tuo fascino, sulla simpatia, sulla capacità di sorprendermi e sulla mia debolezza di ragazza innamorata. I tempi in cui i maschi chiedevano la prova d'amore alle stupide come me sono passati da un pezzo. Anche perché nel frattempo le donne si sono emancipate».

«Nel frattempo c'è stato il Sessantotto e le donne hanno imparato a essere più sincere. Quando amano un uomo, non pensano ai proverbi delle nonne. Assecondano i loro impulsi e fanno l'amore», replicò Andrea, furibondo.

«Ma lascia perdere il Sessantotto! A voi uomini fa comodo ricordarlo solo quando serve ai vostri bassi desideri. E sottolineo bassi», si accalorò. E proseguì: «Aspetto con ansia il giorno in cui le donne ribalteranno i vecchi concetti e saranno loro a chiedere la prova d'amore. Sono stata chiara?»

«Chiarissima. Tu chiedimi la prova e io te la do», Andrea, improvvisamente ammansito, le regalò un sorriso disarmante.

«In questo caso, domandami scusa e prometti di non tendere mai più la rete per intrappolarmi come un pesciolino. Se qualcosa dovrà accadere tra noi, sarà quando e se l'avrò deciso io», affermò e si avviò con passo deciso verso il vestibolo, per uscire.

Allora Andrea la rincorse, la raggiunse e l'afferrò per un braccio.

«Dove vai?» domandò.

«Da Sandrina. Mi sta aspettando.»

«Aspetterà ancora un po'», affermò lui.

Insieme attraversarono la strada e lui la guidò sul porto gremito di turisti. I negozi erano ancora aperti. La trascinò dentro la bottega di Mantoni, il gioielliere da cui sua madre aveva comperato il rosario per la nonna. L'orafo lo salutò come se lo conoscesse.

«La fascia che aveva ordinato è pronta», annunciò mettendogli in mano un delizioso pacchettino legato con un nastro di seta rosa.

«È per te», disse Andrea, consegnandolo a Penelope.

Uscirono sul porto. Lei aprì il pacchetto. Dentro c'era un cerchietto d'oro. Lesse la scritta incisa nella parte interna della fascia: DA ANDREA A PENELOPE. Lo guardò frastornata.

«Sono pazzamente innamorato di te», le sussurrò. «Non dimenticarlo mai.»

«Cerca di ricordartene anche tu», replicò lei con fermezza.

Quella notte Andrea tornò a Milano e riprese a telefonarle due volte al giorno.

Una sera, mentre erano a tavola, sua madre le domandò a bruciapelo: «Chi è il tipo che ti ha comperato da Mantoni l'anellino che porti all'anulare?»

L'orafo aveva parlato.

«Questa è la fine del mio segreto», brontolò Penelope, avvampando.

«Ci stai nascondendo qualcosa?» intervenne suo padre.

«Ho un ragazzo, finalmente. Ci amiamo e con lui sto bene», spiegò, con semplicità.

«Voglio soltanto sapere chi è», la incalzò sua madre. Era irritata, ma si sforzava di non darlo a vedere.

«Si chiama Andrea Donelli. Vive a Milano con sua madre. Fa il giornalista. Ha ventidue anni. Non ha beni al sole, come dici tu. Però ama il suo mestiere e ha tanta voglia di affermarsi. È bello fuori e spero che sia bello anche dentro. Adesso sai tutto», disse senza scomporsi.

Suo padre le sorrise. Tese un braccio verso di lei e le accarezzò una guancia. «Alla tua età, tua madre era già sposata. Mi sembra giusto che ora tu abbia un ragazzo», ragionò.

«Mimì, per amor del cielo, come fai a essere sempre così tollerante?» chiese Irene con rabbia.

«Sei proprio tu a chiedermelo?» domandò l'uomo, scuotendo il capo.

Penelope pensò alla nonna. Se fosse stata ancora lì, con loro, a quel punto avrebbe esclamato: «*Touchée*», all'indirizzo di Irene, naturalmente. Tuttavia le dispiacque sapere che suo padre non era così sprovveduto da non essersi accorto di quanto sua moglie avesse civettato con Romeo Oggioni. Mimì Pennisi sapeva e aveva taciuto.

«A questo punto la cena è finita. Vado dal mio amico Zoffoli a prendere il caffè», decise.

«E io me la vedrò con mamma», sospirò rassegnata.

Infatti, una volta sole, Irene tuonò contro la sua leggerezza, anche per nascondere l'imbarazzo suscitato dalla frecciata di suo marito.

«Tu sei pazza! Cosa ti è venuto in mente di metterti con uno squattrinato?»

«Non mi ci sono messa, nel senso che intendi tu. Anche se forse lo farò, prima o poi», minacciò Penelope.

«Spero per te che questa storia finisca al più presto. Devi essere più ambiziosa nelle tue scelte.»

«Ma di quale ambizione parli? Tu Andrea non lo conosci, dunque non puoi giudicarlo.»

«Ho più esperienza di te. Alla prima occasione gli crollerai tra le braccia come una pera matura. Lui ti mangerà in un solo boccone e per te sarà finita.»

«Perché sei così perfida?»

«Pepe, parliamoci chiaramente. Tu non sei una bellezza folgorante. Hai bisogno di trovare un uomo tranquillo, con una posizione solida, che ti offra garanzie sufficienti per diventare un buon padre di famiglia.»

L'osservazione di sua madre sulla sua bellezza la ferì. Sapeva di non poter reggere il confronto con lei, eppure Andrea l'aveva fatta sentire bellissima.

«A te, la bellezza non è servita a molto», replicò. Sua madre le rivolse uno sguardo inferocito. Lei proseguì imperterrita: «A questo punto, per la seconda volta nell'ultima mezz'ora, dovresti sentirti *touchée*, come avrebbe detto la nonna».

«Sei un'insolente. Questo amorazzo da due soldi ti ha dato alla testa. Comunque darai un taglio netto a questa storia», concluse, uscendo dalla cucina e lasciandola sola a riflettere.

Andrea non poté più tornare a Cesenatico. Penelope confidava a Sandra la sua tristezza e si consolava rigirandosi all'anulare il cerchietto d'oro. Lo avrebbe rivisto solo quando fosse ritornata a Milano.

Finalmente arrivò settembre. La vacanza era finita. Papà era venuto a prenderle. La mattina della partenza, quando alzò le tapparelle della sua camera, vide una fila di palloncini oscillare nell'aria. Erano legati alle lance del cancello e le lettere segnate su ognuno di essi componevano una scritta: PEPE, VUOI SPOSARMI?

Chiamò i suoi genitori perché guardassero. Mimì Pennisi esplose in una risata fragorosa.

«Deve essere proprio un tipo divertente questo tuo giornalista», commentò.

«Voglio sperare che tu rifletta prima di rispondere», le sibilò Irene.

Penelope non l'ascoltò. Il suo fu un sì di slancio, un sì per tutta la vita.

I ricordi sfumarono...

1

I RICORDI sfumarono e Penelope recuperò amorevolmente i pezzi della preziosa chippendale che aveva preso a calci. Si ripromise di farla restaurare con il resto dello scomodissimo salotto che non era autentico, come sosteneva la nonna, ma un rifacimento degli Anni Venti. Ricordò che anche il famoso smeraldo colombiano, su cui sua madre aveva fatto affidamento, si era rivelato una pietra di scarso valore. La sua furbissima nonna lo sapeva, ma le piaceva giocare con queste e altre bugie che appagavano il suo piacere di ostentare. Si guardò intorno e constatò che la villa, ormai, segnava il tempo. Per la prima volta si rendeva conto del degrado in cui stava affondando. Era convinta che nulla accadesse mai per caso. Forse la casa del bisnonno capitano approfittava della sua visita inaspettata per segnalarle la necessità di essere recuperata.

Attraversò il giardino e suonò il campanello della villa accanto. Era l'una e mezzo del pomeriggio. Sapeva che, a quell'ora, il professor Briganti dormiva in poltrona, di fronte al televisore acceso, e non voleva essere disturbato fino alle quattro. Ma lei non se la sentiva di aspettare troppo a lungo.

Vide il volto scavato dell'uomo profilarsi nel vano di una finestra.

«Chi ha la faccia tosta di disturbarmi?» protestò con la voce un po' tremula dei vecchi.

«Professore, mi perdoni. Sono Penelope, la figlia di Irene Pennisi», gridò a sua volta, perché l'uomo, con gli anni, era diventato un po' «duro d'orecchio», secondo una sua definizione.

L'espressione arcigna del vecchio si addolcì.

«Penelope! La fedele compagna dell'uomo che ha sfidato gli dei per la brama di sapere. Che cosa fai qui, a quest'ora, in questo paese di selvaggi?»

«Se mi apre il cancello e mi fa entrare, giuro che glielo dirò», scherzò lei.

«Ma certo, mia tenera amica», esclamò. Si ritirò e, poco dopo, discese lentamente gli scalini di casa e le venne incontro, lungo il vialetto, con passi brevi, frettolosi e un po' incerti. Schiuse il battente di ferro.

«Vieni, vieni dentro, figliola», la invitò.

«Caro professore, le chiedo ancora perdono per averla disturbata. Vorrei approfittare del suo bagno per lavarmi un po'. In casa non c'è acqua, né elettricità. Forse mamma si è dimenticata di lasciarle il solito deposito per il pagamento delle bollette.» Parlò tutto d'un fiato, prendendolo sottobraccio e avviandosi con lui verso l'interno della villa, molto simile a quella della nonna.

Il professore viveva da solo, accudito da una donna del paese che lo aiutava secondo antichi criteri: il letto rifatto, il pranzo in tavola e la biancheria pulita. Il resto era superfluo. «Vai pure in bagno. La strada la sai. Io ti preparo il caffè», disse lui, improvvisamente rinvigorito da quella visita inattesa.

Quando sedette con lui, in cucina, a bere il caffè da una tazzina non troppo lucente, il professore spiegò: «Il denaro che mi ha lasciato Irene è qui, cara bambina. Sai, in dicembre abbiamo avuto una gelata. Sono scoppiate le condotte dell'acqua da me come da voi. Per me, ho chiamato gli operai che in mezza giornata hanno risolto tutto. Ma non ho osato dargli le vostre chiavi, senza il permesso di Irene. Avrei dovuto telefonarle. Poi, da quel vecchio sbadato che sono, ho dimenticato di farlo. Perdonami e chiedi scusa anche alla tua mamma».

«Là dentro c'è ben poco da rubare. Potrebbe avvertire un idraulico, magari questa sera stessa? Per la notte mi sistemerò in albergo, ma da domani vorrei usare la casa. Pensa di riuscire a trovare qualcuno? È domenica e, in questo paese...»

Non la lasciò finire.

«Ricordi come il mio amico Moretti aveva definito questo paese?» domandò con un sorriso malizioso.

«Lo so, professore: 'Più torrido che gaio, con tutto il suo carnaio riversato sul mare'. Non è così?» replicò lei, memore delle ore trascorse con il vecchio insegnante a ragionare di poesia.

«Brava!» esclamò e aggiunse: «Sei venuta sola? Tuo marito come sta? E i vostri bambini?»

Aveva voglia di chiacchierare, ora che il suo sonnellino era stato interrotto.

Penelope, un tempo, si era servita di lui per le sue scappatelle con Andrea. «Vado a studiare dal professor Briganti», annunciava a sua madre. Entrava nel suo giardino, aggirava la casa, scavalcava la recinzione sul retro e, sulla stradina di terra battuta, trovava Andrea che la stava aspettando. Una volta Irene la cercò, convinta di trovarla in casa dell'insegnante. L'uomo capì al volo la bugia della giovane allieva e la coprì.

«L'ho incaricata di una commissione», spiegò prontamente a sua madre. Poi l'aspettò al varco sul retro del giardino. Quando Penelope, aiutata da Andrea, ebbe scavalcato la recinzione, la affrontò: «Bambina mia, ti ho salvato per il rotto della cuffia. Che il Signore mi perdoni: ho mentito a tua madre. Ma non potrò giustificarti un'altra volta. Se quel giovane che frequenti ti vuole bene davvero, dovrebbe evitare di farti saltare le siepi». Penelope gli fu sempre grata di quella piccola complicità che, nonostante le recriminazioni dell'uomo, si protrasse per tutta l'estate.

Quando Penelope si sposò, lui le regalò un'edizione ottocentesca della *Divina Commedia*, con una dedica: «Che tu possa trovare ancora qualcosa di molto piacevole al di là della siepe».

Ora, in risposta alla sua domanda sui figli e il marito, disse: «Ho scavalcato ancora la siepe. Ma è una lunga storia. Forse, uno di questi giorni, gliela racconterò». Le venne in mente Mortimer e pensò a quanto bisogno avesse di rivederlo, in un momento così difficile della sua vita.

L'uomo le regalò un sorriso di solidarietà. La riaccompagnò al cancello.

«Sono felice che tu sia qui», affermò.

«Come sta Piccarda?» s'informò, sul punto di congedarsi.

«Credo che mi abbia lasciato», rispose tristemente. «E tuttavia continuo a sperare, anche se ormai è in ritardo di un mese al nostro appuntamento.» Poi cambiò discorso: «Lo sai che hanno restaurato il *Grand Hotel*? Mi dicono sia migliorato. Perché non dormi lì, questa notte?»

Penelope seguì il suo suggerimento. Si fece dare una camera sul mare. Vi si rinchiuse, si abbandonò sul letto e si addormentò.

Fu svegliata dal suono insistente del cellulare che aveva messo in carica su una mensola del bagno. Pensò ai suoi figli e corse a rispondere sperando di sentire la voce di uno di loro. Invece era Donata, con la quale non voleva assolutamente parlare.

«Non sento nulla», disse.

«Pepe, per favore, ho bisogno di parlarti.» L'amica del cuore aveva un tono di voce allarmato. Pensò di conoscere la ragione di questo bisogno e chiuse immediatamente la linea. Non voleva sentire i rimbrotti dell'astrologa saccente. Guardò l'ora e si rese conto di aver dormito soltanto per dieci minuti. Ormai la pace del sonno era sfumata. Si rivestì e decise di tornare a piedi alla villa. Avrebbe dato aria a tutte le stanze, approfittando del tiepido sole pomeridiano. Entrò di nuovo in casa e salì al primo piano. Spalancò le porte delle camere e quella del bagno. Aprì le finestre, una dopo l'altra. Lì le tapparelle si arrotolarono senza problemi. Poi s'inerpicò lungo la scala a chiocciola e si affacciò dalla torretta.

Guardò il giardino degli Zoffoli. Rivide la sua amica Sandrina, intenta a plasmare gattini con la pasta al sale, in compagnia della cuginetta venuta da Bologna. Il ricordo si allontanò e notò che il giardino era in condizioni deplorevoli. La casa era stata venduta da anni a una famiglia di Forlì che non l'abitava mai. Sandrina era morta da tempo. Durante il viaggio di nozze, l'aereo su cui viaggiava con il marito verso le isole felici dei mari del Sud era precipitato. «Povera Sandrina», sussurrò, rimpiangendo la compagna di tante lunghe estati ormai lontane.

Ridiscese al primo piano e tornò nella camera della nonna Diomira. Si guardò intorno. Se voleva ristrutturare la villa, avrebbe incominciato da lì. Osservò il bel letto liberty in legno di faggio, la testiera con i castoni in ottone sbalzato a piccole rose, la Natività sopra il letto, le acquasantiere di porcellana dipinte a mano, i comodini con il piano di marmo nero venato d'azzurro. C'era anche un armadio a tre ante. Quella centrale sosteneva un bellissimo specchio, incorniciato da volute floreali intagliate nel legno. Alzò lo sguardo e notò una grossa macchia giallo-grigia che, dal soffitto, scendeva lungo la parete dietro l'armadio. L'anno prima, non c'era. L'intonaco si era gonfiato, slabbrando la tappezzeria rosso cupo con i fiori gialli. «Si è rotto il tubo dell'acqua», pensò preoccupata. Tentò di spostare il mobile, senza riuscirci. Aprì l'anta e vide che, all'interno, anche il legno del frontale posteriore si era gonfiato e trasudava umidità. Allora liberò i ripiani da lenzuola, asciugamani e vecchi centrini bordati di un pizzo delicato che la nonna chiamava *frivolité* e la mamma «pizzo chiacchierino», perché si faceva mentre si chiacchierava con le amiche. Le tornò in mente l'agilità con cui la nonna lavorava, facendo scorrere nelle mani le spolette d'avorio su cui era arrotolato un finissimo filo di Scozia. Ne uscivano trine di meravigliosa inconsistenza. Sfilò il cassetto e vide, sul fondo dell'armadio, due scatole di latta un po' arrugginite. Le mise sul letto e le osservò per qualche istante. In una riconobbe quella dei biscotti Oswego, che aveva buttato nel secchio della spazzatura. Evidentemente la nonna l'aveva recuperata e aveva deciso di conservarla con tutto il suo contenuto. All'interno c'erano il braccialetto di corallo, il rossetto di mamma, l'autografo di Iva Zanicchi e il quadernetto con le sue orribili poesie. Nell'altra scatola c'erano carte e fotografie in bianco e nero. Sparse i fogli sul letto. Trovò il diploma di capitano di lungo corso del bisnonno Gualtieri, l'attestato di buona condotta e buon profitto del collegio della nonna, il diploma di scuola magistrale della mamma, partecipazioni di cresime e diversi certificati, fra cui quello di matrimonio di sua madre e suo padre. Si erano sposati a Cesenatico il 28 febbraio 1960.

Penelope ebbe un sussulto. Lei era nata in luglio. Quattro mesi dopo le nozze. Ricordò tutte le volte in cui sua madre le aveva ripetuto: «Tu sei nata esattamente nove mesi dopo che mi ero sposata». Bugiarda! Ora capiva la scelta dell'abito di nozze in stile Impero. La vita alta doveva nascondere la linea del ventre ormai arrotondata. Irene, ancora una volta, le aveva mentito.

2

Sansone aspettava ormai da ore di essere portato fuori e poiché Andrea sembrava non avvedersene, incominciò ad abbaiare, facendo la spola tra la camera da letto e l'ingresso.

«Hai ragione», disse l'uomo. «Dammi il tempo di vestirmi e usciamo.»

Il bianco, bellissimo maremmano era arrivato in casa Donelli dopo la nascita di Luca. Sansone era un cucciolo di tre mesi. Praticamente i due erano cresciuti insieme. Tra loro si era stabilito un rapporto che escludeva il resto della famiglia. Il cane si lasciava fare tutto dal piccolo Luca, compresa la pulizia dei denti. Ogni giorno, il bambino gli dava una prova dimostrativa mettendosi in bocca una schifosissima pasta marroncina che poi passava al cane mentre, con lo spazzolino, gli tirava a lucido la dentatura. Sansone non avrebbe tollerato questa tortura da nessun altro, neppure da Penelope, che pure lo nutriva e lo portava ai giardinetti. Da lei subiva, tuttavia, l'oltraggio di essere lavato, perché così sapeva di potersi accucciare sul letto del suo piccolo amico.

Andrea gli infilò il collare e uscirono dal palazzo. Sansone lo guidò verso un giardino pubblico dove sarebbe stato liberato e dove poteva avvoltolarsi nell'erba, tendere agguati ai suoi simili e annusare il loro passaggio.

Quando rientrarono, il cane era tranquillo e dedicò al padrone uno sguardo riconoscente. Aprendo la porta dell'appartamento, Andrea sperò, per un istante, di ritrovare sua moglie. Forse Penelope aveva capito l'assurdità del suo gesto ed era tornata per non lasciarlo solo ad affrontare i problemi della famiglia. Ma soprattutto perché lo amava e non poteva vivere senza di lui.

«Forse adesso la troviamo», sussurrò al cane.

La casa era come l'aveva lasciata un'ora prima, deserta e caotica.

Non sapeva davvero da che parte incominciare per ripristinare un minimo di ordine. Ci fosse stata Priscilla. Figurarsi! La filippina spariva il sabato e fino alla mattina di lunedì non dava notizie di sé. E lui era solo, disperatamente solo.

«Lo sapeva da un pezzo che se ne sarebbe andata», sbottò tra la rabbia e il pianto. Poi calò un pugno sul tavolo, facendo tintinnare le stoviglie. Lo stesso gesto, le stesse parole di suo padre.

Ad andarsene, allora, era stata Gemma. Quella storia, che Andrea aveva voluto dimenticare, gli ritornava alla mente in tutta la sua drammaticità in un momento in cui avrebbe avuto bisogno di raccogliere serenamente le idee e affrontare quella triste domenica e tutti i giorni che sarebbero seguiti, aspettando il ritorno di sua moglie. Perché non dubitava che Penelope sarebbe tornata. Amava troppo i suoi figli per resistere a lungo senza vederli.

Già, i suoi figli. Che cosa avrebbe raccontato quando, tra un paio d'ore, sarebbe andato a prenderli a casa dei cugini? Come avrebbero reagito all'assenza della madre?

Quando aveva telefonato alla suocera, sperando nel suo appoggio, era stato investito da una valanga di rimproveri.

Alla fine Irene aveva concluso: «Questa disgrazia te la sei cercata tu. Ora non sperare che sia io a togliere le castagne dal fuoco».

Andrea era disperato. Le accuse di Penelope, gravi, serie, motivate, erano come una pugnalata alle spalle. Perché non gli aveva parlato prima di prendere una decisione così definitiva? Forse Sofia o Donata avrebbero potuto far luce su questo punto. Penelope non faceva mai niente senza consultare le sue amiche del cuore. Pensò di chiamarle al telefono, ma rinunciò nel timore che reagissero come la suocera. Perché le donne si alleano sempre contro gli uomini? Persino quella sciocca di Stefania era entrata in crisi e aveva fatto comunella con Penelope, andando a piangere sulla sua spalla. Non si era mai sentito così solo come in quella tristissima domenica di maggio. Gli sembrò che il mondo intero si fosse coalizzato per schiacciarlo, annientarlo, sopprimerlo.

Entrò nelle camere dei ragazzi e guardò con disgusto la confusione che vi regnava. Sansone, che si era piazzato sul letto di Luca, ringhiò minaccioso quando tentò di farlo scendere.

«Sei stato educato molto male», gli disse, con severità. Il rimprovero, che il cane non colse, ovviamente era per sua moglie. Comunque, si ritrasse in buon ordine ed entrò nella stanza guardaroba.

Spalancò una serie di ante prima di trovare quella in cui c'erano i cassetti delle sue camicie, tutte ben stirate e ripiegate. Non aveva idea di possederne così tante e riposte con tanta cura. Non entrava mai nel guardaroba. Penelope gli faceva trovare abito e biancheria pulita, ogni giorno, in camera da letto. Non immaginava neppure che tutti quegli armadi fossero tenuti con un ordine e una pulizia tanto meticolosi. E non era certo Priscilla a occuparsene. Ricordava ancora quella volta in cui, durante un'assenza di sua moglie, la filippina era riuscita a disintegrare in pochi minuti i suoi maglioni di cachemire infilandoli nella lavatrice a sessanta gradi.

Tutto quello che Penelope aveva saputo dirle era stato: «D'ora in poi ti proibisco di toccare la lavatrice». Fosse dipeso da lui, l'avrebbe immediatamente licenziata. Ma la sua Pepe era fatta così: permissiva fino al martirio. Cercò i pantaloni e li trovò in uno scomparto dov'erano accuratamente appesi in una fila ordinatissima. Non una grinza, mai che mancasse un bottone. Ora che lei se n'era andata, c'erano alte probabilità che tutto precipitasse nel caos. Aprì un'altra anta doppia. C'erano gli abiti estivi di sua moglie. Li fece passare a uno a uno, saggiando con le dita la morbidezza dei tessuti e osservando, per la prima volta, la meraviglia di certe sete e i loro colori. Un abito, in particolare, attrasse la sua attenzione. Era uno chemisier di seta a piccoli quadri bianchi e rossi. Penelope lo indossava all'epoca del loro fidanzamento. La ricordò con quel vestito, seduta in macchina accanto a lui. Percorrevano, in un tramonto di mezza estate, un viottolo che costeggiava l'aeroporto di Linate.

Si fermarono e, mano nella mano, si avvicinarono alla recinzione metallica che delimitava la zona invalicabile. Guardarono gli aerei che si alzavano in volo, portando verso il cielo anche i loro sogni. Immaginarono viaggi in terre lontane: l'America, la Cina, le isole dei mari del Sud.

«Un giorno partiremo insieme», le disse Andrea, abbracciandola. «Faremo viaggi fantastici, dal Polo all'Equatore. Faremo scintille, piccola mia. È una promessa solenne», garantì.

La promessa non fu mai mantenuta. Si sposarono subito dopo e si trovarono presto alle prese con i conti di casa. Non era facile far quadrare un bilancio con il suo stipendio di redattore. A un certo punto, però, era stato promosso inviato. Ebbe un buon aumento di stipendio e incominciò a viaggiare. Ma era escluso che Penelope potesse accompagnarlo. Lucia e Daniele erano due splendidi cucciolotti che gattonavano per casa e avevano bisogno delle cure costanti della mamma.

Eppure avevano continuato a cullare il sogno di una vacanza scintillante in qualche paese lontano. Lui, nel frattempo, si imbarcava in piccole, stupide avventure extraconiugali che gli lasciavano sempre la bocca amara, un po' perché si sentiva in colpa ma, soprattutto, perché la sua adoratissima Pepe era sempre la migliore delle compagne possibili. Lei, qualche volta, scopriva queste infedeltà, soffriva e gli faceva il muso lungo per molti giorni. Allora Andrea, ricordando la promessa di tanto tempo prima, giurava a se stesso: «Appena facciamo pace, la porto via».

Una volta riuscirono davvero a prendersi una bella vacanza di due settimane in Inghilterra. Sua suocera si era generosamente offerta di aver cura dei bambini e loro, tornati ragazzi, avevano frequentato un college.

Avevano imparato poco, ma riso molto. Un'altra volta, quando Lucia e Daniele erano un po' cresciuti ed erano stati mandati in campeggio a Pinzolo, si erano concessi una vacanza a Merano. Pochi giorni vissuti con gioia. Anche allora erano stati felici.

Ora strinse fra le dita quella seta a quadretti bianchi e rossi che gli ricordava momenti di splendida intesa con la sua donna. Avvicinò la stoffa al viso, sperando di ritrovare il profumo dei vent'anni. Sentì invece un vago odore di antitarme. «Perché il tempo cancella quanto di buono c'è stato tra un uomo e una donna?» si domandò.

Dei loro diciott'anni di vita comune restava soltanto una lettera astiosa abbandonata al vento. Andrea ammise che, per arrivare a quel punto, molta parte di responsabilità era senz'altro sua. Ma forse anche sua moglie aveva contribuito al disastro.

Squillò il telefono e si affrettò a rispondere, sperando di sentire Penelope. Invece era Donata.

«Mi passi la mia amica?» esordì. «L'ho cercata sul cellulare ma lei non riusciva a sentirmi», spiegò.

«La tua amica non c'è», replicò, soffocando la delusione.

«Ho assolutamente bisogno di parlarle», insistette Donata.

Andrea fu sul punto di raccontarle tutto, ma una nota di nervosismo nella voce della donna gli impedì di parlare, tanto più che lei lo salutò sbrigativamente.

Posò il ricevitore e accarezzò con un gesto distratto il piano della scrivania. Era il tavolo da lavoro di Penelope. C'era una fotografia di lei con i figli. Sorridevano all'obiettivo. L'aveva scattata lui, pochi mesi prima, la sera di Natale. Erano passati cinque mesi e Penelope era andata via.

Sfiorò una ciotola di porcellana delicatissima cui sua moglie teneva tantissimo. Era un oggetto d'antiquariato, colorato d'oro vecchio e tinte pastello.

«Non toccarlo», gli aveva detto una volta, quando lui lo stava esaminando.

«Da dove viene?» si era incuriosito.

«Dalla bottega di un antiquario», era stata la risposta asciutta e sbrigativa.

Era rimasto male, anche se sapeva di non meritare spiegazioni. Da tempo si parlavano poco e, quando lo facevano, era per accapigliarsi. Perché? Guardò il volto sorridente di sua moglie che era diventata una madre chioccia, assillante e nevrotica. A volte la trovava insopportabile, eppure non aveva mai smesso di amarla. Dov'era finita la ragazza dolce e gioiosa che aveva incontrato una sera d'estate a Cesenatico?

Penelope era stata un fiore delicato e gentile che lui aveva colto con tenerezza nel momento in cui stava sbocciando, sicuro che quella sarebbe stata la sua donna per sempre. Ora gli si era rivoltata contro e l'aveva colpito a tradimento.

La pendola batté le due del pomeriggio. Tra un paio d'ore si sarebbe trovato faccia a faccia con i suoi figli. Una prospettiva terrificante. Doveva assolutamente parlare a Penelope. Ormai doveva essere arrivata a Cesenatico.

Lasciò suonare a lungo il telefono. Nessuno rispose. Riprovò sul cellulare e, finalmente, sentì la sua voce.

«Pepe, per amor del cielo, non riattaccare. Io sto impazzendo», esordì mentre gli sembrava che il cuore fosse sul punto di esplodere per l'emozione.

«Non voglio parlare con te», rispose lei.

«Aiutami. Ho bisogno di capire», la supplicò.

«Questa è un'operazione difficile che dovrai fare da solo.»

«Vorrei rispondere alla tua lettera.»

«L'indirizzo lo sai», disse la donna e interruppe la comunicazione.

«Vai al diavolo!» gridò arrabbiatissimo. Era la prima volta che la sua donna lo inchiodava alle proprie responsabilità, senza via di scampo. Non avrebbe mai creduto che fosse capace di tanto. Forse l'aveva sempre sottovalutata. Forse aveva ragione lei quando l'accusava di non aver fatto mai uno sforzo per conoscerla veramente.

Aprì il cassetto centrale della scrivania di Penelope. Non l'aveva mai fatto. I cassetti, spesso, rivelano le personalità di chi li usa. Forse, frugando tra le sue cose, avrebbe potuto sapere qualcosa di più sul suo conto. Vennero fuori strani oggetti che suscitarono la sua tenerezza: una scatolina di velluto piena di pietruzze colorate. Chissà che cosa significavano? Tanti mozziconi di matita bene appuntiti.

Quaderni riempiti con la sua scrittura chiara e minuscola. Una rosa d'organza di un bel verde pallido. Pacchetti di lettere accuratamente legati e separati: quelle delle amiche, dei parenti, di Danko, di altra gente che non conosceva, dei figli. Non osò leggerle, anche se ne aveva il desiderio. Lo incuriosì una busta, che conteneva un biglietto da visita, indirizzata alla signora Pepe Pennisi. La aprì e lesse: *Gentile Pepe, ecco i guanti che hai dimenticato sul taxi. Buona fortuna. Mortimer.* Sull'altro lato era stampigliato un lunghissimo nome: *Raimondo Maria Teodoli di San Vitale*.

«E questo chi sarebbe?» s'interrogò a voce alta. C'era anche una data: 26 febbraio. Non diceva l'anno. «Mortimer!» ripeté dubbioso.

Raccapricciante, come soprannome. Forse era un amico di gioventù. Ma non gli risultava che Penelope avesse mai frequentato persone con due nomi e due cognomi. E poi quel «Gentile Pepe» non gli sembrava un modo normale di apostrofare un'amica. Notò, allora, un plico di lettere legate da un nastrino di seta bianca. Tutte indirizzate a sua moglie. Sul retro d'ogni busta erano stampate le iniziali *R.M.T.S.* «Raimondo Maria Teodoli di San Vitale», ripeté.

Fu sul punto di strappare il nastro per leggere tutti quei fogli. Gli tremò la mano, avvampò e, alla fine, ributtò quel mucchio di lettere in fondo al cassetto. Se Penelope aveva un segreto, non sarebbe stato lui a violarlo.

3

Quella sera Andrea sentì su di sé, per la prima volta, gli sguardi gelidi dei suoi tre figli. All'improvviso non era più il padre amico, complice delle loro trasgressioni, sensibile ai loro capricci, tollerante e generoso. Lo guardavano con severità e lui si sentì colpevole. Penelope gli aveva scritto. «Dovrai reggere il mio gioco». Si era preparato a difendere la moglie, ma non trovava argomenti per difendere se stesso.

«Papà, questo è uno scherzo di pessimo gusto. Dove hai nascosto la mamma?» Daniele fu il primo a rompere il silenzio dopo aver letto il messaggio della madre sulla lavagnetta.

«La mamma non è mai andata a riposare un po', lasciandomi solo», constatò il piccolo Luca con aria grave.

Era stata Lucia a leggere a voce alta le parole che Penelope aveva scritto sulla lavagna. Andrea non aveva avuto il coraggio di andare a casa dei cugini per recuperare i figli. Manfredi e Mariarosa Pennisi li avevano lasciati sul portone del palazzo e, quando i ragazzi erano entrati in casa, aveva annunciato: «Mamma non c'è. S'è presa qualche giorno di vacanza. È partita stamattina».

«Più che partita, sembra scappata», aveva osservato Lucia. «Non ha neppure messo in ordine la cucina.»

«Vieni, Sansone. Andiamo a cercare la mamma», disse Luca, convinto che i genitori avessero organizzato uno scherzo che non gli piaceva.

«Vostra madre è andata a Cesenatico. Potete telefonarle quando volete. Vi garantisco che ha un gran bisogno di riposare perché è molto stanca», affermò cercando di fronteggiare la situazione.

«Stanca di te!» sbottò Lucia, con voce stridula. «Non che io voglia tenere le sue parti, però tu sei proprio una frana. A me fa comodo un padre che me le dà tutte vinte. Quando c'è, naturalmente. Perché non ci sei mai», affermò con risentimento. «In effetti, ultimamente la mamma è molto peggiorata. È insopportabile. Io sono stufa di tutti e due. E non illuderti che adesso mi metta a ripulire la cucina o a rifare i letti. Tu l'hai fatta scappare e tu dovrai rimediare. Io vado in camera mia a studiare. Arrangiatevi.»

Andrea realizzò che i ragazzi avevano capito immediatamente la situazione e gli davano le spalle, tutti e tre.

«Io mi arrangio subito», affermò Daniele, rifugiandosi a sua volta nella stanza che divideva con Luca, il quale si aggirava per la casa aprendo sportelli, spostando cuscini, guardando sotto i letti alla ricerca della mamma.

Andrea colpì il tavolo con un pugno. Non se la sentiva di recitare un atto di contrizione con i figli. Inoltre non si considerava così colpevole. Sentì una specie di scossa elettrica attraversare il cervello e poi un gran dolore alla mano. Servì a fargli recuperare la calma. Spalancò la porta della stanza di Daniele. Dentro una sacca di tela blu, da marinaio, Daniele stava mettendo magliette, giornalini, un paio di puzzolenti scarpe da tennis.

«Cosa fai?» gli domandò.

«Vado a dormire dal mio amico Lele», rispose tranquillamente.

Andrea si allarmò. Lele era un compagno di scuola che

divideva con lui lo scarso interesse allo studio, la passione per i serpenti, per le spille e per gli anellini che si infilzava ovunque.

«E il telo di gomma, lo lasci a casa? Non vorrai bagnare il letto del tuo amico», osservò perfidamente.

Lo aveva ferito a tradimento, sembrandogli il solo modo per arginare una ribellione che rischiava di contagiare anche gli altri.

Daniele avvampò e gli lanciò uno sguardo carico di odio.

«Esci dalla mia stanza e non rivolgermi mai più la parola», replicò mentre rovesciava sul pavimento il contenuto della sacca.

Andrea si ritirò in buon ordine. Aveva vinto un round, dopo essere stato messo al tappeto. Forse era arrivato il momento di capovolgere la situazione a suo favore, anche a costo di perdere l'immagine di padre buono e tollerante che, alla fine, si era rivelata poco convincente.

Spalancò la porta della stanza di Lucia.

«Hai due ore di tempo per rigovernare la cucina e mettere in tavola qualcosa di commestibile per la famiglia», ordinò.

«Rivolgiti a Priscilla. Io devo studiare e non sono la tua domestica», reagì lei, per niente intimorita.

«Chiariamo subito alcune cose. Hai diciassette anni e quindi sei in grado di provvedere, per una sera, alle necessità tue e dei tuoi fratelli. Tra un'ora io vado al giornale a lavorare. Tu e Daniele porterete fuori il cane e gli darete da mangiare. Ci sono i pappagallini da rigovernare, la spazzatura da portare in cortile. Non tornerò prima di mezzanotte, se va tutto bene. Voglio trovare la casa ordinata e i miei figli che dormono. Questo è un ordine», disse con voce ferma.

«Altrimenti?» lo sfidò Lucia, con un sorriso da schiaffi.

«Altrimenti ti sentirai molto in colpa per non esserti assunta le tue responsabilità», rispose con un sorriso altrettanto perfido.

Luca era nel salotto, sdraiato sul tappeto. La schiena di Sansone gli faceva da cuscino. Andrea si accovacciò per terra, vicino a lui.

«Come va?» gli chiese.

«Uh uh», mugolò imbronciato.

«Posso fare qualche cosa per te?»

Il bambino ci pensò un po', prima di rispondere.

«Quando torna la mamma?» domandò in un sussurro.

«Non lo so. Spero presto.» Andrea gli accarezzò i capelli.

«Quanto presto? Questa sera?»

«Non credo.»

«Chi mi legge la fiaba, allora?»

«Dovrai inventartene una da raccontare a Sansone. Io non ci sarò quando andrai a dormire», disse Andrea.

«Se mamma non mi legge la fiaba, io non potrò addormentarmi.» E proseguì: «Inoltre il cane non può venire nel mio letto se prima la mamma non gli lava le zampe».

Andrea doveva reagire subito a quell'inizio di capriccio.

«Lo laverai tu. So che puoi farlo», replicò deciso. «Adesso, io devo andare a lavorare.»

«Se devo lavarlo, voglio la paghetta», ribatté il bambino.

Andrea lo osservò sbalordito.

«Non se ne parla neppure. Non si ricevono compensi per badare ai propri animali.»

«Daniele e Lucia ricevono la paghetta ogni fine settimana. La voglio anch'io», s'impuntò.

La soluzione più semplice, quella che Andrea avrebbe adottato se Penelope fosse stata lì, sarebbe stata di acconsentire. Poi, avrebbe provveduto lei a correggere la rotta. Ma adesso era solo. Sapeva che a Luca non interessavano i soldi. Non ne conosceva ancora il valore. Capiva invece che il bambino era in vena di polemiche.

«Quanto prendono i tuoi fratelli?» domandò.

Luca ci pensò. Non distingueva un biglietto da mille lire da uno da cinquemila. «Il giusto», dichiarò dopo un attimo di silenzio.

«Ottima risposta», constatò Andrea. «Il giusto per te è niente paghetta. Non si ricevono compensi per fare il proprio dovere.»

Vide suo figlio arrossire fino alle orecchie, spalancare le piccole, deliziose labbra in una smorfia di disperazione e urlare tra le lacrime.

«Voglio la mia paghetta! La paghetta! La paghetta!»

Andrea capì che Luca voleva soltanto la sua mamma e sentì tutta la sua incapacità nell'affrontare quel capriccio. Fece per chinarsi su di lui e il cane gli saltò addosso, mettendolo a terra.

Sansone credeva che volesse aggredire il bambino. Andrea si spaventò e urlò per richiamare Lucia e Daniele che, dalla porta del salotto, avevano visto la scena.

Lucia, con piglio energico, agguantò il fratellino e gli allentò due ceffoni. Luca smise immediatamente di strillare. Daniele afferrò il cane per il collo, trattenendolo, e Andrea riuscì a rimettersi in piedi.

«Ma come fa vostra madre a sopportare tutto questo?» sbottò mentre si sistemava la cravatta.

«Noi abbiamo dei problemi. Te ne accorgi solo adesso?» affermò Daniele, con aria compiaciuta.

«Scusa, papà», sussurrò Luca, aggrappandosi ai suoi pantaloni.

«Ti scuso a condizione che queste scene non si ripetano più», disse. E soggiunse: «Adesso, vedetevela tra voi. Io devo andare».

Si infilò nell'ascensore con un sospiro di sollievo. Forse

Penelope aveva qualche ragione per essere sempre nervosa e irritabile. A lui erano bastate due ore con i figli per sentirsi uno straccio.

Andò al giornale ed entrò in redazione.

Dopo tutto era fiero di come se l'era cavata con i ragazzi.

Certo, sua figlia gli aveva dato una mano con Luca, dimostrando una prontezza di spirito sorprendente. Forse aveva imparato dalla madre la tecnica un po' cruenta per sedare i capricci isterici del piccolo. Lui non avrebbe mai osato schiaffeggiarlo. Non aveva mai alzato un dito sui suoi figli.

Ricordò quante volte sua moglie avesse richiamato la sua attenzione sui problemi dei loro bambini.

«Andrea, devi crescere e devi imparare a fare il padre», gli diceva. «La tua immaturità fa soffrire me e loro.»

Tentò di mettersi a lavorare, di parlare con i suoi collaboratori, ma i suoi pensieri erano altrove.

Suonò il suo telefono. Rispose e sentì la voce concitata di Lucia.

«Vieni immediatamente a casa. Luca sta male», disse sua figlia.

«Cos'è successo?» si allarmò.

«Una crisi d'asma. Non di quelle solite, papà. Il Ventolin non basta. Respira a fatica. Bisogna portarlo all'ospedale.»

Ritornò a casa di volata e caricò in macchina il bambino, Lucia e Daniele. A tutta velocità raggiunsero il pronto soccorso della clinica pediatrica.

Il piccolino stava davvero molto male. Il medico di guardia prese in braccio Luca e lo portò nel suo studio, chiudendo la porta.

Passò mezz'ora prima che la porta si riaprisse e comparisse il medico, da solo. Spiegò che aveva prestato a Luca le cure del caso. Adesso stava benissimo. Poi guardò Andrea con severità e disse: «Il bambino non ha niente di fisiologico. I suoi genitori sono il suo problema. Consiglio lei e sua moglie di farvi aiutare da uno psicologo».

Lucia e Daniele non fecero commenti. Quando il medico riconsegnò Luca ai suoi famigliari, il bambino saltò fra le braccia del padre e gli coprì il viso di baci.

Uscirono dalla clinica tutti insieme e salirono in macchina. Si sentivano quasi felici, perché la grande paura per il piccolo Luca era passata.

«Proporrei di farci un megagelato», esordì Lucia.

Erano ormai le nove di sera. Si ritrovarono seduti al tavolino di un bar. Daniele e Luca ordinarono una coppa alla vaniglia e cioccolato, Lucia, per non rovinare la sua linea perfetta, scelse una macedonia di frutta. Andrea prese soltanto un caffè.

«Perché non possiamo risolverci le nostre grane tra noi, invece che con lo psicologo?» domandò Daniele all'improvviso.

«Mamma lo sta già facendo. È andata via», replicò la ragazza.

«Mamma ha fatto una buona scelta», concluse Andrea. «Capirà quanto le manchiamo. Noi impareremo a pesare meno su di lei.»

Quando rincasarono erano esausti. Andarono subito a letto. Andrea, però, non riusciva a prendere sonno. A un certo punto si alzò e uscì dalla stanza. Dal corridoio sentì che Daniele stava parlando al telefono con sua madre. Allora ritornò in camera in punta di piedi. Prese carta e penna e scrisse a Penelope.

4

PENELOPE era ricorsa a un sonnifero per riuscire ad addormentarsi. Non era abituata a prenderne e la piccola pastiglia bianca fece l'effetto dovuto nel giro di pochi minuti.

Così, passò un po' di tempo prima che recuperasse la lucidità necessaria per rendersi conto che il suo cellulare, sul tavolino da notte, stava suonando.

Lo trovò a tentoni, nel buio, e rispose con voce assonnata. Intanto accese la luce e, sulla radiosveglia, vide l'ora. Erano le undici di sera.

«Mamma! Dove sei?» domandò suo figlio.

«A letto, naturalmente. E tu?» Adesso era ben sveglia e ansiosa di parlare con Daniele.

«Io sono in cucina. Parlo sottovoce perché gli altri non mi sentano», sussurrò.

«I tuoi fratelli sono ancora svegli?» si preoccupò.

«Dove sei?» ripeté il ragazzo. «Ho chiamato in villa, ma non risponde nessuno.»

«Sono in albergo. A duecento metri dalla casa della nonna che è senza luce e senz'acqua. Domattina arriveranno gli operai. Ma tu, come vedi, mi hai trovato ugualmente», spiegò Penelope. Si tirò a sedere sul letto. Era felice di parlare con lui.

«Mamma, perché te ne sei andata all'improvviso? Perché ci hai lasciati con papà? È assolutamente inaffidabile, lo sai», sospirò il ragazzo.

«Sono certa che imparerà a cavarsela. Abbi pazienza e dagli tempo. Io sono stanca, ho bisogno di riposare e ne approfitto per sistemare la casa della nonna, prima dell'estate.»

«Non ci capisco niente», disse Daniele, e aggiunse: «Mi manchi da morire. E non a me solamente».

«Caro tesoro! Non ho mai ricevuto una così bella dichiarazione d'amore. Ritornerò presto, stanne certo.»

Lui, all'improvviso, la congedò.

«Credo stia arrivando qualcuno. Forse papà», sussurrò.

«Telefonami quando vuoi. Ti abbraccio.»

Suo figlio non sentì queste ultime parole. Aveva già riagganciato il ricevitore. Avrebbe voluto chiedergli notizie di Luca e di Lucia. Sapere come era trascorsa la giornata. Perché non aveva parlato dei fratelli? Forse era successo qualcosa? Spense la luce e si rigirò nel letto a lungo, inquieta. Questo, lo sapeva, era il prezzo da pagare per averli lasciati.

Il mattino dopo, quando si svegliò, il primo pensiero fu ancora per i suoi figli. La consolò l'idea che Priscilla si sarebbe presentata puntualmente alle otto e avrebbe riordinato la casa.

Fece colazione e poi s'incamminò verso la villa. Quando arrivò, c'erano due operai che avevano demolito un pezzo di muro in cucina, e scoperto un tubo dell'acqua che si era otturato a causa del calcare. Erano stati avvertiti la sera prima dal professor Briganti che ora stava controllando l'andamento dei lavori.

«Penelope, ho una notizia straordinaria», esordì il vicino con una faccia radiosa. «Piccarda è tornata. È accaduto ieri sera, al tramonto. Ci siamo incontrati mentre scendevo i gradini per accendere la luce nel giardino. Si è fatta desiderare, come ogni vecchia ragazza che si rispetti. Ma alla fine è tornata.»

«Neanche avesse vinto alla lotteria», commentò scherzosamente un operaio.

«Sono molto contenta per lei», gli sorrise Penelope.

«Guardi, signora, che qui la situazione è complicata. Questo tubo è marcio. Bisognerebbe cambiarlo», affermò l'uomo.

«Se è proprio indispensabile...» sospirò Penelope. E aggiunse: «C'è una perdita d'acqua anche in una camera da letto, al piano superiore».

Ormai aveva capito che quel vecchio edificio non sarebbe stato abitabile per qualche giorno.

«In questo caso, bisogna fare dei controlli più approfonditi», decise l'idraulico. Lui e l'elettricista passarono in rassegna tutta la casa, stanza per stanza. Conclusero che bisognava rifare l'impianto elettrico, adeguandolo alle norme Cee, e l'impianto di riscaldamento. Inoltre, c'erano tutti gli infissi da rinnovare, la caldaia da sostituire, gli intonaci da restaurare.

Il professor Briganti, assolutamente ignaro di questioni pratiche, seguiva con interesse quel ragionare di smantellamenti e rifacimenti, come un bambino che si diverte a scoprire un gioco nuovo.

«Mi offro di seguire questi lavori», propose a Penelope. Era un'occasione inaspettata per spezzare la monotonia dei suoi giorni.

«I costi sono alti», annunciò l'idraulico. «Bisogna impiantare un cantiere.»

«La casa è di mia madre. Credo che dovrò interpellarla», ragionò lei. Ma non aveva voglia di affrontare Irene dopo aver scoperto la sua ultima menzogna e, soprattutto, decise che due ristrutturazioni, quella della sua famiglia e quella della villa, tutte e due nello stesso tempo, erano davvero troppo per le sue forze.

«Preparatemi un preventivo delle spese, nel frattempo, ripristinate i servizi essenziali: acqua, luce e tapparelle. In seguito valuteremo il resto dei lavori», concluse.

Era tornata nella vecchia casa di nonna Diomira per riflettere, sentiva davvero il bisogno di stare sola. Il pensiero di vivere in albergo per diversi giorni le sembrò insopportabile. Voleva fare lunghe passeggiate sulla spiaggia, ancora deserta in quella stagione, e guardare le barche dei pescatori. Voleva lavorare in giardino e strappare le erbacce dalle aiuole. Non voleva operai, impalcature e martelli pneumatici.

Suonò il telefono nel vestibolo. Era l'ufficio postale.

«È lei la signora Donelli?» domandò l'impiegata. «Attenda in linea. Le passo il direttore.»

«Ciao, Pepe. È arrivata adesso una lettera per te, da Milano, con la posta prioritaria. Aspetti il fattorino o preferisci venire a prenderla subito?» le domandò l'amico Sandro Curi.

«Vengo subito a prenderla», replicò. Andrea le aveva scritto e aveva affidato la sua risposta al mezzo più veloce.

24 maggio

Cara Penelope,
ho letto la tua lettera un'infinità di volte. Sono stupito e addolorato. Non mi sarei mai aspettato una mazzata simile da te. Conosco la tua onestà, dunque so che hai scritto sinceramente quello che pensi. Ma, altrettanto sinceramente, devo dirti che non sono il mostro che descrivi.

Stamattina, quando mi sono svegliato e non ti ho trovata, mi sono sentito solo come un bambino abbandonato.

Poi, ho incominciato a riflettere.

L'altro giorno mi sono comportato come un imbecille insistendo a negare la stupida storia con Stefania e distruggendo il vetro della porta.

È sempre stata la paura di perderti a farmi reagire con violenza. I modelli della famiglia dalla quale provengo devono aver avuto il loro peso in tutto questo. Non è una giustificazione, è una spiegazione.

Dopo aver letto la tua lettera, ho pensato che tu fossi impazzita. Mi ci sono volute ore per capire che soltanto una grande sofferenza può averti spinto a una decisione tanto drastica.

Mi hai proibito di venire a prenderti. Ti rifiuti di parlarmi al telefono. Insomma, mi hai messo in castigo. Spero sinceramente di dimostrarti che posso cambiare.

Per la prima volta, credo di essere stato sincero anche con i nostri figli. Ho dovuto esserlo perché quelle tre pesti mi hanno fatto chiaramente capire che mi ritengono responsabile della tua fuga. Posso dargli torto?

Cara Pepe, ti ho fatto soffrire ma non ho mai smesso di amarti.

Ricordo quando andammo a Verona. Tu eri incinta di Lucia.

Era gennaio. Faceva così freddo che, nella nostra camera d'albergo, aggiunsero una stufetta elettrica.

Io dovevo intervistare Patty Pravo che non si presentò all'appuntamento, facendomi dire dal suo agente che era stanca e aveva mal di testa. Ti raggiunsi al ristorante, all'ora di pranzo. Ero molto contrariato. Un maître compitissimo ci propose del «baccalà in umido adagiato su un letto di polenta». La descrizione ci affascinò. A fine pranzo ti eclissasti per una telefonata. Poi tornasti al tavolo con aria trionfante.

«Il caffè lo prenderemo in albergo», annunciasti. «Patty Pravo ti aspetta al bar.»

Eri entrata come paroliera nel mondo della musica leggera e l'avevi velocemente abbandonato, ma conservavi alcune amicizie. Patty Pravo era tra queste. Sul momento mi irritai perché eri riuscita là dove io avevo fallito. Poi, prevalse la gratitudine. Feci la mia intervista e scrissi un buon pezzo.

Quel giorno, al termine di una passeggiata tra la chiesa di Santa Anastasia e piazza Bra, entrammo nella bottega di un orafo antiquario.

Ti regalai una collanina ottocentesca, fatta con perle e granati, legati da una maglia d'oro rosso. La portasti fino al momento del parto. Poi non l'ho più vista. Che fine ha fatto?

Tornammo alla nostra bellissima camera, infreddoliti e felici. Ci infilammo sotto le coperte di lana e, per riscaldarti, ti tenni stretta fra le mie braccia fino a quando ti colse il sonno. Allora mi alzai e scostai la tenda della finestra. Vidi che nevicava. Ti svegliai.

Rimanemmo dietro i vetri, abbracciati, a guardare lo spettacolo dei fiocchi bianchi che scendevano silenziosi.

La piazza, le auto in sosta, i tetti delle case si andavano imbiancando. E noi due, vicini, il cuore gonfio di felicità, ci sussurravamo parole d'amore.

I problemi, fra noi, sono incominciati dopo. Quando è nata Lucia, tu passavi i giorni e le notti a tenerla tra le braccia. Non avevi più tempo per me. Mi sentii escluso. In casa imperversavano tua madre e le tue amiche. Passavi ore a chiacchierare con loro, a vezzeggiare la bambina. Con me parlavi a stento.

Passavi più tempo con Sofia che con me. Tu hai sempre saputo quanta ostilità ci sia fra noi due. Lei mi considera un vacuo, io so che è una presuntuosa della specie peggiore. Non ho mai capito come tu possa essere amica di quella pettegola dagli orizzonti e dalle aspirazioni limitati. Parlo di Sofia perché mi è venuto il sospetto che possa aver avuto un peso nella tua decisione di andartene. Dopo tutto, non avremmo potuto guardarci negli occhi, tu e io, e chiarire onestamente i nostri problemi? No, non potevamo. Ricordo quante volte hai tentato di avere un dialogo serio con me, senza mai riuscirci, perché io avevo paura di affrontarlo.

Mi rendo conto soltanto adesso di quanto siano problematici i nostri figli e so di avere le mie responsabilità in tutto questo. Stavo per scrivere: «le mie colpe», ma ancora non ce la faccio. Sto soffrendo più di quanto immagini. Mi hai lasciato di fronte a un mare di problemi che non so come affrontare. Per non parlare delle questioni pratiche che per te, forse, sono banalità. Prendi lo zoo di casa, per esempio. Quante volte al giorno bisogna portar fuori il cane? È proprio necessario che dorma con Luca? Come si prepara il suo pasto? Cip e Ciop, come vanno accuditi? Credi che Priscilla ne sappia qualcosa? E i pesci? Luca mi ha detto che la pesciolina rossa è incinta e bisogna preparare nell'acquario una rete in cui isolare i piccoli per evitare che i grandi li mangino. Questo è quanto sostiene Luca. Sarà vero? E dove trovo la rete? Per fortuna Daniele si occupa personalmente di Igor, il suo schifosissimo serpente. Poi ci sono tutti i problemi dei ragazzi: lo psicologo e il corso di flamenco di Lucia, l'asilo e il corso di nuoto di Luca, il rifiuto di Daniele per la scuola. Cosa devo fare? Bastonarli o blandirli? Su tua madre ho capito di non poter fare alcun assegnamento. Sulla mia, stendo un velo pietoso. Pepe, amore mio, ma che cosa ti è venuto in mente? Come faremo a sopravvivere senza di te? Ho sempre saputo che sei preziosa. Ora so che sei indispensabile. Tu sei la donna della mia vita. Ti amo e sono pronto a tutto per riavere il tuo amore. Dammi tue notizie, ti prego.

Affiderò questa lettera alla posta prioritaria. Voglio che tu l'abbia subito.

Ti abbraccio.

Andrea

P.S. 1
Questa sera Luca ha avuto una crisi di asma e l'ho dovuto portare al pronto soccorso. Ora sta bene. Il medico di guardia ha consigliato di parlare con uno psicologo perché il suo disturbo è psicosomatico, non fisiologico, ed è causato dal rapporto problematico con i genitori. Lo sapevi?

P.S. 2
Chi è Mortimer? Ho trovato un pacco di lettere sue. Non le ho lette.

P.S. 3
Un giorno ti racconterò la storia di Gemma. Credo che aver cercato di dimenticarla mi abbia fatto molto male. Indirettamente ha nuociuto anche a te e ai nostri figli.

5

PENELOPE era andata in spiaggia. Si era seduta sul bordo di una barca di salvataggio e, di fronte al mare piatto come una tavola, aveva letto la lettera di suo marito.

Respirò profondamente l'aria che profumava di sale e valutò le parole di Andrea, sforzandosi di considerarle con distacco. Fondamentalmente non c'era nulla di nuovo, compresi i ricordi dei loro momenti sereni. Andrea era fatto così: passava dalla tenerezza alla violenza con estrema rapidità. Non era una novità neppure la crisi del piccolo Luca.

Ne aveva già parlato con lo psicologo di Lucia che, indirettamente, seguiva anche Daniele e Luca.

«Il piccolo vi sta ricattando», le aveva spiegato l'esperto. «Inconsciamente vi trasmette un messaggio: poiché non sono soddisfatto dei miei genitori, somatizzo questo malessere facendomi venire il fiato corto. Quando la sua insoddisfazione cresce, si aggrava anche la sua asma.»

Ora il suo inconscio gli diceva: poiché la mamma è andata via, io starò malissimo per farla tornare. Ma questa volta lei non era lì a subire il ricatto. Penelope sapeva tutto ciò, tuttavia era in ansia per lui.

Le uniche novità della lettera stavano negli altri due poscritti: l'accenno a Mortimer e quello a Gemma. Andrea aveva trovato le lettere di Mortimer. Non le aveva lette, ma voleva sapere. Tre giorni prima, questo non sarebbe accaduto. Per quanti indizi lei avesse seminato, non aveva mai mostrato di accorgersene. Quanto a Gemma, la sorella di Andrea morta non ancora ventenne, era sempre stata considerata un argomento tabù. Lei era riuscita soltanto a sapere che, quando Andrea aveva quindici anni, erano morti quasi contemporaneamente sua sorella e suo padre.

Il sole tiepido stava asciugando l'arenile. I proprietari dei bagni portavano fuori dai capanni sedie, lettini, ombrelloni. Li lavavano per liberarli dalla sabbia e prepararli per la stagione che sarebbe incominciata tra qualche settimana. Alla chiusura delle scuole, i primi bagnanti avrebbero invaso le spiagge. Intanto venivano ridipinte le cabine, i bar erano tirati a lucido, si montavano le altalene per i bambini.

Penelope vide lo scivolo verniciato d'azzurro su cui, durante l'estate, avevano giocato i suoi tre bambini. Quanta tenerezza in quei ricordi.

Le sembrò, adesso, mentre si schermava gli occhi dai raggi del sole, di vedere il corpicino abbronzato e perfetto del piccolo Luca, la zazzera nera gonfiata dalla brezza, scivolare con le braccia alzate lungo il percorso tortuoso dello scivolo e di sentire i suoi strilli acuti e gioiosi, mentre lei e Andrea erano lì, sulla sabbia, pronti ad accoglierlo nelle loro braccia.

Nei fine settimana che Andrea trascorreva con loro a Cesenatico non c'era tensione e Luca non soffriva d'asma. Daniele e Lucia, invece, avevano già i loro problemi. Penelope si augurava che Luca si salvasse. Invece, pochi mesi dopo, in autunno, aveva incominciato anche lui a manifestare segni di sofferenza.

«Due genitori problematici possono solo danneggiare i loro bambini», pensò. Se Andrea si fosse deciso ad aprirsi con lei, forse sarebbe riuscita a raccontargli la storia di Mortimer.

Ma, per il momento, ognuno di loro doveva elaborare in santa pace i propri drammi.

Infilò nella tasca dei bermuda la lettera del marito. Prese in mano le scarpe di tela e attraversò la spiaggia, a piedi nudi.

«Posso passare dal bar?» domandò Penelope all'uomo corpulento che stava togliendo il telo di plastica dal bancone. I tavolini erano ancora impilati in un angolo. Le scaffalature erano vuote. Le pareti, tinteggiate di fresco, mandavano un buon odore di vernice.

L'omone alzò lo sguardo su di lei e le sorrise con aria incredula.

«Ma tu sei Penelope!» esclamò. Era sulla cinquantina. Aveva i capelli, color sale e pepe, raccolti in un codino e la faccia era un reticolo di rughe cotte dal sole. Dai calzoncini corti debordava un ventre da robusto mangiatore.

«Tu sei Roby! Il Bobby Solo della Romagna», si sorprese lei. Non si vedevano da più di vent'anni.

«E tu sei la Romy Schneider di Milano», ricordò lui.

«Già», disse lei e soggiunse, con un sorriso malizioso: «La Romy Schneider cui hai tentato di fare la festa».

«Te lo ricordi ancora? Mi è andata male, con te.» Gli sgorgò dal petto una risata sonora.

«Non eri andato a lavorare in Inghilterra?»

«Ho fatto il bagnino sull'isola di Jersey. Poi ho fatto il barman a Brighton. Sai, il fascino nostrano faceva un certo effetto su quelle inglesine slavate. Io gli cantavo *Una lacrima sul viso* e loro cadevano dal ramo come pesche mature. Una l'ho sposata. Ho fatto qualche soldo. Ho rilevato questo bagno e mando avanti la pensione dei miei che sono stanchi di lavorare. Adesso ho tre figli. L'ultimo gattona ancora.»

«Anch'io ho tre figli», disse lei.

«Però! Sembri ancora una ragazzina. Ma qui è un mortorio. Cosa fai in questa stagione? Dai, che ti offro da bere», la invitò.

«Grazie, sarà per un'altra volta. Adesso vado di fretta», si defilò.

Erano passati gli anni, ma il Bobby Solo della Romagna non era cambiato. Aveva già ripreso a lanciare occhiate assassine che, se fosse stata meno angosciata, l'avrebbero indotta al sorriso.

«Ti farò conoscere mia moglie. È una dura, ma è stata una manna per un birichino come me.»

«Ci vediamo, Roberto», si congedò lei.

S'incamminò verso la villa. Era quasi mezzogiorno e voleva vedere a che punto stavano i lavori.

Ripensò a Mortimer, alla loro storia d'amore finita ma non conclusa. Una passione che non si era ancora spenta.

Il padre di Penelope diceva: «A bocce ferme sai come si è conclusa una partita». In questa storia alcune bocce stavano ancora rotolando da qualche parte.

«Stavo proprio aspettando lei», disse l'idraulico, fermo sul cancello del giardino.

«È tutto finito?» gli domandò.

«Neanche per sogno. Venga. Le faccio vedere», annunciò, precedendola verso l'ingresso. «Glielo avevo detto che questi tubi sono da cambiare. Guardi da sé le condizioni di questo muro. È marcito anche il pluviale», spiegò, mostrandole chiazze d'umidità lungo tutto il perimetro della cucina e sulle pareti che comunicavano con l'esterno. Quindi soggiunse: «Hanno ripristinato l'elettricità e i fili sono andati in corto circuito. Se arrivano i vigili, le mettono anche la multa».

Penelope emise un sospiro rassegnato.

«Va bene. Faccia tutto quello che serve. Quante ore ci vogliono?»

«Ci vogliono un po' di giorni, signora. Io adesso vado a pranzo. Ritornerò fra un'ora», disse, e si allontanò.

Salì sul camioncino dove il suo assistente lo stava aspettando. Penelope li guardò andar via. Tornò nel vestibolo, prese in mano la cornetta del telefono e, d'istinto, fece il numero di casa a Milano. Voleva parlare con Priscilla. Avere notizie dei ragazzi.

Il telefono squillò a lungo. Nessuno rispose. Penelope sapeva che, a quell'ora, i due figli più grandi erano a scuola, il piccolo all'asilo, il marito al giornale. La domestica filippina doveva necessariamente essere a casa a preparare il pranzo. Invece non c'era. Compose il numero una seconda volta, nel timore di aver sbagliato. Ancora nulla. Si preoccupò. Il primo impulso fu quello di chiamare suo marito, al giornale. Si costrinse a non farlo, almeno per il momento. A preoccuparla era soprattutto la salute di Luca. Telefonò all'asilo. Rispose suor Alfonsina.

«Che cosa posso fare per lei, cara?» domandò la direttrice.

«Ieri sera Luca non è stato bene. Ora come si sente?» indagò con cautela.

«È qui fuori in giardino. A giudicare dalla foga con cui gioca, direi che sta benissimo. Suo marito mi aveva già avvertito. Si tranquillizzi, signora Donelli. Il piccolo sta bene. Ma starà meglio il giorno in cui i suoi genitori vivranno e lo faranno vivere cristianamente. Sia lodato Gesù Cristo.»

La suora chiuse la comunicazione e Penelope trasse un sospiro di sollievo. L'assenza di Priscilla, tuttavia, continuava a insospettirla. Doveva trovare un tramite per avere notizie. Escluse sua madre e il portiere. Chiamò Sofia.

«So già tutto», esordì l'amica del cuore. «Me lo ha detto

tua madre. Ero molto curiosa di conoscere i particolari, ma non ho osato farmi viva. Sei davvero a Cesenatico?»

«Calmati, Sofia. È tutto vero. Sto da cani, anche perché non so che cosa succede in casa mia. Priscilla non risponde al telefono. Te la senti di andare a vedere come stanno le cose?» Sapeva di offrirle un boccone ghiotto.

«Tieni sempre acceso il cellulare. Appena posso ti richiamo. Quanto a te, hai preso la giusta decisione. Donata lo sa?» domandò non riuscendo a trattenere la curiosità.

«No. E non deve saperlo. Aspetto la tua telefonata», tagliò corto Penelope.

Si fidava di Sofia come di se stessa. La sua amica aveva la rara capacità di affrontare con senso pratico qualsiasi situazione, anche la più difficile. Perdeva qualunque aggancio con la realtà soltanto quando entrava in gioco suo marito, il professor Varini, un individuo scialbo che lei aveva mitizzato e che ora, avendola lasciata per una giovane allieva, denigrava chiamandolo il «verme».

Tornò sull'uscio, sedette sul primo gradino. Guardò il cancello di ferro battuto. La vernice marrone, che lo ricopriva, era scrostata ed era quasi completamente divorata dalla ruggine. Osservandolo, ricordò una mattina d'agosto quando, alzando la tapparella della sua camera, vide ondeggiare una serie di palloncini con la scritta: PEPE, VUOI SPOSARMI?

Mortimer sarebbe arrivato molti anni dopo. La partita con i due uomini della sua vita non era ancora conclusa.

Andrea
dormiva profondamente...

1

ANDREA dormiva profondamente. Si svegliò avvertendo un fastidio alla pianta dei piedi, mentre due zampe enormi calarono sulle sue spalle e una lingua gli leccò il viso.

«Ma cosa combinate?» domandò con voce assonnata. Nella camera entrava una lama di luce che proveniva dal corridoio. Luca lo tirava per i piedi e Sansone gli alitava addosso. «Che cosa volete, voi due?»

«Papà, sono le sette. Devi portare fuori Sansone. E dopo c'è da preparare la colazione e io devo essere accompagnato all'asilo», disse Luca d'un fiato.

Andrea fu sul punto di protestare suggerendo al piccolo di rivolgersi alla mamma. Ma Penelope non c'era. «Tu ti svegli sempre a quest'ora?» domandò. Intanto si alzò e, continuando a brontolare, andò in bagno a lavarsi. Luca e il cane lo seguirono.

Era delizioso quel bambino in pigiama celeste, a piedi scalzi, che teneva sempre una mano aggrappata al pelo folto e bianco del suo cane.

«Oggi è lunedì. Non viene Priscilla?» domandò Andrea mentre si infilava i jeans.

«Priscilla viene soltanto alle otto. A quell'ora Daniele e Lucia sono già usciti per andare a scuola», lo informò.

«E tu, a che ora devi essere all'asilo?»

«Alle nove. In portineria dobbiamo compilare il menù di mezzogiorno. Si può scegliere tra risotto e pastasciutta, arrosto e cotoletta, insalata e patatine. Io voglio sempre la pastasciutta, la cotoletta e le patatine.» Mentre parlava aveva già infilato il guinzaglio al collo di Sansone.

«Grazie per le informazioni», sorrise Andrea, scompigliandogli i capelli. «Da questo momento ti nomino mio aiutante. Io porto fuori il cane, tu penserai a dargli da mangiare e poi sveglierai i tuoi fratelli», soggiunse mentre, raggiunta la porta d'ingresso, tentava inutilmente di aprirla.

«Ci vogliono le chiavi che sono nella ciotola», gli suggerì Luca.

«Grazie», rispose Andrea. «Come farei senza di te?»

Tornò dopo un quarto d'ora. Sansone sparì in cucina. Daniele bussava alla porta del bagno, protestando con la sorella.

«Sei in ritardo di un minuto e mezzo sulla tabella di marcia. Sbrigati. Oggi abbiamo a che fare con quell'imbranato di papà e mi sa che arriveremo a scuola in ritardo.»

Lucia spalancò la porta del bagno e, mentre tornava nella sua stanza, urlò: «Tanto, per quello che ti serve arrivare a scuola in orario».

Andrea finse di ignorare il battibecco e l'apprezzamento sul suo conto. Luca si era accucciato sulla portafinestra della cucina e controllava il pasto del cane.

«Tu perché non sei ancora vestito?» gli domandò il padre.

«Se sono il tuo aiutante, devo dirti che cosa mangiamo per colazione. E poi, di solito, mi veste la mamma», spiegò tranquillamente.

Andrea si sforzava di sembrare disinvolto, ma non sapeva da che parte cominciare. Per di più aveva dormito male ed era stato svegliato tre ore prima del solito.

«Va bene, oggi mi insegnerai a scegliere i vestiti per te»,

disse con enfasi. E soggiunse: «Adesso dimmi che cosa mangiate a colazione».

Sansone stava leccando la ciotola ormai vuota, sospingendola sul pavimento in tutte le direzioni. Luca era deciso a dimostrare tutta la sua competenza come collaboratore.

«Comincio da me. Io prendo il tè con il latte e le fette biscottate con la marmellata. Lucia prende una spremuta di frutta in cui la mamma scioglie un cucchiaio di miele. Lo fa di nascosto, altrimenti Lucia non la berrebbe perché dice che gli zuccheri fanno ingrassare. Per Daniele non ci sono problemi. Gli metti sul tavolo il cartone del latte, la scatola dei fiocchi d'avena e il barattolo dello zucchero. Il suo pastone se lo prepara da solo. E tu cosa prendi?»

«Io mi preparerò un caffè», brontolò, mentre faceva del suo meglio per apparecchiare la tavola.

«La mamma mangia frutta e yogurt. Il caffè lo prende dopo», lo informò. E soggiunse: «Io sono molto arrabbiato con mamma».

Lucia entrò in quel momento e Andrea tirò un sospiro di sollievo perché non avrebbe saputo come replicare all'affermazione di Luca.

«È pronta la mia spremuta?» domandò, sedendosi a tavola.

Andrea stava pulendo alcune fragole, dopo aver sbucciato una pera e una mela. Sul gas si stava scaldando l'acqua per il tè.

«Sbrigati perché ho soltanto tre minuti prima di uscire», disse.

Andrea alzò lo sguardo su di lei. Era una ragazza fantastica, alta quasi quanto lui, sottile come un fuscello. Nel viso aveva riassunto i tratti migliori del padre e della madre: zigomi alti, naso piccolo lievemente all'insù, labbra grandi e morbide, occhi fondi e chiari. I capelli nerissimi, lunghi e ondulati, erano raccolti in una grande treccia arrotolata a chignon sulla nuca. Il trucco avrebbe soltanto potuto guastare tanta perfezione. Infatti Lucia non si truccava. Vestiva con studiata semplicità: gonne lunghe e fluttuanti, camicioni di seta accuratamente stirati, scarpe basse. Portava le scarpe con il tacco solo per ballare il flamenco. Si profumava abbondantemente, come sua nonna Irene. Quando uscivano insieme, nonna e nipote, venivano scambiate per madre e figlia. Era molto corteggiata. Aveva un innamorato: Roberto Tradati. Aveva vent'anni, frequentava il primo anno di Ingegneria. Si prendeva amorevolmente cura di lei e ricorreva a mille espedienti per indurla a nutrirsi meglio.

«Guarda che il tuo tono non mi piace. Anzi, sai cosa ti dico? Se vuoi la tua spremuta te la prepari da sola», replicò il padre, esasperato da tutte quelle incombenze che gli erano piovute addosso, cogliendolo impreparato.

«Io devo andare a scuola e ho i minuti contati. Mamma questo lo sa», replicò Lucia, con fare provocatorio.

«Mamma ti ha viziato più del lecito. Io non intendo continuare su questa strada», annunciò Andrea, di rincalzo, mentre versava l'acqua nella teiera.

«E sei proprio tu a criticare mamma?» sbottò la ragazza.

«Basta così! Per quanto mi riguarda, puoi uscire a stomaco vuoto. La cosa mi lascia assolutamente indifferente. Ti annuncio ufficialmente che, da oggi, se vorrai mangiare, il cibo dovrai preparartelo da sola. Hai l'età per farlo.»

Luca si portò le mani alle anche e guardò il padre con approvazione. «Ben ti sta!» esclamò soddisfatto, all'indirizzo della sorella.

«Sono semplicemente scandalizzata dal tuo voltafaccia. Fino all'altro giorno ero la tua bambina adorata e stamattina, solo per via di una spremuta di frutta, tiri fuori un'aggressività che non ti conoscevo. Tua moglie ha viziato te più di me. Imparerai a tue spese cosa vuol dire mandare avanti una famiglia», sentenziò con voce stridula. Afferrò una mela e uscì, sbattendo la porta della cucina.

Andrea la rincorse, furibondo, in corridoio.

«Non ti permetto di sbattere le porte», urlò.

«Perché? Tu lo fai sempre», replicò con un sorriso perfido, infilandosi su una spalla le bretelle dello zaino pieno di libri.

In quel momento comparve Daniele.

Andrea lo guardò come se lo vedesse per la prima volta. Era l'opposto di Lucia. Il suo viso era identico a quello della madre e di nonno Mimì: molto mediterraneo. A quindici anni non era ancora cresciuto completamente, ma le premesse non erano incoraggianti. Aveva una chiara tendenza alla pinguedine. Penelope si consolava pensando che era successo anche a lei quando aveva la sua età. Era un pessimo studente, quasi quanto lo era stata lei negli anni dell'adolescenza. Era fragile e insicuro. Lei aveva reagito mettendosi in conflitto con sua madre, lui reagiva bagnando il letto, coltivando una tenerezza esagerata per il serpente Igor e trafiggendosi la pelle d'anelli. Indossava indumenti pronti per la spazzatura e si lavava soltanto quando Penelope lo infilava di prepotenza sotto la doccia.

Quella mattina Daniele si presentò con il viso pulito. Erano spariti la campanella al lobo di un orecchio, la croce celtica dall'altro, l'anello infilato nel labbro e le palline che gli trafiggevano un sopracciglio.

«Stai bene?» domandò Andrea, preoccupato.

«Sto da schifo. Oggi ho due compiti in classe e non sono preparato», confessò. Sedette a tavola dove Luca stava spalmando marmellata su una fetta di pane biscottato. Versò latte freddo nella sua scodella, vi fece cadere i fiocchi d'avena a neve mentre il fratellino gli tendeva il barattolo dello zucchero. «Niente zucchero», disse. «Fa ingrassare e non è servito ad aumentare le mie capacità cerebrali.»

Andrea aveva deciso di farsi il caffè. Dava le spalle ai figli e li ascoltava parlare.

«Che cosa sono le capacità cerebrali?» domandò il fratellino.

«Sono delle rotelline che uno ha nel cervello. Quando girano nel modo giusto, uno diventa meno stronzo», spiegò con serietà.

«Però, non è che uno smetta di essere stronzo del tutto», volle sapere Luca.

«Volendo, sì. Uno potrebbe non essere stronzo neanche un po'. Da oggi io ho rinunciato ai piercing e allo zucchero.»

«A me piacevano i tuoi orecchini. Me li regali?» domandò Luca.

«No. Li tengo per ricordo.»

«Sei veramente stronzo», concluse il piccolo.

Andrea si girò di scatto e li fulminò con un'occhiataccia.

«Volete smetterla con questo linguaggio? Per oggi non voglio più sentire parolacce.»

Aveva fatto la voce grossa, ma era contento per la faccia pulita di Daniele. Lo accompagnò alla porta.

«Papà, se canno questi due compiti mi fotto la promozione», annunciò.

«Ho detto niente più parolacce», lo minacciò Andrea.

«Non sapevo che cannare fosse una parolaccia», scherzò il ragazzo.

«Non so davvero come vostra madre abbia potuto sopportarvi così a lungo», concluse Andrea, aprendogli la porta. Poi, pensò che i figli sono il prodotto della famiglia dalla quale provengono e si rese conto di avere la sua parte di responsabilità.

Tornò in cucina. Luca sorbiva tranquillamente il suo tè.

«Vai a vestirti», gli ordinò.

«C'è tempo. Prendi il tuo caffè», gli consigliò il piccolino.

«Sono già le otto. Come mai Priscilla non si vede?» gli domandò.

«Avrà litigato con Muhamed», comunicò il bimbo con aria serafica.

«Chi è Muhamed?»

«Il suo fidanzato. Lui la picchia perché è geloso. Lei viene da mamma a mostrarle i lividi e piange. Mamma telefona a Muhamed e minaccia di denunciarlo. Muhamed le dice di farsi gli affari suoi altrimenti viene lui da noi e ci picchia tutti. Allora Priscilla si dispera ancora di più e...»

«Basta così. Non voglio sapere altro. Almeno per questa mattina», gli intimò. La sua capacità di sopportazione era già stata messa a dura prova.

In quel momento suonò il telefono.

«Rispondo io», disse Luca, correndo verso il soggiorno.

Andrea sorseggiava il suo caffè con aria triste. Continuava a rimuginare sui propri errori e faceva affidamento sulla lettera che aveva scritto a Penelope per ristabilire un contatto con lei.

«Priscilla è all'ospedale», annunciò il bambino, comparendo sulla porta della cucina. «Oggi non viene a lavorare perché Muhamed le ha rotto le costole.»

Andrea faticò ad assorbire la notizia. Priscilla era la garanzia di una casa vivibile. Senza di lei sarebbe stato un disastro. Con le sue sole forze non sarebbe riuscito a conciliare le esigenze dei figli, l'assetto della casa e le necessità del suo lavoro.

«E adesso, che cosa facciamo?» domandò smarrito, guardando il suo bambino, come se da lui potesse arrivargli una soluzione miracolosa.

Luca si rinserrò nelle spalle, allargando le piccole braccia con aria sconsolata. Poi il suo volto si illuminò.

«Forse, potresti telefonare alla mamma.»

Andrea si chinò, sollevò il figlio e lo tenne stretto a sé.

2

Sofia era appena rientrata dalla palestra, quando aveva ricevuto la richiesta d'aiuto di Penelope. Aveva trascorso un paio d'ore al Club Conti. Lo frequentava metodicamente a giorni alterni con Donata, Penelope e la madre di Penelope, che sembrava una loro coetanea. Secondo una definizione di Donata, la palestra univa l'utile al dilettevole, nel senso che gli esercizi massacranti si alternavano a fiumi di chiacchiere. Poi si rilassavano sotto la doccia, nella sauna, in piscina. Penelope era la meno assidua del quartetto. Quando non compariva, nessuna delle altre si dava pensiero. Sofia si preoccupò quando non vide Donata.

«Che cosa le sarà successo?» domandò a Irene che era arrivata per prima e stava già scaldandosi sulla cyclette.

«Non lo so e non m'importa. Ho già i miei guai con Pepe», disse.

«Il solito conflitto madre-figlia?» domandò Sofia, digitando sul computer la pendenza della corsa in bicicletta.

«Mi ha trattata a pesci in faccia dopo aver mollato casa, marito e figli», sparò la notizia mentre decelerava le pedalate.

Sofia si bloccò.

«Scusa, vuoi ripetere?»

«Hai capito benissimo. Vorresti farmi credere che non ne sai niente?»

«Te lo giuro. Ero convinta di trovarla qui, stamattina.»

Irene smise di pedalare e guardò costernata l'amica di sua figlia.

«Se non ne ha parlato con te, significa che la situazione è molto più grave di quanto pensassi.»

«Aspettiamo prima di farne un dramma. Sono anni che Pepe minaccia di lasciare Andrea. Questa volta avrà voluto spaventarlo davvero», osservò.

«Che mio genero sia un marito e un padre disastroso, non ci sono dubbi. Mi fa piacere che Pepe abbia voluto spaventarlo. Ma tutto va fatto secondo le regole. La mia amica Idina, quando ha chiuso con il marito, ha riempito due bauli con le cose di lui. Naturalmente, ha staccato i bottoni d'oro dallo smoking e se li è tenuti. Poi ha fatto cambiare la serratura di casa, infine ha spedito i bauli a casa dell'amante di lui. Quando Giulio è tornato, lei era già in crociera con le figlie. Ha agito secondo le regole. Tagli i ponti con il traditore e comunichi con lui attraverso l'avvocato. Quella stupida, invece, se n'è andata lasciandogli i figli, che sono l'unica arma di ricatto per una moglie tradita. Capisci cosa voglio dire?» ragionò Irene.

Sofia pensò alla propria situazione coniugale. Neppure lei aveva seguito le regole. Quel «verme» di Varini l'aveva abbandonata per mettersi con un'allieva di vent'anni e lei continuava a ricevere lui e la giovane amante, nella speranza di riconquistarlo. Così disse: «Ognuno agisce secondo l'istinto. Se gli ha lasciato i bambini, significa che vuole dargli una lezione e probabilmente aspetta che lui la supplichi di tornare. A meno che...» Non finì la frase perché il dubbio che l'aveva sfiorata le sembrò assurdo.

«A meno che Pepe non abbia un amante. E questo spiegherebbe tutto. Ma una donna che ha un amante non va a nascondersi in quella baracca di Cesenatico», rilevò Irene.

«Pepe non ha amanti. E se ti riferisci a quella vecchia storia con Mortimer, ti garantisco che lei ci aveva patito molto ma, alla fine, era prevalso l'amore per Andrea.»

«Allora non mi resta che concludere con la solita amara constatazione: Pepe è un'immatura e non crescerà mai», tagliò corto Irene, ricominciando a pedalare.

«Tuo marito che cosa dice?» domandò Sofia, poco dopo.

«Quello, te lo raccomando. Da buon siciliano, non si smentisce mai. Tace. Lui tace sempre. È stato il tormento di tutta la mia vita. Pepe ha preso da lui e da mia madre. Sono tipi con i quali sarebbe meglio non avere a che fare», si sfogò.

«Sei ingiusta verso Mimì. Io lo conosco da quand'ero bambina e l'ho sempre considerato un uomo delizioso», obiettò Sofia.

«Be', se la pensi così, te lo regalo. Ho passato con lui trentanove anni. Sono trent'anni che medito di lasciarlo, senza trovare il coraggio di farlo. Non si può passare la vita con un uomo sempre accomodante, schifosamente comprensivo, eternamente tenero, che non ti offre neppure un appiglio per litigare», si sfogò.

«Io avrei voluto un padre come Mimì», confessò Sofia.

«L'hai detto. Ma si dà il caso che sia mio marito, anche se sembra mio nonno», disse con rabbia.

Sofia lasciò la cyclette e si piazzò di fronte a Irene, posando le mani sul manubrio.

«Che cosa ti succede? Non ti ho mai vista così sconvolta», constatò.

A cinquantotto anni, la madre di Penelope era ancora molto bella e riusciva a conservarsi giovane ricorrendo a piccoli espedienti. Sofia sapeva che Irene frequentava assiduamente lo studio del dottor Bottari, perché a sua volta ricorreva a lui per rinnovare con l'acido glicolico lo splendore della pelle del viso. Irene si faceva iniettare l'acido ialuronico per attenuare le rughe e aveva candidamente raccontato di avere eliminato le occhiaie con un intervento di blefaroplastica. Curava la sua linea con diete massacranti e mattinate in palestra. Indossava minigonne vertiginose senza essere volgare, perché aveva il corpo di un'adolescente. Ancora una volta Irene smise di pedalare e la guardò con occhi lucidi di pianto.

«Stiamo discutendo di Penelope oppure ci sono altri problemi?» la incalzò Sofia.

La donna scivolò giù dal sellino e si avviò verso gli spogliatoi. Sofia la seguì, decisa a sviscerare la questione.

«Ti occuperai tu dei tuoi nipoti?» le domandò.

«Lasciami in pace», le ordinò, incominciando a spogliarsi.

«Come pensi che possa cavarsela tuo genero, da solo?» insistette.

«Sofia, fatti gli affari tuoi», replicò Irene con voce aspra.

Sofia tornò in palestra. Non si sarebbe fatta gli affari propri nemmeno se le avessero messo una corda al collo. Ma nessuno, neppure la latitanza di Donata, le avrebbe impedito di proseguire negli esercizi del suo programma.

Poi era rincasata mentre il telefono squillava. Era Penelope che chiedeva aiuto.

Sul piano organizzativo, Sofia era fantastica. Poiché in casa Donelli non rispondeva nessuno, rintracciò Andrea al giornale.

«Mi ha chiamato tua moglie», esordì e, andando dritta allo scopo, soggiunse: «Vuole sapere dov'è Priscilla».

«All'ospedale. Come mi ha riferito Luca, l'egiziano le ha rotto alcune coste», spiegò.

«Così i tuoi figli sono rimasti in un solo colpo senza madre e senza domestica. Scusa, Andrea, non voglio rimestare il coltello nella piaga. Ti sto invece chiedendo se posso esserti utile», disse Sofia.

«Non lo so. Esco adesso dall'ufficio del direttore. Gli ho chiesto alcuni giorni di ferie per potermi occupare della casa e dei ragazzi.»

«Va bene. Io mi occuperò di Priscilla. In quale ospedale è stata ricoverata?» s'informò.

«Non ne ho idea. Ti do il suo numero di casa. Vedi cosa puoi fare per quella cretina», disse con aria sconsolata.

Sofia era finalmente nel suo elemento. Prodigarsi per gli altri la faceva star bene. Prima doveva informare Penelope e tranquillizzarla, dopo si sarebbe messa sulle tracce della filippina.

Mentre cercava sull'agenda il numero del cellulare dell'amica, il telefono squillò ancora.

Era Donata. La voce rotta dai singhiozzi.

«Ho assolutamente bisogno di parlare con Pepe, ma non riesco a trovarla», annunciò.

«Puoi sempre rivolgerti a me. Cosa t'è successo?» domandò con apprensione.

«Sofia, con te non parlo. Voglio Pepe, almeno per il momento.»

«Peggio per te. Penelope è a Cesenatico. Ci resterà a lungo, perché ha litigato con Andrea», spiegò. Si sarebbe dilungata nei particolari se non fosse stata ansiosa di sapere il motivo del pianto di Donata.

«Anche lei!» si lasciò sfuggire.

«Non dirmi che anche tu sei ai ferri corti con Giovanni. Santo cielo, tu, Pepe e io siamo proprio un trio disastroso», commentò, quasi con allegria. E soggiunse: «Giovanni è sempre stato un uomo inappuntabile. Te lo abbiamo sempre invidiato. Che cosa ti ha fatto?»

«Sofia, lasciamo perdere. Proverò a telefonare a Cesenatico», concluse l'amica astrologa e riattaccò.

3

ANDREA aveva già lasciato le consegne ai suoi redattori e stava uscendo dal giornale quando fu raggiunto dal direttore.

«Stavo andando a prendere il caffè. Mi fai compagnia?» gli propose Ettore Moscati.

Aveva fretta di tornare a casa, ma non poté rifiutare. Salirono insieme sull'ascensore. Scesero in silenzio al piano terreno e uscirono sulla strada. Andrea non osava mai rifiutare gli inviti dell'uomo che, secondo lui, era l'artefice del suo destino professionale. Questa acquiescenza gli era costata più d'una volta i rimbrotti di Penelope.

Se Moscati diceva: «Domattina andiamo a funghi?» Andrea rispondeva: «A che ora passo a prenderti?» Erano levatacce per lui che amava dormire mentre Moscati, che soffriva d'insonnia, era già efficiente alle quattro del mattino.

«Perché non gli lucidi le scarpe e non gli baci i piedi?» lo sferzava sua moglie, ironica.

Capitava che, dopo la chiusura del giornale, il direttore dicesse: «Facciamo un salto al casinò di Campione?» Andrea aveva soltanto voglia di andare a dormire. Invece replicava: «Stavo per proportelo io».

Ai tavoli della roulette, Moscati vinceva e Andrea perdeva. Tornava a casa alle sei del mattino, avvilito e senza soldi. Dormiva quattro ore e tornava al lavoro distrutto ma con il sorriso sulle labbra.

«Mi sembri Fantozzi», commentava Penelope, senza un briciolo di pietà.

«Moscati è un amico», si giustificava.

«E la tua famiglia che cos'è? La tua nemica? Prova a domandarti se per i tuoi figli saresti disposto a fare altrettanto», martellava lei.

«Per te ho fatto molto di più. Lo ricorderesti, se non avessi la memoria corta», recriminava.

«Allora avevi ventidue anni. Adesso ne hai quarantadue. Tra noi c'era una storia d'amore. Con lui c'è la tua piaggeria.»

«Sei una cretina! Io devo tutto a Moscati. È stato lui a farmi arrivare dove sono. Mi ha sempre dato fiducia.»

«E tu gli hai dato la tua professionalità. Ma come fai ad avere una considerazione così misera di te stesso?»

Era spietata.

«Ti vedo giù», esordì il direttore mentre versava una bustina di dolcificante nel suo caffè.

«Pepe mi ha lasciato», confessò.

«E ti lamenti? Io sto lottando da dieci anni con mia moglie per riuscire a separarmi», obiettò.

«Dipende da come stai con una donna. Io sto benissimo con Penelope.»

«Però fai il mandrillo con le altre. Con Stefania che cos'hai combinato?»

«Niente di serio. Io amo mia moglie.»

«Ti serve un avvocato?»

«Non ci penso assolutamente. Voglio soltanto che torni da me e dai nostri figli», affermò, deciso.

«Così te li ha lasciati sul gobbo. Allora vuol dire che

torna. Dalle tempo e prenditi tutte le ferie necessarie», concluse il direttore, dandogli una pacca sulla spalla.

Quella frase di Moscati: «Allora vuol dire che torna» gli fece buona compagnia nel tragitto fino a casa. Era il primo messaggio positivo nelle ultime ventiquattr'ore. Poi, di fronte allo sfacelo dell'appartamento, si perse d'animo ancora una volta. Più di tutto lo turbò la porta senza vetro del salotto, perché gli ricordava l'ultimo litigio con Penelope. Cercò sulla rubrica di casa il numero del vetraio, lo chiamò e lo pregò di intervenire al più presto. Se Penelope fosse tornata, lui non avrebbe rotto mai più niente. «Lo giuro», promise a se stesso, mentre si chiedeva da che parte incominciare per rendere la casa vivibile. Affrontò il riassetto della cucina, partendo dalla gabbietta dei pappagallini. Sansone si era accucciato in un angolo e lo guardava in modo indecifrabile. Gli sembrò che gli fosse grato di non averlo lasciato solo troppo a lungo. Fu colto dalla tenerezza e tese una mano per accarezzarlo. Il cane ringhiò.

«Ho capito. Niente confidenze eccessive», sorrise Andrea e gli allungò un pezzetto di biscotto. Il cane lo annusò e poi lo prese delicatamente tra le labbra.

Dopo mezz'ora di lavoro gli sembrò che la cucina avesse assunto un aspetto accettabile.

«E adesso, che cosa faccio?» domandò guardando il cane. «Già, devo preparare il pranzo per Daniele e Lucia. Quelli non mangiano all'asilo come Luca.» Aprì il frigorifero in cerca d'ispirazione. Si ricordò che c'era stato un tempo in cui amava cucinare. Era stato proprio lui a insegnare a sua moglie alcuni piatti veloci e squisiti: l'insalata «ben salata, poco aceto e molto oliata», il pesce spada ai ferri con origano, prezzemolo e uno spruzzo di limone, la pasta «alla Donelli», con pomodoro fresco a cubetti, foglie di basilico sminuzzate e olio d'oliva profumato.

«Gli ingredienti ci sono. Dunque, diamoci sotto», disse a voce alta, per farsi coraggio.

Suonò il campanello di casa. Andò ad aprire e si trovò di fronte Sofia e Priscilla. La filippina aveva un occhio nero.

«L'ho recuperata al pronto soccorso. Per fortuna non ha costole rotte», spiegò, sospingendo nell'ingresso la giovane che teneva lo sguardo basso, quasi si vergognasse di essere stata picchiata. «Per qualche giorno, almeno fino a quando non sarà presentabile, non farla uscire. E adesso scusami, ma devo scappare. Ho a pranzo il professore e la sua amichetta.»

Priscilla si avviò verso il bagno di servizio per cambiarsi. La domestica filippina era in casa loro dalla nascita di Luca. Era stata Sofia a trovarla e a suggerire a Penelope di assumerla: «Non puoi andare avanti in queste condizioni. Hai assolutamente bisogno di un aiuto».

Priscilla era spuntata come il coniglio dal cappello a cilindro di un prestigiatore. Aveva venticinque anni, un passato di disagi economici e famigliari, un marito che, dopo averla messa incinta, era scappato in Giappone con una nurse inglese. Era vissuta nelle Filippine con altri nove fratelli e i genitori in una baracca dove razzolavano galline. Aveva avuto, dal marito, una bambina cardiopatica e servivano soldi per curarla. Così era partita come clandestina, era sbarcata ad Amsterdam e da lì era arrivata in Italia dove aveva incontrato una zia che l'aveva messa a lavorare nella casa di una signora anziana. La zia pretendeva metà dei guadagni per averle trovato il posto. L'anziana era morta dopo due mesi e lei era andata a servizio da una ricca signora che, per punirla dei suoi errori, la chiudeva fuori, sul balcone, in pieno gennaio. Allora aveva chiesto aiuto alle suore. Lì, Sofia l'aveva scovata.

La lista dei guai che Priscilla combinava in casa Donelli era inesauribile. Ma era simpatica, ottimista e relativamente affidabile. Penelope le voleva bene. Con tanta pazienza da parte sua e tanta buona volontà da parte della filippina, avevano instaurato una convivenza accettabile. Fino a quando non era comparso Muhamed, l'egiziano, che faceva il cameriere in un night e voleva convertirla alla religione musulmana e mandarla in Egitto a curare i suoi genitori anziani. Priscilla si era rifiutata di soddisfare le sue richieste. Periodicamente lui l'accusava di avere degli amanti e la picchiava. Lei piangeva, ma era fiera di avere un uomo geloso. Penelope le rimproverava questa sottomissione e le spiegava l'importanza della dignità. Priscilla diceva: «Sì, hai ragione, signora». E poi la incalzava: «Ma mi sembra che il signor Andrea sia un po' come Muhamed. Urla e rompe tutto. Dopo ti porta un regalo e tu sorridi».

Penelope si infuriava. «Lui non ha mai alzato un dito per colpirmi», sottolineava.

«Ma ti tradisce. Muhamed invece, no. Dunque, siamo pari», concludeva con il suo eterno sorriso.

Ora Andrea la guardò allontanarsi. Era piccola e tonda come un gomitolo di lana. L'aveva sempre rifiutata, considerandola una cretina. In quel momento benedisse Sofia che gliela aveva riportata.

«Io preparo il pranzo. Tu pulisci i bagni e le camere da letto», le ordinò, quando ricomparve con la vestaglietta rosa.

«Va bene. Ma ti dico subito che tu dovrai fare la spesa e andare a prendere Luca all'asilo. All'una devi portar fuori Sansone. Al resto penso io», precisò Priscilla.

«Va bene, signora», disse Andrea, con un mezzo sorriso.

«La signora Penelope è scappata, vero?» domandò, con aria divertita.

«Fatti gli affari tuoi. E lavora», rispose, seccato.

Andrea continuò a preparare il pranzo. A quell'ora, ne era sicuro, Penelope aveva ricevuto la sua lettera e l'aveva letta. Sperò che gli telefonasse. Poterle parlare sarebbe stato un sollievo. Il telefono squillò in quel momento. Scansò Priscilla che correva per rispondere.

«Lascia, faccio io», disse, mentre sollevava il ricevitore. E poiché la domestica gli stava accanto curiosa, l'allontanò con un gesto.

«È lei il signor Donelli Andrea?» domandò una voce d'uomo.

«Sono io. Chi parla?» chiese, allarmato.

«Qual è il suo grado di parentela con la signora Guidi Maria?»

«È mia madre», rispose impallidendo.

«Qui è il Policlinico. Sua madre ha un braccio fratturato ed è in stato confusionale. Abbiamo trovato il suo recapito scritto su un foglio che stava nella sua borsetta. Camminava in mezzo alla strada e un'auto l'ha investita», spiegò l'uomo.

«Vengo subito», disse Andrea. E pensò che se ci fosse stata sua moglie tutto questo non sarebbe accaduto.

4

Più d'una volta, nel corso della vita, Andrea aveva desiderato la morte di alcune persone che gli complicavano l'esistenza. Il suo desiderio era stato sempre esaudito. Da bambino aveva pregato perché suo padre morisse. Nei momenti di disperazione glielo urlava in faccia: «Voglio vederti morto». Non aveva dovuto aspettare a lungo. Poi aveva sperato che la morte cogliesse Gemma. Anche lei se n'era andata rapidamente. In seguito aveva augurato una fine lenta e dolorosa alla maestra Cazzaniga. Anche questo desiderio si era puntualmente realizzato. Allora si era spaventato. Sebbene la ragione gli dicesse che i suoi cattivi pensieri erano assolutamente ininfluenti sul destino degli altri, la coscienza glieli rimproverava, come peccati terribili.

Ora, davanti a sua madre che era ridotta a un mucchietto d'ossa, adagiato nel letto bianchissimo dell'ospedale, pensò che se doveva morire era meglio che si spegnesse subito, senza soffrire. Ma ricacciò immediatamente questo pensiero, sussurrando: «Buon Dio, se esisti davvero, leggi nel mio cuore e non tenere conto delle mie paure».

Andrea amava sua madre e la guardò teneramente. In una mano le avevano infilato l'ago di una fleboclisi. Le accarezzò delicatamente il viso e i capelli, cercando in quei tratti consunti l'immagine della donna che lo aveva partorito quand'era nel fiore degli anni. Era stata una donna forte, una lavoratrice instancabile, una madre distratta e sollecita nello stesso tempo, una moglie ferocemente innamorata del marito. Per poterlo mantenere agli studi e assicurargli un futuro migliore del proprio, Maria Donelli aveva sopportato anche le umiliazioni della maestra Cazzaniga, che insegnava nella scuola dove lei era bidella. Nell'appartamento di due stanze, dove erano andati a vivere quand'erano rimasti soli, sua madre lavorava anche di notte: cambiava colli alle camicie, faceva orli ai calzoni, allargava o stringeva gonne e vestiti per arrotondare lo stipendio e consentire ad Andrea di studiare, di fare carriera. Aveva anche un altro figlio, Giacomo, di dieci anni più grande di lui. Viveva a Roma dove si era sposato con una ragazza ricca e non aveva più visto la madre dal giorno dei funerali del padre e della sorella. Qualche volta Andrea era andato a trovarlo. Gli aveva anche fatto conoscere Penelope. Giacomo era sempre gentile e molto formale, ma tendeva a sottolineare che con la famiglia preferiva non avere più rapporti. Sua madre ci pativa. Quel figlio assente le era rimasto nel cuore.

Aprì gli occhi e vide Andrea.

«Sei Giacomo, vero?» domandò, esitante.

«Sono Andrea», rispose.

«E io, dove sono?»

«In ospedale. Ti sei rotta un braccio e te l'hanno ingessato», spiegò.

«Davvero? Non me lo ricordo», sussurrò.

Le avevano somministrato dei sedativi. Si riassopì.

Andrea abbandonò il suo capezzale, uscì nel corridoio e telefonò a Roma, a suo fratello.

«Nostra madre sta male. Vuoi venire a vederla?» gli disse.

«Sono molto occupato. E poi, a che cosa servirebbe?»

«Ha chiesto di te», sottolineò.

«Tanto, per quello che capisce, che io ci sia o non ci sia non cambia niente», si defilò.

«Giacomo, è tua madre», insistette Andrea. «È in un letto d'ospedale e rischia di non riprendersi mai più.»

«Veramente è più madre tua che mia. Per me non ha mai fatto niente», replicò con fare aggressivo.

«Veditela con la tua coscienza. Io t'ho avvertito», ribatté con altrettanta aggressività e chiuse la comunicazione.

Allungò lo sguardo verso la stanza a quattro letti. Maria occupava quello in fondo, vicino alla finestra. Non si muoveva, non si lamentava, non chiedeva nulla. Eppure, lo sapeva, il suo cuore urlava il bisogno di tenerezza, soprattutto da parte di quel figlio che non rivedeva da tanti anni.

Aveva parlato con il medico. La frattura al braccio era stata ridotta e avrebbe dovuto tenere l'ingessatura per un mese. L'ospedale l'avrebbe trattenuta soltanto per due giorni. «Il problema di sua madre è la demenza senile», aveva detto il dottore. E aveva proseguito: «Deve essere ricoverata in una struttura idonea. Ci sono tante cliniche per malati di questo genere. Le consiglio di informarsi presso un assistente sociale. Le fornirà un elenco di indirizzi».

Andrea aveva detto: «Sì, va bene, grazie», ma non poteva accettare l'idea di mettere Maria in un gerontocomio. Ci fosse stata Penelope, lei avrebbe saputo che cosa fare. Invece adesso doveva cavarsela da solo. L'unica soluzione che gli veniva in mente era quella di una clinica privata. Ma sarebbe stato un costo eccessivo e non voleva in alcun modo attingere al conto di sua moglie. Suonò il cellulare. Era Lucia. «Papà, sono appena tornata da scuola. Grazie per averci preparato il pranzo. Ho saputo di nonna. Dammi le coordinate. Mangio e ti raggiungo», annunciò.

«Preferirei che ti occupassi di Luca. Priscilla non può uscire per andare a prenderlo all'asilo.»

«Ma io voglio vedere mia nonna», insistette.

«La vedrai. Adesso ho bisogno che ti occupi di tuo fratello.»

«Dei miei fratelli. Daniele mi ha chiesto di fargli un corso accelerato di matematica. È fatica sprecata, perché non capisce niente. Ma lo accontenterò.»

Tornò a sedersi vicino al letto di Maria, che aveva spalancato gli occhi su di lui.

«Mammina, come stai?» le domandò accarezzandola.

«Ma che strano posto. Dove sono?» domandò di nuovo.

«Sei in ospedale. Ti sei rotta un braccio e te lo hanno ingessato. Lo vedi?» ripeté Andrea.

«Sì, sì, lo vedo. E tuo padre, dov'è?»

«Il papà è morto», spiegò pazientemente.

«Oh, come mi dispiace. E perché non me l'hai detto?»

«Perché è successo quasi trent'anni fa. Ma non te lo ricordi, vero?»

«Hai sempre voglia di scherzare. Lui è andato a prendere Gemma. Adesso mi ricordo. Sai, la mia memoria va e viene e capita che io mi dimentichi cose che sono molto importanti. Sai, quando Pietro mi riporterà la bambina, dobbiamo andarcene da qui», disse. E cominciò ad agitarsi.

«Va bene, mamma. Andremo via, te lo prometto. Ma adesso devi stare tranquilla. Ci sono io vicino a te», le sussurrò.

Venne un'infermiera a sostituire il boccettone della flebo. Poi passò un medico per visitarla e lo pregò di uscire. Non era lo stesso con cui aveva parlato due ore prima. La porta si aprì dopo parecchio tempo e il medico gli andò incontro.

«Appena si libera un letto, faccio trasferire sua madre in cardiologia», gli annunciò.

«C'è qualche altro problema? Il suo collega mi ha detto che l'avrebbe dimessa dopodomani», obiettò Andrea.

«Ho visto l'elettrocardiogramma della signora e ora l'ho visitata. C'è un'insufficienza cardiaca grave. Le ho già fatto mettere nella flebo diuretici e digitale.»

«Dottore, mi dica, la mamma soffre?» domandò, con apprensione.

«Non credo. Non si lamenta.»

«Mia madre non s'è mai lamentata», affermò. E soggiunse: «Se sta morendo, perché le hanno ingessato quel povero braccio?»

«Per eliminare il dolore. Adesso la curiamo e poi vediamo se risponde alle terapie. Si metta tranquillo», gli suggerì, prima di congedarsi.

Andrea andò a sedersi accanto al letto di Maria. Le pazienti negli altri letti sembravano disinteressarsi a loro. C'era un'anziana che aveva dei tiranti alle gambe e dormiva. Una ragazza con il busto ingessato fino al collo ascoltava musica dagli auricolari. Un'altra donna compilava un cruciverba.

«È venuto un dottore tanto gentile. Mi ha fatto una carezza», gli disse. Era in un buon momento. Aveva piena coscienza di sé e del luogo in cui si trovava.

«Stamattina sono uscita per andare a prendere la mia pensione. Mi è venuto un gran giramento di testa. Sono caduta e dopo mi sono trovata qui. Dov'è Penelope?» si informò.

«È andata al mare per qualche giorno. Vuoi che la chiami?» La malattia di sua madre poteva essere un buon pretesto per convincerla a tornare. Ma si vergognò subito di quel pensiero.

«Lasciala dov'è. Le darò già da fare quando tornerò a casa. Perché mi porti a casa, vero?» Aveva bisogno di essere rassicurata.

«Non appena ti avranno fatto tutti gli esami», garantì il figlio.

«Bambìn, guarda nella mia borsetta. Ci sono le caramelle. Prendine una», disse Maria, chiamandolo come quand'era bambino.

Trovò la sua borsetta nel comodino. La aprì e frugò nell'interno, mentre il suo cuore si inteneriva. C'era il portafogli con pochi spiccioli, il libretto della pensione, la corona del rosario in una scatola di filigrana d'argento, il documento di identità, una scatola di pastiglie Valda, una busta bianca che conteneva alcune fotografie. Le fece passare una a una. Rivide la casa cadente in cui aveva vissuto fino alla morte di suo padre, la vecchia Ford, i setter Full e Dolly, suo padre e sua madre in posa per l'obiettivo davanti all'ingresso del Lido di Venezia dov'erano andati in luna di miele. E poi rivide se stesso, piccolissimo, in braccio alla nonna Stella e, accanto a loro, Giacomo che aveva già dieci anni e Gemma che faceva una smorfia buffa.

«Cantami qualcosa», chiese Maria.

«Che cosa?» domandò, confuso.

«Una di quelle romanze che piacevano a tuo padre», disse lei.

«Dimmi quale», temporeggiò.

«Quella che fa: Che gelida manina, se la lasci riscaldar. Cercar, che giova? Al buio non si trova...»

Maria si era messa a cantare con voce sommessa. Andrea chinò il capo e si coprì il viso con le mani. Non voleva che sua madre lo vedesse piangere.

Storia di Andrea

1

Pietro Donelli era un gigante alto due metri, le spalle larghe come un armadio e la faccia così bella, nobile e gentile da indurre chiunque in inganno sulla sua vera natura che era aggressiva, spesso violenta, eppure, a tratti, dolcissima. Senza alcuna ragione apparente, passava, nel giro di pochi minuti, dalla giocondità quasi infantile a una rabbia feroce. Maria, sua moglie, lo amava appassionatamente. Ne subiva l'instabilità emotiva vivendo le sue furie come una calamità inevitabile e le sue tenerezze come un dono divino. Più che amarlo, i suoi figli lo temevano anche perché Pietro faceva sentire tutto il peso della sua autorità. Quando era affettuoso e tentava di giocare con loro, si ritraevano, diffidenti. Andrea lo odiava quando lo vedeva scaricare la sua aggressività sulla mamma. In quei momenti desiderava con tutto se stesso che suo padre morisse.

Un giorno, Pietro tornò stanco dal lavoro, inciampò nella ruota della bicicletta di Maria e cadde. Infilò un rosario di bestemmie contro di lei, minacciando che, se non gli fosse girata alla larga, le avrebbe spaccato la faccia. Poi afferrò la bicicletta come fosse un giocattolo e, con un solo braccio, la scagliò contro un albero, distruggendola. Infine entrò in casa, mise sul grammofono il disco della «sua» *Bohème* a tutto volume e uscì per lavarsi, alla fontana.

Era nudo dalla cintola in su. Con le mani che sembravano badili, gettava acqua gelida sulle braccia, la schiena, il collo e il torace insaponati. Di Stefano cantava: «Che gelida manina...» Pietro si lavava e seguiva il tenore, senza sbagliare una nota.

Full e Dolly, una coppia di setter, accovacciati sotto il fico, si alzarono e se ne andarono nei campi disturbati dal volume altissimo della musica. Se Gemma fosse stata in casa, li avrebbe seguiti. Gemma odiava tutto quello che suo padre amava: le opere liriche, il vino, l'oca arrostita, il fucile da caccia, gli stivali di cuoio che Pietro portava anche in piena estate. Gemma odiava suo padre, come Andrea e Giacomo, del resto. Soltanto la nonna Stella, sua madre, e Maria, sua moglie, lo amavano. Tutti lo temevano, comunque.

«Perché l'hai sposato?» domandava Gemma a sua madre.

«Mi piaceva. Era bello. È bello ancora adesso», si giustificava Maria.

«Ma non vedi com'è orribile quando ti guarda con quella faccia da matto?»

«Poi gli passa. Non è cattivo. È un originale, tutto qui. Fosse stato un uomo comune, forse non mi sarebbe piaciuto tanto.»

«Allora dovevi evitare di fare dei figli con lui. Non è giusto che noi dobbiamo sopportarlo, solo perché piace a te.»

«Andrà tutto bene», concludeva Maria.

Andrea leggeva un giornalino a fumetti, sdraiato sull'erba riarsa. Di tanto in tanto osservava la schiena enorme di suo padre e immaginava che ci fosse un indiano in mezzo al campo di granturco, armato di arco e freccia. L'indiano scoccava la freccia che fischiava nell'aria e poi andava a centrare la nuca di Pietro che, colpito a morte, crollava al suolo stecchito.

Allora, finalmente, non ci sarebbero più stati né odio, né paura, soltanto silenzio e pace.

Pietro si asciugò con un telo di spugna e si girò. Vide Andrea, il figlio minore, che stava singhiozzando.

«Ehi tu, malnato, che cos'hai?» gli domandò, andandogli vicino.

Il ragazzino si coprì il volto con un braccio. In quel gesto c'erano il terrore di essere picchiato e la vergogna per la fantasia elaborata ai danni del padre.

Pietro si piegò sulle ginocchia e Andrea intravide il gigante incombere su di lui. Fu sopraffatto dalla paura. Incominciò a tremare.

«Hai mal di denti?» domandò Pietro. La sua voce potente era diventata un sussurro.

«Preferisco che tu non muoia», disse Andrea.

«Perché dovrei morire, non sono mica malato», lo rassicurò Pietro. Si cavò dalla tasca un biglietto da cinquecento lire e glielo mise in mano. «Vai in paese a comperarti il gelato.»

«Grazie», rispose Andrea. «Ma non ho voglia di gelato», soggiunse, restituendogli i soldi. Non avrebbe mai potuto accettare del denaro da un uomo che, un istante prima, aveva desiderato vedere morto.

Il padre si rimise in piedi e scosse il capo guardandolo con tenerezza. «Sei tutto matto», lo compatì. Gli girò le spalle ed entrò in casa riprendendo a cantare in sincronia con Di Stefano: «Ma per fortuna è una notte di luna...»

Andrea si alzò e cominciò a bighellonare intorno alla casa che si affacciava su uno stradone di terra battuta. A un chilometro c'era il paese, ricco per l'economia che ruotava intorno all'industria del tondino, povero di cultura perché tutti si preoccupavano unicamente di far soldi. Gli abitanti erano persone per bene: casa, lavoro e vacanze. C'erano una chiesa, il cinema parrocchiale, la scuola e l'asilo, un centro sportivo. Il ricchi avevano l'amante in città. Le mogli dei ricchi, pure. I loro figli scorrazzavano su macchine di grossa cilindrata. L'automobile e il frigocongelatore erano simboli di affermazione sociale. Alcuni operai si mettevano in proprio, aprivano piccole industrie e subito si costruivano la villa con piscina.

Poi c'erano i cosiddetti «irregolari». La famiglia Donelli era tra questi. La loro casa, se tale si poteva definire, era isolata dal paese. Era una bicocca costruita da Pietro e dai suoi fratelli con materiali di scarto, all'inizio degli Anni Cinquanta. Il garage era un capanno di lamiera ondulata. Ospitava la vecchia Ford di Pietro, le biciclette della famiglia, la moto di Giacomo, gli attrezzi dell'orto di Maria e tutto il ciarpame di casa: brande rotte ma che non si dovevano buttare perché non si sa mai, bauli con le etichette di viaggi e crociere, arrivati fin lì non si sapeva come, valigie di fibra ormai inutilizzabili, casseruole bucate, sedie sfondate, barattoli vuoti, corde, pneumatici di biciclette, una specchiera incrinata, portacatini arrugginiti. Accanto al garage c'era il pollaio dove razzolavano le galline che, la sera, si infilavano dentro un casotto di legno. Infine c'era il canile di Full e Dolly, la coppia di setter irlandesi con cui Pietro andava a caccia.

Giacomo e Gemma erano già nati quando i Donelli si erano trasferiti lì, lasciando il paese e la casa di nonna Stella. Per definizione unanime della famiglia, Pietro era considerato un «dolor di testa». Per questo i suoi fratelli erano stati felici di aiutarlo a mettere in piedi quella bicocca, liberandosi così di una presenza scomoda.

D'estate, in quella casa, c'era un caldo insopportabile, in inverno, un freddo terribile. La nonna Stella arrivava a piedi, dal paese, in qualunque stagione, a portare da mangiare quando in famiglia non c'erano soldi neppure per comperare le sigarette. Pietro era un lavoratore lunatico. Dopo essersi massacrato per giorni a spaccare lingotti roventi, litigava con qualcuno e si licenziava. Allora cominciavano i periodi neri. Con i soldi della liquidazione, montava in macchina e, accompagnandosi ad altri balordi, andava in giro per settimane. Il tempo passava. Soldi per fare la spesa non ce n'erano più. Maria esauriva la sua «riserva aurea» che le veniva dalla vendita delle uova. Vergognandosi, andava dai bottegai e li pregava di «segnare». Avrebbe pagato quando poteva. La nonna Stella estingueva i debiti dal macellaio, dal fornaio, dal cartolaio. Poi arrivava in casa con sporte di pasta, un pentolone di patate al forno dentro cui era sepolto un arrosto squisito, la terrina di coccio piena di ragù di manzo.

«Questi poveri figli hanno bisogno di nutrirsi se devono crescere», diceva alla nuora che piangeva e le attribuiva colpe che non aveva.

«Fintanto che ci sarete voi a provvedere, quel disgraziato di Pietro non cambierà mai la testa», si lamentava e, sulla sua fronte pallida, una vena azzurrognola assumeva rilievo e pulsava.

«Fintanto che tu gliele perdonerai tutte, quel disgraziato di tuo marito farà sempre il bello e il cattivo tempo», replicava la nonna.

«Avete incominciato voi a dargliele tutte vinte», si stizziva Maria.

«E tu hai continuato. Ti avevo avvertita che era una disperazione e ti avevo ben detto di non sposarlo. Ma tu, testarda più di una zucca, te lo sei preso. Adesso, che cosa dovrei fare? Aiuto voi, come posso.»

La mamma sbatteva l'uscio della cucina e si rifugiava nell'orto a piangere e intanto sradicava le erbe invasive che compromettevano la crescita delle zucchine.

Maria diventava sempre più nervosa, via via che i giorni passavano e il marito non ricompariva. Poi veniva il momento in cui montava in sella alla sua bicicletta e, invece di andare in paese a fare i servizi in casa Gnutti, faceva il giro della zona in cerca del fuggitivo. La conoscevano in tutte le bettole e nei ristoranti peggiori. «Vostro marito non si è visto», le dicevano. Oppure: «È passato di qua la settimana scorsa, con i soliti amici. Erano tutti ubriachi. Non state in pensiero. Prima o poi tornerà».

«Lo so. L'erba grama non muore mai», commentava a denti stretti e ritornava a casa vinta ma non rassegnata.

Giacomo e Gemma, allora, si scagliavano contro di lei.

«È un disgraziato», diceva Giacomo.

«È un incosciente», diceva Gemma.

«È vostro padre», replicava Maria.

Andrea osservava, taceva, ma dentro di sé odiava Pietro forse più dei suoi fratelli, perché faceva soffrire sua madre.

Poi arrivava il momento in cui dallo stradone si levava una nuvola di polvere e compariva la Ford azzurra. Full e Dolly partivano come schegge incontro all'auto strombazzante. Pietro faceva sentire la sua possente voce tenorile.

«Ehi, voi di casa, fuori! Fuori dalla tana. È arrivato Babbo Natale.» Infatti, aveva regali per tutta la famiglia. Una volta aveva portato a casa un divano in camoscio bianco, con lo schienale capitonné. Un'altra volta una macchina elettrica per cucire e ricamare. E poi arrivavano cappotti e impermeabili, stivali di cuoio inglese, foulard di seta francese e profumi, servizi di piatti in porcellana, un televisore nuovo. Maria masticava amaro perché la provenienza di tutte quelle cose era sempre molto dubbia e tuttavia respirava di sollievo perché il suo uomo era tornato sano e salvo. A quel punto tirava il collo a una delle sue preziose galline ovaiole e metteva in tavola un pranzo memorabile. Pietro distribuiva i regali e poi raccontava le sue imprese, vere o inventate che fossero. Era stato all'opera e aveva visto *La traviata* o *Bohème*. Disquisiva sulle voci dei cantanti facendo sottili distinzioni tra i filati di Mario Del Monaco e quelli di Giuseppe Di Stefano, sulla potenza vocale della Callas e di Mirella Freni. Parlava dei cantanti come se fossero vicini di casa. Mostrava le loro fotografie con dedica e autografo. Sua moglie annuiva, ammirata. Andrea non perdeva una sillaba e vedeva la figura di Pietro giganteggiare su tutti. Gemma faceva linguacce alle spalle del padre. Giacomo mangiava in silenzio. Intanto Pietro dava fondo al fiasco di Chianti e ne reclamava un altro. Le voci dei suoi beniamini, Renata Tebaldi o Ettore Bastianini, facevano tintinnare i vetri e lui, ormai ubriaco, si alzava e, tenendo il bicchiere, cantava: «Libiam ne' lieti calici...»

Allora Maria lo trascinava verso la camera, lo spogliava e lo metteva a letto. Giacomo inforcava la sua moto scoppiettante e andava in paese. Gemma si sedeva sulla porta di casa e fumava una sigaretta, Andrea catturava le lucciole e le chiudeva nella coppa della mano. Tranne il padre, erano tutti molto infelici.

«Sentilo, il porco. Senti il fracasso che fa», diceva Gemma, alludendo ai rumori che venivano dalla camera da letto dei genitori.

«Fanno l'amore, vero?» domandava Andrea, incerto.

«Già. E lei miagola, come una gatta in calore», replicava stizzita la ragazza spegnendo il mozzicone sotto la suola della scarpa. E proseguiva: «Domani ricomincerà a piangere».

«È normale. È la solita storia», diceva Andrea, rassegnato, facendo spallucce.

Pietro era senza lavoro da un mese. Maria si dannava l'anima per procurargli i soldi per comperare il vino e le sigarette. Un giorno impegnò gli orecchini e l'anello di corallo perché sapeva che Pietro sarebbe diventato una furia se non gli avesse dato dei soldi. Era capace di prenderla a calci e poi commentare con un sorriso beffardo: «Scusa tanto se non mi sono levato gli stivali». Maria si nascondeva a piangere e Gemma la medicava con impacchi freschi e intanto la supplicava.

«Ti prego, andiamo via. Io non posso più vivere in questa casa con quel disgraziato.»

«Ma che cosa te ne importa? Lui non si rifà mai su di te. Ti vuole bene.»

Giacomo stringeva i pugni, trattenendo la voglia di aggredire il padre, anche perché era soltanto un ragazzo e sapeva che avrebbe avuto la peggio. Andrea osservava tutto e soffriva anche perché non capiva da che parte stesse la ragione.

Non gli sembrava che Pietro fosse tanto cattivo come sosteneva Gemma. Nelle sere d'inverno, l'uomo lo prendeva nel letto, con sé, e gli leggeva storie meravigliose dei suoi autori preferiti: Walter Scott, Dumas, Hugo, Ponson du Terrail. Quelli erano momenti bellissimi. A volte il padre lo portava in macchina con sé. Facevano i giri delle osterie e lo presentava ai suoi amici.

«Questo è il più giovane di casa. È intelligente e di poche parole. Diventerà il presidente della Repubblica.»

Poi si metteva a bere e a giocare a carte e si dimenticava di lui.

C'era un'ostessa, in paese. Era una specie di donna cannone. Bionda, la pelle di porcellana, i seni enormi e una voce da baritono. Gli avventori, compreso Pietro, la temevano e la rispettavano. Lei aveva già steso più di un ubriaco che aveva tentato di infastidirla.

Andrea si nascondeva sotto il tavolo, tra le gambe di suo padre, e si addormentava. Allora lei lo prendeva in braccio. Tra il sonno e la veglia, lui percepiva il suo profumo di menta. La donna gli accarezzava i capelli, parlandogli con dolcezza, e lui provava un languore estenuante. L'amava pazzamente.

Quella sera d'estate, dopo essersi lavato, Pietro si abbandonò su una sedia a sdraio, sotto il fico, e reclamò a gran voce un bicchiere di vino.

Gemma era appena rientrata dal paese, in bicicletta. Lavorava nella bottega d'un parrucchiere come apprendista.

Andrea era in cucina e stava sbucciando i piselli con sua madre.

«Oddio, siamo senza vino», si spaventò Maria.

«Che vada lui a comperarselo», sbottò Gemma.

Sua sorella aveva diciannove anni. Era bella come il padre e aveva il suo stesso carattere, impetuoso e bizzarro. Era la sola che riuscisse a tenergli testa. Pietro non aveva mai alzato le mani su di lei. Forse la temeva. Ma quando si sentiva provocato oltre il lecito, l'afferrava per un braccio, la trascinava sulla porta mentre lei lo investiva di insulti, e la chiudeva fuori, anche in pieno inverno.

Maria aspettava che il marito si distraesse e poi la faceva rientrare di soppiatto.

«Fai la brava. Va' in paese a comprargli due fiaschi», le disse Maria.

«Non ci penso proprio. Vacci tu, che sei la sua schiava.»

«Ci vado io», rispose Andrea. Sua madre gli diede i soldi, lui inforcò la bicicletta e partì.

Quando tornò, c'era anche Giacomo. Giacomo aveva ventidue anni. Si era diplomato in elettrotecnica e lavorava in una fabbrica di televisori. Erano tutti in cucina quando Andrea entrò con i fiaschi del vino. Avvertì un silenzio preoccupante.

Mamma stava scodellando un minestrone freddo. Si accostò al marito e lui, con un piede, la fece inciampare. Cadde rovesciando la zuppiera. Pietro esplose in una risata di scherno e intanto si guardava intorno, in cerca di consensi che non vennero. Peccato. A lui era sembrato uno scherzo molto divertente.

Maria si rialzò e, in silenzio, incominciò a raccogliere cocci e minestrone con una paletta. I figli guardavano il padre con occhi gelidi. Lui calò un pugno sul tavolo.

«Dio ladro!» urlò. «Non sapete neppure stare allo scherzo. Ma che razza di gente siete?»

«Ma che razza di animale sei tu!» sbottò Maria. Era la prima volta che reagiva. Rimasero tutti con il fiato sospeso.

Fosse stato passabilmente intelligente, Pietro non avrebbe insistito. Ma, come tutti i violenti, non capì e rincarò la dose.

«Sono un animale sano che mangia, beve, fuma e scopa. Così facevano mio padre e il padre di mio padre. È così che funzionano le cose. Bisogna saper usare il bastone o la carota, a seconda del momento. Con questo sistema, Napoleone ha creato un esercito invincibile», disse, sporgendo in fuori il torace. Grondava autocompiacimento.

All'improvviso Giacomo si alzò dalla sedia. Allungò le braccia attraverso il tavolo e afferrò il padre per le ascelle, tirandolo in piedi. Adesso era un uomo e non lo temeva più.

«Tu non sei Napoleone. Tu sei soltanto un matto. E noi, che ti abbiamo sopportato per anni, siamo ancora più matti di te. E adesso chiedi scusa a mia madre», disse piano, guardandolo inferocito.

Andrea si aspettò che suo padre reagisse. Non c'era mai stata ribellione prima d'allora. Invece Pietro si fece piccolo, chinò lo sguardo e sussurrò: «Hai ragione. Chiedo scusa a Maria».

Maria stava addossata alla credenza, consapevole di aver dato fuoco a una miccia che era sul punto di esplodere.

Giacomo lasciò la presa dopo aver costretto il padre a risedersi.

«Io me ne vado», annunciò. «In questa casa non tornerò mai più.»

Entrò nella stanza che divideva con Andrea, tirò giù dall'armadio la valigia, la spalancò sul letto e incominciò a riempirla con le sue cose.

Andrea lo aveva seguito. Gli andò vicino e lo guardò con ammirazione, mentre considerava l'inconsistenza delle proprie fantasie. Ci voleva altro che la freccia avvelenata dell'indiano. Ci voleva la forza di Giacomo. Ma Giacomo aveva dieci anni più di lui.

«Portami con te. Neanch'io voglio più restare in questa casa», lo pregò.

«Allora non hai capito niente. Io ho chiuso con la famiglia Donelli. Tutti i Donelli hanno congiurato per farlo diventare quel disgraziato che è. Potendo, cambierei anche il mio cognome.» Afferrò la valigia e uscì sulla strada.

Maria lo raggiunse mentre lui stava per avviare la moto.

«Ma dove vuoi andare? Proprio così, di punto in bianco, prendi una decisione tanto brutta? Come farò senza di te?» disse, pur sapendo che non sarebbe riuscita a fermarlo.

«Continuerai a stare sempre dalla parte di quell'animale, infischiandotene del male che fai a te stessa e ai tuoi figli.»

«Ognuno ha il suo carattere e il suo destino. Che Dio ti benedica», sussurrò, tendendogli le braccia. Voleva stringerlo a sé per l'ultima volta. Suo figlio la scansò con un gesto brusco e partì.

Nel cielo si accendevano le stelle. C'era un'afa da togliere il respiro. Nei campi intorno alla casa l'erba era bruciata e la terra era una ragnatela di crepe. I polli sonnecchiavano sui trespoli, le penne invase dalle pulci. Full e Dolly erano immobili sulla porta di casa, le lingue penzoloni per il caldo.

Andrea guardò suo fratello che si allontanava per sempre dalla loro vita, a bordo della moto che accelerava ondeggiando nella polvere.

Maria, inginocchiata per terra, piangeva. Gemma martellava con i pugni la lamiera della vecchia Ford.

Pietro uscì di casa, piantandosi a gambe larghe sul vialetto di cemento. Guardò Maria.

«Devo andare a mangiare all'osteria?» domandò con voce arrogante. Allora Maria raccolse un pugno di terra e la scagliò con rabbia verso di lui.

«Crepa, infame», urlò con voce rotta dal pianto.

Andrea sperò che Dio sentisse quell'invocazione e la esaudisse.

2

Dopo la partenza di Giacomo, in casa Donelli aumentò la tensione. Maria non tralasciava occasione per rinfacciare al marito la fuga del figlio maggiore. Pietro, abituato alla silenziosa accettazione della sua compagna, era diventato ancora più aggressivo. Ogni sera rincasava ubriaco e nascevano litigi furibondi. Le suppellettili di casa, già sgangherate, finivano in pezzi. Una sera d'autunno, Andrea si mise in mezzo ai genitori per prendere le parti di Maria. Pietro, accecato dall'ira, con un pugno gli spaccò il labbro e gli fece cadere un dente. Andrea crollò a terra, vinto dal dolore. Gemma imbracciò il fucile e lo puntò verso la faccia del padre.

«Se non te ne vai immediatamente da questa casa, ti ammazzo», disse con voce gelida. Aveva già tolto la sicura e teneva l'indice sul grilletto.

Maria si era chinata sul suo bambino e, urlando per la disperazione, lo stringeva a sé, singhiozzando.

Pietro indietreggiò, pallido di paura, fino alla porta.

«Fuori di qui», lo incalzò sua figlia.

Quando il padre fu sul vialetto, sua figlia sparò un colpo, mirando ai piedi. Pietro non osò neppure inforcare la bicicletta. Corse lungo lo stradone di terra battuta, verso il paese. Full e Dolly furono i soli a seguirlo.

Gemma si mise al volante della macchina e, aiutata da sua madre, portò Andrea alla guardia medica.

«Chi è stato a ridurlo così?» domandò il dottore.

«È caduto su una pietra. Nella roggia», rispose Gemma.

Gli ricucirono il labbro.

«Mettetelo a letto con una borsa di ghiaccio. Dategli dell'aspirina per calmare il dolore e la febbre. Il dente è perduto per sempre», affermò il dottore.

Andrea era in stato di choc e ci vollero due giorni perché si riprendesse.

Il mattino dopo arrivò la nonna Stella.

«Cos'ha combinato quel disgraziato?» domandò a Maria. E raccontò che Pietro era andato da lei piangendo e, tra i singhiozzi, le aveva detto di averla fatta grossa.

«Se torna, lo ammazzo davvero», disse Gemma che stava uscendo per andare in paese a lavorare.

«Taci tu, che sei una testa calda come lui», l'ammonì. «In casa nostra i suoi fratelli e le loro mogli non lo accettano. Non vorrete mandarlo a dormire nei campi.»

Gemma si allontanò e la nonna entrò in casa con Maria. Nel torpore della febbre, Andrea sentì la mano fresca della nonna sulla sua fronte. «Bambìn, tuo padre non voleva farti del male. Adesso è pentito. Perdonalo», supplicò la vecchia.

«È meglio che muoia», sussurrò Andrea.

La nonna si fece il segno della croce e gli stette vicino, a lungo, recitando il rosario.

«Non diventare mai come lui», gli disse. «Quando sarai grande non picchiare mai la tua donna né i tuoi bambini. Lo vedi che brutta cosa è la violenza?»

«Però io spero che muoia», ribadì il ragazzo.

Pietro tornò quando Andrea era ormai guarito. Maria spalancò il portone del garage e gli disse: «Adesso, questa è la tua stanza. Non entrerai più in casa, neanche per mangiare. La minestra te la porteremo fuori noi».

Poi, un giorno prese per mano il suo ragazzo, salirono sulla corriera e andarono in città, dal migliore dentista.

Maria aveva venduto l'orologio d'oro da polso per comperargli un dente nuovo che fu avvitato nell'osso. A lavoro finito, la sua bocca era tornata bella come prima.

«È come se non fosse successo niente», sorrise Maria.

«Invece è successo tutto e io me lo ricorderò per sempre», disse Andrea. Maria ricominciò ad andare a servizio dalla famiglia Gnutti. Pietro metteva sulla finestra della cucina la sua busta paga ogni sabato. Non si ubriacava più. Passava le sere in garage ad ascoltare i suoi dischi. Quando voleva cambiarsi, lasciava un biglietto sulla porta.

Ogni volta che passava davanti al garage, Gemma sputava per terra.

Venne novembre. Maria e i suoi due figli erano a tavola. Andrea aveva già portato fuori il pranzo per il padre.

«È freddo di notte», osservò Maria. «Mi fa male saperlo là fuori, solo.»

«Se entra lui, me ne vado io», disse Gemma.

«È cambiato. Non beve più. Lavora come un mulo. Non vi sembra che sia stato punito abbastanza?» tentò di perorare la sua causa.

«Gli è andata bene che non lo abbiamo denunciato», replicò la ragazza.

Maria sparecchiò e poi andò a letto. Gemma versò dell'acqua calda nel catino e si lavò i capelli. Poi sedette accanto alla stufa per farli asciugare, mentre li pettinava. Andrea incideva il guscio delle castagne. Poi le avrebbe messe nella brace ad abbrustolire. Intanto osservava sua sorella. Era bellissima. I capelli, che le scendevano ondulati sulle spalle, asciugandosi mandavano riflessi cangianti.

«Potresti fare la fotomodella», le disse.

«Il mio ragazzo è geloso», rispose lei. E la sua espressione arcigna si addolcì.

«Hai il moroso?» domandò.

«Non è un segreto per nessuno. È Alessandro. Davvero non lo sapevi?»

«Alessandro, il figlio di Gnutti?»

«Sì. Cosa c'è di strano?»

«È un balordo. Lo sanno tutti», si rammaricò il fratello.

«La gente non lo conosce. Lui se ne frega dei miliardi di suo padre. È un'anima sensibile. Capisci?»

«Io so che non studia, non lavora, è sempre ubriaco e sfascia le macchine come fossero carriole.»

«Perché non gli dà importanza. È tutta roba comprata con i soldi di suo padre che sono soldi maledetti.»

Gemma alludeva al fatto che la ditta Gnutti produceva mine antiuomo, fucili, cannoni e altre diavolerie.

«Alessandro Gnutti non mi piace. Se i soldi di suo padre gli fanno tanto schifo, potrebbe lavorare e guadagnarsi da vivere», replicò.

«Io non voglio più stare in questa casa di pezzenti. Un giorno Alessandro mi porterà in Messico», affermò lei.

«Con i soldi maledetti di suo padre?» domandò il ragazzo.

«Non mi interessa», tagliò corto lei. Scrollò i lunghi capelli ormai asciutti, si infilò il maglione pesante che aveva messo a scaldare sulla raggera, vicino alla stufa, e uscì.

Andrea sapeva che Gemma non avrebbe dormito a casa, per quella notte. Scostò la tendina della finestra e guardò verso il garage. Dalle fessure nella lamiera, veniva una luce fioca. Suo padre stava leggendo. Gli venne la nostalgia delle sere in cui, quand'era più piccolo, Pietro lo prendeva con sé, nel letto grande, e gli leggeva storie di pirati, di corsari, di moschettieri e guardie del re.

Uscì e schiuse la porta del garage. Pietro era sdraiato sulla branda, infagottato in un giubbotto di pelle, il berretto di lana in testa. Gli sorrise. Aveva un'aria mite. Sembrava molto cambiato.

«È un po' che non ci vediamo», disse, posando il libro sulla trapunta di lana.

«Ti perdono», sussurrò Andrea.

«Grazie», rispose Pietro, senza muoversi.

«Gemma non c'è. Perché non vai a dormire con la mamma?»

Così suo padre tornò a vivere in casa. Gemma stava quasi sempre in paese. Quando tornava, fingeva di non vederlo.

A Natale arrivò da Roma una cartolina di Giacomo. Era indirizzata a Maria. Il testo diceva: «Sto bene e così spero di te. Tanti auguri».

«È tutto qui?» esclamò Maria, sollevata ma delusa.

«Cos'altro doveva scrivere?» chiese Pietro.

«Non mi ha scritto neanche l'indirizzo, né che cosa fa per vivere.»

«Non vuole più avere rapporti con noi. L'aveva giurato», ricordò Andrea.

«Quelle sono cose che si dicono in un momento di rabbia. Ma sono passati cinque mesi!» protestò la donna.

Passò un anno e tornò un'altra estate torrida. Il caldo sfiancava tutti. Le galline smisero di fare le uova. Full e Dolly si aggiravano pigri intorno alla casa. Gemma era andata a vivere definitivamente in paese, in casa di nonna Stella, ormai da molti mesi. Maria era caduta in una specie di apatia che la rendeva indifferente a ogni cosa.

Una mattina d'agosto, Andrea stava sull'uscio a ripulire i cani dalle zecche. Maria era in cucina e leggeva un fotoromanzo, aspettando che il caffè filtrasse nella napoletana. Pietro si lavava alla fontana.

Andrea vide una piccola figura di donna, vestita di nero, arrancare lungo lo stradone polveroso. Le andò incontro.

«Perché vai in giro a quest'ora?» le domandò, baciandola sulla guancia.

«Dov'è tua madre?» s'informò la nonna. Era pallida e aveva il fiato corto.

Maria si fece sulla soglia.

«Siete arrivata in tempo per il caffè», le disse.

La vecchia entrò in cucina, sedette esausta su una sedia e sciolse il nodo del fazzoletto nero che le copriva la testa.

«Gemma è sparita da due giorni», annunciò. «Non è più andata a lavorare.»

La mamma trasse un lungo sospiro.

«Che cos'ha combinato?» domandò Pietro che era entrato in quel momento.

«Lo vedi questo segno nero sul braccio?» la nonna rialzò la manica lunga del vestito. «Me l'ha lasciato lei, due giorni fa. Voleva da me dei soldi che non ho. Vostra figlia è finita su una brutta strada.»

«Dobbiamo salvarla», disse Pietro.

«Sono sicura che è andata via con il figlio giovane di Gnutti», li informò la nonna.

Andrea ascoltava, senza dire una parola.

La mamma posò i gomiti sul tavolo e si coprì il volto con le mani.

«Quante volte mi ha supplicato di portarla lontano da qui, quand'era più piccola. Non ho mai avuto il coraggio di assecondarla. Non potevo lasciare il mio uomo. Non ne sarei capace nemmeno adesso», confessò Maria. E proseguì: «Come si fa a levarsi un uomo dal cuore? È come aver addosso una malattia che non si può curare».

Andrea uscì e cominciò a pulire i cani. Sentì suo padre che diceva: «Vieni, mamma. Ti riporto in paese». Quando gli passò accanto gli suggerì: «Ci vuole l'etere per le zecche. Troverai una bottiglia sullo scaffale, in garage».

La vecchia Ford si allontanò sollevando una grande nuvola di polvere.

Poco dopo anche Maria inforcò la bicicletta.

«Vado a servizio», annunciò. Non lavorava più per la famiglia Gnutti. Da quando aveva saputo che Gemma frequentava il loro figlio, non andava più da loro. Invece di andare a lavorare, Pietro era corso dai carabinieri a denunciare la scomparsa della figlia. Poi aveva girato per il paese in cerca di notizie. Infine era tornato a casa.

«Allora?» gli domandò Andrea.

«La troveranno. Vedrai che la troveranno», lo rassicurò Pietro. Era pallido, sofferente. Si lasciò andare sulla sedia a sdraio e gli disse: «Portami un bicchiere di limonata».

«Forse sono andati in Messico», sussurrò Andrea. «Gemma non vuole più vivere qui.»

«Ma non deve alzare le mani su mia madre. Comunque è ancora minorenne e dovrà vedersela con me.»

«Non tornerà più», sussurrò il ragazzo.

Pietro bevve la limonata. Poi guardò suo figlio negli occhi, con tenerezza.

«È tutta colpa mia. Prima Giacomo. Adesso Gemma. Un giorno, forse, anche tu te ne andrai. Sono mesi che faccio giudizio. Ma non basta a cancellare tutto il male che ho fatto. I miei fratelli mi vedono come il fumo negli occhi. Mia madre piange ogni volta che le vado vicino. I figli fuggono. Tu stai crescendo. Sei quasi alto quanto me. Quando scapperai?» domandò con voce amara.

«Non lo so. Qui non è un bel vivere», rispose Andrea.

Maria tornò a mezzogiorno.

«Rivoglio mia figlia», sbottò, affrontando Pietro.

«E la riavrai. Lo giuro», promise abbracciandola e accarezzandole il viso con tenerezza. Maria pianse sulla sua spalla. Era sicura che suo marito avrebbe mantenuto la promessa, così come ormai sapeva di averla avuta vinta su di lui: Pietro era diventato l'uomo che lei aveva sempre voluto.

3

Venne un altro Natale. Maria ricevette da Roma una cartolina di auguri da Giacomo. Questa volta non fece commenti. Le bastava sapere che il figlio stesse bene. Il suo cuore era in ansia per Gemma. Non erano ancora riusciti a rintracciarla. Pietro passava dalla stazione dei carabinieri ogni mattina e la risposta era sempre la stessa: «Ancora niente».

Il signor Gnutti, l'industriale, era andato dai Donelli, in novembre, per informarli che aveva assunto un investigatore. Controllando le segnalazioni delle banche, aveva seguito le tracce del figlio prima a Zurigo, dopo a Monaco, Francoforte, Berlino, quindi ad Amsterdam e ora a Parigi. A quel punto Gnutti aveva dato ordine di respingere ogni richiesta di pagamento.

«Finora hanno vissuto alla grande», disse. «Adesso che è rimasto senza soldi, tornerà con vostra figlia. Personalmente preferirei che lo mettessero in galera. Mi dicono che le prigioni francesi sono dure.»

Alessandro Gnutti ritornò in paese dopo poche settimane. Andrea e i suoi genitori lo seppero quando sentirono bussare alla porta di casa, la sera della vigilia di Natale.

Pietro andò ad aprire.

L'uomo più ricco del paese spinse dentro il figlio.

«Questo è il disgraziato che vi ha portato via vostra figlia», esordì. E soggiunse: «Lei è rimasta a Parigi».

Andrea ricordava bene Alessandro. Era un tipo tarchiato, dai lineamenti duri, l'aria spavalda, lo sguardo ottuso. Faceva colpo sulle ragazze soltanto per il suo cognome, per le macchine che cambiava continuamente. Adesso, aveva l'espressione del cane bastonato, la barba incolta, gli abiti sdruciti e sporchi.

Se Pietro fosse stato l'uomo che era fino a poco tempo prima, sicuramente si sarebbe scagliato sul giovane, lo avrebbe preso per la gola e avrebbe cercato di strozzarlo. Invece non fece nulla. Ora sapeva che, se fosse stato un padre appena accettabile, Gemma non si sarebbe mai legata a un personaggio fragile e ottuso qual era Alessandro.

In pochi attimi, mentre osservava quel giovane distrutto, ricordò i giochi violenti con il padre Gnutti che era stato un compagno di malandrinate infantili. Insieme, armati di fionda e sassi, prendevano di mira i lampioni stradali, facendoli esplodere, e le vetrate della chiesa, frantumandole. Poi erano passati gli anni. Gnutti si era buttato nel lavoro con determinazione, rivelando un'intraprendenza fuori dell'ordinario. Pietro aveva continuato a comportarsi in modo infantile, burlandosi dell'antico compagno e delle sue idee di grandezza. Quando Gnutti si era costruito una fortuna, lui si era lasciato divorare dall'invidia e, masticando amaro, era andato a lavorare alle sue dipendenze. Ora si guardavano su un piano di parità. Le fatiche e i successi dell'uno, le sbornie e le incontinenze dell'altro avevano prodotto sui figli un identico risultato: Alessandro Gnutti e Gemma Donelli erano due infelici.

«Perché me l'hai portato qui?» gli domandò, in un sussurro.

«Voglio che veda la faccia di due genitori disperati.»

«Perché la mia Gemma non è ritornata con te?» domandò Maria.

Il giovane fece spallucce. «Ha detto che non voleva.»
«Perché?» insistette Maria.
Il giovane Gnutti non rispose.
«Senza denaro non può campare. Che cosa ci fa tutta sola, in una città così lontana?» proseguì la donna. Non si aspettava una risposta dal giovane. Esprimeva a voce alta la sua ansia.
«Questo è l'indirizzo della ragazza», disse Gnutti, consegnando a Pietro un biglietto. E soggiunse: «Il posto in cui vive è vicino alla Gare de Lyon. Se volete, faccio una telefonata e ve la riportano a casa entro domani».
«Vado io a riprendermela», decise Pietro. «E tu fammi sparire dagli occhi questo disgraziato», soggiunse rivolto all'amico.
«Non lo rivedrete per un bel pezzo», affermò Gnutti. E soggiunse: «Chiedo perdono a te e a Maria».
Pietro gli aprì la porta di casa, per congedarlo.
«Il viaggio fino a Parigi costa caro», osservò l'industriale, che voleva offrire del denaro ai Donelli.
«Quello è affar nostro», tagliò corto Pietro.
Erano le nove di sera. Mentre il marito preparava una valigia, Maria riempì un thermos di caffè bollente, mise dei panini al formaggio in un sacchetto e consegnò al marito i loro risparmi.
«Pensi che ti basteranno?» domandò a Pietro.
«Ti porterò anche il resto», garantì lui.
«Tra andare e tornare, ci vorranno almeno tre giorni, forse quattro», ragionò la donna.
«Tu aspetta e abbi fede.» Le accarezzò una guancia. Allungò una mano sulla testa di Andrea e gli scompigliò i capelli, sorridendogli.
Pietro non era più il gigante temibile che aveva sempre conosciuto. Gli sembrò rimpicciolito ed ebbe pietà di lui.
Andrea e Maria stettero sulla porta a vederlo partire. Nel

buio, i fari dell'auto rischiaravano lo stradone dove la terra era ghiacciata per il freddo.

«Andiamo in casa, bambìn», disse sua madre. «E recitiamo insieme un rosario alla Madonna.»

Fu una triste vigilia. Non andarono alla messa di mezzanotte, non ci fu nessun pranzo.

«Adesso che tuo padre è rinsavito, la famiglia deve ricostituirsi», affermò Maria. «Gemma tornerà e tornerà anche Giacomo. Bisognerà darsi da fare per rintracciarlo.»

Qualcuno, in paese, aveva detto di averlo incontrato a Roma. Lavorava in una grande bottega di via del Corso, dove si vendevano televisori e apparecchiature elettroniche. Maria aveva accantonato i soldi per andare lei stessa a Roma a cercarlo, a parlargli, a spiegargli che aveva ancora una famiglia. Adesso quel denaro era servito per Gemma. Avrebbe ricominciato a economizzare per rimettere insieme qualcosa.

La mattina di Natale, Andrea si svegliò presto. Accese la stufa, mise sul fuoco il pentolino del latte e la caffettiera. Poi uscì a chiamare i cani e li lasciò entrare in casa. Diede loro da mangiare e apparecchiò la tavola per sua madre.

Maria entrò in cucina. Era pallida, aveva il viso stanco. Gli sorrise e lo ringraziò.

Andrea non replicò. Era teso e confuso. Temeva il ritorno di sua sorella. L'istinto gli diceva che non ne sarebbe venuto niente di buono. Uscì nel freddo e prese a correre intorno alla casa, inseguito da Full e Dolly. Poi entrò nei campi e prese a sassate un nido di merli. Un contadino lo rincorse minacciandolo con una lunga pertica e coprendolo d'insulti.

«Ti conosco, lavativo», gridò. «Sei grande e grosso, ma hai la testa di tuo padre. Te la faccio passare io la voglia di fare il matto. Se ti prendo, ti riempio di botte.»

Pietro era sempre stato temuto dalla gente lì attorno. Da

quando si era quietato, il disprezzo aveva preso il sopravvento sulla paura. Comunque il contadino non lo acciuffò.

Per un po' Andrea corse a perdifiato nei campi coltivati a verze, delimitati da filari di gelsi dai rami scheletriti sotto un cielo senza colore. Poi si fermò ansante e si guardò intorno. C'era solo lui in quella desolante mattina di Natale. Indovinò da lontano la sagoma snella del campanile della chiesa settecentesca.

Alzò le braccia al cielo e urlò: «Dio, se ci sei, aiutaci».

La sua voce si perse nell'orizzonte sconfinato e piatto. Allora si mise a saltellare tra i filari di verze, schiacciandole sotto la suola degli scarponi per il gusto di sentire le foglie gelate crocchiare in una specie di lamento. Poi tornò a casa.

Maria, seduta accanto alla stufa, rammendava un paio di calzini di lana. «Sono quelli di Gemma», gli spiegò. «Ho preparato tutte le sue cose per quando sarà di nuovo qui.»

Andrea pensò: «È meglio che non torni», ma non lo disse, anche perché non avrebbe saputo spiegare la ragione di questo desiderio. Gemma era sempre stata affettuosa con lui, ma non sapeva dire se si fossero voluti bene. Come con Giacomo: erano fratelli, si erano trovati a vivere insieme, non si erano scelti. A loro, certamente, importava poco di lui, visto che erano andati via. Con suo padre era finita l'epoca delle contraddizioni: un giorno le botte e un giorno la tenerezza. Adesso c'era una specie di vuoto che non sapeva come riempire. E con sua madre? Pensò che se fosse morta, lui avrebbe provato dolore. Ma avrebbe sofferto anche se fossero morti Full e Dolly. Questo voleva dire che amava sua madre quanto i cani?

Accese il televisore, tanto non aveva risposte a questi interrogativi. Trasmettevano la messa in San Pietro e la voce di papa Montini impartiva la benedizione *urbi et orbi*. Maria si fece un segno di croce mentre entrava la nonna Stella. Aveva percorso a piedi tutta la strada, sfidando il freddo, per mangiare con loro. Aveva portato una pignatta di marubini, una gallina lessa, la mostarda di Cremona e il panettone.

Fu un pranzo silenzioso, interrotto dai lunghi sospiri delle due donne. «Speriamo che la trovi davvero», diceva la nonna Stella.

«Me l'ha promesso», ripeteva ostinatamente Maria.

«Fino a Parigi...» sussurrava la vecchia.

Il pranzo era finito e, improvvisamente, la vecchia casa sgangherata e vuota si riempì di gente. Vennero i fratelli di Pietro, con le loro mogli e i loro figli. Portarono piccoli regali. Nel giorno di Natale era scattata la solidarietà dei parenti verso la famiglia di Pietro. I tempi in cui il fratello squinternato partiva per giorni con la sua vecchia auto per andare a ubriacarsi con gli amici sembravano dimenticati. Questa volta era un padre disperato che era andato a riprendere la figlia. Meritava rispetto e affetto. Così i parenti si strinsero intorno a Maria per confortarla.

«Parigi è grande», diceva la donna. «Come farà a trovare la mia bambina?»

«Tuo marito, quando vuole, non è uno stupido», la rassicurarono.

Nessuno emetteva giudizi sul comportamento di Gemma, ma era chiaro che tutti la consideravano una testa calda come il padre. Non si erano dati pensiero per Giacomo. Avevano commentato: «Ha avuto buon senso. Fosse rimasto con suo padre, non avrebbe avuto un avvenire». Ma tutti conoscevano la personalità concreta del ragazzo, tanto diverso dal padre. Così come tutti sapevano dell'instabilità di Gemma e i pronostici su di lei non erano benevoli.

Andrea si era messo a giocare a tombola con i cugini. Si accorse che erano diventati improvvisamente generosi e, barando, lo facevano vincere. Decise di approfittare di tanta insolita benevolenza.

Intanto, i grandi ragionavano sommessamente tra loro, ricamando sulla figura di Pietro. «È uno che sa aiutare gli altri, nel momento del bisogno», diceva un fratello. «Non l'ho mai sentito infierire con chi soffre», commentava una cognata.

Andrea giocava distrattamente e pensava che da suo padre aveva imparato a mentire e a sentirsi in colpa.

Il Natale passò e seguirono giorni di grigia solitudine. Una sera, venne in visita il parroco per portare conforto a una famiglia di cui aveva sentito le tribolazioni, come disse a Maria. Andrea era andato a rintanarsi nella sua stanza. Si era messo a leggere un romanzo scelto tra quelli che Pietro teneva sulla mensola, nel garage. Era di uno scrittore russo, Massimo Gor'kij. Si intitolava *La madre*. Era una storia appassionante. Di là dalla parete sottile, che separava la cucina dalla sua stanza, sentiva la voce lamentosa di Maria.

«Ho sbagliato tutto nella vita. Mi sono comportata male con i miei figli. Ho pensato più al mio egoismo di donna che al mio compito di madre», diceva, aprendo il suo cuore.

Andrea la paragonò al personaggio di Pelageja Nilovna, vittima del fabbro Vlasov, un marito violento e ubriacone. In quelle pagine aveva ritrovato sentimenti e atmosfere molto simili a quelli della sua famiglia. Maria non era mai stata egoista come sosteneva. Il suo sbaglio era stato quello di scegliere un uomo diverso dagli altri, volendo costruire con lui una famiglia normale.

«Pregherò il Signore perché tutto si risolva per il meglio», si congedò il parroco, dopo aver raccolto le confessioni della donna.

Una sera Maria mise in tavola due scodelle di semolino. Il burro profumato aveva disegnato sottili cerchi gialli lungo i bordi. Sentirono il rumore di un'auto. Nello stesso momento suonarono le campane della chiesa. I rintocchi si dilatavano per annunciare la fine del giorno.

Andrea pensò che il giorno che muore assomiglia a una vita che si spegne e ricordò le lapidi bianche tra i sentieri di ghiaia del cimitero.

La porta si spalancò. Entrò Pietro, reggendo sua figlia tra le braccia, come se fosse una bambina. Con loro entrò in casa anche la morte, che era un'ombra immensa, fluida come mercurio, e si infilò in ogni stanza, negli angoli più nascosti. Scivolò in cucina, ricoprì mobili e suppellettili, si insinuò nella stufa e spense il fuoco. Andrea si sentì soffocare.

«Ti ho riportato la tua bambina», disse Pietro che aveva una barba di molti giorni, gli occhi infossati che mandavano scintille e un sorriso che faceva pietà.

Maria si portò le mani alla bocca per soffocare un grido.

«Non è più lei», disse infine, osservando il volto inebetito di Gemma che teneva le braccia allacciate al collo di suo padre.

«No, non è più lei», ripeté Pietro. «È drogata. E ha fatto anche dell'altro.»

Andrea uscì a guardare i campi coperti di neve che sembravano azzurri alla luce della luna. Voleva scrollarsi di dosso quella terribile sensazione di morte che gli toglieva il fiato, ma non riuscì a liberarsene. Allora montò in bicicletta e prese a pedalare come un forsennato.

Irruppe in casa della nonna Stella che, vedendolo, si fece un segno di croce.

«Gesù, un'altra disgrazia?» domandò in un sussurro.

«Papà è tornato. Ha portato a casa Gemma. Ma non sono soli. Con loro è arrivata anche la morte», disse finalmente.

Tremava in tutto il corpo e gli sembrava che la testa fosse diventata un pallone pesante, enorme, sul punto di esplodere.

«Scotti come la stufa», constatò la nonna.

Lui si sentiva di ghiaccio.

4

Pietro aveva impiegato due giorni per arrivare a Parigi, passando dalla Svizzera. In montagna, l'auto si era bloccata perché la cinghia di trasmissione si era rotta. Era notte e non c'era possibilità di trovare aiuto. L'aveva riparata come poteva. Poi aveva dovuto montare le catene da neve. Entrato in territorio francese era stato aggredito da un colpo di sonno ed era finito contro un guard-rail lungo un tornante. Per fortuna procedeva lentamente. La macchina si era ammaccata. Aveva trovato una piazzola di emergenza e aveva dormito due ore. Poi aveva ripreso il viaggio. Finalmente, a un certo punto aveva letto su un cartello segnaletico la scritta PARIS. Era arrivato. Lì c'era la sua bambina. Chissà, forse sarebbe stata felice di vederlo. Forse lo avrebbe preso per mano e gli avrebbe detto: «Papà, adesso ti faccio conoscere una città di cui mi avevi tanto parlato, ma che non hai mai visto».

Entrò in città. Il cielo era grigio nella luce rarefatta del tramonto. L'aria era impregnata dei gas di scarico delle auto e dei camion. Il paesaggio urbano non assomigliava alle immagini che si era costruito attraverso la lettura dei libri. Gli sembrava di essere alla periferia di Brescia o di Milano, solo molto più grande. Non aveva una piantina della città e, a un certo punto, si accorse che stava girando in tondo perché per la terza volta si trovò nella stessa piazza. Alla fine vide dei cartelli con la scritta PORTE D'ITALIE e, non conoscendo la lingua, immaginò che indicassero la direzione da cui era venuto, l'Italia. La attraversò seguendo le frecce che segnalavano il centro della città e poco dopo lesse i cartelli che indicavano la GARE DE LYON. Attraversò la Senna. Fu un'impresa trovare la rue Gilbert, dove abitava sua figlia, secondo le indicazioni di Gnutti.

Era troppo stanco per soffermarsi a considerare i palazzi imponenti e severi, l'immensità delle piazze, le luci sfavillanti nel buio della sera. Era spaventato, intimidito e solo. Non osava nemmeno chiedere indicazioni ai passanti, dal momento che non parlava la loro lingua. Pensò a tutte le volte in cui si era considerato una specie di superuomo e aveva guardato gli altri dall'alto della potenza che gli veniva dal sapersi il più forte. Adesso la forza fisica non lo poteva aiutare. L'ignoranza lo schiacciava. Soltanto la determinazione di riprendersi la sua bambina lo spingeva a non perdersi d'animo. E trovò la casa in cui stava Gemma. Una palazzina decadente. Non c'era neanche il portone. Salì una lunga rampa di gradini umidi e scivolosi. Aprì una porta a vetri e si trovò in una specie di vestibolo buio da cui partivano scale, corridoi, porte, tra sporcizia, voci alterate, musiche assordanti e strilli, qualche pianto di donna e di bambino.

«Ma dove sono capitato?» sussurrò, ormai sicuro di aver sbagliato indirizzo. Accese un fiammifero per far luce e controllare che quella fosse la casa che cercava. *Apartement 41*, era scritto sul biglietto di Gnutti. Allora vide che su ogni porta era indicato un numero. Il 41 lo aveva di fronte. Bussò. Non rispose nessuno. Perché sua figlia aveva preferito quel posto orrendo alla sua casa che, per quanto malandata, era certamente più confortevole e pulita? Spinse il battente e la porta si aprì. Il lezzo della sporcizia e del degrado gli diede la nausea. C'era gente buttata su brande e materassi, in un groviglio di indumenti, di bottiglie di vino e di liquori vuote, di avanzi di cibo. La luce fioca di una lampada azzurrina creava ombre lunghe nella stanza. Da uno stereo veniva il suono ripetitivo e martellante di una musica rock.

«Sono tutti ubriachi», pensò con sgomento.

Poiché Alessandro Gnutti gli aveva detto che Gemma stava con un'amica, Pietro si era figurato un piccolo insediamento sotto i tetti di Parigi, una casina linda, un po' civettuola, e due ragazze con la gioia di vivere che sicuramente facevano qualche piccolo lavoro per mantenersi. Si era assurdamente ostinato a crederlo, sebbene l'aspetto del giovane Gnutti, vissuto con lei fino a pochi giorni prima, non confortasse l'illusione. Pietro non era un pessimista. Quando una situazione gli sembrava troppo sgradevole, pensava subito che ci fosse un modo per ribaltarla. Ma questa volta non trovò un appiglio alla speranza. Si guardò intorno. Quei corpi esausti, quelle facce intontite di giovani erano il prodotto di una civiltà che andava allo sfascio. «Sbandati, figli di sbandati», pensò. E, a quel punto, si ricordò che anche lui era sempre stato uno spostato. Gli tornarono in mente le infinite ubriacature in compagnia degli amici, i tanti espedienti per racimolare soldi quando non lavorava, le bravate notturne nei magazzini delle fabbriche da cui rubava vestiti e mobili per il gusto di fare a sua moglie regali impossibili. Non era mai finito in prigione, ma se lo sarebbe meritato. Che esempio aveva offerto ai suoi figli? Come aveva potuto illudersi che Gemma, lasciando il paese in compagnia di un balordo, dopo aver picchiato la nonna per avere soldi, potesse essere rinsavita?

Una ragazza tutta pelle e ossa lo guardava con aria ebete.

«Cerco Gemma. Dov'è?» le domandò.

Inaspettatamente la ragazza gli rispose nella sua stessa lingua. «E io che cosa ne so? Non sono mica la sua balia», replicò la giovane mentre allungava un braccio fuori dalla trapunta per cercare una bottiglia.

«Almeno, sai di chi parlo?» chiese l'uomo, chinandosi su di lei.

«Sì, lo so. È l'amica di Alessandro. Se non è qui, è uscita a far moneta», disse, con aria indifferente.

Sua figlia non era lì. C'erano tre ragazzi e due ragazze. Avevano facce intontite, terribili.

La bionda trovò la bottiglia, bevve un lungo sorso.

«Ma tu, chi sei?» gli domandò, brusca.

«Un amico», rispose Pietro. E soggiunse: «Dove va a far moneta?»

«Prova alla Gare de Lyon, lei va sempre lì», spiegò. Poi i suoi occhi spenti si illuminarono. «Hai qualche spicciolo?» gli chiese.

«Vai all'inferno», imprecò lui, uscendo da quel posto disgustoso.

Oramai era buio pesto. Il freddo era quasi insopportabile. Ma quello che lo stava paralizzando era il gelo dell'anima. Gemma, lo sentiva, era perduta per sempre. Eppure doveva trovarla e riportarla a Maria.

Alla stazione, la gente entrava e usciva incessantemente. Gli sembravano marionette impazzite. Le auto e i taxi strombazzavano a causa di un ingorgo. C'erano luci come se fosse giorno. Girandole luminose, sospese nel cielo, auguravano JOYEUX NOËL. Odiò quell'umanità dall'aria indaffarata e felice. Odiò tutti perché lui solo stava vivendo un dramma sconosciuto agli altri e del quale si sentiva profondamente colpevole. Il suo sguardo, abituato a scovare la selvaggina nei luoghi più difficili, catturò la presenza di Gemma. L'istinto, più che l'aspetto, gli dissero che era lei la figura allampanata, scarna, fasciata in un paio di jeans a zampa d'elefante, coperta da un misero giubbotto di montone, gli occhi segnati da un trucco pesante. Adescava i passanti. La sua bambina si prostituiva per sopravvivere. Trattenne un singhiozzo e si avventò su lei.

«Che cosa vuoi, merdoso», farfugliò la ragazza. Vacillava, incapace di opporre resistenza.

«Sono tuo padre», sussurrò, afferrandola per le spalle e trascinandola lontano dalla luce.

Aveva economizzato durante tutto il viaggio per potersi permettere una stanza d'albergo. La chiese a due letti. Non appena fu in camera, la prima cosa che fece fu buttare Gemma sotto la doccia. Era convinto che così si sarebbe ripresa. Ma poiché sua figlia non si reggeva in piedi, la spogliò e vide le sue povere braccia martoriate. Trovò una siringa nella tasca del suo giubbotto. La mise a letto e lei si addormentò subito. Uscì a comperare un vestito e un cappotto per lei. Fece scorta di pane e formaggio. Quando rientrò in camera, Gemma dormiva ancora. Si buttò sul letto. Era distrutto. Si addormentò con addosso ancora il giaccone di lana e il berretto.

Si svegliò all'improvviso. Gemma era sparita. Scattò in piedi e spalancò la porta del bagno. Sua figlia era lì, accucciata nell'angolo tra il lavabo e la doccia, la cinghia dei pantaloni stretta intorno al braccio, il pugno chiuso. Nella mano destra una siringa iniettava veleno in una vena. Gliela strappò e il sangue schizzò tutto intorno. Pietro era terrorizzato. Non aveva mai visto niente di simile.

«Sei un rompicoglioni», disse lei, con la voce impastata. «Dammi da fumare», farfugliò.

Se l'avesse picchiata, probabilmente non se ne sarebbe neppure accorta. La prese in braccio, la riadagiò sul letto, le rincalzò le coperte.

«Come stai?» le domandò.

«Bene», rispose.

«Come si chiama quella porcheria che ti inietti in vena?»
«Eroina. Non è una porcheria. È una medicina. Dopo vedi tutto bello. Vorrei bauli di eroina. È tutto quello che desidero.»
«Dove l'hai nascosta?»
Gemma fece una risatina infantile.
«Nel tacco dello stivale», rispose, soddisfatta.
Forse per stare bene Gemma doveva davvero assumere la droga. Fino a poco tempo prima, per sentirsi bene, lui beveva. Dunque?
Non era stato facile, per lui, capire che stordirsi con l'alcol non lo aiutava a vivere, né a ragionare, né a sentirsi più felice. Il vino costava poco, mentre quella roba che Gemma nascondeva e per la quale si prostituiva era molto cara. Pietro lo sapeva e, per la prima volta, vedeva su sua figlia gli effetti devastanti della droga. Gemma era uno scheletro.
La pelle del viso era grigia, opaca. Dormiva o era soltanto inebetita? Le accarezzò i capelli. Passò una salvietta umida sul viso per togliere le ultime tracce di trucco.
Poi, andò in bagno e lo ripulì con cura del sangue di sua figlia.
Era distrutto e, tuttavia, coltivò una luce di speranza. Doveva riportare subito a casa la sua bambina. Doveva curarla, salvarla. Alternava momenti di speranza ad altri di sconforto. Non osò sdraiarsi sul letto per timore di addormentarsi. Aveva paura che la ragazza ne approfittasse per andarsene. Mangiò uno sfilatino di pane e formaggio, bevve acqua minerale e poi preparò altri panini per il viaggio di ritorno.
Sua figlia dormiva. Sembrava tranquilla.
Il rientro fu allucinante, perché Gemma era sveglia e nervosa. Ripeteva ossessivamente che aveva «bisogno di farsi». A un certo punto lo aggredì, perché voleva che Pietro si fermasse e la lasciasse andar via. Lo ricopriva d'insulti e

lui dovette picchiarla e legarla al sedile per continuare a guidare. Quando erano già in territorio italiano, Gemma sparì. Aveva detto che le serviva una toilette. Si era fidato. La ritrovò nella caserma dei carabinieri di Aosta, dov'era andato a denunciare la sua scomparsa.

Era incappata in un posto di blocco. Aveva raccontato di essere stata aggredita da un camionista. «Forse è vero. Forse no. Una cosa è sicura: è completamente drogata», gli dissero i carabinieri. Infatti stava sdraiata su una panca e dormiva. Si era svegliata a pochi chilometri dal paese. Era debolissima. Pietro dovette prenderla in braccio per portarla in casa. Poi, quando Maria l'ebbe messa a letto, dovette spiegarle la situazione. Le raccontò tutto.

«Io vado a dormire», concluse Pietro. «Tu tienila d'occhio. Potrebbe scappare di nuovo.»

Fu così. Accadde quando Andrea venne riportato a casa da suo zio e fu chiamato il medico a vederlo, perché stava molto male. Erano tutti nella stanza del ragazzo e Gemma ne approfittò per fuggire.

5

Fu un inverno terribile. In casa Donelli non si era mai vista tanta gente. Venivano i parenti, gli amici, i curiosi, il medico, il parroco e i carabinieri. Tutto ruotava intorno a Gemma. Ognuno portava consigli, suggerimenti, immaginette miracolose. Intanto sparivano le poche cose di valore che non erano state vendute o impegnate: le lenzuola di lino ricamate a mano del corredo di Maria, il fucile da caccia di Pietro, l'orologio da polso di Andrea. Gemma, non si sapeva come, riusciva a eludere la stretta sorveglianza e spariva per giorni. Tornava in condizioni sempre peggiori. Quand'era a casa dormiva. Oppure puntava il coltello alla gola di sua madre per avere soldi. Sui giornali apparve la notizia, corredata di fotografia, della morte di Alessandro Gnutti. Il cadavere era stato rinvenuto nel bagno di un bar di Milano, dove si era nascosto per iniettarsi l'ultima dose di droga.

Il medico, chiamato più volte, somministrava potenti sedativi che su Gemma avevano scarso effetto e scuoteva la testa. «È un vizio che non sappiamo come curare», diceva. Andrea, che aveva avuto per giorni la febbre altissima, era stato ricoverato in ospedale, perché si era temuto che fosse meningite. Quando fu dimesso, si rifiutò di tornare a casa e andò a vivere con la nonna. Aveva paura della morte che vi si era annidata. Difatti, una mattina Pietro trovò Full e Dolly stecchiti nella loro cuccia. Qualche giorno dopo, anche le galline di Maria morirono. La nonna Stella pregava continuamente. Qualche volta, presa dallo scoramento, sussurrava: «Se il buon Dio mi ascoltasse, almeno per una volta...» Ma, in realtà, non sapeva che cosa chiedergli e si risolveva a concludere: «Se almeno mi facesse morire».

Andrea, invece, sperava con tutto se stesso che la morte si prendesse Gemma che era ormai ridotta a poco più di un vegetale, eppure, a tratti, trovava la forza di tenere tutti in scacco.

Venne di nuovo il medico a visitarla. Scosse il capo con aria sconsolata. «La troveranno morta in una latrina come il figlio di Gnutti», disse a Pietro e soggiunse: «Rassegnati».

Pietro, invece, non riusciva a rassegnarsi. Gemma stava distesa sul letto, per ore, completamente inebetita. Pietro sedeva vicino a lei, metteva il disco della *Bohème*, in sordina, e cantava piano in sincronia con il tenore, il soprano, il baritono, accarezzandole i capelli. Maria la imboccava come fosse una neonata, altrimenti Gemma non avrebbe mangiato.

La nonna Stella morì. La trovò Andrea, che dormiva in casa sua, sull'ottomana del tinello, ed era entrato la mattina per portarle un caffè, prima di andare a scuola. Sembrava che dormisse.

Dopo i funerali, Pietro lo costrinse a tornare a casa.

Sua madre gli disse: «Fallo per me».

Gnutti disse a Pietro che aveva saputo di una clinica, in Svizzera, dove curavano i malati come Gemma.

«Non devi preoccuparti per le spese. Provvedo io», lo rassicurò.

«La mia bambina la curo da solo», reagì Pietro.

«Penso che se avessi saputo prima di questa clinica, ci avrei portato mio figlio e non sarebbe morto», insistette.

«Sarebbe scappato. Questo lo sai bene», precisò Pietro.

«Quello che so è che quando vado a trovarlo al cimitero, provo un senso di quiete. Sento che finalmente riposa in pace», confidò al vecchio amico.

Maria e Pietro continuavano a sperare nell'impossibile. E, finalmente, un giorno l'impossibile accadde. Gemma si alzò di buonora, con le sue poche forze si lavò accuratamente, si asciugò i capelli accanto alla stufa, si vestì e si pettinò, poi preparò il latte e il caffè per Andrea e i genitori.

«Con quella merda ho chiuso», annunciò.

Maria l'abbracciò. Gemma guardò suo padre, gli sorrise mentre mescolava lo zucchero nella tazzina del caffè.

«Questo è un miracolo. È la nonna Stella che dal cielo ha pregato il Signore per noi», disse Maria.

«È la mia ragazza che è forte, saggia e ha capito che vuole vivere», affermò suo padre.

Andò a lavorare cantando e, la sera, quando rincasò, la cena era pronta. Era stata Gemma a cucinare.

«Ho parlato con Gnutti. Appena ti sei rimessa un po' in carne ti prende a lavorare in ditta. Farai l'impiegata», annunciò, con orgoglio.

«E lasceremo questa casa», decise Maria. «I tuoi zii ci danno quella della nonna. Dobbiamo ridipingerla, sistemarla un po'. L'isolamento è finito. Anche Andrea, povero bambìn, potrà stare di più con i compagni e sarà meno lunga la strada fino in città, per andare a scuola.»

Gemma sembrava si fosse ridestata da un lungo sonno.

«Che scuola fai?» domandò al fratello.

«Il primo anno di ragioneria. E sono anche bravino», la informò timidamente.

«Forse anch'io ricomincerò a studiare», disse Gemma.

Nel cuore della notte, Andrea fu svegliato da sua sorella.

«Che cosa vuoi?» le domandò, assonnato.

«Non riesco a dormire. È sempre così quando ci si disintossica. Mi era successo anche a Parigi. Una volta, io e Alessandro avevamo deciso di chiudere con l'eroina. Non siamo riusciti a dormire neanche dieci minuti in tre giorni», sussurrò.

«E dopo?» domandò il fratello.

«Dopo abbiamo dormito sei ore. Stavamo così bene che abbiamo ricominciato a bucarci.»

«Farai lo stesso anche questa volta?»

«No. Ho chiuso per davvero. Non voglio finire come Alessandro. Lui è morto perché si è fatto con della roba tagliata male. Prima o poi ti capita, anche quando la paghi cara. Uno lo sa, ma quando vuole la roba a tutti i costi, se ne frega. Capisci?»

«No. Non capisco e non voglio capire. La droga non mi interessa. Anzi, mi fa proprio schifo, se vuoi saperlo», sbottò Andrea.

«Volevo chiederti scusa per averti rubato l'orologio», confessò Gemma. E aggiunse: «Lavorerò. Con i primi guadagni te ne comprerò uno ancora più bello».

«Va bene. Adesso lasciami dormire.»

«Prendimi vicino a te. Io non dormo, ma mi sentirò meno sola», supplicò.

Andrea si tirò di lato per farle posto nel suo letto, ma Gemma gli faceva paura. Andò avanti così per una settimana. Gemma non dormiva, ma resisteva. Maria, seguendo i consigli del medico, la rimpinzava di cibo, di fermenti lattici, di vitamine e di camomilla. Il suo sguardo si stava snebbiando, le braccia stavano guarendo.

Gemma aveva lavorato tutto il giorno per ripulire il garage e poi aveva aiutato sua madre a cucinare.

«La settimana ventura traslochiamo in paese», annunciò Pietro. «Da questa sera incominciamo a rinfrescare i muri.

Siamo a marzo. La pittura asciugherà presto. Ho comperato pennelli e due bidoni di vernice. Chi mi aiuta?»

«Ti aiuteremo noi», disse Maria, raggiante.

Così, dopo cena, salirono tutti sulla Ford e andarono in paese. La casa della nonna era già stata sgomberata. Tante cose erano state eliminate, altre accatastate e coperte con teli di plastica. Andrea e Gemma si affacciarono sul balconcino del tinello che dava sulla piazza. I due bar del paese erano illuminati e gremiti di gente. C'erano giovani, sui gradini del sagrato della chiesa, che chiacchieravano, ridevano, confrontavano le loro moto e disquisivano da esperti sulla loro potenza.

«Vorrei essere come loro», disse Gemma.

«Perché?» domandò suo fratello.

«Perché avrei interesse per qualcosa. Invece ho in mente una cosa sola. Soltanto quella. È un'ossessione che non vuole andar via», sussurrò.

«Voi due, smettete di chiacchierare e venite dentro ad aiutare», si spazientì Maria.

Si misero tutti a lavorare con Pietro.

«Prendimi un secchio d'acqua. Devo allungare la pittura», disse Pietro a Gemma.

Gemma andò in cucina. E non tornò. Era come se il vento l'avesse rapita. Nessuno l'aveva vista sparire.

Pietro e Maria passarono la notte a cercarla. Della loro figlia non c'era traccia in paese né nelle campagne. La speranza rinata una settimana prima si spense in un nuovo dolore.

Dopo tre giorni, quand'era ormai buio, sentirono grattare alla porta di casa, come facevano i cani quando volevano entrare.

Pietro andò ad aprire. Gemma gli cadde tra le braccia. Era piena di droga.

Nessuno fece commenti. Maria la spogliò, la ripulì e la

mise a letto. Andrea si chiuse nella sua stanza a piangere, non per sua sorella, ma per se stesso. Non c'era più la nonna Stella da cui rifugiarsi. Gli era insopportabile restare lì, tra quelle mura, dove rabbrividiva di paura.

Pietro diede un tranquillante a Maria e la costrinse ad andare a letto.

«Sto io vicino alla mia bambina», disse a sua moglie.

Andrea sentì a lungo i passi pesanti di suo padre che si muoveva tra la cucina e la camera di Gemma. Lo sentì uscire.

Si alzò e guardò nel buio, attraverso il vetro della finestra. Vide quell'uomo enorme inginocchiato a terra, ripiegato su se stesso.

Schiuse il battente e lo sentì singhiozzare. Si rifugiò nel letto, tremando.

Pietro tornò in casa. Entrò nella stanza di Gemma e mise in funzione il giradischi, in sordina. Di nuovo *Bohème*, di nuovo la sua voce che ripeteva in un sussurro le parole delle romanze.

Andrea aveva la gola riarsa. Uscì dalla camera per andare in cucina a bere dell'acqua. La porta della stanza di Gemma era aperta. Vide Pietro di spalle, chino sulla figlia che dormiva profondamente. Le accarezzava i capelli e le parlava dolcemente mentre il soprano cantava: «Mi piacciono quelle cose…»

«Stai soffrendo troppo, bambina mia», sussurrava Pietro, «non meriti un'agonia così terribile. Sei come un passerotto ferito. Ho creduto che avresti ripreso a volare. Non ce l'hai fatta. Ancora una volta sei andata in giro a cercare certa brutta gente che non conosce l'angelo che è in te. Ti voglio bene, Gemma.»

La sollevò per le spalle e la strinse a sé, forte, sempre più forte, cullandola.

«Mio Dio, la sta stritolando», pensò Andrea. Ebbe pietà

della disperazione di suo padre e orrore per l'ombra cupa della morte che scivolava verso quei due, come un'onda gigantesca, e li avvolgeva trascinandoli via con sé. Aveva paura di entrare in quella camera, di avvicinarsi al padre e alla sorella. Si rifugiò in cucina. Mise le labbra sotto il rubinetto dell'acqua e bevve.

«Lo sai che giorno è oggi?» domandò Pietro. Gli sorrideva dalla porta della cucina.

Incapace di parlare, Andrea scosse semplicemente il capo, come un automa.

«È il ventuno marzo. Primo giorno di primavera. Dopo il lungo sonno dell'inverno, rinasce la vita.» E aggiunse: «Adesso vado a lavorare. Di' alla mamma, quando si sveglierà, che tua sorella riposa, finalmente».

Uscì. Andrea lo vide salire sulla Ford e lo guardò mentre si allontanava lungo lo stradone, tra i campi. Fuori era sbocciata la primavera.

Pietro non tornò più. Quella mattina, quando si aprì il forno al quale lavorava, finì sotto la colata d'acciaio.

Una mano gentile...

1

UNA mano gentile si posò sulla spalla di Andrea e una voce dolce disse: «Stai piangendo. È tanto grave, la nonna?»

Lui allungò un braccio e strinse la vita sottile di Lucia.

«Sono un padre fortunato», sussurrò. «Perché ho te», soggiunse, pensando quanto poco sua figlia assomigliasse a quella zia infelice, morta quasi trent'anni prima. Non le aveva mai parlato di Gemma, anche perché ne aveva a lungo cancellato il ricordo. Gemma era un'immagine dai contorni nebulosi, mentre aveva mitizzato suo padre facendolo diventare una specie di eroe. «Ti ricordi quando portò dal bosco l'abete di Natale?» diceva Maria. «Era un cacciatore fantastico. Non sbagliava un colpo.» «La Callas e Di Stefano erano suoi amici e una volta l'hanno invitato a pranzo.» «Conosceva tutte le opere a memoria. *Bohème* era la sua preferita. Puccini il suo dio. Era uno che di musica se ne intendeva.» Maria e Andrea avevano inventato un personaggio picaresco, divertente, impavido e generoso. C'era voluta la fuga di Penelope e la crisi che ne era seguita per riportare a galla, in tutta la sua tragicità, la storia di una famiglia disperata e di un padre che, in mancanza di altre qualità, aveva fatto della forza fisica un vessillo. Per il resto Pietro era un pavido, un insicuro, un uomo spaventato dalla vita. Erano questi i valori che gli aveva trasmesso e con queste debolezze adesso avrebbe dovuto fare i conti.

«Allora, come sta la nonna?» insistette Lucia.

«Lo vedi. Dorme, per fortuna. Ma tu dovevi restare a casa a badare ai tuoi fratelli», disse Andrea.

«Lo sto facendo. Roberto mi ha accompagnata fin qui e andremo insieme all'asilo a prendere Luca. E questa sera mi porta alle prove di flamenco», spiegò.

«Il tuo ragazzo è un tesoro», constatò Andrea, sollevato.

«Roberto è perfetto. Come me, del resto», scherzò la ragazza. «Ma il problema, adesso, è questa povera nonnina. Chi le starà vicino? Voglio dire, non puoi vegliarla tu solo, giorno e notte.»

Ragionava come Penelope, sfoderando lo stesso buon senso. Fino a pochi giorni prima, criticava ogni parola della madre e adesso si comportava allo stesso modo, anche nei confronti di Andrea.

«Ho già chiesto l'intervento di un'infermiera esterna, per questa notte. Quando arriverà, tornerò a casa. Adesso vai», disse.

Lucia baciò la nonna e poi sfiorò con un gesto materno la guancia di suo padre.

«So che stai soffrendo per lei. E anche per mamma. Andrà tutto bene, vedrai», lo rassicurò.

Andrea fu sul punto di chiederle se aveva mangiato. Poi, memore degli ammonimenti di Penelope, tacque. Tanto c'era già Roberto, il suo ragazzo, che vigilava in questo senso.

Nelle ore che seguirono, Maria venne trasferita nel reparto di cardiologia. Andrea era prostrato e confuso. Tutti i ricordi di un'infanzia e di un'adolescenza difficili, affiorati con chiarezza alla coscienza, lo avevano sconvolto. Guardava sua madre che si andava spegnendo e pensò alla sua forza, alla determinazione, alla generosità, alla capacità di sopportazione del dolore. Dei suoi tre figli, una si era perduta. Giacomo, il fratello maggiore, si era armato di un cinismo che forse non possedeva, per fuggire dalla violenza e dalla miseria.

Maria, a denti stretti, aveva continuato a coltivare il suo sogno di normalità. Dopo la morte di Gemma e del marito, aveva abbracciato il figlio ancora adolescente.

«Ti porto via di qui», gli aveva promesso.

Gnutti, l'industriale che aveva importanti relazioni, era riuscito a farle avere un posto da bidella in una scuola privata dove Andrea aveva proseguito il corso di ragioneria. Con la pensione del marito e il suo stipendio, insieme avevano incominciato una nuova esistenza a Milano, dove non conoscevano nessuno e nessuno li conosceva.

Come in tutti i posti di lavoro, Maria aveva trovato qualcuno che la tiranneggiava per il piacere sadico di umiliarla. Era la maestra Cazzaniga.

«Devo usare il bagno. Maria, lo pulisca», ordinava. Maria, ubbidiente, ripassava water e bidet che erano già lindi. Dopo averlo usato, la Cazzaniga lasciava il bagno in condizioni pietose, così che gli altri insegnanti potessero rivalersi sulla bidella inefficiente.

«Questo bambino si è sporcato. Lo lavi e lo cambi», le ordinava. «E già che c'è, si lavi anche lei perché ha i capelli unti.»

A quarant'anni, Maria si era iscritta alle scuole serali nella speranza di diplomarsi maestra. Questa aspirazione legittima aveva scatenato chissà quali demoni nella psicologia contorta di quella zitella maligna che aspirava a diventare direttrice didattica, ma aveva visto naufragare i numerosi tentativi. Nel bel mezzo delle lezioni, lasciava l'aula e le piombava addosso per verificare che Maria non stesse studiando durante l'orario di lavoro. Una volta l'aveva colta mentre faceva un esercizio di grammatica. Il libro era volato fuori dalla finestra.

«Potrei denunciarla per inefficienza, lo sa?» Con questo ricatto la teneva sulla corda e la colpiva con battute sferzanti, chiamandola la «nostra bidella saccente», la «nostra aspirante Maria Montessori», il «futuro premio Nobel per la didattica».

Maria taceva. Aveva superato prove peggiori, nella vita. La sera si sfogava con Andrea.

«Fregatene, mamma», diceva lui. Ma si rodeva e augurava alla Cazzaniga una morte lenta e dolorosa per tutto il male che faceva a sua madre.

La maestra Cazzaniga tiranneggiò Maria per due lunghissimi anni. Poi fu colta da un male che non perdona. Andrea si rammaricò di averle augurato quella fine. Sua madre, che non aveva mai formulato analoghi pensieri, disse: «Il Signore non paga solo il sabato».

Tuttavia andò spesso a farle visita in ospedale portando qualche piccolo dono che, nella sofferenza, la Cazzaniga accettò con animo grato.

Arrivò l'infermiera prenotata per la notte.

«Se la mamma si aggrava, mi telefoni in qualunque momento», si raccomandò Andrea.

Lasciò quel luogo di dolore con un senso di sollievo. Nell'atrio incontrò Stefania, la sua ultima amante.

«Perché sei qui?» le domandò.

«Ho lasciato adesso mia sorella. L'hanno operata di corsa per un'ulcera perforante», spiegò la collega.

«Tutto bene?» le domandò, prendendola sottobraccio. Questa volta non c'erano sottintesi in quel gesto affettuoso.

«Così sembra, per fortuna», rispose lei. I segni della tensione emotiva si rivelavano nel nervosismo dei gesti. «Ho saputo che Pepe ti ha lasciato», soggiunse.

«Le brutte notizie volano.»

«Mi sento così in colpa», si rammaricò la giornalista.

«Pepe non se n'è andata a causa tua. Il disgraziato sono

io. Tu sei una brava ragazza e so che resteremo amici», disse lui, dandole un colpetto affettuoso sulla spalla.

«Ma tu, perché sei venuto in ospedale?» gli domandò. Erano ormai sulla via, in prossimità del parcheggio.

«È la classica ciliegina sulla torta. Mia madre sta male», la informò.

«Sai una cosa, Andrea? I momentacci passano. I buoni sentimenti restano. Ti sono sinceramente amica», affermò abbracciandolo.

«Anch'io», disse Andrea. Si stupì di non provare nessuna emozione per la bella collega che gli aveva suscitato tanti desideri.

«Auguri per la tua mamma», lo salutò lei.

«Anche a te, per tua sorella», replicò lui.

Mentre tornava a casa, stanco e avvilito, gli tornò in mente un nome: Mortimer. Che cosa aveva avuto da spartire Penelope con un uomo che si portava addosso quell'odioso nomignolo? Ricordò il breve messaggio sul biglietto da visita, che cominciava con: «Gentile Pepe». Storse le labbra in una smorfia di disgusto e sussurrò: «Decisamente idiota». Pensò al pacco di lettere, raccolte con un nastrino bianco, nel cassetto della scrivania. Non avrebbe mai avuto il coraggio di sciogliere quel nastro, aprire le buste e leggere il contenuto. Aveva paura di scontrarsi con una realtà sgradevole. C'erano già troppe complicazioni nella sua vita.

Entrò in casa e vide Priscilla, in salotto, seduta sul divano, che parlava al telefono. Si esprimeva in un inglese approssimativo e diceva al suo interlocutore parole di fuoco. Lo chiamava bastardo e lo minacciava di ritorsioni. Inoltre gli spiegava di essere ancora abbastanza «sexy» per trovare un compagno migliore di lui. Era così infervorata nell'esprimere le proprie ragioni, che non si accorse dell'arrivo di Andrea.

Lui andò in bagno a lavarsi e indossò una camicia pulita. Era stanco e affamato. In cucina, per fortuna, trovò la sua cena sul tavolo: era una specie di spezzatino. Lo annusò. Aveva un profumo dolciastro.

«Priscilla!» chiamò.

La filippina arrivò, irritata per aver dovuto concludere repentinamente il litigio con il fidanzato.

«Che cos'è questa roba?» le domandò Andrea. Aveva sperato in un bel piatto di pastasciutta.

«Maiale. L'ho fritto nel miele. È buonissimo. Ti farà diventare molto forte.»

Andrea ne assaggiò un pezzetto. Era disgustoso. Allontanò il piatto.

«Siete tutti viziati, in questa famiglia. Il solo che lo ha gradito è stato Luca. Gli altri lo hanno rifiutato», brontolò.

«Voglio un piatto di spaghetti», ordinò, mentre buttava nella spazzatura quel cibo sgradevole.

«Te li fai da te. Io ho finito il mio orario di lavoro», rispose aggressiva.

«Sei una cretina!» sbottò. «Comunque è finito anche l'uso del telefono. Fila nella tua stanza», le ordinò.

Priscilla si avviò impettita fuori della cucina, ma fece capolino subito dopo.

«Signore, devi darmi un aumento di stipendio perché io sto lavorando tantissimo e mi sento stanca. Oggi non è stato come quando c'è la mia signora. Tutto sulle mie spalle. Sono molto stanca», ripeté.

Andrea la guardò allibito.

«*I am very tired. Do you understand?*» ribadì il concetto in inglese, con una faccia da schiaffi. Era un ricatto bello e buono. Ci fosse stata Penelope, avrebbe saputo come metterla in riga, ma lui che cosa poteva fare? Accettare il ricatto e l'insubordinazione o metterla alla porta. Scelse l'ultima soluzione.

«Sei licenziata», annunciò, tranquillamente. Poi, aprì il frigorifero in cerca di qualcosa di commestibile.

Priscilla lo guardò spalancando le labbra ancora gonfie per le percosse subite dall'egiziano.

«*I am weary of you. Do you understand?*» le rifece il verso.

«Ha ragione la mia signora. Gli uomini sono tutti uguali», brontolò. Poi gli sorrise: «Ti faccio una caprese. Va bene, signore?»

«Ti do cinque minuti per prepararla», l'avvertì. Aveva vinto un'altra piccola battaglia.

Andò a vedere i ragazzi. Luca dormiva vicino a Sansone. Daniele sedeva alla scrivania e stava studiando. Senza tutti quegli anelli che lo rendevano grottesco, era davvero un bel ragazzino.

«Non ti sembra un po' tardi per studiare?» gli domandò sottovoce, per non svegliare il piccolino.

«Papà, domani ho l'ultima interrogazione di storia. Se non prendo almeno otto, non sono in media e mi fottono anche qui», spiegò.

«Mi castigano anche qui», lo corresse Andrea.

«Come sta la nonna?» cambiò discorso.

«Sempre uguale. Chi ha portato fuori il cane?»

«Roberto Tradati, il grande amore di mia sorella. L'uomo perfetto che sa le date di tutte le guerre e risolve i problemi di matematica come fossero cruciverba.»

«Sei geloso?»

«Un po'. Soprattutto mi irrita quella sua aria da perfettino.»

«Dai, studia. Dov'è Lucia?»

«Di' una cosa a caso», lo sfidò.

«In bagno», indovinò Andrea.

Lucia era seduta su uno sgabello, aveva messo i piedi a mollo in una conca con acqua e sale e intanto faceva un esercizio di greco. Indossava la camicia da notte e aveva arrotolato i capelli con i bigodini. Andrea la guardò e sorrise. Appena ieri gattonava per la casa e adesso aveva assunto gli atteggiamenti di una donna. Era di un attivismo sconcertante. Assomigliava a Penelope, in questo.

«Perché fai il pediluvio?» le domandò.

«È il solo modo per dare sollievo alle mie povere estremità dopo due ore di ballo», spiegò e soggiunse: «Come sta la nonna?»

«Non ci sono novità. Speriamo bene. E tu?»

«Sono quattro anni che ballo il flamenco e ancora non sai quanto si lavora di piede. Un'ora di riscaldamento, quando va bene. Facciamo il *golpe*, forzando *planta* e *tacón*, e poi si cominciano le *sevillanas* e devi coordinare il ritmo dei piedi con la *vuelta*, la *vuelta a tras*, il *paseito* e la *pasada*. Sono distrutta.»

A tredici anni Lucia era stata operata per un piede valgo, una malformazione congenita che aveva implicato l'inserimento di due chiodi al titanio fra tibia e tallone. Ora i suoi piedi erano perfetti. Avrebbero resistito quei chiodi alle sollecitazioni di un ballo basato soprattutto sulla forza del piede? Tenne per sé il dubbio, visto che Penelope non aveva mai fatto commenti in proposito.

«Vado a mangiare una caprese», annunciò. «Sono digiuno da questa mattina.»

«Ne prendo un po' anch'io. Ho ancora un paio d'ore di studio», decise Lucia.

Di fronte alla fermezza di Andrea, Priscilla si era data da fare e ora stava in un angolo della cucina in attesa di ordini.

«Puoi andare nella tua stanza», le disse Andrea. «Quando devi telefonare ai tuoi amici, segna le chiamate perché alla fine del mese te le detraggo dallo stipendio», soggiunse tranquillamente. Non le avrebbe consentito di spadroneggiare in assenza di sua moglie.

«Va bene, signore», annuì, prima di sparire.

Lucia mangiò più del solito. Suo padre non fece commenti.

Lei invece sì.

«Mi sta succedendo una cosa strana. Mi è venuta fame. Veramente la fame ce l'ho sempre avuta, ma non mi sento più in colpa se mangio. Tu che cosa ne dici?»

«Io sono cresciuto nella miseria e aspettavo l'arrivo di mia nonna che ci portava il pranzo o la cena ed era come se arrivasse la manna dal cielo. Da due anni stiamo regalando troppi soldi allo psicologo. Se hai dei problemi con me, vorrei che me ne parlassi. Se li hai con tua madre, dovresti affrontarla e dirle apertamente quello che senti e che pensi, invece di strillare sempre come una gallina strozzata. Mamma avrà le sue colpe nei tuoi confronti. E chi non ne ha? Ma tu, che cosa vuoi dalla vita? Sei bella, anzi bellissima, sei piena di interessi, hai un ragazzo che ti adora. Se cerchi la luna, sappi che non la troverai mai», disse Andrea pulendo il piatto con un pezzo di pane.

«Forse sto cercando un po' di quella chiarezza che in questa famiglia non c'è mai stata», sparò Lucia, a bruciapelo.

«Spiegati meglio.»

«Se vuoi capire, hai capito. Se non vuoi, pensaci su», replicò la ragazza. Poi inghiottì l'ultimo boccone. «Adesso scusami, torno a studiare.»

«Prima metti i piatti nella lavastoviglie», le ordinò Andrea.

«Puoi farlo tu?» chiese, con un sorriso.

«È un ordine, Lucia», ribatté Andrea.

La ragazza guardò suo padre e capì che non stava scherzando.

«Certo che stai cambiando. Non so ancora se mi piacevi di più prima o adesso.»

Suonò il telefono.

«Rispondo io. Potrebbe essere l'infermiera della nonna», disse Lucia.

Andrea si augurò che fosse Penelope. Invece la chiamata veniva proprio dall'ospedale.

«Credo che possiamo dormire tranquilli. La nonna è stazionaria», annunciò sua figlia, mentre sparecchiava la tavola.

Andrea si defilò silenziosamente e raggiunse la camera da letto. Era stremato. Si spogliò gettando gli indumenti qua e là. Poi, ricordò che non c'era sua moglie a raccoglierli e allora lo fece lui. Ripiegò con cura i pantaloni, disfece il nodo della cravatta, appese la giacca alla stampella, gettò nel cestone della biancheria da lavare la camicia e gli indumenti intimi.

Si distese sul letto, ma faticava a prendere sonno. Avrebbe dovuto essere in ansia per sua madre. Invece il suo pensiero dominante era Penelope. Non voleva perderla per nessuna ragione, ma non sapeva come riconquistarla. Lo aveva accusato di doppiezza, di narcisismo, di finta generosità. Tutto vero.

Il suo narcisismo lo aveva spinto a tradirla per il piacere di sentirsi irresistibile. La sua generosità aveva sempre un doppio fine: farsi perdonare qualcosa. Ma erano bastati pochi giorni di stretta convivenza con i figli per modificare il ruolo di padre consenziente. Per troppi anni sua moglie aveva subito scenate di cui, ora, si vergognava profondamente. Queste riflessioni gli impedivano di prendere sonno. E c'era un fantasma che lo rendeva inquieto: Mortimer. Chi era? Ma soprattutto, che cos'era per sua moglie questo individuo cui non poteva attribuire un volto, una voce, un ruolo?

Scattò dal letto, aprì il cassetto della scrivania e prese in mano il pacchetto delle lettere. Stava commettendo un'azione turpe, lo sapeva. Non aveva alcun diritto di frugare nei segreti di Penelope. Lo soppesò dibattuto tra la curiosità e la paura di sapere. Sentì un pianto sommesso venire dalla camera dei ragazzi. Ripose le lettere e chiuse il cassetto. Spalancò la porta della loro stanza. Daniele dormiva profondamente. Luca piangeva mentre Sansone dimenava la coda e gli leccava una mano. Accese il lume sul comodino. Il piccolo era rosso in viso e scottava per la febbre.

«Bambino mio, che cos'hai?» domandò, spaventato. Da quando sua moglie se n'era andata, le complicazioni spuntavano a ogni istante.

Cacciò il cane dal letto, prese Luca tra le braccia e lo portò nella sua camera.

«Scotti come una stufa», disse, ricordando le parole di nonna Stella. Sapeva come ci si sente male a quell'età perché anche lui era stato un bambino soggetto a eccessi di febbre.

Luca aveva smesso di piangere e si lamentava sommessamente, com'era nel suo stile.

«Mi vengono gli *streppiti di gommito*», sussurrò il piccolo. E, appena pronunciate queste parole che facevano parte del lessico famigliare, liberò lo stomaco, inondando cuscino, lenzuola e coperta. Andrea era terrorizzato.

«Lucia, Daniele!» gridò in cerca d'aiuto.

I due ragazzi scattarono come molle.

«Papà, prendi la borsa del ghiaccio», ordinò Lucia che aveva afferrato la situazione al volo. «Daniele, vai nel guardaroba a prendere la biancheria pulita», disse al fratello. «E tu, belva disgustosa, a cuccia», intimò al cane che aveva cominciato a fare pulizia.

Sansone si raggomitolò sul tappeto.

Quando Andrea tornò con la borsa del ghiaccio, il letto era già stato cambiato e anche Luca aveva addosso un pigiamino pulito.

«Bisogna farlo bere, perché la febbre e il vomito lo hanno disidratato», suggerì Daniele mentre adagiava delicatamente il fratellino sul letto. Lucia gli mise il ghiaccio sulla testa. Luca aveva smesso di lamentarsi.

«Non sarebbe meglio telefonare al dottore?» domandò il padre.

«Papà, non serve. Luca ha fatto soltanto un'indigestione di maiale fritto. Adesso gli preparo dell'acqua zuccherata», disse Lucia.

All'una di notte la febbre era scesa e il piccolo riposava quieto. Andrea si infilò nel letto vicino a lui. Sansone non aveva più osato muoversi dall'angolo in cui Lucia lo aveva confinato.

«Sto qui anch'io. Non si sa mai», decise Daniele, insinuandosi sotto le lenzuola. Andrea spense il lume. Vide Lucia rientrare, in punta di piedi, nella camera e la sentì sdraiarsi accanto a loro. Avvertì un lampo di felicità. I suoi tre figli erano con lui, perché avevano bisogno di lui, come lui di loro. Prima non lo sapeva. Se Penelope non se ne fosse andata avrebbe continuato a ignorare questa meravigliosa realtà.

«Ma chi sarà quel Mortimer?» si chiese ancora e si addormentò.

2

IRENE mise due cucchiaini di zucchero nella tazzina del caffè, lo rimestò e poi l'offrì al marito. Per sé versò acqua bollente in una tazza più grande che conteneva orzo solubile. Avevano finito di pranzare e si erano trasferiti nel salotto. Irene era più silenziosa del solito.

«Sei preoccupata per nostra figlia?» le domandò il marito.

Lei scosse il capo.

«Eppure dovresti», soggiunse Mimì.

«Perché?» gli chiese.

«Perché Pepe ha problemi seri. Se non fosse così, non avrebbe lasciato marito e figli», precisò l'uomo.

«Ma noi non possiamo fare niente. Ognuno ha i propri guai e se li deve risolvere da solo», tagliò corto Irene.

«Già. Però è sempre nostra figlia e io sono preoccupato per lei. E lo sei anche tu, dal momento che hai cambiato umore da quando è andata via», insistette.

«Può darsi. Ma non ho voglia di parlarne», affermò Irene.

«E non sei neppure andata a vedere i bambini», rilevò il marito.

«Vacci tu», rispose seccamente. Poi uscì dal salotto.

Entrò in camera da letto, si liberò dei mocassini e della gonna e si sdraiò sulla coperta di seta, color *bois de rose*, che era stata di sua madre. Tante volte avrebbe voluto regalarla a Penelope, ma sua figlia l'aveva sempre rifiutata considerandola «un'anticaglia di pessimo gusto». Per quanto amasse sua figlia, Irene non era mai riuscita a entrare in sintonia con lei. Da sempre si scrutavano con occhio critico, entrambe pronte a rinfacciare all'altra difetti, manchevolezze, colpe.

Con gli anni, la donna aveva capito che il loro rapporto era così conflittuale perché, in realtà, lei non avrebbe mai voluto avere figli. Penelope era stata concepita involontariamente e lei l'aveva accettata come un problema da risolvere, più che come un dono d'amore. Aveva affrettato le nozze per evitare lo scandalo di una nascita fuori del matrimonio. La gravidanza era stata contrassegnata da incubi notturni, invece che dai sogni rosei di un'attesa così importante. In qualche modo, Penelope doveva aver avvertito questo rifiuto materno. Fin dai primi mesi di vita la figlia prediligeva suo padre. La complicità tra i due si era consolidata nel periodo della crescita, indispettendola perché si sentiva esclusa. Penelope aveva operato scelte di vita che lei non aveva mai condiviso. Quando Irene aveva scoperto la sua storia segreta con Raimondo Teodoli, aveva sperato che Penelope divorziasse da Andrea. Ma ancora una volta era stata delusa nelle sue aspettative. Ora sentiva che non sarebbe venuto niente di buono neppure dall'ennesimo colpo di testa di sua figlia: lasciare marito e figli per andare a nascondersi a Cesenatico. Perché non gliene aveva parlato? Perché era stata esclusa da questa decisione? E dire che lei stessa avrebbe avuto qualcosa di molto importante da confidarle.

Si distese sul letto, nascose il capo sotto il cuscino e pensò che, se fosse riuscita a piangere, si sarebbe sentita meglio. Ma le lacrime non venivano. Crescevano invece l'inquietudine e l'irritazione.

A un certo punto sentì una mano che le accarezzava la schiena. Era suo marito, che le parlò con dolcezza.

«Come sei bella!» sussurrò. «Sono stato molto fortunato ad averti come compagna della mia vita.»

«Perché sei così insopportabilmente affettuoso?» replicò, cercando di sottrarsi alla sua tenerezza.

«Scusami», si ritrasse lui. «Ti sento inquieta e non riesco ad aiutarti. Mi dispiace tanto. Se almeno sapessi che cosa ti rode», bisbigliò con aria smarrita. Quindi uscì dalla camera, lasciandola sola.

Irene si alzò dal letto e si guardò allo specchio, appeso sopra il cassettone siciliano del Settecento.

«Finirai per saperlo», sussurrò affranta.

Ora che sua figlia aveva lasciato Andrea, forse anche lei avrebbe trovato il coraggio di chiudere il suo rapporto con Mimì. Da molti anni rimandava una decisione che avrebbe dovuto prendere dal tempo in cui Penelope era ancora adolescente. Ma come si fa a dire a un marito irreprensibile, tenero, innamorato, onesto, prodigo di attenzioni: «Non ti amo più. Voglio vivere con un altro?» L'altro era Romeo Oggioni. A un certo punto si era sposato rendendole più facile la vita. Ma poi era rimasto vedovo. Otto anni prima avevano ricominciato a vedersi ed erano diventati amanti. Era accaduto nel periodo in cui Penelope si era innamorata di Mortimer. Lei aveva compiuto cinquant'anni e la vita incominciava a sfuggirle di mano. Decise di afferrare quella fetta di felicità che le spettava di diritto. Suo marito non aveva nessuna colpa in tutto ciò. Ma neppure lei. A diciott'anni si era innamorata di Mimì e dopo qualche tempo, incontrando Romeo, si era accorta che era lui l'uomo della sua vita. Si era tormentata a lungo nella consapevolezza che avrebbe dato un grande dolore al marito, lasciandolo.

Qualche giorno prima, Romeo Oggioni l'aveva messa alle strette.

«Adesso, o mai più», aveva detto.

Irene era sul punto di parlare a Mimì, quando Penelope era fuggita, mandando all'aria il suo progetto.

Lo specchio le rimandò l'immagine di una bellezza quasi intatta che non sembrava conoscere età. Soltanto lei sapeva quanto le costasse tanta perfezione e quanto paventasse l'idea del crollo, inevitabile con il trascorrere del tempo. Per Irene, la vecchiaia era sinonimo di decadenza.

Aveva subìto la menopausa come un insulto del destino ed era caduta in una profonda depressione. Il ginecologo le aveva suggerito l'uso di cerotti per ricreare gli ormoni che il suo patrimonio genetico non produceva più.

Una sera, entrando in camera da letto, suo marito l'aveva sorpresa in lacrime.

«Che cosa ti succede?» le aveva domandato.

«Niente», aveva risposto.

«Una persona non piange senza motivo», aveva insistito il marito.

«Preferisco morire piuttosto che invecchiare», aveva confessato.

Mimì l'aveva abbracciata di slancio.

«*Picciridda*», aveva sussurrato nel dialetto della sua isola, «tu non invecchierai mai. Anche a ottant'anni sarai sempre la bellissima ragazza che ho conosciuto un pomeriggio d'estate e che mi ha rapito il cuore.» Era sincero, ma Irene lo aveva trovato indisponente.

«Quando ti deciderai a mettere gli occhiali? Sei diventato presbite da un pezzo e non distingui un'aragosta da una brioche», l'aveva aggredito. Il guaio e la forza di Irene erano sempre stati il suo inguaribile infantilismo, l'incapacità di diventare adulta. Suo marito, in questo, l'aveva assecondata. Da quando era andato in pensione, Mimì Pennisi si era dedicato allo studio della rivoluzione francese, un'impresa che lo assorbiva quasi totalmente e che richiedeva un'assidua frequentazione delle biblioteche. Da Milano a Parigi, da Palermo a Londra, l'uomo conduceva la ricerca con metodo e determinazione, coltivando la speranza di trovare documenti inediti che avrebbero accresciuto il valore della sua fatica. Da alcuni mesi stava approfondendo la guerra in Vandea, cercando una prova diretta che suffragasse le dicerie a proposito del finanziamento inglese ai vandeani.

Quando Mimì usciva per andare in biblioteca, Irene si chiudeva alle spalle la porta di casa per andare da Romeo.

A sessant'anni, Oggioni era un vedovo corteggiato da molte signore, non soltanto perché era ancora un uomo forte e piacevole, ma anche per via del successo professionale che aveva fatto di lui il «re dei bottoni», com'era stato definito da un'inchiesta televisiva sui cosiddetti *self made men* che erano diventati famosi in Italia e all'estero. Lavoratore instancabile, aveva trasformato il piccolo laboratorio artigiano, ereditato dal padre, in un'azienda di grandi dimensioni. L'intelligenza, il fascino personale e un innato talento per gli affari gli avevano consentito di assicurarsi importanti forniture. Le divise degli eserciti di mezzo mondo portavano i bottoni Oggioni. Anche le fibbie, le cerniere lampo, i ganci e ogni altro tipo di allacciatura portavano il suo marchio. Negli anni, aveva differenziato la sua produzione. Nella casa di Forlimpopoli, che era stata di Diomira Gualtieri e ora apparteneva a Irene, c'era il settore artigianale che riforniva l'alta moda. Alla periferia di Milano c'era l'azienda industriale per la produzione in serie.

Irene, inizialmente attratta dal fascino dell'uomo di successo, si era innamorata di lui per quelle ragioni insondabili che sono alla base di ogni innamoramento. Da sempre, lui ricambiava questo sentimento. Era stato un buon marito.

Adesso era un vedovo felice, perché sperava in una lunga, serena vecchiaia, da trascorrere accanto alla donna dei suoi sogni.

Quando Irene usciva per raggiungerlo nella grande casa di via Bagutta, si sentiva come Madame Bovary, per la quale non aveva mai provato slanci di simpatia, considerandola una nevrotica della specie peggiore che tradiva un marito buono, dolce e onesto. Disprezzava l'eroina di Flaubert e disprezzava se stessa. Ma era certa di avere diritto alla felicità. E Romeo era l'uomo fatto su misura per lei.

Quel giorno lasciò la sua casa. Prese la metropolitana, scese in piazza San Babila, raggiunse la via Bagutta ed entrò nel palazzo dove abitava il suo amante.

Lui la stava aspettando.

«Adesso, o mai più», esordì lei, ripetendo le parole di Romeo.

«Tuo marito lo sa?» le domandò.

«Lo saprà quando non mi vedrà tornare. Se gliene avessi parlato, probabilmente non sarei qui. Partiamo subito, prima che io cambi idea.»

3

Nella villa gli operai erano al lavoro. Oltre agli idraulici e agli elettricisti, c'erano i muratori che spaccavano pareti per cambiare le vecchie tubazioni di piombo con quelle di plastica e immurare le nuove condotte dell'acqua. I carpentieri, in soffitta, sostituivano vecchie travi ormai pericolanti, mentre i manovali scaricavano macerie dalle finestre e le caricavano sul camion. Quasi tutti i mobili erano stati imballati e accatastati nella veranda. Gli altri, compreso il salotto di nonna Diomira, erano stati mandati a Sant'Arcangelo dall'ebanista, per il restauro.

Alla fine, Penelope aveva deciso di rimettere in sesto la villa di sua madre perché sapeva che Irene non lo avrebbe mai fatto, mentre lei era affezionata a quella casa che custodiva tanta parte dei suoi ricordi. Inoltre, occuparsi di questioni pratiche la distraeva dalla solitudine. Era piacevole andare a Cesena in cerca di carte da parati, piastrelle, arredi per il bagno. Non voleva cambiare l'impronta liberty della casa e aveva scoperto l'esistenza di laboratori artigiani che ripristinavano vasche da bagno in ghisa smaltata e i vecchi monumentali caloriferi, dotati di scaldavivande, con le canne istoriate a motivi floreali. Aveva anche individuato una fabbrica a Forlimpopoli, che produceva piastrelle con disegni della belle époque. La villa del bisnonno capitano sarebbe tornata come l'aveva fatta lui, a cavallo tra i due secoli. Continuava a dormire al *Grand Hotel* e passava la giornata a camminare sulla spiaggia, a fare acquisti nell'entroterra, a sorvegliare i lavori, a chiacchierare con il professor Briganti, con il quale divideva i pasti che faceva venire dalla cucina dell'*Hotel Pino*. Il professore mangiava pochissimo, però aveva preteso di pagare la propria parte.

«La tua compagnia mi è arrivata come un dono del cielo», le diceva sorridendo, mentre consumava una mela cotta o il passato di verdura con la lentezza dei vecchi che considerano il cibo un dovere più che un piacere.

Penelope apparecchiava pranzo e cena sul tavolo di pietra tondo sotto una pergola di roselline selvatiche a cinque petali, di un delicato bianco avorio, che nascevano a grappoli e si riproducevano generosamente da aprile a novembre. Non doveva neppure lavare i piatti, perché il cameriere dell'albergo li ritirava quando portava il caffè.

La giovane donna e l'anziano amico si facevano piacevolmente compagnia senza doversi preoccupare di tenere viva la conversazione. C'erano lunghi silenzi tra loro. Poi bastava un niente per dare il via a una sequenza di ricordi, di pacati ragionamenti. Avevano nel cuore gioie e amarezze e, qualche volta, si confidavano pensieri gelosamente custoditi, sapendo di trovare nell'interlocutore un'attenzione partecipe e sincera, un giudizio sereno, un consiglio amichevole.

La tartaruga Piccarda sentiva il rumore delle stoviglie e, da qualunque parte del giardino fosse, li raggiungeva con un'agilità insospettabile. Si rintanava sotto il tavolo e aspettava la mano del padrone che, immancabilmente, si tendeva verso di lei per offrirle un pezzetto di mela o una foglia di insalata.

«Oggi, il mio piccolino compie sei anni», disse Penelope. «Mi sembra sia passato un giorno da quando è nato», sospirò. Non aveva mai pronunciato una frase tanto banale con tanta accorata convinzione.

«Vassene il tempo e l'uom non se ne avvede», citò il professore. «*Purgatorio*, canto quarto. Ricordi?»

«Mi dispiace. Sono sempre stata una studentessa distratta», tentò di scherzare. Ma aveva il cuore stretto e spuntarono lacrime nei grandi occhi scuri. «Questa mattina gli ho telefonato, prima che andasse all'asilo», soggiunse, ricordando la voce grave del suo bambino che le aveva detto un «ciao» di gelo.

«Ti ho chiamato per sentire come stai e per augurarti buon compleanno», aveva sussurrato lei, commossa.

«Grazie», aveva risposto Luca.

«Che cosa stai facendo?» Aveva una gran voglia di sentirselo vicino, di toccarlo, baciarlo, stringerlo a sé.

«Guardo le nuvole», era stata la risposta.

«Quali nuvole? Qui a Cesenatico c'è il sole e fa caldo», disse, mentre tentava di capire se Luca parlava di nuvole vere, o se invece esprimeva il suo stato d'animo. «Ti voglio tanto bene», aveva soggiunto. In quel momento aveva sentito la voce di Lucia che veniva dal fondo della stanza: «Chi è al telefono?» si informava.

Per tutta risposta, Luca aveva detto: «Cattiva», e aveva chiuso la comunicazione.

Per un attimo aveva sperato che quel «cattiva» fosse indirizzato alla sorella. Ma si era resa conto che la «cattiva» era lei. Tre sillabe per muoverle un rimprovero, per dirle che non si abbandonano così i propri figli, che anche lui l'amava e soffriva della sua assenza.

La capacità di sintesi dei bambini è sbalorditiva. Riescono a esprimere con una sola parola i concetti più complessi. Penelope era esplosa in un pianto disperato mentre stringeva ancora tra le mani la cornetta del telefono. Era sicura che Luca non avrebbe detto a Lucia di aver parlato con lei.

Era un bambino introverso e aveva già imparato a tenere per sé i propri dispiaceri.

Penelope aveva preso dal frigobar della sua stanza una lattina di Coca-Cola, una bevanda che non le piaceva ma che era la preferita del suo piccolino. L'aveva aperta e ne aveva bevuto un lungo sorso, bisbigliando poi: «Buon compleanno, bambino mio lontano, da parte di questa mamma cattiva che ti ama infinitamente».

Il professore allungò timidamente una mano per accarezzare la sua.

«Luca ha ricevuto il tuo messaggio. Sono sicuro che gli ha fatto bene», la rincuorò.

«Professore, lei mi ha vista crescere. Com'ero da bambina?» gli domandò.

«Come i tuoi figli. Silenziosa, riflessiva, ostinata, ribelle. Io ti ricordo così. Avevi, a tratti, sprazzi di grande allegria. Ti sentivo cantare a squarciagola dal tuo giardino. Eri anche piena di curiosità. Ma non eri una bambina felice. Una volta, ti regalai un quaderno per scrivere i tuoi pensieri. Speravo me li facessi leggere per capire quello che sentivi», disse l'uomo.

«Me lo ricordo. L'ho ritrovato l'altro giorno. Era nell'armadio della nonna con altre cose, tra cui il certificato di matrimonio di mia madre», rispose a mezza voce.

Il professore non fece commenti.

«Com'era mia madre?» proseguì Penelope.

«Irene ha avuto un grave intoppo nella sua formazione. Oggi si direbbe un 'handicap'. Non è sempre vero che la bellezza aiuta. A volte crea enormi difficoltà. Tutti intessevano le sue lodi e lei ha finito per considerare la bellezza come l'unico valore su cui puntare le proprie carte. Non essere così severa con lei. E non esserlo neppure troppo con te stessa», l'ammonì.

«Io incolpo mia madre per le tante sciocchezze che ho

commesso. I miei figli, anche se non lo dicono, incolpano me per la loro infelicità. È una storia antica quanto il mondo, immagino. Però so che la mia vita di oggi è esattamente la stessa di quand'ero bambina: sprazzi di felicità e tanta malinconia. Penso che sarà sempre così. Mia madre è sempre stata molto più felice di me», affermò.

«Come fai a saperlo?»

«Lei è concentrata su se stessa. Il resto scivola via. È avara di sé. La sua partecipazione alla vita degli altri si esaurisce nel pettegolezzo, senza coinvolgimenti emotivi», dichiarò Penelope, esprimendo con sincerità il proprio pensiero.

«Forse è soltanto una forma di autodifesa. Poi, quello che prova davvero, soltanto lei può saperlo», ragionò l'uomo.

«Una volta, quand'ero ragazza, ha pianto dicendomi che non l'amavo. Fui cattiva, in quell'occasione. In realtà l'adoravo e l'ammiravo. È sempre stata un modello irraggiungibile. Non ha mai avuto una domestica. Eppure riusciva a fare tutto avendo l'aria della gran signora che non si cura degli aspetti più avvilenti della quotidianità. Non sono mai riuscita a essere come lei. Sono pasticciona, brontolona, vittimista e irascibile. Credo di assomigliare molto a nonna Diomira», si sfogò.

Il professore sorrise. Arrivò in giardino il cameriere dell'albergo. Posò la caffettiera bollente, le tazzine e la zuccheriera. Poi sbarazzò la tavola. Anche gli operai avevano ripreso a fare chiasso nel giardino di Penelope.

«Ritornando al piccolo Luca», riprese il professore, «anch'io qualche volta sembravo cattivo con gli studenti che amavo di più. Perché ero più esigente con loro. Poi è venuto il giorno in cui mi sono stati grati per questo», spiegò, nel tentativo di consolarla.

«È quello che spero anch'io per i miei figli. E anche per

Andrea. So di non essere stata una compagna facile. Ma lui mi ha molto delusa», confessò.

«Siete così giovani», disse lui, «avete tanto tempo per scoprire se siete davvero fatti per restare insieme. Ma non dimenticare mai che, nel frattempo, i tuoi ragazzi hanno diritto al rispetto dei loro sentimenti. Io ho avuto tanti figli in prestito: i miei alunni. Ognuno con la propria storia, ognuno con il proprio carattere. Una cosa sola li accomunava, il bisogno di sentirsi rispettati. L'ho sempre fatto e mi ha dato tanta gioia. Tuttavia ero soltanto il loro professore, non un genitore. Il mio compito era molto più facile del tuo e di quello di tuo marito.»

«L'ho lasciato solo, proprio perché spero che Andrea incominci a diventare padre», puntualizzò Penelope.

«Lo farà, stanne certa. Chi è quello sciocco che vorrebbe perdere tre figli meravigliosi e una moglie deliziosa come te?»

Penelope non replicò. Disse invece: «Otto anni fa ho avuto un amante. Ho saltato la siepe un'altra volta. Ed è stato bellissimo e terribile».

«Ti va di parlarne?» domandò il professore.

«Credo proprio di averne bisogno», rispose lei.

Storia di Mortimer

1

A SANREMO stava per incominciare il Festival della canzone che Andrea Donelli, come ogni anno, seguiva per incarico del giornale e, per due settimane, i rapporti con la famiglia si limitavano a qualche telefonata.

La mattina, aveva chiamato Penelope dalla redazione.

«Pepe, preparami la sacca. Parto all'una», le disse.

«È già pronta», replicò lei.

Ogni volta che Andrea si metteva in viaggio, Penelope riempiva una borsa con biancheria di ricambio, camicie, pantaloni e almeno una giacca supplementare. Quand'era il caso aggiungeva maglioni o l'abito da sera. Era bravissima nel piegare gli indumenti con il supporto di una carta velina che limitava le pieghe e le stazzonature. Per quanto fosse scrupolosa nel ricordare tutto quello che gli serviva per i vari spostamenti, più d'una volta le era capitato di dimenticare qualcosa. In quei casi riceveva da Andrea una telefonata di rimprovero e, invece di mandarlo al diavolo, si profondeva in scuse, sentendosi avvilita per la dimenticanza e per averlo fatto arrabbiare. Capitava che Andrea, mentre era in viaggio e prima di aver controllato il contenuto della sacca, la chiamasse da un autogrill, dall'aeroporto, da una stazione ferroviaria per chiederle: «Hai messo nella sacca il registratore piccolo?» oppure: «Non è che, come al solito, hai lasciato fuori la fascia dello smoking?» In quei casi Pepe schiumava rabbia, anche perché, se aveva dimenticato qualcosa, non aveva alcuna possibilità di riparare. Avrebbe voluto ricordargli che non era né una segretaria, né una cameriera, e segnalargli che era arcistufa di occuparsi del suo bagaglio, che se la facesse da sé la sua stramaledetta sacca. Ma sapeva che Andrea si sarebbe messo a gridare più di lei. Così, per amor di pace, rispondeva pazientemente alle domande.

Una volta suo marito era partito in macchina per andare a Basilea. Le aveva telefonato dalla frontiera perché aveva dimenticato la carta d'identità. Lei aveva dovuto correre fino a Chiasso a portargliela. Per tutto ringraziamento era stata investita da una valanga di rimbrotti.

All'inizio del loro matrimonio, quando gli preparava amorevolmente la valigia, infilava qua e là, tra gli indumenti, minuscoli fogli con brevi messaggi d'amore. Aveva smesso di farlo non appena si era resa conto che alcune pessime abitudini di suo marito le aveva create proprio lei, con il suo servilismo. Era lei che gli comperava scarpe e calzini, partecipava alle riunioni di condominio, filtrava le telefonate perché Andrea non voleva seccature quando era in casa, si occupava dei pagamenti delle bollette, compilava le note spesa per il giornale alla fine di ogni viaggio, senza mai riuscire a far quadrare i conti, perché Andrea perdeva le ricevute.

A lungo andare, quello che, quando non avevano figli, le era sembrato un compito piacevole, era diventato una schiavitù di cui avrebbe voluto liberarsi. Ma temeva le reazioni del marito. Sapeva che ne sarebbe scaturita una lite selvaggia e allora, per non complicarsi ulteriormente l'esistenza, continuava a sobbarcarsi compiti non suoi. Dopo tutto, Andrea non era il peggiore dei compagni. Conosceva uomini che si ubriacavano, altri che perdevano troppo spesso il posto di lavoro e altri ancora che picchiavano moglie e figli. Naturalmente non osava fare raffronti con modelli migliori.

Anche quella mattina aveva preparato la sacca con tutto l'occorrente per le due settimane da trascorrere a Sanremo.

«Non dimenticare le pile di scorta per il registratore. Viene con me anche Moscati», annunciò Andrea per telefono, con voce fiera. Moscati era il direttore del quotidiano. «Fammi trovare qualcosa di veloce da mangiare. Lascerò la macchina sul viale. Ci pensi tu a portarla in garage?»

«Certo, padrone», replicò lei, nel tentativo di volgere in scherzo la prepotenza del marito.

Quella mattina, Daniele non era andato a scuola. Aveva la febbre alta. Penelope si era già messa in contatto con la pediatra che aveva promesso di passare a visitare il bambino verso mezzogiorno. Ora le toccava preparare un pranzo veloce per il marito che, sebbene andasse di fretta, non si sarebbe accontentato di un panino al prosciutto. Si mise ai fornelli chiedendosi chi sarebbe arrivato primo: Andrea o la dottoressa?

Daniele si era assopito. Per fortuna nel congelatore c'era un trancio di pescespada. Aveva in casa del songino fresco, qualche cespo di trevisana e arance a volontà. Versò in una padella la passata di pomodoro, la fece asciugare velocemente a fuoco vivo, poi vi depose il pesce spada ancora surgelato e abbassò la fiamma. Dopo avrebbe aggiunto sale, olio, origano e altre erbe aromatiche, ma intanto la coprì e mise sul gas la pentola piena d'acqua per cuocere gli spaghetti. Poi lavò l'insalata, grattugiò il parmigiano e apparecchiò velocemente la tavola. Aspettando che l'acqua bollisse, preparò una spremuta d'arancia per Daniele sapendo che, quando si fosse svegliato, avrebbe reclamato da bere.

Suonarono alla porta di casa. Era la pediatra, arrivata in anticipo.

La accompagnò nella stanza del bambino che, disturbato dalla presenza del medico, si mise a piagnucolare. Penelope rispose alle domande della dottoressa, poi corse in cucina a prendere un cucchiaio affinché esaminasse la gola del piccolo. Tenne fermo Daniele, che non voleva essere visitato, e infine ascoltò la sentenza: varicella.

«Ce n'è tanta, in giro, in questo periodo. Deve tenerlo a letto, al caldo, somministrargli cibi liquidi, ricchi di vitamine, farlo bere molto ed evitare che si gratti. La malattia farà il suo corso. Non ha bisogno di medicine. Se la febbre sale ancora, gli dia un paio di aspirinette da masticare», ordinò la donna mentre Penelope l'aiutava a infilarsi il cappotto. Sul punto di congedarsi, domandò: «Ci sono altri bambini, in casa?»

«La mia maggiore. Adesso è a scuola», spiegò Penelope.

«Bene. Se non l'ha ancora avuta, prenderà la varicella dal fratello», annunciò con aria serafica.

Penelope richiuse la porta di casa e avvertì un odore pungente che veniva dalla cucina. La trovò invasa di fumo. Il pesce spada alla pizzaiola si era carbonizzato. In quel momento arrivò Andrea, nervoso e trafelato, come sempre alla vigilia di una partenza.

Invece di aiutarla a rinnovare l'aria e a ripulire la padella bruciacchiata, prese a inveire contro di lei.

«Vuoi sempre strafare. Ti avevo detto un pranzo veloce, non un menù di Marchesi. Mi sarebbe bastato un panino e una mela.»

«Non è vero!» protestò lei, arrabbiata. «I panini li hai sempre detestati. Volevi un pranzo in piena regola e io ho tentato di accontentarti. Questo è il risultato», sbottò e soggiunse: «È venuta la pediatra per Daniele e ho completamente dimenticato il resto».

«Come, il bambino sta male e non me lo dici?» si allarmò Andrea.

«Calmati. Ha soltanto la varicella.»

«Sei proprio stupida! Il bambino è malato e tu ti metti a cucinare», urlò, piantandola in asso per fiondarsi nella stanza del figlio.

Penelope strinse i pugni sforzandosi di dominare la collera. Lo sentì fare la voce dolce del padre premuroso. Mentre lei, che si era affannata a ripulire la casa, a tentare inutilmente di prepararli un pranzo, a interpellare il medico, era considerata un'incapace, una pasticciona con la mania di strafare.

In quel momento comparve Lucia. Era pallida. Buttò lo zainetto dei libri su una sedia e balbettò: «Mammina, mi sento male».

«Lo sapevo», disse abbracciandola.

Ancora una volta, il padre tenero e premuroso sarebbe partito, mentre lei, la madre stupida, avrebbe dovuto accudire i due figli malati. Infatti, di lì a poco, Andrea afferrò la sua sacca da viaggio e se ne andò senza aver toccato cibo.

Penelope aiutò la bambina a spogliarsi, a infilare il pigiama e la mise nel letto, rimboccandole le coperte e promettendole un bel bicchiere di succo di frutta con il ghiaccio. Nonostante la finestra spalancata, il puzzo di bruciato persisteva. Penelope detestava i cattivi odori e, mentre riempiva il bicchiere con cubetti di ghiaccio, cercò di ricordare dove avesse messo le gocce di un'essenza al sandalo con cui neutralizzare il puzzo persistente del pesce carbonizzato. Suonò il telefono.

«Sono Adele, la vicina di casa di sua suocera», annunciò una voce che conosceva bene.

«Oddio! Non mi dica che sta male anche Maria», esordì.

Era proprio così. Sua suocera aveva la febbre e reclamava la sua assistenza.

«Le dica che non posso assolutamente andare da lei. Ho i bambini a letto con la varicella.»

«Ma questa povera donna è sola. Io tra poco devo tornare in ufficio. Chi le bada?» martellò la vicina di casa.

«Ho capito», disse Penelope con un sospiro rassegnato. «La metta su un taxi e l'accompagni da me, per favore.»

Mentre Andrea era in viaggio verso Sanremo, pienamente compiaciuto di svolgere il ruolo dell'uomo che, con il proprio lavoro, provvede al sostentamento della famiglia, Penelope si trovò ad accudire i due figli e la suocera. Quel giorno, e anche il successivo, Lucia e Daniele, stremati dalla febbre, alternavano rari momenti di veglia piagnucolosa a lunghe ore di sonno e lei si dedicò a Maria. L'aveva sistemata sul divano letto del salotto. Aveva fatto venire il medico che aveva diagnosticato un'influenza complicata dalla bronchite cronica, per cui riteneva necessaria una terapia con antibiotici.

«Stia attenta a non ammalarsi anche lei», le raccomandò, mentre si congedava. La banalità del medico la sconcertò.

«Che cosa mi suggerisce? Erigo le barricate? Convoco le sentinelle? O bastano dei cani lupo molto ringhiosi?» ironizzò.

Ricorse all'aiuto del portiere per farsi fare la spesa al supermercato e in farmacia. Passò il tempo a rassettare la casa, a lavare e a stirare pigiami e lenzuola, a preparare semolini e spremute d'arancia. Il terzo giorno i suoi figli erano sfebbrati e pieni di pustolette su tutto il corpo. A parte il fastidio del prurito, che leniva con il talco mentolato, i bambini stavano benissimo. Sua suocera, invece, si lamentava di continuo. Era avvilente sentirsi prigioniera di quella situazione, tanto più che non aveva nessuno su cui poter contare. Aveva chiesto aiuto a sua madre. Irene l'aveva lasciata parlare, poi aveva detto: «Mi dispiace tanto, ma non ho nessuna intenzione di farmi contagiare da tua suocera».

Aveva ricevuto un'unica telefonata da Andrea, che risiedeva all'*Hotel et des Anglais*. Poi il silenzio.

Per comodità, sistemò i figli nel lettone e la notte dormiva con loro. Così Maria poté trasferirsi nella camera dei ragazzi.

I suoi figli, tuttavia, erano felicissimi per quella specie di vacanza piovuta dal cielo. Ora che stavano bene, si azzuffavano spesso e volentieri per il possesso del telecomando. Infatti Lucia voleva vedere *La ruota della fortuna*, mentre Daniele reclamava i suoi cartoni animati giapponesi. Si contendevano anche il telefono. La bambina voleva chiacchierare con le amichette, Daniele cronometrava i tempi perché, a sua volta, voleva parlare con i compagni. Penelope faceva la spola tra le stanze e la cucina preparando pastasciutte e cotolette.

Intanto sedava litigi con urla sempre più forti. Quando riusciva a impadronirsi del telefono, chiamava gli insegnanti per aggiornarsi sui compiti e le lezioni così che, anche se costretti in casa, i suoi figli non restassero indietro con il programma scolastico. Sottrarli alla televisione e indurli a studiare era un'impresa snervante. Qualche volta Penelope nascondeva il telecomando e subito spuntavano i giornalini che tentava di neutralizzare sdraiandosi fra loro e leggendo a voce alta qualcosa di più educativo. Aveva scelto *Le avventure di Huckleberry Finn*. Mark Twain le era sempre piaciuto. Loro lo trovavano noioso fino allo sbadiglio, tanto che si addormentavano esausti dopo aver inutilmente tentato di interrompere la lettura con lanci di cuscini.

A quel punto, Penelope infilava il cappotto e portava fuori Piripicchio, il vecchio setter irlandese, lungo di pelo e corto d'intelligenza, che Andrea le aveva imposto undici anni prima, pur sapendo quanto sarebbe stata difficile la convivenza con la gattina Frisby che apparteneva a Penelope e si considerava la padrona della casa.

Faceva un giro veloce intorno al palazzo e subito ritornava, non senza aver lasciato al portiere la lista della spesa. Una sera si rese conto che, da diversi giorni, indossava sempre la stessa gonna e lo stesso maglione. Andrea non si era più fatto sentire. Quanto a sua madre, non si era neppure preoccupata di telefonarle.

Invece, telefonò Sofia.

«Come stai?» le domandò.

«Così», rispose evasiva.

«Così, come?» insistette l'amica.

«Bene», replicò con fare stanco.

«Ho capito. Stai da schifo», disse Sofia.

«Se l'hai capito, perché me lo chiedi, accidenti!» sbottò Penelope e non riuscì a soffocare un singhiozzo.

«Arrivo subito», decise l'amica, senza darle il tempo di replicare. Quando Penelope aprì la porta di casa, Sofia era lì, davanti a lei, fresca, elegante, ben truccata e profumata. Il ritratto della donna sana, serena, sicura di sé.

«Dio mio, che disastro», esordì l'amica, guardandola, mentre si liberava della pelliccia di zibellino, leggera come un soffio d'aria. Maria, dal suo letto, chiamava la nuora con voce lamentosa. I bambini strillavano accapigliandosi.

«Se sei venuta per constatare il disastro, puoi andartene immediatamente», affermò Penelope.

Sofia non si perse d'animo. Le sorrise, l'abbracciò.

«Cara la mia pasticciona», sussurrò, facendo una smorfia graziosa. E proseguì: «Hai addosso l'odore della tua gattina. Brutto segno. Adesso io mi occupo dei tuoi furfanti, di tua suocera e della casa. Tu schizzi in bagno, ti fai una doccia, ti vesti da persona civile e corri dalla parrucchiera. Non c'è niente di meglio per risollevare il morale».

Penelope eseguì gli ordini come un automa. Indossò il cappotto e uscì di casa. Il portiere chiamò un taxi e lei si fece portare in via Montenapoleone, da *Miranda*. Non aveva un appuntamento, ma pretese tutto e velocemente.

«Come sarebbe: tutto?» domandò la parrucchiera, considerandola con occhio professionale e constatando che si sarebbe dovuta impegnare a fondo per rimettere in sesto la sua cliente.

«Manicure, pedicure, pulizia del viso, shampoo, piega e trucco», snocciolò Penelope.

Tre ore dopo, uscì sulla strada e si specchiò in una vetrina. Si sentì quasi rimessa a nuovo. Benedisse il cuore d'oro di Sofia e, per accrescere il piacere di sentirsi ancora giovane e gradevole, varcò la soglia di una boutique.

Era stagione di saldi. Individuò un tailleur color glicine. Entrò in un camerino per provarlo. Le stava a pennello. Ormai decisa a dar fondo alla sua riserva aurea, comperò anche un cappottino di cachemire blu.

«Mi tolga i cartellini. Indosso tutto subito», dichiarò, felice di liberarsi dei vecchi vestiti.

Era lontana da casa da quattro ore e non aveva pensato, neppure di sfuggita, ai suoi figli, a sua suocera, al marito. Si accostò al banco, aspettando che le incartassero gli indumenti.

E lo vide.

2

A PENELOPE erano sempre piaciuti gli uomini belli. Ma l'uomo che ora la guardava superava ogni immaginazione. Assomigliava al Kevin Costner di *Fandango*. Anzi, era meglio di lui, perché aveva un viso più espressivo.

L'uomo stava osservando con aria assorta una serie di scialli in seta e cachemire che la commessa aveva appoggiato sul piano di cristallo del tavolo. Disposti a ventaglio, erano una festa di colori: dall'azzurro pallido al blu, dal rosa spento al rosso vivo, dal panna al giallo acceso. L'uomo bellissimo li stava valutando con aria incerta.

«Sono tutti così belli. Non so quale scegliere», disse infine, con una voce che sciolse il cuore di Penelope.

«Posso sapere il tipo di persona cui è destinato?» gli domandò la commessa, tentando di aiutarlo.

Lui alzò lo sguardo, vide Penelope che lo fissava, accennò un sorriso. «Non è giovane come la signorina», spiegò, «ma è lo stesso tipo di donna», soggiunse. E subito dopo, continuando a guardarla, precisò: «Penso che quel lilla pallido vada bene». Indicava il tailleur che Penelope aveva appena indossato.

«Questo è color glicine», lo corresse lei. Si avvicinò al banco e prese, tra i tanti, uno scialle di quel colore.

«Grazie», disse lui, semplicemente.

Penelope pagò il conto e uscì sulla strada. Si sentì leggera, quasi eterea. Pensò che se avesse preso una rincorsa, certamente sarebbe riuscita a volare. Aveva ormai trent'anni, era madre di due ragazzini pestiferi ed era stata giudicata una «signorina».

Quattro ore prima, piangeva sulla spalla di Sofia che la rimproverava per la sua trascuratezza. Si osservò di nuovo in una vetrina e quasi non si riconobbe.

Via via che scendeva la sera, il freddo si faceva più pungente. Per fortuna, il suo morbidissimo cappotto di cachemire la avvolgeva come una carezza.

Si infilò nella bottega di Cova. Quella era la giornata delle trasgressioni. Si sarebbe concessa un cappuccino caldo con uno spruzzo di cacao. Si allontanò dal banco dopo aver gustato con piacere la schiuma vaporosa.

E lo rivide.

Lui la riconobbe e le sorrise. Stava bevendo un caffè.

«Salve», disse Penelope, dopo essersi tamponata le labbra con un tovagliolino di carta.

«Salve», replicò lui, sorridendole.

«Le auguro una buona serata», sussurrò e si avviò verso l'uscita del bar.

Lui le aprì la porta e la lasciò passare. Quindi le tese la mano.

«Il suo suggerimento è stato prezioso. A mia madre piacerà moltissimo lo scialle. Ancora grazie.»

«Di nulla», si schermì lei, stringendogli la mano.

«Sono Raimondo Teodoli. Gli amici mi chiamano Mortimer. È un disonore che mi porto addosso da quand'ero ragazzino», scherzò.

«Io sono Penelope Pennisi. Gli amici mi chiamano Pepe», rispose.

«Allora... Ciao, Pepe», disse.

«Ciao, Mortimer», replicò. Si allontanò subito, con passo affrettato, un po' frastornata. A un certo punto non resistette alla tentazione di fermarsi e girarsi. Lui era ancora lì, sulla soglia di *Cova*, e la osservava con curiosità. Alzò un braccio per salutarlo un'ultima volta. Lui la raggiunse.

«Posso accompagnarti a casa?» domandò, senza riuscire a nascondere una certa timidezza.

A quel punto a Penelope sembrò davvero di volare. Si sentiva una farfalla.

«Stavo per cercare un taxi», spiegò.

Mortimer fermò con un cenno un'auto pubblica che stava passando. Aprì la portiera e l'aiutò a salire, poi le sedette accanto. Lei fornì l'indirizzo di casa. Quindi si levò i guanti e prese dalla borsetta un fazzolettino per soffiarsi il naso. Ora che stavano così vicini, Penelope avvertì il suo profumo. Pensò: «Sono sicura che è inglese, come il mio. Andrea, invece, usa quell'orrendo profumo francese».

Il raffronto la riportò sui binari della realtà.

«I miei figli sono a letto con la varicella», sussurrò. Aveva perso la levità della farfalla ed era tornata dentro il suo corpo.

Dopo un attimo di stupore, Mortimer incassò il colpo.

«E io che la portai al fiume, credendo che fosse ragazza. Invece aveva marito», recitò, con voce scherzosa.

Penelope amava Lorca e quella poesia. Le piacque sapere che lui la conosceva.

«Invece sono molto sposata», replicò, sottolineando quel «molto».

«Tuo marito è un uomo fortunato», affermò Mortimer.

Lei trattenne un commento velenoso e gli regalò un sorriso.

«Assomigli a mia madre, quando era giovane», proseguì lui.

Penelope si domandò che cosa avesse avuto in più di lei,

la madre di Mortimer, per meritarsi un figlio tanto affettuoso. O forse lui era il tipo dell'eterno ragazzo innamorato della mamma.

Il taxi si fermò davanti al portone di casa. Mortimer si affrettò a scendere, si impadronì del sacchetto con i suoi vecchi abiti e la accompagnò fino al portone. Quindi abbozzò un inchino.

«È stato un piacere incontrarti», disse semplicemente.

«Anche per me», replicò. E sparì nell'androne.

Quando aprì la porta del suo appartamento, la accolse un silenzio insolito. Anche Piripicchio, che di abitudine inscenava una canea spaventosa ogni volta che rincasava, le andò incontro muto e scodinzolante. In salotto, Sofia e sua suocera, sedute al tavolo, giocavano a carte.

«Sei proprio tu», la salutò Maria, con aria stupita, osservandola da sopra gli occhialini da presbite.

«Complimenti, mia cara. Hai riacquistato l'aspetto di un essere umano», commentò Sofia con l'aria compiaciuta di chi si sente artefice di un piccolo miracolo.

Penelope aveva incontrato un uomo meraviglioso. Ma non poteva dirlo. Si limitò a sorridere, con l'aria un po' ebete.

«Dove sono i bambini?» domandò.

«Li troverai in cucina. Prima hanno fatto merenda. Ora stanno facendo i compiti», rispose l'amica.

«Per un attimo, ho avuto il sospetto che li avessi legati e imbavagliati», commentò Penelope dirigendosi verso la cucina. «Da non credere. Non li ho mai visti così buoni», soggiunse, dopo essersi tolta il cappotto e aver raggiunto le sue ospiti.

«Maria, non dovresti affaticarti», osservò. Aveva lasciato la suocera in un totale stato di prostrazione e ora si stupiva che fosse così vitale.

«La sua bronchite non guarirà mai se la lasci sempre a letto», puntualizzò Sofia.

Penelope ebbe un moto di stizza. Perché Sofia faceva sempre le cose giuste e lei no?

«Devi essere più calma», l'ammonì l'amica, quasi avesse indovinato i suoi pensieri.

«Lo sarò», garantì Penelope. «Questa uscita mi ha risollevato il morale», disse.

«E non quello soltanto. Hai fatto ottimi acquisti. Questo colore ti sta molto bene», si complimentò. Poi osservò l'orologio. «Mio Dio, com'è tardi. Il mio Silvio sta per rincasare. Scappo. Ma tornerò presto a trovarti», cinguettò, mentre Penelope l'aiutava a infilare la pelliccia.

Silvio Varini era il marito di Sofia. Aveva vent'anni più di lei. Era docente di Letteratura italiana all'università. Penelope lo aveva sempre definito tra sé: «Un ometto bruttino, insignificante, con uno sguardo ambiguo», ma non aveva mai osato esternare questo giudizio pungente, sapendo quanto Sofia fosse innamorata di lui.

«Grazie di tutto», la salutò, abbracciandola.

Rimase sulla soglia a guardarla mentre l'amica si avviava lungo le scale. Sofia non prendeva mai l'ascensore. Il suo zibellino ondeggiava con eleganza.

Poi l'amica sparì e lei rimase lì, a fissare il nulla, con aria trasognata.

Sentì squillare il telefono. Chiuse la porta e si affrettò a rispondere. Era suo marito che la chiamava da Sanremo dopo quattro giorni di silenzio.

Gli parlò distrattamente, rispondendo con monosillabi alle sue domande. Sentiva ancora la voce di Mortimer che recitava: «E io che la portai al fiume…»

«Pepe, va tutto bene?»

La voce irritata di Andrea spezzò il filo tenue di quel ricordo piacevole con cui si stava trastullando.

3

NELLA quiete della notte, mentre i suoi bambini dormivano accanto a lei nel grande letto matrimoniale, Penelope ascoltava il silenzio punteggiato dagli scricchiolii lievi dei mobili e dal ticchettio di una pioggerella fine che rimbalzava sul davanzale della finestra. Si sentiva in pace con se stessa e con il resto del mondo, avendo relegato Andrea nel cantuccio dei pensieri poco piacevoli. La sua telefonata distratta, il suo parlare di banalità, l'interesse superficiale per lei, i figli, la madre, non l'avevano irritata. Anzi, nel tepore delle coltri, rassicurata dalla vicinanza dei suoi figli, ripensava con piacere al ricordo del singolare, fugace incontro con Mortimer.

Chiuse gli occhi e si addormentò, confortata da quella insperata parentesi rosea che aveva spezzato il grigiore della quotidianità.

Il filo tenue di quel ricordo si consolidò il mattino successivo quando uscì di casa per il solito giro con il cane. La pioggia della notte aveva lavato l'aria e il cielo si era colorato d'azzurro. Attraversò i giardini e si fermò dal giornalaio per acquistare i quotidiani.

Al ritorno, il portiere le consegnò un elegante sacchetto di carta plastificata chiuso da un nastro di seta blu.

«L'hanno consegnato adesso per lei, signora.»

Trascinata dal cane, che voleva infilarsi nell'ascensore, Penelope non ebbe neppure il tempo di chiedersi chi lo avesse mandato. Entrò nell'appartamento, liberò Piripicchio e prese il pacchetto tra le mani. Lesse l'indirizzo e la scritta: «È per la signora Pepe Pennisi».

Disfece il fiocco di seta e la investì un delicatissimo profumo di fiori. Estrasse una ciotola ovale di porcellana che conteneva un cuscino fragrante di azzurri nontiscordardimé. Sul fondo del sacchetto c'erano i suoi guanti di capretto nero. Una piccola busta bianca conteneva un messaggio: *Gentile Pepe, ecco i guanti che hai dimenticato sul taxi. Buona fortuna. Mortimer.* Sul retro del biglietto da visita, sbarrato da un fregio a penna, era stampato il nome: *Raimondo Maria Teodoli di San Vitale.*

Non si era neppure accorta d'aver perso i guanti, il giorno prima. Riprese tra le mani la ciotola e affondò il viso nel mucchio compatto dei minuscoli fiorellini. Poi, osservò la porcellana. Era un pezzo antico decorato con delicate ghirlande dalle tinte tenui. Sul fondo era stampigliato il marchio delle manifatture di Sèvres e una data, *1775*. Sedette sul divanetto dell'anticamera, emozionata e felice come una ragazzina al primo appuntamento d'amore.

Si chiese dove collocare quel dono prezioso. Si alzò e andò in camera da letto.

Le tapparelle erano abbassate. I bambini dormivano ancora. Abituò lo sguardo alla penombra, individuò il suo scrittoio e vi depose la ciotola. Pensò di estrarne un fiorellino per tenerlo con sé, ma si vergognò di quell'atteggiamento infantile. All'improvviso decise di telefonare a suo marito. Aveva bisogno di sentire la voce di Andrea per riprendere contatto con la realtà. Lasciò la stanza in punta di piedi e andò in salotto.

Sua suocera non c'era, la sentì armeggiare in cucina.

Maria stava decisamente meglio e questo fatto la confortò. Cercò sull'agenda di casa il numero di telefono dell'albergo sanremese. Chiamò e si fece passare la camera del marito. Erano le nove del mattino.

Le rispose la voce assonnata di una donna che pronunciò un *hallo* tipicamente inglese. Evidentemente il centralinista aveva sbagliato e l'aveva messa in comunicazione con un'altra stanza. Si scusò, riagganciò e ritelefonò. Di nuovo la stessa voce. Allora disse: «Cerco il signor Donelli».

«Chi parla?» domandò la straniera.

«L'ufficio stampa del Festival», mentì Penelope.

Sentì un parlottio sommesso e infine la voce di suo marito. Interruppe la comunicazione. Non era nuova a questo genere di sorprese. Ormai da tempo sapeva che Andrea passava le notti delle sue trasferte con altre donne. Le prime volte aveva avuto reazioni disperate. In seguito era prevalsa l'irritazione. Questa volta abbozzò un sorriso di compatimento. Pensò alla sua stupidità. A suo marito piaceva collezionare donne come altri collezionano francobolli.

Aveva ancora in mano il biglietto di Mortimer. Lo rilesse considerando la grafia chiara, lineare, forte. Lo infilò nella tasca della gonna e andò in cucina.

Sua suocera la salutò con un sorriso, mentre toglieva dal fuoco la caffettiera. Aveva già apparecchiato la tavola per la colazione e dato da mangiare al cane. In cima alla credenza, la gattina Frisby faceva oscillare nervosamente la coda.

«Ti va una tazza di caffè?» domandò Maria.

Penelope annuì, sedendosi al tavolo.

«Vuoi provare ad addolcirlo con questo?» chiese ancora la donna porgendole un vasetto di miele d'acacia.

«Buono», disse Penelope, lasciando vagare lo sguardo sugli oggetti e le suppellettili che la circondavano.

Aveva arredato con cura quel piccolo appartamento con l'aiuto distratto di Andrea. La cucina, in particolare, era la stanza in cui ritrovava la propria immagine di giovane sposa. Le tendine bianche in bisso di lino con l'orlo a giorno che lei stessa aveva ricamato. La rastrelliera, in legno laccato di un bel verde acqua, reggeva una ricca batteria di pentole in rame dal colore caldo e lucente. Sulla piattaia, con tre alzate, facevano bella mostra di sé piatti e tazzine in porcellana di Copenhagen. La collezione di piccole stampe floreali dell'Ottocento francese incorniciava la porta che si apriva sul balcone. Quegli oggetti riflettevano la sua visione in rosa della vita coniugale.

Ora li guardava e le sembrò che non le appartenessero più.

«Non stai bene?» le domandò Maria. Sedeva all'altro capo del tavolo e sorbiva il suo caffè, con aria tranquilla.

Anche la suocera, cui si era affezionata fin dal primo incontro, le sembrò un'estranea. Vedeva una vecchina dall'aria malinconica che posava su di lei uno sguardo affettuoso. Non avevano mai parlato a lungo e, soprattutto Maria, non le aveva mai raccontato molto di sé, né degli altri figli. Qualche volta le diceva il dolore, vecchio di oltre trent'anni, per la morte della sua bellissima figlia, Gemma. Poi accennava al rammarico per l'abbandono del figlio più grande, Giacomo, che si ricordava di lei con un biglietto d'auguri per Pasqua e Natale. «Ma non è colpa sua. C'entra quella vipera di sua moglie», lo scusava. Di Andrea le aveva raccontato quando, a tre anni, non voleva fare pipì. O non ci riusciva. Allora la nonna Stella lo mise nudo, in piedi, dentro una bacinella d'acqua fredda e lo irrorò con mestoli d'acqua gelata ottenendo un effetto immediato. Quando il medico condotto del paese lo venne a sapere, si infuriò sostenendo che quelli erano rimedi da ignoranti e che il piccolino si sarebbe potuto ammalare gravemente. «Però io non lo ascoltai. Ogni volta che Andrea aveva quel problema, usavo la bacinella e l'acqua gelata. Funzionò sempre.» Qualche volta parlava del padre di Andrea, un uomo bellissimo dalla forza smisurata, dal carattere imprevedibile, morto tragicamente sul lavoro.

Il cane uscì dalla cucina e Frisby, con un balzo, atterrò sul tavolo. Penelope la prese sulle ginocchia e la accarezzò. La gattina si mise a fare le fusa.

«Tuo marito, ti ha mai tradita?» domandò a bruciapelo. Maria abbozzò un sorriso.

«Non lo so. Se lo ha fatto, io non me ne sono mai accorta», rispose e proseguì: «E tu? Gli sei sempre stata fedele?» la interrogò in un sussurro.

Penelope tacque.

Andrea non amava parlare della propria famiglia e lei non aveva insistito nel fare domande, perché avvertiva una sorta di malessere, in lui, nell'affrontare questo argomento.

Quand'era fidanzata, poco prima del matrimonio, era andata a Roma con Andrea ed erano stati invitati a cena dal fratello Giacomo. Viveva con la moglie Rosita in un elegante appartamento in via Maria Adelaide. Rosita non le piacque. Era soltanto una sensazione epidermica, perché sapeva ben poco di lei. Era una donna sulla trentina, il volto grifagno che il trucco sapiente non riusciva ad addolcire, i polsi e le dita carichi d'oro, l'aria della dominatrice. Andrea le disse che Giacomo l'aveva sposata forse per amore, ma certamente per interesse. Era la figlia unica e viziata di un commerciante di computer che aveva negozi in tutto il centro-sud. Arrivando a Roma, Giacomo era riuscito a farsi assumere come commesso e, con l'intelligenza e la volontà di emergere, era diventato direttore commerciale. Aveva conosciuto Rosita, che si era innamorata di lui, e i due si erano sposati. Ora lei faceva la moglie padrona e non gli consentiva nessun tipo di autonomia. Durante la cena non aveva tralasciato di far intendere ad Andrea che il fratello non desiderava avere rapporti con i componenti della famiglia Donelli. A un certo punto le due donne si erano trovate da sole in cucina.

«Sei proprio sicura di voler sposare un Donelli?» domandò Rosita con aria interrogativa.

«Perché me lo chiedi? Anche tu ne hai sposato uno», puntualizzò lei, con un sorriso imbarazzato.

«Giacomo è il meno peggio della famiglia», rispose Rosita, con tono provocatorio.

«Ti assicuro che anche Andrea non è niente male», garantì.

«E mia suocera? L'hai conosciuta?» insistette.

«Se hai qualcosa da dire, se credi che ci sia qualcosa che io debba sapere, spiegati meglio», tagliò corto, irritata.

Allora Rosita abbassò la voce, si assicurò che la porta di cucina fosse ben chiusa, poi parlò.

«Maria è una donna strana. Si dice che abbia rovinato se stessa, il marito e i figli. Per esempio, Andrea ti ha mai parlato di sua sorella Gemma?» sussurrò.

«Sì. È morta quando lui era ancora ragazzino», replicò Penelope.

«Ti ha detto anche perché è morta? No, naturalmente. Neanche Giacomo me ne ha mai fatto parola. Del resto credo che lui non sappia molto. Era a Roma quando tutto accadde. Aveva abbandonato da molti mesi quella famiglia di pazzi. Ma forse non sai che Gemma faceva la bella vita a Parigi.»

«Era una prostituta?» domandò Penelope sgomenta. Era incapace di girare intorno ai pettegolezzi. Amava le domande e le risposte dirette.

«C'era anche dell'altro, credo. Sai, noi andammo al paese per i funerali e la gente, nei paesi, mormora. Del resto, buon sangue non mente. Maria non è mai stata uno stinco di santo.»

«Quali funerali?» domandò Penelope.

«Quello di Gemma e del padre. Morirono lo stesso giorno. È stata una faccenda molto misteriosa.»

«Non ne so niente e, forse, non voglio sapere altro», tagliò corto Penelope.

«E fai bene. Ma pensaci prima di legarti a un Donelli. Si portano dietro una specie di maledizione», affermò la futura cognata.

Ora Penelope, a distanza di undici anni, osservava l'esile vecchina, seduta di fronte a lei, che voleva sapere se avesse mai tradito Andrea. Desiderava che sua suocera le dicesse che una moglie e una madre non si imbarcano in avventure extraconiugali. Aveva bisogno di queste parole, perché era sul punto di tradire il suo infedelissimo marito, ma non era sicura di volerlo fare.

Si sentiva come una farfalla catturata dalla luce di una lampada. Vorticava intorno a quella fonte luminosa e calda, rendendosi conto che avrebbe finito per bruciarsi le ali se non si fosse immediatamente allontanata dalla tentazione.

Così, invece di risponderle, le chiese: «E tu? Sei sempre stata fedele a tuo marito?»

«Vivevamo in paese, nella casa di nonna Stella, con i miei cognati, le loro mogli e alcuni nipoti. Avevamo una stanzina per noi due, al primo piano. Nei primi tempi del nostro matrimonio, la sera lui mi chiudeva in camera, a chiave. Poi usciva senza dirmi dove andava, né quando sarebbe tornato», spiegò, senza rispondere alla domanda.

«Era geloso?» indagò.

«Non l'ho mai saputo. Posso dirti che non ho accettato a lungo il ruolo della reclusa, perché io sì, ero gelosa. Una notte scavalcai la finestra, mi calai lungo la grondaia, inforcai la bicicletta e andai a ballare», disse.

«Così lo hai tradito. Vero?» insistette Penelope.

«Scappavo ogni volta che mi lasciava sola. Una sera capitai in un posto dove c'era anche lui. Io stavo ballando con un fior di ragazzo che tremava stringendomi tra le braccia. Mio marito sedeva a un tavolo di soli uomini. Bevevano e ridevano. Mi vide. Lo vidi anch'io. Era da un pezzo che aspettavo quell'occasione. Avevo vent'anni, gli volevo un gran bene e credevo di riuscire a fare di lui un uomo, perché la sua testa era quella di un ragazzino, sebbene avesse dieci anni più di me. Sai cosa fece, mentre il mio compagno mi baciava sul collo? Niente! Fece finta di niente. Però, da quella volta non mi chiuse più a chiave nella stanza. Ma continuò a lasciarmi sola. Una volta, si usava così: l'uomo aveva il diritto di divertirsi, mentre la donna doveva curare la casa e i figli. Io non ero bella. Eppure qualche moscone mi ronzava intorno. Tuttavia non c'era verso di farlo ingelosire, di richiamarlo alle sue responsabilità. Non era cattivo. Era uno scontento. Con lui non si avevano mai certezze. Andrea è bello come suo padre e insoddisfatto come lui. Cerca la Luna e non si è accorto che ce l'ha già. Tu sei la sua Luna che lui non vede», concluse Maria.

Penelope realizzò che la suocera non aveva risposto alle sue domande. Le sorrise, pensando che Maria si sarebbe meritata qualche momento di gioia, tradendo il marito.

«Andrea mi riempie di corna», confessò. Le costò fatica ammetterlo.

«C'è modo e modo di tradire», replicò la suocera, con una banalità irritante.

«Lo difendi perché è tuo figlio», reagì stizzita.

«Andrea è uno stupido. Però ti vuole molto bene. Non si rende conto che una donna si sente umiliata quando il marito le fa dei torti.»

«Un bel modo davvero di voler bene», osservò. Pensò a suo padre che non aveva mai tradito sua madre, ne era certa. Lui voleva bene sul serio a sua moglie. Era capace di mettersi contro tutti per difenderla, anche se aveva torto.

«Andrea non si decide a diventare adulto. Ma se una

donna, qualunque donna, fosse pure la regina d'Inghilterra, gli dicesse: 'Fuggiamo insieme', lui scapperebbe a gambe levate per correre da te.»

«Mi sento sola, infelice e non riesco a dare un senso alla mia vita. I miei figli non bastano a farmi sentire una donna completa. A volte mi sembra di essere più vecchia di te. Ho appena trent'anni e ho tanta voglia di essere felice. Invece sono quasi sempre immusonita. Sono schiava di un marito infedele, di due figli che reclamano costantemente le mie cure, di questa casa che devo ripulire e riordinare ogni giorno. Sempre gli stessi gesti, le stesse fatiche, lo stesso avvilimento. Non era questo che mi aspettavo dal matrimonio. E comunque, se così deve essere, avrei voluto che i compiti venissero equamente divisi con l'uomo che ho sposato. Ma è impossibile pretendere qualcosa da tuo figlio. Sai cosa fece il giorno in cui ci sposammo? Stavamo partendo per la luna di miele. Mi mise in mano i biglietti di viaggio e disse: 'Guidami tu, come se fossi la mia mamma e io il tuo bambino'. Sorrisi, gonfia d'orgoglio, perché metteva la sua vita nelle mie mani. Non sapevo che mi stavo scavando la fossa.»

Parlava con sua suocera come con se stessa. Aveva bisogno di esternare la propria amarezza.

Maria scosse il capo e non replicò. Osservò invece il biglietto che Penelope aveva estratto dalla tasca della vestaglia.

«Quello, che cos'è?» domandò.

«È per ricordarmi che devo fare una telefonata di ringraziamento», spiegò. Lasciò il tavolo, si chinò sulla donna e posò un bacio sulla sua fronte. «Grazie. Il caffè addolcito con il miele mi è proprio piaciuto.»

I bambini irruppero in cucina reclamando la colazione.

«Oggi sto bene. Penso io a loro», disse la suocera. E soggiunse: «Fai le tue cose con tranquillità».

In preda a uno scoramento infinito, Penelope passò da

una stanza all'altra, riordinando distrattamente gli oggetti e rimandando così il momento di una telefonata che, lo sapeva, avrebbe avuto un seguito. Di tanto in tanto si guardava in uno specchio. Vedeva i suoi capelli arruffati, nonostante il taglio perfetto e l'accurata messa in piega del giorno precedente. Spiccava, sul volto giovane e bello, uno sguardo disilluso e una piega amara agli angoli della bocca.

Pensava a suo marito, capriccioso, intollerante, bugiardo, frivolo ed egoista. Da un pezzo, forse, non lo desiderava più e non trovava il coraggio di ammetterlo.

Pensò all'uomo incontrato il giorno prima, del quale non sapeva niente. Le era sembrato di indovinare, nello sguardo e nei modi, una determinazione pacata, una sicurezza che dava fiducia.

Alla fine cercò il suo numero sull'elenco telefonico. Trovò due recapiti: uno di casa, in via San Barnaba, e uno di studio, in via San Damiano. Compose il numero dello studio. Rispose una segreteria telefonica. Diceva che il dottore riceveva il pomeriggio e pregava di richiamare per fissare l'appuntamento.

«Allora è un medico», sussurrò Penelope, mentre riagganciava, senza lasciare un messaggio.

Chiamò il numero di casa. Rispose un domestico con la voce gentile e uno spiccato accento straniero.

«Il dottore è in ospedale», disse. E aggiunse: «Se mi lascia il suo nome e il numero del telefono, posso farla richiamare».

Mortimer richiamò dopo appena mezz'ora.

«Volevo ringraziarti per avermi restituito i guanti», esordì Penelope. E proseguì: «Quanto al dono, posso solo dire che è magnifico. Perché una cosa così importante?»

«Mi è sembrato che ti assomigliasse», spiegò lui.

«Ti ho già detto che sono sposata?» sottolineò.

«Non l'ho dimenticato. Ma vorrei rivederti.»

Penelope arrotolava e srotolava meccanicamente il cartoncino da visita e osservava un paesaggio inglese, molto romantico, appeso a una parete di fronte a sé. C'era la riva di un fiume, un salice i cui rami sfioravano la corrente azzurrina, un gazebo bianco coperto di rampicanti e un ponticello, sullo sfondo, dove un uomo e una donna in abiti ottocenteschi si affacciavano al parapetto per osservare una canoa che navigava. Avrebbe voluto che la sua vita entrasse in quel quadro dalle atmosfere dolci e vedeva se stessa e il suo meraviglioso interlocutore affacciati sul ponte. «Ma che accidenti sto combinando?» pensò.

«Conosci quel piccolo ristorante in via Sant'Andrea?» chiese lui.

«Il *Saint Andrews*. Lo conosco», rispose in fretta. Era già stata lì un paio di volte con Danko, il vecchio musicista amico d'un tempo lontano.

«Allora ti aspetto lì per le due, così pranziamo insieme», tagliò corto lui.

Penelope ebbe la certezza di essere salita su un treno di cui non conosceva la destinazione.

4

Da quel momento Penelope si dedicò freneticamente alla casa, ai figli, alla suocera per impedirsi di pensare. Infine, cucinò un passato di verdura irrorandolo con parmigiano e olio d'oliva, impanò cotolette di vitello mentre le patate si doravano nel forno, frullò mele e banane, realizzando un composto che aromatizzò con succo di un limone. Mise a tavola i bambini e la suocera. Mentre loro mangiavano, si lavò, si truccò e si vestì con molta cura. Quando le sembrò di essere presentabile, chiamò un taxi. Poi annunciò: «Sarò fuori per un paio d'ore. Mi raccomando, non fate inquietare la nonna, non state attaccati al telefono, non litigate, non distruggete la casa». E uscì.

Entrò nel ristorante e l'accolse un cameriere che la guidò a un tavolo d'angolo, defilato rispetto al resto della sala, dove Mortimer la stava aspettando. Le sembrò ancora più affascinante del giorno prima. Indossava un abito grigio, una impeccabile camicia azzurra e una cravatta discreta a righini blu e bordeaux. Aveva i capelli castani, con riflessi ramati, e gli occhi grandi, grigiodorati. Gli tese la mano che lui prese tra le sue, grandi, asciutte, calde. Aspettò che prendesse posto al tavolo prima di sederle di fronte.

«Che cosa preferisci? Carne o pesce?» le domandò.

«Pastasciutta», rispose e aggiunse: «Quando sono nervosa, e ora lo sono moltissimo, i carboidrati sono una fonte di sicurezza».

«Allora, spaghetti per due», ordinò al cameriere. Poi la guardò negli occhi e le chiese: «Come stai?»

«Sono felice, anche se so che non dovrei essere qui», replicò con sincerità.

«Sono sposato anch'io», confessò Mortimer. «E separato», soggiunse immediatamente.

Sua moglie si chiamava Katherine Qualcosa, era americana, viveva a Boston, dove lui aveva lavorato per due anni dopo la laurea in Medicina.

Si erano sposati in Italia ed erano vissuti insieme quanto bastava per capire di non essere fatti l'uno per l'altra. Così Katherine Qualcosa era ritornata negli Stati Uniti. Erano separati da tre anni e lei aveva avviato le pratiche per il divorzio.

«Immagino sia un'esperienza dolorosa», commentò Penelope che era molto sensibile alle parole «separazione» e «divorzio», come se indicassero una brutta malattia. Si era sempre sentita ripetere che un'unione infelice è comunque preferibile a una drastica divisione.

«Sicuramente meno dolorosa delle operazioni che eseguo quasi quotidianamente», precisò lui. «Anche perché non sono più innamorato di Katherine, né lei di me.»

Mortimer, dunque, era un chirurgo. Era curiosa di sapere, ma non voleva forzare i tempi. Né voleva interrompere il modo pacato di raccontare di quell'interlocutore che la guardava negli occhi come fosse la sola persona al mondo degna di attenzione. Una sensazione che aveva ormai dimenticato. Soltanto suo padre, qualche volta, la guardava e le parlava allo stesso modo.

Penelope pensò alla singolarità del caso che si divertiva a giocare con il destino degli uomini. Fino a ieri non sapeva chi fosse Raimondo Teodoli. Adesso sedevano allo stesso tavolo, mangiavano pastasciutta e si sentivano perfettamente a loro agio, come se si conoscessero da sempre. Per la prima volta, da quando si era sposata, Penelope godeva della vicinanza di un uomo che non era suo marito.

«Hai un'altra compagna?» gli domandò, timidamente.

«Più d'una e mai troppo a lungo», rispose con disinvoltura. «Quindi, non ne ho nessuna», ragionò.

«Non ho mai tradito Andrea», sussurrò lei, arrossendo.

«Una persona matura non tradisce. Chiude un rapporto che non funziona e ne apre un altro», osservò Mortimer.

«Tu ne apri e ne chiudi in continuazione», ribatté, con una punta di gelosia.

«Non sono rapporti. Soltanto incontri», puntualizzò lui.

«Come il nostro», ribatté Penelope, e subito si pentì. Quella risposta non le piaceva.

«Il nostro incontro è diverso. Sto cercando di scoprire perché mi sei piaciuta subito, appena ti ho visto. Le donne che frequento non mi interessano. Forse neppure io sono importante per loro. Vorrei esserlo per te.»

Penelope non rispose, era lusingata, confusa e irresistibilmente attratta da lui.

«Ma tu sei Pepe!» esclamò una voce maschile, all'improvviso.

Sussultò come se avesse ricevuto una frustata. Alzò lo sguardo e vide Danko. Erano passati alcuni anni dall'ultima volta in cui si erano casualmente incontrati. I suoi capelli erano più bianchi, il grande naso più rosso, la pelle più butterata, ma la sua voce roca e il sorriso che sprizzava allegria non erano cambiati.

Fece le presentazioni.

«Il dottor Teodoli, Danko, un vecchio amico», specificò.

I due uomini si strinsero la mano. Il vecchio musicista non aveva nessuna intenzione di disturbare.

«Vado di fretta. Ma vorrei parlarti di lavoro. Passerò a trovarti», disse.

«Quando vuoi. Anche domani», propose Penelope.

«Allora, a domani. Sarò da te nel pomeriggio», garantì.

Quando l'uomo si defilò, Mortimer la guardò incuriosito. «È il passato che ritorna?» chiese.

Penelope gli raccontò della passione per la musica leggera, del piacere di giocare con le rime, di alcuni testi di canzoni che Danko aveva musicato, della rinuncia a un mestiere in cui non credeva fino in fondo, forse a causa dei molti dubbi sul proprio talento.

«Insomma, non mi sono ancora liberata della passione per le canzonette. Però il mio senso critico aumenta con il passare del tempo e cestino quasi tutto quello che scrivo. Raramente conservo le mie rime. Sono consapevole di non essere un'artista. Vedi Mortimer, la musica, quella vera, è un pianeta per pochi. So apprezzare una frase musicale, ma non vado al di là delle melodie classiche, quelle che sviluppano un ritmo orecchiabile, spontaneo. Mia madre, mia nonna, io stessa, ascoltavamo Puccini, Lehár, Strauss, Gardel, Piazzolla e quella musica la capivamo. Le parole, quando c'erano, ci commuovevano. Mia nonna conosceva a memoria tutte le romanze delle opere e le canzoni strappalacrime dei tempi suoi. Mi piaceva ascoltarla cantare la *Storia di una capinera*, *Profumi e balocchi*, *Signorinella*. È nata così la mia passione per le canzoni. Sulle vette ci sono Brahms, Beethoven, Mozart, a valle trovi i rockettari che ti fracassano i timpani. Io sto a mezza strada. Mi piace ascoltare Edith Piaf, Jacques Brel, Ives Montand, Fabrizio de André, Frank Sinatra. I testi che scrivo sono discreti, non eccellenti. Lo so, ne sono consapevole. Nella mia testa ci sono torrenti di immagini che non riuscirò mai a tradurre in parole come vorrei», spiegò di slancio.

Mentre parlava, Mortimer le aveva preso la mano. Penelope ricordò alcuni versi di un'antica ballata che Montand interpretava con la sua voce inconfondibile: «Cara, se tu vorrai, noi dormiremo insieme, in un gran letto quadrato, coperto d'un drappo bianco». Sì, lei voleva giacere con Mortimer su quel gran letto bianco.

Il caso le aveva fatto incontrare un uomo di cui si era innamorata immediatamente. Solo che era arrivato con dieci anni di ritardo. Il destino aveva aspettato che lei avesse un marito e due figli per offrirle un dono che non poteva accettare. Pensò ai suoi bambini e le sembrò che il cuore mancasse un colpo. Li aveva lasciati soli con una nonna che aveva bisogno di cure. Poteva accadere di tutto. Se Maria si fosse sentita male? Se Daniele avesse appiccato il fuoco? Se Lucia, che si arrampicava sui mobili per catturare Frisby, fosse caduta e si fosse fatta male?

«Devo tornare a casa. Subito», disse, alzandosi da tavola.

L'incanto si era spezzato.

«Capisco», annuì lui, guardandola con tenerezza.

Certamente capiva, pensò Penelope. Ma non poteva sapere fino in fondo l'ansia che la sovrastava, i cupi presentimenti inventati dal suo senso di colpa.

«Ti riaccompagno», si offrì, prendendola sottobraccio.

«No. Devo andare da sola. Prenderò un taxi», rispose, decisa.

Lo lasciò così, senza un saluto, vergognandosi della propria insicurezza. Aver rivisto quell'uomo che la induceva a sognare era stata una grossa sciocchezza. Lei era una donna sposata e non doveva abbandonarsi ai sogni. Non lo avrebbe incontrato mai più.

5

A CASA non era accaduto nulla di catastrofico. Maria conversava amabilmente, in salotto, con Donata. Lucia e Daniele, accovacciati per terra, stavano ricomponendo un grande puzzle di *Guerre stellari* con Giulietta e Lavinia, le gemelline di Donata, e si accorsero a stento del suo arrivo. Maria, come sempre, le sorrise. Donata, invece, l'aggredì, forte dell'amicizia che le univa dagli anni dell'asilo.

«Adesso, ti presenti? Ti sei dimenticata di averci invitate a pranzo? Siamo arrivate all'una e mezzo, come d'accordo, e tu eri sparita. Era tutto pianificato, ricordi?»

«Non capisco quello che dici», si stupì Penelope.

«Sei proprio fuori di testa. Ti ho detto che portavo le gemelline sperando che i tuoi figli le contagiassero con la varicella», ribadì l'amica.

«Accidenti! Hai ragione. Me n'ero dimenticata. Scusami tanto», era desolata. Tornò in anticamera, sfilò il cappotto e soffiò rumorosamente il naso.

«Per fortuna avevo portato una pignatta di spezzatino e una torta di mele. Altrimenti noi tre avremmo saltato il pasto, perché tua suocera e i tuoi figli avevano già pranzato. Bell'accoglienza», si lamentò con voce irritata e proseguì: «Ieri sera mi aveva telefonato Sofia e m'aveva fatto una testa così sulla 'povera Pepe' costretta in casa da due figli e una suocera malati. E invece, vedo che te ne vai tranquillamente a spasso, rientri col fiato corto di chi si sente in colpa, indossi il tailleur delle grandi occasioni e ti sei messa perfino il fard sulle guance. E hai la faccia tosta di dirmi che ti sei dimenticata!» sibilò, abbassando il tono di voce e tallonandola lungo il corridoio, fino nel guardaroba.

«Ti ho già chiesto scusa.»

«Non m'interessano le scuse. Dimmi piuttosto che cosa dovrei pensare di te.»

«Sei tu la cartomante. Cosa dice l'oroscopo della giornata per i nati in Cancro con ascendente Capricorno?» la provocò Penelope, sapendo quanto Donata si irritasse sentendosi definire in quel modo. Lei si considerava un'astrologa e sosteneva di non avere nulla da spartire con indovine e cartomanti.

«Quando ti senti in colpa, riesci a dare il meglio di te», replicò sferzante.

Penelope ripose con cura nell'armadio il tailleur e indossò jeans e maglione, fingendosi disinvolta. Poi si infilò nel bagno per struccarsi. Donata la seguì con l'aria del poliziotto che non può perdere di vista la preda.

«Mi racconti che cosa ti sta succedendo?» le domandò, mentre l'amica si puliva accuratamente il viso con una crema detergente, senza curarsi di risponderle.

«Vado in cucina a preparare il tè», annunciò infine Penelope.

Mentre armeggiava intorno ai fornelli, Donata sedette al tavolo. Reggendosi il viso con le mani, la osservava come se volesse fotografarla. «Guarda, Pepe, che con me non puoi fare la furba», sbottò.

Penelope non aveva nessuna intenzione di parlarle di Mortimer, ma non voleva neppure mentire all'amica del cuore.

«Non ti sembro un po' ingrassata?» divagò, infilando il pollice nella cintura dei jeans.

«Rispondi», le ingiunse Donata.

«Ho rivisto Danko. Penso che mi metterò a dieta», replicò.

«Danko, chi? Il musicista?»

«Ne conosci un altro con lo stesso nome? Mi basterebbero cinque chili di meno. Sembra niente, ma perderli è una gran fatica. È una vita che mi gonfio e mi sgonfio come una fisarmonica», continuò imperterrita.

«Pepe, fammi capire. Sono dieci anni che hai abbandonato le canzonette. Oggi, all'improvviso, decidi di ricominciare. Sai cosa ti dico? Tu non me la racconti giusta», l'accusò.

«Sai che cosa ti rispondo? Fatti gli affari tuoi», si spazientì Penelope.

A Donata piaceva immensamente infilarsi nei problemi degli altri e dispensare consigli a piene mani. Se qualcuno tentava di sfuggirle, allora sfoderava tutto un repertorio di invettive e minacce.

Si riteneva depositaria dei segreti delle stelle ed era intimamente convinta che, a saperle interpretare, potessero appianare qualsiasi difficoltà. Consultava i suoi astri ogni giorno e la sua vita era così piana e serena da suscitare invidia.

Gestiva uno studio di consulenza astrologica con piglio manageriale. A chi la consultava, chiedeva il luogo, la data e l'ora di nascita, eseguiva una serie complessa di calcoli e, infine, spiattellava vita, morte e miracoli del cliente, scodellando consigli per lui e per i suoi parenti, suggerendo quali accorgimenti prendere e che cosa evitare. Poi gli somministrava le «gocce di Bach» e lo congedava. Spiegava a Penelope: «Nessuno nasce sotto una cattiva stella, perché le cattive stelle non esistono. Esistono invece le nostre resistenze nell'assecondare i disegni celesti. Uno non può decidere di sposarsi, fare figli, comperare una casa, scegliere una professione, investire in Borsa senza consultare le stelle».

Penelope non aveva mai creduto al potere dell'astrologia, tuttavia, di fatto, Donata aveva avuto sempre la fortuna dalla sua parte. Come Picasso, Donata aveva i periodi blu, quelli rosa o gialli, per cui sceglieva il colore degli abiti da indossare a seconda delle influenze astrali. Propinava a lei gli stessi suggerimenti. Da tempo le consigliava di portare alle orecchie una perla bianca e una nera naturali del diametro di dodici millimetri, a condizione che le perle fossero vere, non coltivate, sostenendo che avrebbero avuto un influsso benefico sui suoi bioritmi. Ogni volta Penelope s'infuriava.

«Me li dai tu i milioni per comperare due perle vere?» protestava.

Donata rincarava la dose: «Non è colpa mia se dal cielo ti mandano queste indicazioni. Per esempio, il tuo metallo è il platino. Lo smeraldo è la tua pietra».

«Sei perfida e in malafede», l'aggrediva Penelope. «Per te hai scelto metalli e pietre più abbordabili: argento e ametista. Bene, trova qualcosa di accessibile anche per me.»

«Quando ti avevo detto di non sposare Andrea, non mi hai ascoltata. Eppure in quel caso non dovevi investire centinaia di milioni. Se vuoi saperla tutta, le tue stelle dicono che non avresti dovuto sposarti affatto, perché hai l'animo della single. Soltanto vivendo in solitudine potresti concentrare su di te le energie cosmiche e trarne beneficio.»

Questo e altro diceva Donata nei periodi in cui Penelope le confessava i propri crucci. C'erano anche momenti in cui Penelope prendeva le distanze dall'amica, perché si stancava dei suoi consigli e li percepiva come un'intrusione nella propria vita privata. Quando Donata le telefonava, arrivava al punto di dirle che aveva da fare e non poteva stare a sentirla. Allora, l'astrologa lasciava messaggi iracondi sulla segreteria, per ribadire che era una frana, che per lei non c'era speranza, che era la causa prima di tutti i suoi guai.

Questo minuetto durava dai tempi in cui frequentavano lo stesso asilo. Già allora Donata faceva del terrorismo, avendo intuito le insicurezze di Penelope. In un giorno di pioggia le sussurrò che l'acqua avrebbe allagato l'aula, a meno che Pepe non le avesse regalato il suo zuccherino alla ciliegia. Un'altra volta le assicurò che le sarebbero cresciuti i baffi se non avesse imparato a fare le capriole. Durante un attacco di otite che la costrinse in casa, Donata le telefonò per dirle che le sarebbe spuntata una gobba sulla schiena se non fosse andata a giocare con lei.

Però, se Penelope cadeva e si sbucciava un ginocchio, Donata la soccorreva amorevolmente. Faceva comunella con lei contro le compagne con cui Pepe litigava, le prestava volentieri i suoi gioielli di plastica e le regalava i doppioni delle figurine dei cantanti famosi.

Le loro madri erano amiche. Irene, la madre di Penelope, lanciava spesso frecciate velenose contro Donata perché cresceva in fretta, aveva capelli lucenti e folti, i denti perfetti, i quaderni ordinati, gli abitini sempre puliti e, inoltre, non sbagliava mai le tabelline. Ora Donata era una bella trentenne, con una chioma corvina tutta onde e boccoli, la carnagione bianca come il latte, gli occhi verdi da gitana e un corpo da fotomodella. Era il ritratto della salute. Mai che le venisse un raffreddore o un'influenza. Mai che soffrisse per una carie. Osservava scrupolosamente una dieta vegetariana. Aveva partorito le gemelline in casa, assistita dal marito e da un'ostetrica.

Il marito, Giovanni Solci, veniva definito «una perla d'uomo». Tutto casa, famiglia e agenzia di pubblicità. Era lui ad accompagnare ogni giorno le gemelline all'asilo e poi le andava a riprendere. Faceva la spesa al supermercato, comperando soltanto le «cose giuste». Per la strada non si voltava a guardare le belle ragazze. Non discuteva mai le scelte di Donata. Quanto a Lavinia e Giulietta, le gemelle, erano i cloni dei loro genitori. Vivevano in un'atmosfera ovattata, con un papà e una mamma che si amavano come i fidanzatini di Peynet. A cinque anni avevano già avuto tutte le malattie esantematiche, tranne la varicella, che Donata sperava contraessero dai figli di Penelope, così non si sarebbero più ammalate quando avessero cominciato la scuola. Insomma, Donata era come Penelope avrebbe voluto essere e possedeva tutto quello che lei avrebbe voluto avere: grazia, bellezza, sicurezza economica, idee chiare, solidità affettiva. Donata non era mai sfiorata dal dubbio, neppure quando andava a votare.

Tuttavia Penelope non la invidiava, poiché l'amava sinceramente. Però si infastidiva quando l'amica voleva forzarle la mano e costringerla a fare scelte che non le appartenevano.

«Sono già abbastanza brava a sbagliare da sola. Non mi servono i tuoi consigli», le diceva.

Ora, mentre preparava il tè, decise che non le avrebbe raccontato la sua breve avventura.

Sapeva già che, prima ancora di esprimere un giudizio, Donata avrebbe chiesto i dati anagrafici dell'uomo. Dopo di che avrebbe elaborato un oroscopo per annunciare una catastrofe. Inoltre, avrebbe tirato in ballo la sacralità della famiglia, come se lei stessa non fosse consapevole di certi valori, quindi avrebbe fatto un'analisi spietata sul suo bisogno di vendicare le infedeltà subite.

«Insomma», insistette Donata, «non ci credo che tu, di punto in bianco, abbia deciso di rimetterti a lavorare.»

«Ti sembra davvero una decisione stravagante? Tu, che riesci a far soldi vendendo illusioni, trovi strano che io decida di ricominciare a scrivere canzonette?» l'aggredì Penelope.

«Tu non puoi permetterti di lavorare», rispose tranquillamente Donata, mentre l'aiutava a disporre piatti e tazzine sul carrello.

«Spiegati meglio», la incalzò.

«Non hai abbastanza equilibrio per fare due mestieri: la casalinga e l'artista. Manchi di concentrazione, non sai programmare le tue giornate. Sei una pasticciona, sempre con i nervi tesi come se da te dipendessero le sorti del mondo. Io mi sforzo di darti buoni consigli, ma tu non mi ascolti. E, soprattutto, menti. Dici che ti sei fatta bella solo per incontrare Danko. Ma a chi vuoi darla a bere?»

Era una scenata di gelosia, la solita delle occasioni in cui Penelope la escludeva dalle sue confidenze.

«Adesso basta. Hai passato il segno», sbottò Penelope, rivolgendole un'occhiataccia.

«Anche tu», replicò l'amica, per niente intimorita. «Così me ne vado e mi porto via le gemelline. Ti lascio gli avanzi dello spezzatino e della torta», concluse avviandosi a passo di marcia verso il salotto per recuperare le figlie.

«Butterò tutto nella spazzatura», urlò Penelope.

«Restituiscimi i tegami puliti», gridò Donata.

Sapevano entrambe che era iniziato il periodo delle ostilità. Fino a quando Donata non si fosse resa conto di avere esagerato e l'arrabbiatura di Penelope non fosse sbollita, non si sarebbero riviste né sentite al telefono.

Lucia e Daniele, che fino a quel momento si erano comportati come dei piccoli lord, in ossequio al ruolo di «grandi», rispetto alle gemelline, una volta soli si scatenarono e incominciarono ad accapigliarsi. La nonna li supplicò di tacere, perché aveva il mal di testa. Non l'ascoltarono.

«Voglio tornare a casa mia», annunciò Maria e si accostò al telefono per chiamare un taxi.

«Sei ancora debole. Aspetta fino a domani. Andrea tornerà da Sanremo e ti riaccompagnerà», le suggerì Penelope.

«Sono troppo vecchia per sopportare questi due terremoti», affermò tappandosi le orecchie per non sentire gli strilli acuti dei bambini.

Mezz'ora dopo tornò la tranquillità. La suocera era andata a casa. Lei aveva sedato la lite tra i contendenti con quattro ceffoni, una tazza di tè e una gran fetta di torta alle mele. Poi, li aveva obbligati a fare i compiti.

«E non voglio sentir fiatare una mosca», li aveva minacciati, prima di arrancare verso la sua camera e abbandonarsi esausta sul letto. Aveva messo sullo stereo un concerto di Mahler. Si abbandonò sull'onda della musica. Sapeva che, se avesse pianto, la tensione si sarebbe allentata. Ma le lacrime non venivano. Emergeva invece, nella penombra della stanza, l'immagine di Raimondo Teodoli a cui si sovrapponeva quella del marito. Andrea si imponeva con la prepotenza di chi riveste un ruolo a pieno titolo. Sembrava che le dicesse: «È una donna indegna, quella che tradisce il padre dei propri figli». «E il marito che tradisce la moglie, che cos'è?» si chiese, sapendo che ci sono verità a senso unico, tutte sfavorevoli alle donne. Considerò invece che Andrea non aveva nessuna parte in questa infatuazione adolescenziale per Mortimer: lo avrebbe desiderato anche se Andrea fosse stato il migliore dei compagni. Però, i desideri non devono necessariamente essere soddisfatti. Non poteva e non doveva permetterselo. I modelli di comportamento, che erano alla base della sua educazione, le suggerivano una brusca frenata e un'inversione di marcia.

«Ma perché?» s'interrogò, lasciando sgorgare finalmente le lacrime. «Perché devo negarmi un uomo che mi piace infinitamente?»

Squillò il telefono e lei rispose con voce incrinata dal pianto.

«Cosa c'è che non va?» domandò Mortimer.

«Io. Il mio motore si è inceppato», rispose Penelope, soffocando un singhiozzo.

«Forse l'hai spinto un po' oltre le sue possibilità», tentò di scherzare.

«Proprio così. Adesso lo spengo. È stato bello incontrarti.»

«Sarà ancora più bello quando ci rivedremo», garantì l'uomo.

«Ma non ci rivedremo mai più», disse lei, asciugandosi le lacrime.

6

Considerò chiusa quella brevissima romantica parentesi. Senza rendersene conto, Donata le era stata di grande aiuto. Quando le aveva detto: «Sei una pasticciona, sempre con i nervi tesi, come se da te dipendessero le sorti del mondo», aveva aperto uno squarcio nei suoi pensieri. Era davvero una gran pasticciona e il suo nervosismo non poteva che riflettersi negativamente sui suoi bambini. Se davvero li amava, doveva occuparsi di loro con serenità.

Dopo cena, sedette con loro sul divano e insieme guardarono un vecchio film di cartoni animati con Obelix e Asterix. Lucia e Daniele si divertirono e lei, che aveva staccato l'interruttore delle insoddisfazioni personali, apprezzò l'originalità e l'arguzia tutta francese di quella storia di legionari romani alla conquista della Gallia.

Poi li mise a letto. Lucia si addormentò immediatamente. Daniele la trattenne per una mano, facendole cenno di sedersi sul letto.

Aveva bisogno di coccole supplementari. Penelope prese ad accarezzargli i capelli. «Mamma, se Dio esiste, perché non si fa vedere?» domandò a bruciapelo.

In famiglia si parlava raramente di religione. Quando accadeva, Andrea tagliava corto sull'argomento. «Tutte storie inventate dai preti per tenerci buoni», sentenziava, sembrandogli una spiegazione sufficiente. Ma forse non era così, a giudicare dalla domanda di Daniele. In quel periodo i suoi compagni si preparavano per la cresima. Lui, solo fra tutti, era escluso da questo evento. Non era stato neppure battezzato, in ossequio a principi non ben definiti, ma intoccabili per il marito. Penelope aveva accettato, questa come altre imposizioni, senza discutere. Ora, però, suo figlio le poneva un quesito importante.

«Non puoi vedere Dio, perché lui è dentro di te», rispose.

«Il mio amico Lele mi ha detto che Dio è in cielo, in terra e in ogni luogo», insistette il bambino.

«Dio è dove sei tu, dove sono io, dove è ognuno di noi. Puoi forse vedere il tuo fegato, i tuoi polmoni, il tuo cuore? Allo stesso modo non puoi vedere Dio», tentò di spiegare.

«Però, se ti fanno una radiografia, le cose che hai detto le vedo tutte. Lui invece no. Sarà perché si nasconde?»

«Dio sta dentro di te ed è invisibile, perché è un pensiero. Ma quando meno te lo aspetti, si manifesta. Ora si è manifestato, inducendoti a pensare a lui. Hai capito come funziona la cosa?»

«No. Cercherò di capire domani», bisbigliò Daniele. Chiuse gli occhi e si addormentò.

Penelope sorrise, pensando che quel piccolino aveva più cervello di quanto credesse e stava incominciando a servirsene. Avrebbe dovuto stimolarlo, invece di passare il tempo a crogiolarsi nei propri piccoli egoismi. I suoi figli avevano la precedenza assoluta su tutto e lei non poteva rischiare di perderli per inseguire sogni impossibili.

Mentre i bambini dormivano, riuscì a lavorare, ritrovando dopo tanto tempo il piacere di scrivere. Il giorno dopo, quando Danko fosse venuto a trovarla, avrebbe avuto un po' di materiale per lui. Voleva offrirgli un saggio dei suoi progressi. La malinconia struggente per una storia d'amore appena iniziata e già finita favoriva la sua creatività. Andava velocemente riempiendo il suo quaderno d'appunti, seduta alla piccola scrivania, in camera da letto, avendo davanti a sé la ciotola colma di nontiscordardimé che Mortimer le aveva regalato. I minuscoli fiori azzurri stavano appassendo. Prima di andare a letto, li avrebbe buttati.

Andrea si fece vivo il giorno dopo, per telefono.

«Ciao, Pepe. Tutto bene? Io sarò a casa per l'ora di cena. I bambini come stanno? Ho tanta voglia di vedervi», esordì con l'allegria tipica di quando aveva qualcosa da farsi perdonare.

Penelope finse di non sapere che, tra un'intervista e un articolo, Andrea si era preso qualche svago. Questa volta con una straniera, a giudicare dall'accento della donna che le aveva risposto al telefono. Doveva imparare a non rodersi il fegato e a conservare la calma. Non doveva fingere che tra lei e il marito ci fosse armonia, anche perché i bambini si smarriscono di fronte alle finzioni. Ma non poteva neppure lasciarsi prendere dall'ira, scatenando così i soliti, furibondi litigi, che producevano effetti devastanti sui suoi figli.

Con questa determinazione ricevette l'amico musicista, mentre Daniele e Lucia, assolutamente disinteressati a quella visita, giocavano nella loro stanza.

Penelope leggeva e Danko annuiva, oppure scuoteva il capo. Lei seguiva con apprensione le sue reazioni. Di tanto in tanto interrompeva la lettura.

«Non va bene? Non ti piace questo concetto?» lo interrogava.

La gattina Frisby si era subito acciambellata sulle ginocchia di Danko per farsi accarezzare.

«Stai un po' tranquilla, Pepe, e continua a leggere in pace», le ordinò lui, a un certo punto.

«Guarda che sono davvero tranquilla», mentì lei.

«Sei un fascio di nervi, di contraddizioni, di sensi di colpa. Viene tutto fuori dalle parole che hai scritto. Ci sono alcuni versi molto belli e tristi. Esprimono tutto il tuo disagio. Ma va bene così. Credo che questa volta tu sia pronta per lavorare sul serio», affermò. Non fece alcun accenno all'incontro del giorno precedente, quando l'aveva sorpresa in compagnia di Mortimer.

«Ricominciare a lavorare? Dici sul serio?» domandò Penelope.

«Sono serissimo. Sto preparando una commedia musicale. Voglio farne qualcosa di molto allegro, con un pizzico di romanticismo, che non guasta mai, e una vena di malinconia. La storia è quella solita: lei, lui, l'altro», spiegò il musicista.

Penelope arrossì quando Danko disse «l'altro». L'uomo finse di ignorare quel rossore, che la diceva lunga sulla situazione della giovane amica. Invece proseguì: «Devi leggere la commedia, entrare nei personaggi ed esprimere le loro emozioni. Insomma, dietro l'apparente gioco degli equivoci c'è il dramma vero di una donna sposata con un incosciente che gioca a fare il cascamorto con tutte. A un certo punto la donna si innamora di un altro. Da qui nasce il conflitto: deve lasciare il marito e i figli per seguire l'amore, oppure deve rassegnarsi a una vita infelice per salvare i valori della famiglia?»

«Stai raccontando la mia storia?» reagì Penelope.

«Guarda che non mi sono mai occupato di cose che non mi riguardano. Ma è bene che tu sappia che non sei la sola Penelope della Storia. Ce ne sono state milioni dai tempi di Omero. Non si racconta mai niente che non sia già accaduto.»

Penelope pensò al marito che, tra poche ore, sarebbe tornato a casa ostentando il solito sorriso di Giuda, portando doni per i bambini e, come da tradizione, un fascio di rose rosse per lei.

«Perché vorresti affidarmi un lavoro così importante?» domandò.

«Perché voglio concetti nuovi. Voglio freschezza, cuore e cervello. Tu, mia piccola Penelope, hai tutto questo. E anche di più. Ti conosco da quand'eri ragazzina. Non ho mai capito perché, sposandoti, tu abbia lasciato perdere un mestiere che hai nel sangue.»

«Scrivere parole mi divertiva, ma avevo qualcosa di più importante da fare. Volevo essere una moglie e una madre a tempo pieno. Comunque vorrei ricordarti che tu non muovesti un dito per dissuadermi», lo rimproverò.

«Se lo avessi fatto, mi avresti ascoltato?»

«Non lo so. Però dovevi provarci. Dovevi farlo, Danko.»

«Con l'uomo dei tuoi sogni che remava contro?» l'interrogò con un sorriso rassegnato.

Come sempre, il saggio amico aveva ragione. Andrea, dopo l'entusiasmo iniziale, aveva fatto di tutto per scoraggiarla, sebbene quel lavoro avesse cominciato a darle alcune piccole soddisfazioni, sostenendo che con il suo stipendio era in grado di mantenere una moglie e i figli che sarebbero venuti. Ora Danko la metteva di fronte a un compito difficile e impegnativo. Non sapeva se sarebbe riuscita a conciliarlo con le esigenze della famiglia. E non sapeva neppure se sarebbe stata all'altezza delle aspettative del vecchio amico. Come poteva scrivere canzoni che raccontassero tutti i suoi dubbi, le sue amarezze, la tentazione di trasgredire, se tutto questo non era chiaro neppure a lei?

Dalla stanza accanto giunsero le voci di un litigio tra Lucia e Daniele. Penelope si precipitò da loro e riuscì a calmarli promettendo il budino al cioccolato per quando fossero rimasti soli. Poi tornò in salotto dall'amico.

«Lo vedi come sono messa? Sono schiava dei miei figli e di una situazione che non riesco a controllare. Non credo proprio di riuscire a rimettermi al lavoro.»

«Tu sei schiava soltanto di te stessa», sottolineò con tono rude. Era arrabbiato. In quel momento Penelope sentì che, se lei fosse stata sua figlia, Danko l'avrebbe sculacciata.

«Non sputare sentenze», reagì, mettendosi sulla difensiva.

«Ma chi ti credi di essere? Pensi di essere indispensabile per tuo marito e per i tuoi bambini, e lo sei, ma vivi nel modo sbagliato. Altrimenti ieri non ti avrei sorpresa a fare gli occhi dolci a quel bel ragazzo che ti guardava come se tu fossi l'unica donna al mondo», sbottò.

Finalmente aveva detto quello che pensava. Poi, con il suo passo lento e pesante, attraversò il salotto e si diresse verso l'ingresso.

«Aspetta un momento, Danko. Cerca di capire le mie paure», lo supplicò Penelope. Poi aggiunse: «Ho lasciato passare troppi anni. Ci sono ottimi parolieri, sulla piazza».

«Allora metterò in scena la mia commedia senza di te», annunciò.

«Ma io sono la migliore. Insieme, faremo scintille», gridò Penelope.

«Adesso ti riconosco!» esclamò lui, abbozzando un sorriso. Si avviò all'ascensore. Penelope lo raggiunse mentre stava entrando nella cabina e lo abbracciò.

«Bentornata, ragazzina», sussurrò il vecchio.

Penelope richiuse l'uscio dell'appartamento e marciò verso la cucina. Aveva promesso budino al cioccolato ai suoi bambini e quello avrebbero avuto. E avrebbero avuto anche una madre in una nuova edizione, riveduta e corretta. Una mamma che ricomincia a lavorare e a vivere sul serio.

Si sorprese a canticchiare mentre mescolava il latte con il cacao e lo zucchero.

7

ANDREA arrivò, come aveva promesso, per l'ora di cena. Piripicchio sfoderò tutta la sua abilità di olimpionico del salto in alto, arrivando a posare le zampe sulle spalle del padrone. Gli ripulì accuratamente, con la lingua, la faccia e le orecchie. Emise strazianti guaiti di gioia mentre con la coda frangiata frustava l'aria. I bambini lo festeggiarono con un comportamento analogo. Penelope e la gatta rimasero ostinatamente ancorate alle loro postazioni: una in cucina a preparare la cena, l'altra in bagno, dentro il cesto della biancheria da lavare.

«Questi sono per voi», disse Andrea ai bambini, consegnando due pacchetti di CD autografati dai cantanti che si erano esibiti al Festival. Poi, con passo deciso, raggiunse la cucina.

«E questi sono per la mia dolcissima Pepe», annunciò tendendole un enorme mazzo di rose scarlatte.

Penelope odiò quel rito plateale. Aveva voglia di insultarlo e prenderlo a schiaffi. Invece finse di essere occupatissima a girare velocemente la frusta nella ciotola della maionese per sottrarsi al suo abbraccio. Avrebbe avuto più d'un motivo per afferrare quelle rose e scaraventargliele addosso. Brontolò un «grazie» stiracchiato e si innervosì ancora di più nel constatare con quanta gioia affettuosa i suoi figli accogliessero il ritorno del padre. Tante effusioni la ingelosirono. Con lei non erano mai così espansivi.

«Ma che belle crosticine avete», constatò Andrea che, quasi sicuramente, ricordava solo in quel momento la malattia dei figli. Penelope lo osservò di sottecchi e il volto sorridente del marito le parve quello cattivo e ingannatore del lupo sdraiato nel letto della nonna di Cappuccetto Rosso. Per un istante le parve che avrebbe potuto sbranare i suoi piccolini, proprio come nella favola. La voce ridente di Andrea dissipò l'incubo. «Vuol dire che ormai state guarendo. Mio Dio, come sono felice di ritrovare la mia famiglia. Non avete fatto arrabbiare la mamma, vero?»

Eccolo lì, l'impostore, pronto a cercare la complicità degli innocenti, pensò Penelope. Il viso aggrottato rifletteva il suo furore, ma Andrea, furbescamente, finse di non accorgersene.

Penelope schiumò il brodo del vitello lessato, mentre la rabbia montava come un fiume in piena. I bambini trotterellarono dietro il padre che andava in bagno a lavarsi le mani.

Penelope apparecchiò con cura la tavola, maledicendo l'educazione ricevuta che le suggeriva di tenere la bocca chiusa, anche se aveva voglia di urlare la propria dignità offesa e di mettere alla porta quel marito infedele.

«È pronto in tavola», annunciò, mentre osservava con occhio critico che ogni cosa fosse al posto giusto.

I bambini accorsero, aggrappati al braccio del padre che sfoderava il sorriso delle grandi occasioni.

«E tu non ti siedi con noi?» la interrogò, accostandosi a lei per darle un bacio. Penelope notò alcuni fili d'argento tra i capelli corvini. Il primo segnale dell'età che avanzava. E si chiese se, quando fossero entrambi invecchiati, lei sarebbe ancora riuscita a tollerare, tacendo.

«Cominciate pure, altrimenti il risotto si raffredda. Vi raggiungo subito», disse.

Andò in bagno e si osservò allo specchio. Che cosa c'era in quel viso, in quel corpo che aveva indotto il marito amatissimo a tradirla la prima volta? Perché è sempre la prima volta quella che conta. Le scappatelle successive sono una naturale conseguenza.

«Devo avere qualcosa di storto», bisbigliò alla propria immagine riflessa. Tuttavia quel viso e quel corpo pieno e armonioso avevano catturato l'attenzione di un uomo straordinario come Raimondo Teodoli, così come vent'anni prima avevano affascinato Andrea. Forse non reggeva sulla distanza. Dopo il primo impatto, suo marito era rimasto deluso. Probabilmente anche Mortimer, se avessero approfondito la conoscenza, lo sarebbe stato.

Aprì l'armadietto dei medicinali e prese un tranquillante. L'avrebbe aiutata a ritrovare un minimo di pacatezza e a sedare la voglia di esplodere. Uscì nell'antibagno, dove Andrea aveva lasciato la sua borsa da viaggio. Era aperta e c'era la solita confusione di biancheria usata, mescolata a quella pulita, alle cartelle stampa, ai fogli d'appunti. Toccava sempre a lei fare ordine.

Con gesti rapidi, collaudati in anni di pratica, cominciò a separare gli indumenti puliti da quelli che dovevano essere lavati, raccolse gli appunti e le cartelle stampa e si trovò in mano una bustina di fiammiferi Minerva, una confezione gigante, di quelle che vengono regalate in certi ristoranti e che portano sulla copertina una fotografia scattata con la Polaroid. C'era Andrea che abbracciava una bionda metallara, più nuda che vestita. Il viso di lei era di profilo, le labbra protese a baciare il lobo dell'orecchio di suo marito che ostentava un sorriso a diciotto carati. Aprì l'astuccio. Lesse una dedica scritta a pennarello: *With love. Sally*. Seguivano tre righe di crocette per indicare baci baci e ancora baci. Le venne in mente la voce di donna che aveva risposto al telefono dalla camera di Andrea.

Se suo marito avesse avuto soltanto una pallida idea di come si sarebbe sentita sua moglie, trovando quella busta di Minerva, certamente avrebbe fatto in modo di buttarla via o, comunque, di nasconderla. Ma lui non aveva mai capito fino a che punto Penelope soffrisse per queste cose. «Che idiota!» sussurrò. L'apprezzamento non era rivolto al marito, ma a se stessa che continuava a tollerare. Schiava delle abitudini, delle convenzioni, di principi che non andavano discussi ma soltanto accettati, era stata così stupida da chiudere, sul nascere, una storia che avrebbe potuto gratificarla. «Sono proprio un'idiota», ripeté. Fece scivolare la bustina di Minerva nella tasca del maglione e tornò in cucina, sperando che il tranquillante facesse effetto.

I bambini e suo marito le rivolsero sorrisi e sguardi ammiccanti. Penelope vide un pacchettino infiocchettato sul tavolo, davanti al suo piatto. Aveva tutta l'aria di essere una sorpresa. Lo prese, lo rigirò tra le mani, sciolse il nastro, tolse la carta dorata. Comparve una scatolina di velluto blu. La aprì. Conteneva un portachiavi d'oro con un ciondolo a forma di quadrifoglio, su cui era incisa una dedica: *Alla mamma più bella del mondo*.

Il primo pensiero che formulò fu che i portachiavi non le piacevano. Andrea avrebbe dovuto saperlo. Non era mai riuscito a farle un regalo di suo gusto. Lo soppesò con aria impassibile. Il secondo pensiero fu che con la somma spesa in quella futilità avrebbe potuto far tinteggiare l'appartamento e rinnovare le tende del salotto. Infine constatò che, con quel gesto, suo marito intendeva farsi perdonare una nuova infedeltà. Questo non la consolò. Accrebbe, se mai, il disappunto.

«Ho vinto al casinò», disse Andrea, mentre lei faceva

oscillare tra il pollice e l'indice la catenella che reggeva il quadrifoglio.

Sapeva che i suoi figli si aspettavano gridolini di gioia e baci, ma in quel momento detestava troppo suo marito per assecondarli.

«Porco», sibilò a denti stretti.

Lui afferrò il messaggio e il sorriso si spense. Anche Lucia e Daniele lo udirono, ma poiché vivevano la finzione di una famiglia felice, non volle deluderli. Mentre Andrea abbassava lo sguardo sul suo piatto, lei disse: «Porco Giuda! È davvero un bel regalo».

«Sapete, bambini, che penso di avere sbagliato? A mamma questo portachiavi non piace», ammise lui, con aria mesta, cercando la comprensione dei figli che erano tutti schierati dalla sua parte.

Penelope sedette finalmente a tavola. Rifiutò il risotto e mise sul piatto soltanto verdure lessate e una fettina di vitello.

«Sono molto lusingata, invece, di essere considerata la mamma più bella del mondo», replicò sorridendo a Lucia e Daniele. Poi accarezzò la tasca del suo maglione e guardò Andrea con severità. «Come sta quella 'Sally with love'?» domandò a bruciapelo. E provò una gioia immensa nel vedere il volto di suo marito che impallidiva.

«Oh, parli di quella batterista del complesso rock scozzese?» farfugliò lui.

«Ti ho chiesto come sta», insistette Penelope.

I bambini erano tutt'occhi e orecchi. Avevano percepito una nota stonata ma non capivano che cosa stesse accadendo.

«Suppongo bene», sussurrò Andrea. «Ma, francamente, la cosa non mi interessa», soggiunse, alzandosi da tavola. «Si è fatto tardi. Devo proprio andare al giornale», concluse.

Penelope abbandonò la cucina a sua volta.

«Finite la cena», disse rivolta ai figli. «Io accompagno papà alla porta.»

«Hai lasciato questi fiammiferi in bella mostra», lo aggredì, quando furono in anticamera. «Se l'avessero visti i bambini, che cosa avrebbero pensato del loro papà?»

«Niente. Loro non pensano niente, se tu non gli monti la testa», replicò il marito, prendendo l'astuccio e facendolo a pezzi.

«E io? Anch'io non penso niente?» lo aggredì con voce rabbiosa, sforzandosi però di non gridare.

«Ma dai, Pepe, sai bene che è una sciocchezza. Che importanza vuoi che abbia una fotografia scattata in un ristorante dove c'erano altre duecento persone?»

«Erano anche nella tua stanza all'*Hotel et des Anglais*? Oppure c'era soltanto questa 'Sally with love'? Perché quando ti ho telefonato, mi ha risposto lei, per ben due volte», martellò Penelope, osservando impavida il volto del marito che assumeva l'espressione smarrita di chi viene messo con le spalle al muro.

«Tu sei pazza. Sei una pazza visionaria e io non ho tempo da perdere con queste stupidaggini.»

«Sei così vile che non hai neppure il coraggio delle tue azioni», lo sferzò.

«E tu sei un'idiota. Incapace di farti gli affari tuoi. Ti piace rimestare nel torbido. Te lo leggo in faccia: hai un orgasmo ogni volta che credi di cogliermi in castagna. Li avessi a letto, questi orgasmi, il nostro rapporto funzionerebbe un po' meglio», replicò.

Penelope pensò che il tranquillante, preso poco prima, non stava assolutamente facendo effetto perché in quel momento si trattenne a stento dal prendere a schiaffi il padre dei suoi figli.

«Sei un vigliacco», sibilò.

«E tu una stronza!» urlò lui. Afferrò il vaso di porcellana, dono di nozze della cugina Pennisi, che faceva bella mostra di sé sull'angoliera dell'anticamera, e lo scagliò per terra mandandolo in pezzi.

Penelope non si scompose.

«Tanto perché tu lo sappia, questa sera non tornerò a casa. Vado da mia madre. Lei, se non altro, non mi fa un interrogatorio di terzo grado», concluse. E uscì sbattendo fragorosamente la porta.

Lucia e Daniele spiavano dall'uscio socchiuso della cucina. Avevano visto e sentito tutto.

«Lucia, prendi scopa e paletta», ordinò Penelope con calma. «Dobbiamo raccattare i cocci.»

8

SCENE di questo genere si ripetevano da anni. Ogni volta, Penelope e i bambini fingevano che non fosse accaduto nulla. I litigi con suo marito si concludevano sempre come se la ragione fosse tutta dalla parte di lui. A lei restava il compito di raccogliere i cocci. Intanto aspettava pazientemente il ritorno del guerriero pentito. A volte passava un solo giorno, a volte una settimana. Poi Andrea si ripresentava con un mazzo di fiori, un invito in pizzeria o al cinema e, dei motivi del litigio, non si faceva più parola. La vita riprendeva come se non fosse accaduto nulla. Lei accumulava livori che nascondeva dietro finti sorrisi. Le sarebbe tanto piaciuto invertire le parti, ed essere lei a sbattere l'uscio di casa, lasciandolo solo con i loro figli. Ma può una madre abbandonare i suoi cucciolotti? Inoltre non aveva un lavoro. Di che cosa sarebbe vissuta? E infine, come sarebbero cresciuti quei poveri bambini con un padre bugiardo e vile? Così masticava in silenzio la sua rabbia, ostentava una serenità che non aveva e tirava avanti.

Questa volta, invece, reagì diversamente. Fece del suo meglio per rasserenare i bambini spiegando, senza dare troppa importanza, che tra lei e papà c'era stato un litigio e ora lui era andato a rifugiarsi dalla nonna Maria. Loro dovevano sapere che, comunque, il papà li amava. Era arrabbiato soltanto con lei. Tacque il fatto che, quella stessa sera, lei avrebbe ricominciato a lavorare e, se il suo lavoro valeva qualcosa, avrebbe guadagnato tanto denaro da non aver più bisogno dell'aiuto di Andrea. Quello era il modo migliore per affrancarsi da una schiavitù.

Quando i figli si furono addormentati, si chiuse in salotto. Frisby si accoccolò sulle sue ginocchia facendo le fusa. Piripicchio dormiva sul tappeto, ai suoi piedi.

Cominciò a sfogliare il testo della commedia che Danko le aveva lasciato. Leggendo, rifletteva sulle caratteristiche dei personaggi. La storia le piaceva. Immaginò di riconoscere, nella protagonista e nei due uomini che se la contendevano, se stessa, Andrea e Mortimer. A quel punto, le parole vennero da sole. Il suo cervello e il suo cuore, lavorando in perfetta sincronia, l'aiutavano a elaborare concetti con la velocità di un computer. Le piacque mettere in versi le malinconie struggenti, i desideri inappagati, le ire furibonde contro il marito che davano alla protagonista il coraggio di allontanarsi sempre più da lui per trovare la felicità nelle braccia accoglienti dell'altro che, guarda caso, era più bello, più intelligente, più dolce, infinitamente più ricco del marito e soprattutto sapeva dirle: «Ti amo». Da quanto tempo Andrea non glielo diceva più?

Vedeva se stessa, al tavolo di cucina, a preparare pranzi e cene giorno dopo giorno, anno dopo anno, per un marito sempre assente, anche quando le stava vicino.

Andò avanti a scrivere per molte ore e, quando fu sul punto di crollare per la stanchezza, andò a letto e si addormentò quasi subito. Non le importava che Andrea non fosse tornato, apprezzò invece il piacere di avere tutto per sé il grande letto matrimoniale.

Nei giorni che seguirono incontrò Danko e insieme lavorarono accanitamente e piacevolmente. Il personaggio di

Linda, così si chiamava la protagonista della commedia, nelle mani di Penelope assunse contorni più precisi e definiti. Il musicista era entusiasta.

«Lo sapevo, me lo sentivo, che ce l'avresti fatta», commentava con vivacità.

«Aspetta, Danko. Sono soltanto all'inizio. E poi la figura dell'amante è ancora un po' nebulosa», protestava lei.

«Pensa a quel bel tipo con cui ti ho vista al ristorante. Fallo vivere, fallo parlare, lascia che si esprima», suggerì.

«Lo faccio vivere molto di più di quanto tu e lui stesso possiate immaginare», dichiarò Penelope con amarezza.

Lo aveva allontanato dalla sua vita, ma non riusciva a scacciarlo dalla sua mente. Mortimer era sempre presente. Pensando a lui, la giovane casalinga della commedia rammendava calzini e cucinava.

«È esattamente questo che il pubblico vuole: il sorriso incrinato dal pianto, la battuta scherzosa pronunciata trattenendo un singhiozzo, perché Linda si dibatte tra la ragione, rappresentata dalla sua condizione di donna sposata, e la trasgressione, rappresentata dal sentimento che prova per l'altro», proseguì Danko.

«Intanto si consola mangiando mezzo chilo di baci di dama. E, accidenti, ingrassa. Perché Linda è così: l'ansia le fa venire voglia di dolci», precisò Penelope.

«È così che rendiamo attuale una vecchia storia come quella di Emma Bovary o di Anna Karenina. È chiaro il concetto?» ragionava l'amico.

«Però quelle due povere peccatrici muoiono. Questo lo trovo assolutamente ingiusto», protestò lei.

«Fossero state più furbe, si sarebbero abbuffate di baci di dama e avrebbero lasciato che i due uomini della loro vita si scannassero tra loro. E che vincesse il migliore. Alla fine, è questo che vuole una donna che non sa scegliere», disse Danko.

«Ne sei sicuro? Guarda che Linda non è un'insoddisfatta come Emma, né una depressa come Anna», precisò Penelope.

«Linda è come te. Per questo ho lasciato in sospeso il finale. Lo scriverai tu», ordinò Danko.

«Be', Linda non s'ammazza. Questo te lo garantisco. In generale, una donna non si uccide quando ci sono due uomini che se la contendono. Io penso che potrebbe lasciarli entrambi e mettersi con un terzo», disse lei, riflettendo a voce alta.

«Il terzo non è contemplato nella commedia», osservò Danko.

«Lo inventiamo.»

«E chi potrebbe essere?»

«Un pasticcere. Meglio ancora, un industriale dolciario che produce baci di dama», scherzò Penelope.

«Così abbiamo anche il titolo della commedia: *Baci di dama*. Brava, Pepe. La storia funzionerà proprio così», concluse Danko, divertito.

«No, Danko. Linda dovrà scegliere tra i due uomini della sua vita. Lottando per averla, sono diventati entrambi migliori. Ed è migliorata anche lei. È questo il finale.»

«Sì, e vissero tutti e tre felici e contenti. Ma va' là, Pepe! Sai bene che non può essere così. Hai presente quella bella poesia di Edgar Lee Master?»

«Quella che dice: Perché questo è il dolore della vita: che si può essere felici soltanto in due. Certo che ce l'ho presente. E allora? Stiamo scrivendo una commedia. I dolori della vita lasciamoli da parte e consoliamoci con i baci di dama», replicò lei, allegramente. Sapeva, come Danko, che, continuando a lavorare sul testo, il finale sarebbe arrivato da solo.

Intanto, Penelope aveva già ricevuto un buon anticipo sul lavoro e aveva aperto un conto in banca tutto suo.

Andrea era tornato a casa dopo due giorni trascorsi da sua madre.

Aveva riabbracciato lei e i bambini con allegria, come se non fosse accaduto nulla. Anche questa volta, Penelope liquidò l'amarezza con un sospiro di rassegnazione. Il lavoro, adesso, le era di grande consolazione.

«Sono molto contento che tu abbia ricominciato a scrivere», le disse il marito.

«Non posso crederci. Dieci anni fa, avevi usato tutta la tua capacità di persuasione per indurmi a smettere», gli fece notare.

«Ti avevo soltanto consigliato per il meglio. Hai avuto tutti questi anni per maturare. Credo davvero che tu sia pronta per tornare nella mischia», dichiarò con aria soddisfatta.

Penelope sapeva che tanto entusiasmo era dettato da ragioni precise. Le spese famigliari aumentavano e i soldi che avrebbe guadagnato erano una salvezza. Inoltre, presa com'era dalla sua commedia, avrebbe avuto meno tempo per indagare sulle avventure sentimentali del marito.

Quello fu un bel periodo. Andrea continuava a vivere a modo suo senza sentirsi in colpa. Penelope riversava le proprie amarezze nei testi che scriveva e, in un certo senso, se ne liberava. I bambini erano più sereni. Come sempre, quando mamma e papà vanno d'accordo.

Penelope era la prima ad alzarsi, la mattina. Andrea dormiva fino alle dieci e anche oltre, quando passava la notte in redazione. Lei portava subito fuori il cane e, al ritorno, preparava la colazione per i bambini che svegliava un po' con le coccole e un po' a strattoni. Li costringeva a lavarsi, li aiutava a vestirsi e li pettinava.

Penelope aveva due ore di tempo per accompagnare i bambini a scuola, passare dalla Posta o dalla banca per pagare le bollette delle varie utenze, fare la spesa al supermercato e negli altri negozi. La macchina alle dieci e mezzo del mattino doveva essere posteggiata davanti al portone del palazzo così che, uscendo, Andrea la trovasse pronta per andare al giornale. Tutto questo non le costava fatica.

Però le sarebbe piaciuto avere una piccola macchina tutta per sé. Ora che aveva ricominciato a lavorare, prese in considerazione la possibilità di sobbarcarsi quella spesa. Ma ce n'era un'altra più urgente e pesante: ingrandire l'appartamento. La casa era davvero troppo piccola, i bambini crescevano ed era necessario che ognuno di loro avesse la propria stanza. Era indispensabile anche una camera per gli ospiti, dal momento che sua suocera soggiornava volentieri da loro. La vicina di pianerottolo, una hostess dell'Alitalia, raccontò a Penelope che stava per sposarsi con un finanziere conosciuto durante un volo Milano-Tokio e voleva disfarsi dell'appartamento in cui abitava.

«Ho i soldi per comperarlo. Pensa, Andrea, non dovremo neppure traslocare. Basterà aprire una porta nel muro dell'anticamera e la nostra casa sarà raddoppiata», annunciò Penelope al marito.

«È davvero una fortuna straordinaria», si entusiasmò lui e subito dopo annunciò con tono trionfante ad amici e parenti: «Abbiamo comperato l'appartamento attiguo al nostro». A Penelope disse: «Mi raccomando, facciamone qualcosa di bello».

Quell'«abbiamo» e quel «facciamone» fu tutto sulle spalle di Penelope che affrontò con gioia e assoluta incompetenza la fatica di seguire i lavori di ampliamento. Ogni giorno discuteva e criticava l'operato di muratori, idraulici, elettricisti, piastrellisti e falegnami. Daniele e Lucia, quando non erano a scuola, né a lezione di nuoto, di danza, di chitarra, partecipavano a quella specie di gioco nuovo che si svolgeva tra le mura casalinghe. S'incantavano a osservare la destrezza con cui i muratori intonacavano le pareti grezze, l'abilità con cui l'elettricista inseriva una serie di lunghissimi fili colorati all'interno di tubi di plastica che poi venivano cementati nei muri e scomparivano, si rincorrevano tra i calcinacci, parteggiavano per la mamma quando s'infuriava con gli operai per un lavoro fatto male.

«Se scrivo una brutta canzone, me la fanno riscrivere. Se voi posate le piastrelle malamente, dovete smantellare e rifare. E non vi pagherò un soldo in più per le ore supplementari», diceva Penelope.

Andrea, invece, ogni volta che rincasava, si lamentava: «Fino a quando andrà avanti questa confusione?»

Penelope taceva la propria stanchezza e non rispondeva.

Finalmente i lavori furono conclusi e la famiglia Donelli si trovò a disporre di tre bagni, una stanza guardaroba, quattro camere da letto e un salotto doppio rispetto al precedente.

L'ampliamento aveva prosciugato l'anticipo dei diritti d'autore di Penelope. Poiché era abituata a fare economia, non si allarmò considerando che, non appena la commedia fosse finita, avrebbe ricevuto un saldo cospicuo. Si preoccupò invece perché le era tornato un dolore persistente alla schiena. Quello, lo sapeva, era un segnale d'allarme. Ancora una volta una delle sue ovaie aveva prodotto una cisti disfunzionale.

9

«Ho fissato un appuntamento con la dottoressa Carini», annunciò al marito.

La dottoressa Carini era la ginecologa che la seguiva da sempre e che l'aveva assistita durante le due gravidanze.

Andrea si allarmò. «Che cosa c'è che non va?»

«Penso sia la solita cisti», minimizzò, sapendo che avrebbe dovuto sottoporsi a una serie di esami. «Ho avuto un periodo molto faticoso e le mie parti femminili si ribellano, protestano, fanno le bizze. Andrà tutto bene, come sempre», concluse.

«Le tue parti femminili fanno le bizze un po' troppo spesso. Questa volta il problema va affrontato seriamente», dichiarò il marito. E soggiunse: «Fisserai un appuntamento con il professor Marco Viviani».

«Posso sapere chi è?»

«Il primario di ginecologia del Policlinico. È molto bravo.»

«La visita è gratis?» domandò Penelope.

«Ma cosa ti viene in mente? È uno specialista.»

«Anche la Carini è una specialista. Lavora alla Ussl e il costo della visita è quello del ticket», protestò.

«Trascini questo problema da anni. Mi sembra giusto

avere un parere più illuminato. Viviani è il ginecologo della moglie di Moscati e di molte altre signore importanti», replicò Andrea.

«Questa, secondo te, sarebbe una garanzia?»

«È una certezza. Viviani deve diventare anche il tuo ginecologo.»

«Preferisco un medico donna. Mi trovo più a mio agio», protestò lei, debolmente, sapendo di avere già perso la partita.

Avrebbe voluto spiegare a suo marito quanto sia delicata una visita ginecologica, soprattutto se il medico è un uomo. L'aveva già sperimentato in un paio di occasioni, quando la Carini era assente, e si era trovata malissimo. Ma rinunciò a parlarne con Andrea, tanto non avrebbe capito.

Per amor di pace, fissò un appuntamento con il professor Viviani.

Alle undici del mattino si presentò nell'anticamera del suo studio, al Policlinico. Un'ora prima aveva fatto la mammografia e un'infermiera le aveva consegnato le lastre dicendole: «Le mostri al professore. Lui saprà interpretarle nel modo corretto».

«Perché? C'è qualcosa che non va?» domandò in ansia.

La risposta, invece che tranquillizzarla, la irritò ancora di più.

«Non si preoccupi. Il professore vedrà e le spiegherà.» Pronunciava la parola professore con la P maiuscola.

Si era portata da casa un libro per ingannare l'attesa. Non sfogliava mai le riviste delle sale d'aspetto perché le riteneva contaminate da troppe mani. Andrea, a volte, si prendeva gioco di questa sua mania che considerava una forma di fanatismo per l'igiene.

Il libro che aveva tra le mani era un romanzo di Bohumil Hrabal: *Ho servito il re d'Inghilterra*. Una festosa vicenda che grondava gioia di vivere e che la induceva al sorriso.

Ripescò il segno lasciato sull'ultima pagina letta e tentò di andare avanti. Gli occhi seguivano le parole, la mente era altrove. Che cosa aveva voluto dire quella deficiente vestita da infermiera con: «Il professore vedrà e le spiegherà»? C'erano altre due signore, nella saletta, inquiete come lei. Mancava invece il primario. Dopo oltre mezz'ora di attesa entrò un'altra infermiera.

«Il professore si scusa. Sta operando un caso urgente», annunciò. L'ansia crebbe. Perché doveva sempre fare quello che decideva Andrea? Aveva la sua brava ginecologa che riceveva alle otto del mattino, che era puntuale, che aveva modi garbati. Invece non era potuta andare da lei perché era necessaria la visita dell'insigne cattedratico. Erano le dodici meno un quarto. Tra un'ora i bambini sarebbero usciti da scuola e lei doveva assolutamente andare a prelevarli. Inoltre non aveva ancora preparato il pranzo. A quel punto aveva due possibilità: trascurare i bambini e la loro pastasciutta, aspettando con rassegnazione, come stavano facendo le due signore accanto a lei, oppure cogliere il pretesto per filarsela immediatamente. Quest'ultima possibilità le sembrò molto allettante.

Uscì dalla sala d'attesa e, fatti pochi passi lungo il corridoio, vide un telefono a gettoni. Allora ebbe una folgorazione: telefonare ad Andrea, che stava dormendo dopo una nottataccia passata al giornale, e dirgli come stavano le cose. Fece così.

Sentì la voce del marito che veniva dai profondi recessi del sonno. Allora si esibì nella perfetta imitazione della donna tutta panna e miele.

«Caro, mi dispiace di averti svegliato, ma ho un problema. Il primario non è ancora arrivato. Dicono che sta operando. Potrebbe tardare di un'ora, due, forse tre. Non pensi che dovrei rinunciare alla visita? Ci sono i bambini da andare a prendere...»

Andrea non la lasciò finire. Ci teneva troppo a raccontare agli amici che Viviani era il ginecologo di sua moglie. Infatti riacquistò immediatamente la lucidità.

«Tu stai lì e aspetti per tutto il tempo che sarà necessario. Ai figli provvedo io», replicò.

«Sei sicuro?» chiese Penelope, felice di averlo svegliato e di costringerlo, almeno per una volta, a occuparsi dei figli.

«Non c'è problema, Pepe. Tranquilla. Mi occuperò di tutto», garantì Andrea.

Penelope chiuse la comunicazione. Si girò di scatto e si trovò di fronte un uomo in camice bianco. Ebbe appena il tempo di avvertire l'aroma lieve di un profumo inglese e due braccia la strinsero. Mortimer le sorrideva.

10

«Perché sei qui?» le chiese Mortimer.

Penelope si sentì trafitta da un lampo di felicità. Da mesi aveva il presentimento che si sarebbero rivisti. Un'improvvisa accelerazione del battito cardiaco sottolineò l'emozione di quel nuovo incontro.

«Potrei farti la stessa domanda», replicò, confusa.

«Io lavoro qui», disse Mortimer.

«Ho un appuntamento con il professor Viviani», spiegò, a sua volta.

«Non è giornata. Vengo adesso dalla sala operatoria. Abbiamo avuto una mattinata massacrante. C'è stato un caso urgente e piuttosto complesso che, per fortuna, si è concluso bene. Ma siamo tutti molto stanchi. Viviani oggi non farà visite. Sta andando a casa. E ci sto andando anch'io», rivelò prendendola sottobraccio e guidandola lungo le scale, verso il piano terreno.

«E così, tu sei un ginecologo», constatò con sorpresa.

Ancora una volta, il caso aveva guidato il suo destino. E si era servito di Andrea, per farlo.

In camice bianco, Raimondo Teodoli le sembrò ancora più affascinante.

«Non immagini la mia gioia per averti ritrovata», affermò lui, con tono sincero.

«Non sai la mia», sussurrò lei, arrossendo.

«Anche oggi sei in ansia per i tuoi figli?» le domandò, ricordando il loro ultimo incontro.

«Per fortuna, i bambini sono al sicuro», garantì lei.

«Allora possiamo stare tranquilli», decise il medico. La guidò lungo un corridoio sul quale si aprivano le stanze per le visite. «Devo cambiarmi», disse. Sotto il camice indossava una maglietta bianca e calzava gli zoccoli della sala operatoria. «Prometti di non sparire?» chiese guardandola negli occhi, mentre con un gesto le indicava una poltroncina su cui sedere, nell'attesa.

«Promesso», lo rassicurò.

Non sarebbe fuggita per nulla al mondo. Le era bastato rivederlo, perché i proponimenti di un gelido febbraio, ormai lontano, si sciogliessero come neve al sole.

Uscirono dal Policlinico e si avviarono verso i giardini della Guastalla. C'erano mamme che spingevano le carrozzine, vecchi sulle panchine che leggevano il giornale, ragazzi che giocavano. C'era il sole di giugno che brillava sulle foglie degli alberi, sulle balaustre di pietra. Lui l'aveva presa per mano e aveva intrecciato le sue dita con quelle di lei. Camminavano lentamente, in quella splendida giornata di giugno.

«Ti ho molto pensata», affermò lui, stringendole la mano.

«Anch'io. E non avrei dovuto», soggiunse lei, sottovoce.

«Non si sfugge al destino», ragionò Mortimer e proseguì: «Scusa la banalità. Mi sto comportando come uno stupido, ma non riesco a esprimere pienamente quello che sento per te. Non ti lascerò andar via un'altra volta».

«Mi fa bene sentirtelo dire», sorrise Penelope.

Sedettero su una panchina e stettero lì, in silenzio, per qualche istante, felici di essere insieme.

Non erano sensazioni nuove per Penelope. Le aveva già vissute con Andrea, in un tempo ormai remoto. Ricordò un pomeriggio d'autunno, sulla riva del Ticino. Fra gli alberi e i cespugli tinti di rosso e di giallo, aveva fatto l'amore per la prima volta con Andrea. Era stata una scoperta emozionante, meravigliosa. Dopo tanti anni ricominciava a sognare.

«Non m'importa che tu sia sposata. Vorrei che tu fossi la mia ragazza. Lo capisci, Pepe?» Mortimer la guardava negli occhi, commosso.

«Sì, lo so», rispose piano.

«Dove vuoi andare, adesso?» le chiese, sorridendole.

Penelope indossava un abitino a giacca di seta bianca e grigia. La gonna a pieghe si sollevò per un refolo d'aria. Lui le coprì le ginocchia.

«Decidi tu. E non immagini quanto mi piaccia dirlo», rispose, senz'ombra di civetteria.

«Allora, ti porterò a casa mia. Vuoi?»

Penelope annuì. Lo avrebbe seguito in capo al mondo. Da troppo tempo desiderava sentire di nuovo su di sé lo sguardo di un uomo innamorato.

Entrarono in un palazzo costruito negli Anni Cinquanta. L'appartamento di Mortimer era nell'attico. Li accolse un domestico spagnolo al quale il medico sussurrò qualcosa, prima di indicarle un vasto soggiorno dove quattro portefinestre erano spalancate su un terrazzo ombreggiato da una vite canadese.

Penelope si guardò intorno. Due grandi Campigli e due Fontana si fronteggiavano su opposte pareti tra scaffalature colme di libri. I divani erano sobriamente foderati di canapa bianca. Su un elegante secrétaire settecentesco a ribalta spiccava una serie di fotografie in cornice.

«Siediti», la invitò lui. Penelope appoggiò su un tavolino la tracolla di nappa nera e la busta con le radiografie. Poi prese posto su una piccola poltrona.

«Ho detto che ci preparino il pranzo. È l'una e io ho fame», spiegò.

«Perché hai scelto Ginecologia?» l'interrogò lei. Si sentiva a suo agio ed era curiosa di sapere.

«Mio padre e, prima di lui, mio nonno erano ginecologi. Mio fratello ha seguito un altro indirizzo: si è specializzato in Urologia.»

«Però è rimasto in zona», scherzò lei.

Mortimer sorrise e le raccontò che i Teodoli, dal Lazio, si erano trasferiti a Bergamo all'inizio dell'Ottocento.

Le nozze di un trisnonno con una discendente del Colleoni avevano arricchito la famiglia che si era insediata in una villa di campagna prima di acquistare un palazzo in via di Porta Dipinta a Bergamo alta. Lui e suo fratello erano vissuti lì fino alla fine del liceo. Poi erano approdati a Milano per frequentare la facoltà di Medicina. E qui erano rimasti. Suo fratello si chiamava Riccardo. Era felicemente sposato ed era padre di tre figli.

Penelope si lasciava cullare dal suono della sua voce. Si ricordò di quand'era ragazzina e, dalla torretta della casa di Cesenatico, invocava Romeo con passione. Era Mortimer l'innamorato che sognava?

«Mi stai ascoltando?» le domandò.

«Certamente», rispose sorridendo. «Ma stavo anche pensando che so ben poco di te, eppure è come se ti conoscessi da sempre.»

Venne, da stanze lontane, il vagito di un bimbo.

«È il figlio di Fernando e di Pilar. Vivono con me. Il piccolo si chiama Juan. L'ho aiutato a venire al mondo. Spero che abbiano altri figli. Adoro i bambini.»

«Tu non ne hai?»

«Katherine non ne ha voluti. Così mi accontento di quelli degli altri.»

Fernando si affacciò sulla soglia.

«È tutto pronto», annunciò.

La sala da pranzo era piccola, rettangolare. Le pareti erano tirate a stucco color salvia. La tavola era apparecchiata per due. Il cameriere servì spaghetti al pomodoro.

«Ho immaginato che tu fossi nervosa e volessi un piatto di pastasciutta», spiegò Mortimer, non appena il domestico li lasciò soli.

Penelope apprezzò la sua delicatezza. Le bastava guardarlo negli occhi, sentirsi sfiorata dalla sua mano per avvertire una sensazione di benessere.

«Sono rilassata. Te ne sei accorto?» gli domandò.

«Lo speravo», rispose con sincerità.

«Penso che tu sia un buon medico. Hai quello che si definisce 'il potere taumaturgico'. Se fossi una tua paziente, mi fiderei ciecamente di te», spiegò Penelope. «La tua casa riflette la tua serenità», soggiunse, guardandosi attorno. E in quel momento realizzò che cosa l'aveva così irresistibilmente attratta quando aveva incontrato Mortimer nella boutique dove faceva acquisti: le ricordava suo padre, Mimì Pennisi, uomo affascinante la cui bellezza non era fatta solo di esteriorità. Mentre Andrea assomigliava molto a Irene, sua madre, che attribuiva all'apparenza un valore sconfinato. Aveva sempre considerato il padre un uomo perfetto, ora si rendeva conto di desiderare un compagno che gli assomigliasse. Da questa analogia nasceva il senso di sicurezza, di fiducia totale che Mortimer riusciva a trasmetterle. Andrea, al contrario, le aveva sempre comunicato ansia, incertezza, instabilità emotiva.

«Viviani è il tuo ginecologo?» le domandò Mortimer, distogliendola dai suoi pensieri.

«Mi verrebbe voglia di dirti che è quello di mio marito. Non lo conosco, ma Andrea ha molto insistito perché mi facessi visitare da lui», rispose Penelope.

Avevano concluso il pranzo ed erano di nuovo nel soggiorno.

«È un'ottima scelta se hai qualche problema. Viviani è il mio capo, dunque è il migliore. Farò in modo che ti riceva domani mattina», promise, senza fare domande.

«Intanto ho fatto una mammografia. Vuoi vederla?» chiese lei, tendendogli la grande busta che l'infermiera le aveva affidato.

Mortimer esaminò attentamente le radiografie osservandole controluce.

«I tuoi seni sono perfetti», affermò, mentre riponeva tutto nella busta.

«Grazie», replicò lei rassicurata. E soggiunse: «Credo sia arrivato il momento di lasciarci». Prese la borsetta, infilò la tracolla e lo guardò un po' impacciata.

«Lo so. E so anche che non vuoi essere accompagnata. Così ti chiamerò un taxi e ti scorterò fino al portone.»

L'ingresso del palazzo era deserto. Mortimer l'attirò a sé, delicatamente. Poi sfiorò appena le sue labbra con un bacio.

«Quando ti rivedrò?» le chiese.

«Non ne ho idea», rispose lei.

«Fai in modo che sia molto presto. Oggi ti chiamerà la segretaria di Viviani per fissarti l'ora dell'appuntamento», assicurò, mentre lei saliva sul taxi che l'avrebbe riportata a casa.

11

PENELOPE aveva annodato sulla testa un fazzoletto di cotone per proteggersi dalla polvere. Indossava un vecchio paio di jeans e, munita di secchio e stracci, stava pulendo, inginocchiata a terra, i pavimenti della sua nuova casa. Erano le dieci di sera. Lucia e Daniele dormivano nelle loro stanze, Andrea era ancora al giornale e lei si sentiva padrona del suo tempo. Strofinava il marmo e canticchiava una canzone della Vanoni che raccontava di una donna che si era innamorata perché non aveva niente da fare. Colse l'aspetto comico della situazione e sorrise. Si era innamorata di Mortimer, perché aveva mille cose da fare e i sentimenti che provava per lui erano una specie di oasi lussureggiante nel caos della sua esistenza.

Suonò il telefono. Si rimise in piedi, abbandonò gli stracci, si tolse i guanti di gomma e rispose.

«Possiamo parlare un po'?» chiese Mortimer.

«Certamente», sussurrò Penelope, il cuore in affanno, non per le fatiche casalinghe, ma per l'emozione di sentire la sua voce.

Erano passati due giorni da quando era stata a casa sua, lunghi come due anni.

«Che cosa stai facendo?» le domandò.

«Sto lustrando i pavimenti», dichiarò.

«Cosa?»

«Ma sì. Hai presente acqua, stracci, detersivo e olio di gomito? Quando i bambini dormono e mio marito è al giornale, io ho tre o quattro ore tutte per me. Così posso lavorare.»

«Ma questo non è il tuo lavoro», protestò il medico.

«Ah sì? Chiedilo ad Andrea. Lui è molto fiero di una moglie che fa tutto, senza bisogno della domestica», spiegò con ironia.

«Preferirei che avessi qualcuno in casa e riuscissi a stare un po' con me.»

«Non posso lasciare soli i bambini», replicò Penelope.

«Lo so e sono d'accordo con te. Riesci ad aggiustare le cose per il fine settimana?»

«Ci proverò. Cos'hai in mente?»

«Andiamo a Bergamo. A casa mia.»

«Vedrò che cosa posso fare.» In quel momento sentì l'ascensore fermarsi al pianerottolo. Salutò Mortimer velocemente. Andrea era tornato prima del previsto. Entrò in casa mentre lei chiudeva la comunicazione.

«Non dirmi che stavi ancora discutendo con Danko», disse Andrea dal vestibolo.

«Infatti non era lui», rispose lei, senza dare ulteriori spiegazioni.

Andrea non si preoccupò di indagare oltre e raggiunse la camera da letto. Poco dopo si presentò in pigiama.

«C'è qualcosa da mangiare, tesoro?» domandò.

«Apri il frigorifero e guarda che cosa trovi», rispose lei, con tono gelido.

«La mia Pepe ha la luna di traverso?» chiese, mentre le passava accanto e le sfiorava la guancia con un bacio. Penelope lo osservò. Andrea era la raffigurazione classica del marito in pantofole. Rilassato, tranquillo. Glielo aveva comperato lei il pigiama di popeline a rigoni blu, gialli e grigi. Gli stava bene. A trentaquattro anni, era ancora un bellissimo uomo, ma continuava a comportarsi come un ragazzo. Da alcune settimane si trastullava con una nuova avventura. La donna di turno, questa volta, era una dietologa. Collaborava al giornale come autrice di una rubrica sull'alimentazione e frequentava lo stesso Tennis Club di Andrea. Pepe non l'aveva mai incontrata, ma qualche volta aveva sentito al telefono la sua voce metallica, irritante. Poi aveva visto, perché Andrea gliele aveva mostrate, alcune istantanee scattate al tennis durante una partita in doppio: lei e Andrea, contro Moscati e sua moglie Erminia.

«Per essere un'esperta di diete, mi sembra un bel po' sovrappeso», aveva commentato Penelope.

«Perché sei sempre acida con i miei amici?» aveva replicato Andrea.

Penelope non aveva avuto voglia né tempo per discutere. Oltre a occuparsi della casa e dei figli scriveva i testi delle canzoni che metteva a punto con Danko e gli autori della commedia. Era un lavoro divertente ma complesso che l'assorbiva molto. Quando usciva per incontrarsi con loro doveva fare i salti mortali per trovare qualcuno a cui affidare Lucia e Daniele.

Qualche volta li portava a casa di Donata, dove loro non andavano volentieri perché sostenevano che Lavinia e Giulietta erano troppo piccole come compagne di giochi. Altre volte ricorreva a sua madre, che accettava l'incarico sempre protestando perché doveva disdire altri impegni. Più spesso interveniva Sofia, che loro adoravano perché li portava al cinema e poi al ristorante. Su Andrea non poteva fare assegnamento. Anzi, quando lei non c'era, lui ne approfittava per stare lontano da casa.

«Domenica sarò fuori per tutto il giorno», annunciò Penelope.

«È il solo giorno in cui possiamo stare un po' insieme», protestò Andrea, mentre estraeva dal forno a microonde un piatto con una fetta di pizza fumante. La domenica i bambini venivano affidati ai cugini Pennisi e loro due tentavano di ricucire gli strappi della loro vita di coppia dicendosi reciprocamente che valeva ancora la pena di vivere insieme. Più che altro era Penelope che tentava di convincersi, perché sulla loro unione Andrea non aveva dubbi. Per quante sciocchezze fosse riuscito a commettere nel corso della settimana, la domenica era il giorno dedicato a Pepe, la moglie-mamma dalla quale amava essere coccolato.

«Sono stanca. Vado a dormire», disse Penelope, per tutta risposta.

Andrea posò il piatto sul tavolo e la fulminò con un'occhiataccia.

«Che cosa c'è di tanto urgente che tu non possa fare lunedì?»

«Ho un impegno molto importante», tagliò corto, avviandosi verso la stanza degli ospiti dove dormiva ormai da alcune settimane, dall'ultima lite a proposito della dietologa. Andrea, come sempre, si era ostinato a negare questa storia e lei, come sempre, aveva finto di credere alla sua innocenza. Tuttavia si era impuntata sulla separazione delle camere. Da quando si erano sposati, era la prima volta che reagiva con tanta fermezza: fintanto che suo marito avesse continuato a tradirla, lei non avrebbe più accettato rapporti coniugali.

Andrea, che si sentiva colpevole, aveva accettato questa temporanea separazione, senza rinunciare ai tradimenti, sapendo che Penelope, prima o poi, sarebbe ritornata a dormire con lui.

Ora lei si chiuse nella stanza e si preparò ad andare a letto.

«Posso sapere che cos'è questa cosa tanto importante

che mi guasterà la domenica?» chiese lui, irrompendo nella camera.

«Se te la dicessi, non ci crederesti», rispose, infilandosi tra le lenzuola.

«Tu prova», la sfidò.

«Ho un appuntamento con un uomo», annunciò lei e, mentre lo diceva, le sembrò che il cuore mancasse un colpo. A quel punto poteva succedere di tutto. Andrea avrebbe potuto sfasciare la casa. Invece, la guardò smarrito e impallidì.

Penelope lo vide vacillare e afferrare la maniglia della porta per non perdere l'equilibrio. Dopo un attimo riprese il controllo di sé. Andrea aveva deciso che l'uomo in questione non poteva essere che Danko.

«Quel vecchio bastardo dovrebbe sapere che la domenica è sacra. Avete sei giorni la settimana per lavorare insieme. Non bastano?» affermò, facendo la voce grossa.

«Con le tue urla, sveglierai i bambini», lo rimbrottò Penelope.

Andrea uscì dalla stanza sbattendo l'uscio e lei trasse un sospiro di sollievo.

Spense la luce, nascose la testa sotto il cuscino chiedendosi che cosa fosse la fedeltà. Se avesse rinunciato a Mortimer, si sarebbe potuta considerare una moglie fedele? Fedele a chi? A che cosa? A se stessa o al giuramento pronunciato sposando Andrea? Era giusto vivere nell'infelicità per tener fede a un giuramento?

Penelope si rigirò nel letto, esasperata da questi interrogativi per i quali non trovava risposte convincenti. Alla fine, sopraffatta dalla stanchezza, si addormentò.

12

NEI giorni successivi, Penelope si sforzò di non manifestare l'ansia che la sovrastava, tollerando l'irrequietudine dei bambini con insolita pazienza. Non diede a vedere quanto la irritasse l'improvvisa dolcezza del marito che, tuttavia, la scrutava con sospetto.

Non aveva intenzione di tranquillizzarlo, tanto più che lei era piena di incertezze. Intanto ripeteva a se stessa: «Domenica saprò se devo davvero escludere Mortimer dalla mia vita».

Alle nove del mattino, mentre usciva dal palazzo con i suoi figli, sperò in un miracolo: che l'uomo dei suoi sogni la deludesse e lei potesse tornare alla sua rassicurante solitudine.

«Dove stai andando?» le domandò il cugino Manfredi, mentre Lucia e Daniele salivano in macchina.

«A un appuntamento molto importante», rispose sbrigativa. Il taxi che aveva chiamato si stava accostando al marciapiedi. Lei fece le solite raccomandazioni ai figli e poi li guardò mentre si allontanavano sulla macchina del cugino. Quindi montò sul taxi che la depositò davanti alla casa di via San Barnaba dove Raimondo Teodoli la stava aspettando. La salutò con un perfetto baciamano, mentre lei pensava al marito che stava ancora dormendo convinto che avrebbe trascorso la giornata con l'amico musicista.

«Sono così felice di vederti», disse Mortimer. Le aprì la portiera di un'auto sportiva invitandola a salire.

Per quella giornata insolita, Penelope aveva rinunciato ad agghindarsi. Non si era neppure truccata. Calzava scarpe da tennis, jeans azzurri, una t-shirt bianca e un blazer blu di seta. I capelli erano scompigliati, come sempre. Aveva deciso di proporsi così com'era, con le sue poche virtù e i molti difetti, per verificare fino a che punto l'uomo di cui si era invaghita fosse attratto da lei. Dopo tutto, lui non rischiava nulla, mentre lei metteva a repentaglio se stessa, i propri affetti e la propria famiglia che, per quanto problematica, le dava stabilità.

«Hai già fatto colazione?» le domandò lui, sedendo al posto di guida. Penelope scosse il capo.

«Allora ti porto nel paradiso delle brioche e ti faccio provare il miglior cappuccino della tua vita», promise, mentre l'auto partiva frusciando.

Sostarono davanti a una piccola pasticceria in viale Piave. Era un locale antico, con il laboratorio sul retro. I clienti domenicali facevano ressa lungo il bancone del bar dove acquistavano torte e vassoi di pasticcini. Mortimer la guidò verso una sala fresca dove aleggiava l'aroma della vaniglia. Sui tavolini rotondi, coperti da lunghe tovaglie in tela di fiandra color panna, erano appoggiati piccoli vasi di porcellana che contenevano anemoni bianchi e fresie gialle. Sedettero a un tavolo accanto alla vetrina schermata da tendine di pizzo.

«Brioche alla crema pasticcera e due cappuccini», ordinò l'uomo a una cameriera.

«Come fai a sapere che mi piace la crema pasticcera?» s'incuriosì Penelope.

«Piace anche a me», rispose lui, con naturalezza.

Erano soli in quella saletta dall'atmosfera ovattata.

«Sai», disse lui, «ho scoperto questa pasticceria un paio d'anni fa, dopo che Katherine mi aveva lasciato. Era una mattina di domenica, come oggi. Uscivo dall'ospedale dopo un turno di trentasei ore. Avevo bisogno di camminare e di godere della quiete della mattina di festa. Non mi piaceva l'idea di tornare in una casa vuota. L'uomo è un animale abitudinario. L'assenza di Katherine mi immalinconiva. E sono capitato qui. Queste brioche alla crema mi hanno riconciliato con la vita», concluse, mentre la cameriera serviva ciò che le era stato ordinato.

Fecero colazione guardandosi negli occhi e traendo piacere dalla reciproca vicinanza.

Un'altra coppia entrò nella piccola sala quando loro si alzarono per andarsene.

L'autostrada era semideserta. Arrivarono nella città alta rapidamente. L'auto passò sotto le mura e si infilò in uno slargo, protetto da una sbarra telecomandata. Mortimer le spiegò che quello era il parcheggio per i residenti. Da anni la famiglia Teodoli aveva in sospeso un contenzioso con il Comune per realizzare alcuni box nelle cantine del loro palazzo, ma le Belle Arti non concedevano il permesso.

«Il mio bisnonno varcava l'androne con il calesse», spiegò. «Il nonno parcheggiava la macchina sotto il portico. Poi, in famiglia, il numero delle auto è cresciuto e mio padre chiese il permesso di costruire una rampa che scendesse in un parcheggio sotterraneo. Stiamo ancora aspettando una risposta. Qualche volta mia madre è tentata di vendere questa casa che richiede continue manutenzioni costosissime. Non so fino a quando riusciremo a conservarla», continuò. E soggiunse: «Ma intanto a me e a mio fratello fa piacere tornarci, di tanto in tanto. E anche mia madre, che pure abita a Parigi, ci viene spesso».

Varcarono la soglia del palazzo e attraversarono l'androne con la volta in cotto e le pareti coperte da affreschi consumati dal tempo. Venne loro incontro un uomo anziano, che indossava un grembiulone blu da lavoro.

«Ben tornato, dottore. La stavamo aspettando», esclamò con occhi ridenti.

«Ben trovato, Tito», disse il medico e aggiunse, indicando Penelope: «La signora Pennisi».

Tito la salutò rispettosamente e mostrò il cesto che teneva tra le mani: «Ho appena raccolto questi pomodori. Sono ancora caldi di sole. Stanno maturando anche le albicocche. Qualcuna è già pronta. Se vi piacciono, vado a raccoglierle», propose.

Oltre l'androne si apriva un cortile acciottolato. Al centro era situata una grande fontana barocca di pietra bianca sovrastata da un Nettuno che stringeva un tridente in una mano e, nell'altra, un grosso pesce dalla cui bocca spalancata sgorgava l'acqua. Al di là del cortile si vedeva il giardino con siepi di bosso scolpito a disegni geometrici che delineavano piccoli viali coperti di glicine. L'orizzonte si perdeva nel cielo terso di nubi.

«Andiamo noi a cogliere le albicocche. Di' piuttosto a Rosetta che ci prepari il pranzo per mezzogiorno», ordinò Mortimer all'anziano domestico che si allontanò, lasciandoli soli. Poi, come colto da un dubbio, si rivolse a Penelope: «Preferisci mangiare più tardi?»

«Va bene come hai deciso tu», rispose. Era felice di affidarsi completamente a lui per le poche ore che avrebbero passato insieme.

Mortimer la prese per mano e la guidò, attraverso il giardino, fino a un rigoglioso, curatissimo frutteto, dove piccoli alberi piegavano i rami sotto il peso di pesche, pere, prugne e albicocche che stavano maturando.

Penelope pensò al maestoso albero di albicocche, nel giardino di Cesenatico. Quante volte, sul finire dell'estate, si era arrampicata lungo il tronco, con la sua amica Sandrina, per fare scorpacciate dei frutti succosi come nettare.

Questi erano alberi diversi. Piccoli, ben potati, bastava allungare una mano per spiccare un frutto. Ne colsero una manciata ciascuno.

«Li laviamo alla fontana», disse Mortimer.

«Rischiamo di bagnarci», osservò lei.

«È questo il bello. È un gioco che facevo da bambino, con mio fratello.»

Mortimer si tolse la giacca, arrotolò le maniche della camicia e lavò i frutti sotto lo zampillo d'acqua che si polverizzava in minuscole gocce. Penelope lo imitò. L'acqua schizzò sui loro visi e sugli abiti, mentre ridevano come ragazzini. Il sole, che inondava il cortile, illuminava il possente Nettuno che sembrava guardarli con benevolenza.

«Poi sedevamo qui, sul bordo, a mangiare albicocche e scagliavamo i noccioli cercando di lanciarli oltre le mura», ricordò lui.

«Chi era il più bravo?» chiese Penelope.

«Nessuno dei due. I noccioli erano troppo leggeri per andare lontano.»

«Questo gioco lo hai fatto anche con Katherine?» domandò a bruciapelo.

«Perché me lo chiedi?»

«Così. Rispondi», insistette.

«No», rispose Mortimer, con un tono che non ammetteva repliche.

«Tu che cosa vuoi dalla vita?» lo interrogò Penelope.

Mortimer la guardò pensoso.

«Niente», sussurrò.

«Non è una risposta», s'impuntò lei.

L'uomo prese tra le sue una mano di Penelope e la guardò diritto negli occhi.

«Quello che ho è già molto e potrei vivere con molto meno. Non mi interessano i soldi, né la carriera, né il successo. Vivo in un presente che mi piace ancora di più perché tu sei con me.»

«Ma domani non ci sarò.»

«Questo mi dispiacerà. Ma non tanto, perché ci saranno altri momenti per noi due soli.»

«Che cosa te lo fa credere?»

«Il fatto che desideriamo stare insieme. Non ti sembra una ragione sufficiente?»

Si avvicinò una donna robusta, sulla cinquantina, dal viso largo e cordiale. Reggeva un vassoio con due bicchieri colmi di tè freddo. Indossava un abito a fiori e un grembiulino bianco di organza inamidata.

«Ho pensato che forse avevate sete», disse, deponendo il vassoio sul bordo della fontana.

«Lei è Cesira», spiegò Mortimer. «Questo palazzo cadente non sarebbe lo stesso senza di lei», soggiunse e raccontò che Cesira era arrivata in casa Teodoli quando aveva diciott'anni. Viveva con loro da trentadue anni. Aveva visto nascere prima Riccardo e dopo Raimondo. Li aveva cullati da piccoli e li aveva visti crescere e diventare uomini. «Lei fa assolutamente parte della nostra tribù», concluse Mortimer.

«Hai sempre voglia di scherzare», si schermì Cesira, parlandogli con familiarità.

«È vero. Ma solo quando ti vedo. Tu riesci a mettermi sempre il buon umore», ribatté il medico.

La donna salutò Penelope con una sorta di compiaciuta curiosità. Evidentemente Mortimer non riceveva spesso visite femminili nella vecchia casa di famiglia.

«Vieni. Ti mostro la casa», propose lui, prendendo Penelope per mano.

Al piano terreno passarono attraverso alcune sale settecentesche con bellissimi mobili e quadri dell'epoca.

«Mio padre ha modificato gli arredi soltanto al piano superiore dove abbiamo sempre vissuto», spiegò l'uomo, mentre la guidava su per una grande scala di marmo bianco illuminata da due enormi finestre, a metà della rampa, da cui irrompeva la luce del sole. I vetri erano trasparenti come cristallo. Lungo il perimetro dei muri erano appese grandi tele che ritraevano dame e guerrieri.

«Questi sono gli antenati romani e quelli bergamaschi. Mia madre conosce la storia e i nomi di ognuno di loro», commentò.

«E tu no?» chiese Penelope.

«So soltanto che alcuni erano veri e propri farabutti, compresa questa badessa dall'aria arcigna. È vissuta a Roma, nel Settecento. Entrò in convento perché era zoppa. Tuttavia, si dice che partorì addirittura sei figli. Vatti a fidare di certa gente», esclamò, divertito.

Al primo piano una larga apertura ad arco ribassato dava accesso a un immenso salotto dove prevalevano i toni del verde malva. Quattro portefinestre si aprivano su un vasto terrazzo da cui si ammirava tutta la parte antica della città. C'erano piante cariche di limoni e una tavola apparecchiata.

Dai campanili delle chiese vennero i rintocchi del mezzogiorno. Cesira li raggiunse sul terrazzo.

«Ti vogliono dal Policlinico», annunciò a Mortimer, mentre gli tendeva un apparecchio portatile. Lui attivò la comunicazione, ascoltò e, infine, disse: «Va bene. Mi metto in macchina e arrivo».

«Problemi?» domandò Penelope.

«Una mia paziente. È entrata in travaglio e ci sono complicazioni. Torniamo a Milano», spiegò. La prese tra le braccia e la strinse a sé con passione.

«Mi dispiace tanto», le sussurrò all'orecchio.

«Sarà sempre così?» domandò lei. Ma conosceva già la risposta.

13

L'AUTOSTRADA era quasi deserta. Arrivarono a Milano in venti minuti.

«Ti lascio davanti a casa tua», disse Mortimer.

Sulla via del ritorno, aveva pensato di chiedere a Penelope di aspettarlo nell'attico di via San Barnaba, ma poi aveva rinunciato a proporglielo perché non sapeva come si sarebbe evoluta la situazione della sua paziente.

Penelope scese dall'auto e sussurrò: «Sono sicura che tra poco la futura mammina sarà in ottime mani».

«Grazie», rispose lui, baciandole la mano.

Penelope si stava innamorando sempre più di quel magnifico uomo che, al contrario di Andrea, non si affannava per mostrarsi interessante e aspettava che tutto fra loro accadesse naturalmente, così come lei desiderava che fosse.

La sua casa era immersa nel silenzio. Forse Andrea era uscito. No: il suo mazzo di chiavi era nella ciotola sulla consolle dell'ingresso. Le tapparelle del salotto erano ancora abbassate. S'inoltrò in punta di piedi verso la camera da letto. Dalla porta socchiusa vide suo marito che dormiva. Era nudo, come sempre. «Nudo e ignaro», pensò. Si sentì quasi colpevole. Lei lo aveva lasciato solo e lui si era rifugiato nel sonno. Sentì qualcosa di morbido che le sfiorava le gambe. La piccola Frisby si era materializzata dal nulla e reclamava le sue attenzioni. La prese in braccio e la portò con sé nella stanza guardaroba. La mise sull'asse da stiro e la accarezzò. La gattina si girò a gambe all'aria per farsi vellicare il ventre.

«Vecchia come sei, hai ancora bisogno di coccole», sussurrò Penelope.

Frisby aveva ormai dodici anni. L'aveva trovata, magra e deperita, nel giardino di Cesenatico l'estate in cui era morta la nonna e aveva conosciuto Andrea. L'aveva curata, nutrita e amata. Il nome Frisby se l'era guadagnato per la rapidità con cui riusciva a fuggire non appena compariva il grosso gatto di nonna Diomira. Irene aveva protestato.

«Non pensare di darle asilo. Abbiamo già sul gobbo questa bestiaccia ingorda. Due gatti sono troppi.»

Ma la bestiaccia ingorda aveva tolto il disturbo sul finire dell'estate. Era sparita nel nulla. Non era più ritornata da uno dei suoi abituali vagabondaggi notturni. L'avevano aspettata per giorni. Non si era vista più. Probabilmente era finita sotto una delle tante automobili che sfrecciavano nel buio lungo i viali. Frisby era stata portata in città. Timida e spaurita, si nascondeva sotto i letti e compariva soltanto per mangiare. Sposandosi, Penelope l'aveva presa con sé. Quando aveva partorito la sua primogenita, Andrea si era presentato con un cucciolo di setter irlandese.

«I bambini devono crescere con gli animali», disse.

Penelope s'infuriò. Era d'accordo con il marito sul fatto che gli animali domestici costituissero un ottimo stimolo per la crescita dei figli, ma aveva già molto da fare e quel cucciolo scatenato non le avrebbe facilitato la vita. Frisby percepì il nuovo ospite come un oltraggio. Gonfiò il pelo, sventagliò la coda, mostrò i denti acuminati soffiando come un drago. Poi capì che non c'era verso di liberarsi del cagnolino e allora delimitò la sua zona. Decise che la metà superiore della casa, dal tavolo alla sommità dei mobili, apparteneva a lei. Non ci fu mai verso di indurla alla convivenza.

Piripicchio era morto da due mesi e ora la gattina stava rifiorendo. I bambini, Penelope e Andrea avevano pianto la scomparsa di quel bellissimo setter.

«Niente più cani, adesso», aveva dichiarato Penelope.

«D'accordo», aveva detto Andrea.

Lei aveva buttato via cuccia, ciotole, guinzaglio, ossa sintetiche e, superati i primi giorni di sconforto, aveva apprezzato la meraviglia di vivere senza un animale invadente e impegnativo. La sua gattina non sporcava, era silenziosa e, soprattutto, non doveva essere portata fuori a orari fissi, tre volte al giorno, con qualsiasi tempo.

«Ora basta coccole», disse Penelope.

Si liberò dei jeans e della maglietta. Aprì l'anta di un armadio per prendere una vestaglia e si vide allo specchio. Non indugiava mai a lungo davanti alla propria immagine, anche perché avrebbe voluto essere più alta di dieci centimetri, avere gambe più sottili e fianchi meno accentuati. Si accettava soltanto dalla vita in su.

«Dalla vita in giù c'è troppa carne», constatò sottovoce. Ricordò una canzone che nonna Diomira modulava, mentre le sue dita si muovevano agili tra fili e spolette a inventare disegni per i suoi pizzi *frivolité* e prese a canticchiarla. Esaltava i «fior carnosi» delle fanciulle dell'Avana dal «sangue torrido, come l'Equator». Parole enfatiche che la fecero sorridere. Di colpo si bloccò. La gattina faceva rimbalzare sul pavimento qualcosa di luccicante e sembrava divertirsi molto. Si chinò e prese tra le dita un piccolo oggetto. Un orecchino.

«E questo da dove viene?» sussurrò, esaminandolo alla luce.

Era un cerchietto dorato con castoni di piccoli cristalli

trasparenti. «Ma non è mio», disse soppesandolo. «Dove l'hai preso?» domandò a Frisby che allungava una zampa per riappropriarsi del nuovo giochino.

Si infilò la vestaglia e andò in cucina.

C'erano due tazzine da caffè sul tavolo: una era sporca di rossetto. La sollevò con una mano mentre nell'altra teneva l'orecchino.

Non appena era uscita di casa, Andrea aveva organizzato un rimpiazzo.

«Ma che deficiente!» sbottò. Non c'era collera nella sua voce. Soltanto amarezza per quel marito incosciente che, sentendosi solo, si era consolato con l'amante di turno. Forse, mentre lei faceva colazione con Mortimer nella pasticceria di viale Piave, i due si rotolavano nel letto.

Pensò che lei e Andrea erano decisamente una coppia di ipocriti. Lei non si riteneva migliore di lui. Camminando in punta di piedi tornò nella camera dove Andrea, ignaro di tutto, dormiva profondamente. Analizzò la scompostezza delle lenzuola e dei cuscini, degnò appena di un'occhiata il corpo bellissimo di suo marito e, nella penombra, individuò l'altro orecchino. Era nella preziosa ciotola di Sèvres che Mortimer le aveva regalato. Le sembrò un accostamento di pessimo gusto: la paccottiglia dentro una piccola opera d'arte. Prese l'altro orecchino, tornò in cucina e li buttò tutti e due nel secchio della spazzatura. Poi lavò accuratamente le tazzine del caffè. Quindi, andò in bagno dove i due avevano lasciato altri segni del loro passaggio. Raccolse gli asciugamani sporchi e li infilò nella lavatrice, posizionando la manopola della temperatura su novanta gradi. Infine lavò e disinfettò con il lisoformio gli impianti igienici, borbottando a mezza voce: «Questo non è un albergo a ore! È ancora casa mia, accidenti!»

Andò in cucina e cominciò a preparare la pastasciutta. Erano le due del pomeriggio e aveva bisogno di mangiare.

Sentiva che stava vivendo una situazione insostenibile, ma questa volta non aveva cuore di mettere Andrea alla porta. Anche lei aveva di che farsi perdonare. Si augurava soltanto che accadesse qualcosa, qualunque cosa, che aiutasse entrambi a fare chiarezza nel loro rapporto.

Divorò un piatto di maccheroni conditi con pomodoro, basilico fresco e parmigiano.

Suonò il telefono. Era Mortimer.

«Ti disturbo?» le domandò.

«È come se fossi sola», ironizzò lei. E soggiunse: «Com'è andata con la tua paziente?»

«È nata una bella bambina. Mamma e bimba stanno benissimo e io vorrei riprendere un discorso lasciato in sospeso.»

«Lo vorrei tanto anch'io», rispose lei. Le bastava sentire la sua voce per stare meglio, per placare le angosce. Se non ci fossero stati i suoi figli, che tra poco sarebbero tornati a casa, sarebbe corsa da lui. Invece disse: «Ti telefonerò presto».

Andrea si svegliò. Lo sentì entrare in bagno e poi avvertì lo scroscio della doccia. Evidentemente riteneva di essere ancora solo, perché si mise a cantare i celebri versi di Paolo Conte su un solitario pomeriggio «troppo azzurro e lungo».

Quando entrò in salotto e la vide, ebbe un sussulto.

«Che cosa ci fai qui?» domandò.

«Questa è anche casa mia. Te ne sei dimenticato?» replicò con un sorriso che avrebbe ingannato chiunque, ma non lui.

«Dovevi rincasare soltanto stasera», disse, smarrito.

«C'è stato un cambiamento di programma.»

«Da quanto sei qui?»

«Da quanto basta per aver fatto pulizia ovunque. Tranne in camera da letto. Spalanca la finestra, togli le lenzuola e mettile a lavare. Quelle pulite sono nell'armadio. Il letto lo rifarai tu», ordinò con voce severa.

Andrea era avvolto in un accappatoio di spugna bianca e si stava asciugando i capelli con una salvietta.

«Perché?» domandò con un filo di voce. Era stato colto quasi con le mani nel sacco. Quasi. C'era ancora un'esile speranza che lei non si fosse accorta del passaggio di un'altra donna.

«Piantala di fare il bambino! E soprattutto ricordati che non puoi portare in casa le tue amanti. Spero di essere stata chiara», replicò con fermezza.

Lo vide impallidire, arricciare le labbra e sgranare gli occhi come faceva sempre quand'era in colpa.

Sapeva che Andrea era sul punto di esplodere. Questa volta, per fortuna, i bambini non c'erano.

«La tua perversione non conosce limiti», urlò infatti, appallottolando la salvietta e scagliandola per terra. «Hai inventato il trucco di un'uscita domenicale per piombare in casa all'improvviso, sperando di incastrarmi. Be', ti è andata male.»

«Smettila di mentire, sei volgare e banale», gridò a sua volta. «La tua Migliavacca ha seminato prove della sua presenza per tutta la casa.»

«Perversa e cretina! Anzi no, sei una pazza pervertita! Vuoi che ti dica tutta la verità? Mi hai rotto le scatole», replicò marciando verso la camera da letto. Vi si rinchiuse e, poco dopo, rivestito di tutto punto, uscì sbattendo la porta di casa.

Penelope entrò in camera, lanciò un'occhiata di disgusto al letto che Andrea non aveva rassettato, prese la sua ciotola di Sèvres e la mise sul tavolino da notte della cameretta dove dormiva. Si sdraiò sperando di recuperare un minimo di tranquillità e aspettò il ritorno dei bambini.

14

«Mamma! Acqua!» Come sempre, quand'era il momento di addormentarsi, Daniele reclamava la sua presenza.

Penelope abbandonò il quaderno degli appunti sul quale stava scrivendo le parole per una canzone, scese dal letto, andò a prendere un bicchiere d'acqua fresca ed entrò nella stanza del bambino.

«Eccomi», disse, chinandosi su di lui e sollevandogli il capo per aiutarlo a bere. Daniele ne volle solo un sorso. Sua madre posò il bicchiere sul comodino. «Adesso dormi», soggiunse teneramente. Lui le afferrò una mano.

«Non andare via», supplicò.

Penelope si accucciò per terra. Con una mano stringeva quella del figlio, con l'altra gli accarezzava il viso.

«Va bene, così?» gli domandò.

«Sì. Dammi ancora un sorso d'acqua.»

«Lo sai che non devi bere troppo prima di dormire», lo ammonì dolcemente.

«Solo poca poca. Però, se bagnerò il letto tu non lo dirai a nessuno. Vero?»

«No. Ma cerca di non farlo», e aggiunse: «Adesso posso tornare a letto?»

«Se stai scomoda, puoi stenderti vicino a me», propose lui, facendole spazio accanto a sé.

In quel momento anche Lucia fece sentire la sua voce.

«Voi due mi avete svegliata. Voglio da bere», piagnucolò.

Il suo reclamo, Penelope lo sapeva, era dettato dalla gelosia per Daniele. Ogni volta che il piccolo reclamava le attenzioni della mamma, lei si metteva in mezzo a loro per avere la sua parte.

«Tua sorella vuole l'acqua come te. Aspettami. Dopo ritorno», sussurrò sfiorando la fronte del bambino con le labbra.

Entrò nella cameretta di Lucia. Era una stanza piccola ma molto graziosa, arredata con mobili e tessuti di colori pastello.

«Ecco l'acqua, piccolina», bisbigliò Penelope.

«Non la voglio da te. Deve portarmela papà», replicò la bambina con fare dispettoso.

«Sai bene che papà non c'è», disse, chiamando a raccolta la sua pazienza che era tanta, ma non inesauribile.

«Allora non ho più sete», dichiarò, nascondendo la testa sotto il cuscino.

Penelope posò il bicchiere sul tavolino e si chinò ad accarezzarle la schiena.

«Lasciami stare», reagì Lucia, scalciando. «Io non voglio disturbare il tuo flirt con Daniele.»

Penelope sorrise.

«Da chi hai imparato questa parola così antica?» domandò. Voleva distrarla dalla morsa della gelosia.

«Da nonna Irene. Lei dice sempre: la tale flirta con il tale, oppure: tra quei due c'è un vecchio flirt», spiegò.

«E tu sai che cosa vuol dire?»

«Quando due amoreggiano in modo disgustoso», dichiarò Lucia.

«Allora hai detto bene. Io sto amoreggiando con i miei figli in modo disgustoso. Adesso mi avete fatto perdere la pazienza. È ora di dormire.»

«Voglio papà!» strillò Lucia.

«Dovrai aspettare. Non è detto che questa notte torni a casa», annunciò. Forse Andrea avrebbe passato la notte con la Migliavacca. Oppure sarebbe andato a dormire da sua madre. Comunque, questa volta Penelope non ne avrebbe sofferto. Il suo cuore e la sua mente, per fortuna, erano altrove.

I bambini smisero di reclamare la sua presenza. Lei tornò in camera da letto, si sdraiò, riprese in mano il quaderno e fissò un punto imprecisato sulla parete di fronte a sé, in cerca di un'ispirazione che non venne. I suoi pensieri rincorrevano ostinatamente Raimondo Teodoli che era entrato nella sua vita restituendole una sicurezza che credeva perduta e che viene dal sentirsi desiderate. Andrea, a modo suo, continuava a volerle bene, di questo ne era certa. Ma non era più innamorato di lei e lei, ormai da tempo, non provava più nessuna attrazione fisica per lui.

Chiuse il quaderno degli appunti, tanto non sarebbe riuscita a lavorare. Abbandonò il letto e si affacciò sulle camere dei figli. Dormivano tutti e due. Richiuse le loro porte. Fu tentata di andare in salotto e telefonare a Mortimer. Non osò farlo, considerando che era quasi mezzanotte. Sedette sul letto, si prese il volto tra le mani e spuntarono le lacrime. Era in un grosso guaio e non sapeva come uscirne.

«Mi dispiace se sono stato sgarbato», disse suo marito.

Andrea era lì, di fronte a lei, e le tendeva un mazzolino di mughetti. Non lo aveva sentito rincasare.

«Ti dispiace uscire e chiudere la porta?» replicò gelida, tra le lacrime.

«Mia piccola Pepe, non potremmo far pace? Ti ho portato i fiori che ami», insistette, posando sul tavolino il profumatissimo bouquet. Come sempre, le chiedeva di dimenticare. Per qualche giorno avrebbe recitato il ruolo del bambino pentito e avrebbe gratificato Penelope in mille modi per poi ricominciare a tradirla. Se in quel momento Penelope gli avesse detto: «Amo un altro», lui si sarebbe fatto una gran risata e non le avrebbe creduto. Invece disse: «Sai perché questa sera mi hai trovata qui? Perché ho due bambini che amo più della mia vita. Mi sforzo di dare una parvenza di serenità e di equilibrio a una famiglia dove non c'è chiarezza. Adesso, per favore, vattene».

Andrea ubbidì e lei restò sola a piangere sulla propria scontentezza.

Il giorno dopo accompagnò a scuola i figli, poi andò in banca a trovare suo padre.

«Che cosa posso fare per te?» le domandò.

Mimì Pennisi continuava a essere per lei un punto di riferimento. Era un uomo solido, un po' avaro di parole, ma bastava un suo sguardo o un suo gesto affettuoso per infonderle sicurezza.

«Passavo di qui e ho pensato di fermarmi a scambiare due parole con te», disse Penelope. «Non ci vediamo da più d'una settimana. Lo sai?»

L'uomo avrebbe voluto replicare che non si incontravano da mesi. Lei si agitava per la casa nuova, per i figli, per le canzonette come fosse un robot. Un giorno, quando la batteria si fosse scaricata, che cosa avrebbe fatto? Invece disse: «Mi sembri un po' stanca. Siediti».

L'ufficio di suo padre aveva una parete a vetri antiproiettile. Da lì poteva osservare l'andirivieni dei clienti. C'era anche una telecamera che filmava l'interno e l'esterno della banca. Sulla scrivania, c'erano tre fotografie in cornice: una di Irene, una di lui con sua madre, la terza di Penelope con Andrea e i bambini.

«Stancarmi mi fa bene. Mi impedisce di pensare», sussurrò.

«Pensieri sgradevoli, dunque, se li eviti.»

«Oppure troppo piacevoli. Meglio non ricamarci sopra», confessò.

«Ti va di fare due passi?» propose Mimì, abbandonando la sua postazione dietro la scrivania.

Si avviarono lungo una stradina secondaria, dove non c'era traffico. Penelope infilò il braccio sotto quello del padre e uniformò il proprio passo al suo.

«Mi ricordo di quand'ero piccola e facevamo a gara a chi camminava più velocemente. Io perdevo il ritmo e mi arrabbiavo perché i nostri piedi dovevano muoversi in sincronia.»

«Destra destra, sinistra sinistra», precisò Mimì.

«E tu mi avevi insegnato un piccolo salto per rimettermi al passo», ricordò lei.

«Eri una bambina pensosa», osservò lui.

«Eri un padre silenzioso», disse lei. «Ti volevo molto bene, più a te che alla mamma.»

«Non hai mai accettato tua madre. L'hai sempre vissuta come una rivale. Chissà perché», sussurrò Mimì.

«Era così insopportabilmente bella. Mi faceva sentire stupida e goffa. Quand'ero con te, era come se mi spuntassero le ali.» Tacquero, continuando a camminare. Poi lei disse: «Ho conosciuto un uomo. Quando sto con lui sono felice».

Mimì si fermò. Prese dalla tasca della giacca una sigaretta, l'accese, aspirò una profonda boccata di fumo e disse: «Ti ascolto».

Lei gli raccontò tutto di Mortimer e concluse: «Penso a lui continuamente. A ogni ora del giorno mi domando dov'è, che cosa fa, quali sono le persone che incontra. Sento il suo profumo, vedo le sue mani, ascolto la sua voce incantevole».

«In poche parole, hai preso una cotta spaventosa», commentò Mimì, a mezza bocca. Spense la sigaretta e ripresero a camminare.

«Lo desidero con tutta me stessa», ammise lei.

«Dovresti parlarne con tuo marito.»

«Non è abbastanza maturo per capire. Non potrebbe aiutarmi. Farebbe il diavolo a quattro. Lo conosco bene, purtroppo», osservò Penelope.

«Tu non vuoi essere aiutata. Hai parlato con me per scaricarti la coscienza. Bene, io non sono un prete e non posso assolverti. Sono soltanto tuo padre e posso dirti che stai facendo un enorme sbaglio.»

«Come puoi sapere che cosa è giusto e che cosa non lo è? Vivere andando contro se stessi è giusto?» E mentre lo diceva realizzò che sua madre lo aveva fatto da quando si era sposata. Mimì non aveva nessuna colpa in tutto questo. E neppure Andrea, nonostante il carattere pessimo e le continue trasgressioni, non aveva alcuna parte nella sua passione per Mortimer.

«Hai due bambini e un marito al quale vuoi molto bene», affermò lui.

«Non ti dice niente la parola divorzio?»

«Sì, mi fa pensare che hai proprio messo le ali. Tu non conosci ancora l'uomo di cui ti sei innamorata e già parli di divorzio. È davvero troppo. Chiudi questa storia, finché sei in tempo. E parlane con Andrea. Potrebbe fare il diavolo a quattro, come dici tu, ma potrebbe anche essere un modo per recuperare un marito cui, nonostante tutto, tieni molto.»

Tornò a casa e la colpì un gradevole profumo di arrosto. Andò in cucina. Andrea, un canovaccio intorno ai fianchi, stava ai fornelli e rigirava nella casseruola un bel pezzo di vitello. Nel forno si stavano dorando le patate.

«Non dovevi essere al giornale?» domandò Penelope, stupita di trovare suo marito in versione casalinga.

«Ho chiesto un giorno di ferie. E sto cercando di rendermi utile. Ho tanto bisogno di te, mia piccola Pepe», disse, abbracciandola.

«Non ci posso credere!» sussurrò Penelope. «Stai preparando il pranzo e hai messo sul tavolo fiori freschi.»

Era sopraffatta dalla sorpresa. La sua reazione a un fatto così insolito fu il sospetto. «Dov'è la fregatura?» domandò. Dopo la conversazione con suo padre, voleva stare sola per riflettere. L'aveva colpita un'affermazione di Mimì a proposito dei suoi sentimenti per Andrea: «Un marito cui, nonostante tutto, tieni molto». Era vero. Teneva moltissimo a lui, per un'infinità di ragioni che non avevano nulla a che vedere con l'innamoramento né con l'attrazione sessuale. E neppure con il fatto che Andrea fosse il padre dei suoi figli. Questo marito immaturo appagava forse altri bisogni, come quello di farla sentire indispensabile. Aveva sempre avuto piena consapevolezza di quanto la sua presenza fosse importante per lui e per la loro famiglia.

«Non c'è trucco e non c'è inganno», recitò Andrea, imitando gli imbonitori da fiera di paese.

«Allora, perché mi sento raggirata?» La domanda le sfuggì suo malgrado.

«Non da me, spero. Io ti ho sempre presa molto sul serio», disse portandosi una mano al cuore. Era in buona fede. Prima che Penelope potesse replicare, soggiunse: «Oddio, l'arrosto si sta bruciando», e si affrettò a spegnere il fuoco.

Sua moglie lo osservava perplessa. Lui le si avvicinò e le posò le mani sulle spalle.

«Pepe, tu sei quanto di più prezioso io abbia mai avuto.

Non so perché riesco sempre a rovinare tutto. Ma so che subito dopo mi pento e ti domando perdono. Sono passati tre mesi e mezzo da quando sono tornato dal Festival di Sanremo. Da allora non hai più dormito con me. Perché? Pensi davvero che io sia il peggiore dei compagni? No, sono sicuro che non lo pensi. Da oggi, comunque, voglio dimostrarti di essere il migliore degli uomini. Andrò a prendere i bambini a scuola. Poi, andremo tutti insieme al cinema e questa sera, mentre quei piccoli mostri dormiranno, tu e io staremo vicini vicini e io ti racconterò, come facevo una volta, tutto il mio amore.»

Penelope doveva assolutamente difendersi prima che quel fiume di tenerezza la travolgesse sapendo che, dopo qualche giorno, la corrente l'avrebbe buttata ancora una volta sulla riva arida della delusione. Indietreggiò di un passo per sottrarsi a lui e l'osservò gelidamente.

«L'hai fatta più grossa del solito. Hai portato in casa l'amante di turno. Non più tardi di ventiquattro ore fa te la sei goduta nel nostro letto. Ora non sai come uscirne e hai messo in scena un nuovo spettacolo. Ti sei preso un giorno di ferie e speri che ti butti le braccia al collo. Non funziona più», disse, liberando i piedi dalle scarpine con il tacco alto e guardando il marito da sotto in su, con aria di sfida. Poi, si avviò verso la stanza da bagno, chiudendogli la porta in faccia.

«Pepe, ascoltami», supplicò lui.

«Vattene», rispose. Era furibonda.

«Diana Migliavacca è l'amante di Moscati. Ieri mattina è venuta a piangere sulla mia spalla perché lui non si decide a dividersi dalla moglie. Sai che non faccio mai pettegolezzi. Mi costringi a rivelarti questa faccenda che non ci riguarda. Diana ha liquidato un fidanzato per Moscati, che adesso trema di paura e non riesce a lasciare sua moglie», rivelò Andrea, con riluttanza.

«Ma a chi vuoi darla a bere?»

«Te lo giuro sulla testa dei nostri bambini.»

«Lascia stare i miei figli», disse lei spalancando la porta. «Comunque, se questa storia è vera, bisogna dire che Dio prima li fa e dopo li accoppia. Mi riferisco a te e al tuo direttore. Però, dovrai spiegarmi che cosa ci faceva un orecchino della Migliavacca nella nostra camera da letto», lo sfidò. Poi andò in salotto e Andrea la seguì.

«Mi ha telefonato. Voleva vedermi per sfogarsi. L'ho fatta venire qui e le ho offerto il caffè. Si è messa a piangere come una bambina. È andata in bagno. Forse si è lavata la faccia. Quando se n'è andata ho visto che aveva dimenticato gli orecchini. Uno mi è caduto e non ho avuto voglia di cercarlo. L'altro l'ho messo nella tua ciotola. Poi sono tornato a letto e ho cercato di riprendere il sonno. Questa è la verità, che tu ci creda o no», affermò e aveva l'aria di non mentire.

«Proprio te doveva scegliere come confidente? Perché?»

«Che cosa ne so? Forse perché non vado a raccontare ad altri i suoi segreti. Non ne avrei parlato neppure con te, se non mi ci avessi costretto», spiegò. E soggiunse: «Adesso mi credi?»

«Mi stai incastrando un'altra volta», commentò e proseguì: «Però mi sento soffocare da tanto squallore. Se la vita di un uomo e una donna che si sono amati deve ridursi a questo, siamo davvero precipitati molto in basso».

«Ti riporterò in alto. A dodicimila metri. Vieni a Parigi con me per tre giorni? Partiamo venerdì e torniamo domenica sera», annunciò Andrea, con un sorriso smagliante.

Le spiegò che era stato invitato alla presentazione di un film importante. Avrebbero viaggiato in prima classe e dormito al *Crillon*, mangiato ostriche dell'Atlantico e visitato il Louvre, passeggiato nel Quartiere Latino e fatto shopping ai grandi magazzini.

«Dimmi che accetti, che questa proposta ti piace, che mi ami ancora», implorò.

Nonostante tutto, Penelope si commosse.

«Mi hai proprio incastrata», sussurrò. E le mancò il coraggio di dirgli che ora c'era un altro uomo nella sua vita. Così disse: «Questo invito a seguirti è arrivato con troppi anni di ritardo. Mi dispiace, Andrea». Era addolorata per lui, per se stessa, per la loro vita di coppia che stava naufragando.

«Pensaci ancora per qualche giorno prima di rifiutare», le suggerì.

Quella settimana si concluse l'anno scolastico dei bambini. Penelope decise che, se fosse partita subito con loro per Cesenatico, avrebbe potuto evitare il viaggio a Parigi con il marito, senza offenderlo.

Inaspettatamente, sua madre si offrì di aiutarla.

«Tuo padre e io», disse, «pensavamo di passare due settimane a Cesenatico. Tu hai molto da fare. Portiamo noi i bambini al mare e tu ci raggiungerai dopo.»

Ecco, senza i figli, avrebbe potuto valutare con maggiore obiettività il cambiamento di rotta del marito avvenuto, guarda caso, nel momento in cui stava per tradirlo. E questo fatto complicava ulteriormente una situazione già difficile.

Lucia e Daniele partirono il mercoledì sera, mentre Andrea era al giornale. Penelope telefonò a Mortimer e affrontò subito l'argomento.

«Mio marito vuole che vada con lui a Parigi per il fine settimana», annunciò.

Ci fu un lungo istante di silenzio.

«Perché me lo racconti?» domandò lui.

«Forse perché spero che tu mi dica di non andare», replicò.

«Questa deve essere una tua decisione.»

«Potresti almeno dirmi che ti dispiace», disse con voce aggressiva.

«Pepe, non sarò io a scegliere per te. Non ho nessun titolo per farlo. Sono innamorato di te. Sono persino geloso. Ma questo non c'entra. Tuo marito e io non siamo due cavalieri che si contendono i favori di una dama. Io neppure lo conosco e lui sicuramente non sa che io esisto. Posso soltanto dirti che rispetterò la tua scelta. E se tu deciderai di andare a Parigi, non smetterò di aspettarti. Tu non conosci ancora la determinazione e la tenacia di cui sono capace.»

«Lui è il padre dei miei bambini», singhiozzò Penelope, sopraffatta da mille paure.

«Un giorno, forse, dirai la stessa cosa di me, ma sorridendo. Buona notte, Pepe.»

Per reagire alle angosce, Penelope conosceva un solo rimedio: la fatica fisica. Così, alle dieci di sera, si mise a rivoltare la casa, cominciando dalle camere dei bambini. Spalancò le finestre, disfece i letti, raccolse le lenzuola e i pigiamini immergendo il viso in quel profumo d'infanzia mentre il suo cuore si gonfiava di tenerezza. La confortò saperli al sicuro con i nonni, lontani dalla bufera che la stava travolgendo.

Andrea rientrò alle undici mentre lei tirava a lucido i vetri delle finestre.

«Vaniglia e cioccolato», annunciò, mostrando una vaschetta di gelato appena acquistata. Stava facendo leva su tutte le sue debolezze per poterla ammansire.

Penelope pensò che avrebbe dovuto essergliene grata, invece tante improvvise attenzioni la irritavano ancora di più, perché le impedivano di valutare con distacco la situazione.

Scese dalla scaletta su cui stava appollaiata e gli sorrise.

«Grazie», disse.

Andarono insieme in cucina e si divisero fraternamente

il dolce. Il marito la osservava di sottecchi per studiarne l'umore, intanto parlava di banalità. La segretaria di Moscati era a casa in maternità. Il caposervizio allo sport aveva comperato una Ferrari di seconda mano. Un fotografo della cronaca era stato derubato alla stazione Centrale.

«Allora, venerdì parti con me?» domandò all'improvviso.

«Perché attribuisci tanta importanza a questo viaggio?» gli chiese. E soggiunse: «A questo punto mia madre direbbe che ho, come lei, la pessima abitudine di rispondere alle domande con altre domande. Ma, insomma, devo capire prima di decidere».

«Perdio! Non ti sto insultando», sbottò Andrea.

«E invece sì», si accalorò a sua volta. «Pensi di ricucire uno strappo di anni con una spilla da balia. Il tessuto si è logorato e non tiene più. Forse è meglio che tu parta senza di me.»

«Vai all'inferno», replicò, lanciando il cucchiaio del gelato dentro il lavello e, come sempre, si defilò sbattendo la porta della cucina. Penelope non si scompose più di tanto. Era esausta. Sistemò velocemente le ciotole nella lavastoviglie, andò in bagno a farsi una doccia e poi si coricò nella sua stanza. Andrea era ancora sveglio perché veniva luce dalla fessura della porta della camera da letto. Non se ne diede pensiero. Si addormentò quasi subito.

Fu svegliata dallo schiocco violento di un tuono che lacerò il silenzio della notte. Subito dopo cadde la pioggia con scrosci violenti mentre nel cielo esplodevano lampi e tuoni. Si alzò a chiudere le imposte della sua stanza, le tapparelle nelle camere dei figli e le portefinestre della cucina e dei bagni, rabbrividendo per le folate d'aria fredda che la pioggia portava con sé. Si diede della stupida per averle lasciate spalancate. Poi, affrontò le imposte delle stanze che si affacciavano sulla strada: il guardaroba, la stanza da pranzo, il salotto. Fu allora che vide Mortimer al centro del viale deserto. Guardava in su, verso la finestra del suo appartamento, incurante dell'acqua che lo investiva a secchiate.

«È pazzo», pensò. Prese a fare dei segni con le braccia per mandarlo via. Lui non si mosse affondando fino alle caviglie nei rivoli d'acqua.

Allora seppe che cosa doveva fare.

15

Si affacciò sul portone del palazzo. Era in pigiama e pantofole. La investì uno scroscio d'acqua e si ritrovò inzuppata. Mortimer era lì e la prese in braccio. Si rifugiarono nella sua automobile.

«Prenderò un accidente. E anche tu lo prenderai», disse Penelope, che stringeva nella mano il mazzo delle chiavi di casa.

Prima di scendere incontro a Mortimer aveva scarabocchiato un messaggio per Andrea sullo specchio: «Buon viaggio. Sarò via per qualche giorno».

«Ti porto subito a casa», replicò lui, avviando il motore.

Il temporale cominciò ad allontanarsi, ma intanto le strade asfaltate sembravano torrenti e c'erano rami spezzati lungo il percorso. Sirene delle ambulanze e dei vigili del fuoco laceravano il silenzio della notte.

«Che cosa ci facevi sotto casa mia?» domandò Penelope, bagnata e infreddolita.

«Quello che faccio spesso. Mi aggiro come uno stupido sotto casa tua, perché è un modo per sentirti vicina. Questa notte è arrivato il temporale e sei arrivata anche tu, finalmente», confessò.

Anche lui era fradicio. Allungò una mano sul sedile posteriore e prese un plaid leggero. «Copriti», le disse.

L'auto arrivò in prossimità del palazzo di via San Barnaba. Mortimer azionò un telecomando, si aprì un cancello e scesero lungo una rampa fino al garage sotterraneo.

Corsero verso un ascensore che li portò fino all'attico. La porta scorrevole si aprì con un fruscio lieve e Penelope si trovò in un corridoio dall'atmosfera ovattata: pareti color panna, come la moquette che ricopriva il pavimento, stampe antiche appese alle pareti con i ritratti di poeti e scrittori del passato. Penelope notò di sfuggita questi particolari mentre l'uomo la guidava verso l'interno dell'appartamento fino a spalancare una porta che si affacciava su una stanza da bagno.

«Adesso devi scaldarti», disse Mortimer mentre premeva una tastiera accanto alla doccia e nella cabina piovvero getti d'acqua fumante.

Penelope si liberò velocemente del pigiama fradicio e benedisse il tepore che la inondò non appena superò la porta concava di cristallo. Anche Mortimer si spogliò, si infilò accanto a lei e l'abbracciò.

«Mio Dio, come sei piccola e tenera», sussurrò, prima di baciarla, mentre rivoli d'acqua tiepida scorrevano sui loro corpi avvolti da una nube di vapore.

Lei stava vivendo un momento magico ed era determinata ad assaporarlo fino in fondo.

«Non muoverti», disse lui, facendo aderire il proprio corpo al suo.

«Non ci riesco», tentò di protestare mentre l'emozione le spezzava il respiro. «Tu sei dentro di me e io sto tremando.»

Mortimer chiuse le sue labbra con un bacio.

«Pepe, amore mio, svegliati. È mezzogiorno», bisbigliò al suo orecchio una voce che la fece vibrare.

Aprì gli occhi. Era in una camera che non aveva mai visto, in un letto che non le apparteneva, e c'era un uomo meraviglioso che l'abbracciava. Respirò un tenue profumo di lavanda. La porta che dava sulla terrazza era spalancata e vide il cielo azzurro di giugno, limpido e trasparente.

«Ciao, Mortimer. Non è stato un sogno», sussurrò, stringendosi a lui.

«Sì, è soltanto un sogno. Ma finché dura, teniamocelo stretto», disse lui. Le passò le dita tra i capelli arruffati e depose un piccolo bacio sulla punta del suo naso. Quindi soggiunse: «Ti aspetto in cucina. Qui c'è un pigiama per te».

Penelope lo indossò rimboccando le maniche e i calzoni. Poi uscì dalla camera e si guardò intorno per individuare la cucina. Quell'appartamento le sembrava immenso. Alla fine la trovò.

Il medico stava affettando pane integrale su un tagliere. Il tavolo era apparecchiato per due. Un soffio di vapore usciva dal beccuccio della teiera.

«E i tuoi domestici?» domandò lei.

«Sono a Bergamo. Siamo soli, tranquillizzati», la esortò.

C'erano, su un vassoio, ciotoline di porcellana riempite di semi. Li osservò incuriosita.

«Con la prima colazione si prendono i semi di lino, girasole, sesamo tostato, zucca, mandorle. Si mescolano allo yogurt e si masticano piano piano. Poi qui c'è il miele e il pane», spiegò Mortimer.

Penelope sedette al tavolo e versò il tè nelle tazze.

«Di solito sono io che preparo la colazione», osservò.

«Ma io ti sto facendo la corte», replicò lui, sorridendo.

«Non vai in ospedale?»

«Fino a lunedì non ci disturberà nessuno. È una promessa solenne.»

Mescolò in una tazzina yogurt e semi e gliela tese.

«Perché devo mangiare questa schifezza?» domandò Penelope.

«Non è una schifezza e ti fa bene», ordinò Mortimer.

«Già. Tu sai che cosa fare e io no», disse, mentre sorbiva il tè con aria pensosa. «Se tu non fossi stato sotto le mie finestre, a inzupparti di pioggia, forse non sarei qui. Sei un adorabile pazzo», soggiunse. Si sporse attraverso il tavolo e lo baciò sulle labbra, mentre pensava che a diciott'anni c'era stato un altro uomo che aveva fatto follie per lei. Si ricordò quando Andrea era arrivato all'alba a Cesenatico ed era ripartito dopo due ore per tornare a Milano a lavorare.

«Dimmi un numero, il primo che ti viene in mente tra uno e ventuno», la sollecitò l'uomo.

«Undici», disse. «Il giorno in cui sono nata.»

«Corrisponde alla lettera emme. Allora dimmi il nome di una città che comincia per emme», proseguì.

«Ma che cos'è? Un gioco?» s'incuriosì.

«Lo scoprirai presto. Allora?»

«Madrid», disse lei.

«Benissimo. Partiremo subito», annunciò lui, con aria soddisfatta.

«Come ci vado a Madrid? In pigiama? Non ho neppure gli slip e non ho un documento», osservò, spiazzandolo. Risero entrambi come due ragazzi. «Però ho con me le chiavi di casa», aggiunse lei.

«Non penserai che ti lasci ritornare a casa tua. Saresti capace di sfuggirmi un'altra volta. Andremo a Bergamo. Per i vestiti non ci sono problemi. Tu aspetta qui. Faccio in un attimo», decise, sul punto di uscire.

«Ma non sai neppure quale sia la mia taglia», protestò.

«Certo che la so. È la stessa di mia madre.»

Già, sua madre. Si erano conosciuti quando Mortimer le stava acquistando un regalo. Soltanto allora pensò ai suoi figli. Telefonò a Cesenatico. Le rispose suo padre.

«Sono ancora in spiaggia con la nonna. Stanno bene. Tu, dove sei?» domandò Mimì Pennisi.

«Sono in giro, papà. Sono piuttosto impegnata. Bacia i piccoli per me e un grosso bacio anche a te», tagliò corto per non dover mentire.

Mortimer tornò dopo un'ora e le sembrò il protagonista di una commedia americana. Era carico di pacchi.

«Hai saccheggiato una bottega?» domandò lei, eccitata come ogni donna di fronte a tante scatole da aprire.

«Più botteghe, perché il calzolaio non vende le calze e i negozi di biancheria non vendono vestiti», scherzò lui.

«Quanto hai speso?» La domanda era dettata da un riflesso condizionato. Chiedeva sempre al marito quanto aveva speso, ogni volta che faceva acquisti.

«Non lo so. Ho pagato tutto con la carta di credito.»

«Voglio il conto», insistette.

«Te lo farò avere», promise lui che la osservava divertito mentre lei posava sul letto un indumento dopo l'altro ammirando ogni cosa con uno sguardo compiaciuto.

Partirono per Bergamo nel pomeriggio. Penelope visse la sua festa d'amore con l'intensità emotiva di quando era adolescente e aveva assistito alla rappresentazione di *Romeo e Giulietta* recitato dai teatranti di strada. Sapeva che tanta felicità le avrebbe portato un giorno dolore e lacrime. Ma non voleva pensarci.

Trascorse mesi alternando l'euforia della passione, quand'era con Mortimer, alla cristallizzazione dei sentimenti, quand'era con Andrea. Tra le mura di casa era una madre attenta e una moglie assente. Tra le braccia del suo amore era una giovane donna assetata di vita. Si era come sdoppiata e, poiché non era sciocca, era consapevole che questa ambivalenza non sarebbe potuta durare a lungo.

«Un giorno deciderò che cosa fare della mia vita», si diceva, sperando tuttavia di non dover decidere mai.

A volte si sentiva addosso lo sguardo stupito di Andrea che non sapeva come interpretare il comportamento della moglie. Lui sentiva confusamente che Penelope era cambiata e non avrebbe saputo dire se in meglio o in peggio. I grandi litigi erano finiti, non tanto a causa di un'armonia ritrovata, quanto per un'apparente indifferenza di Penelope nei suoi confronti.

Trascorsero giorni, settimane, mesi. Penelope viveva nell'attesa dei momenti, a volte brevissimi, da trascorrere con Mortimer. Quand'era con lui la sua ansia si placava e assaporava il piacere di amare e sentirsi amata da un uomo che sembrava fatto su misura per lei. Mortimer sapeva farla sorridere e, soprattutto, le dava quel senso di sicurezza di cui aveva sempre avuto bisogno.

Una notte, mentre lei stava per lasciarlo e tornare a casa, lui le disse: «Voglio un figlio da te».

Penelope ebbe un sussulto, come se fosse stata risvegliata da un sogno bellissimo.

16

«Un figlio?» ripeté, come se volesse prendere tempo per riallacciare il filo dei pensieri. La richiesta di Mortimer implicava una serie di considerazioni e di decisioni difficili.

«Sì, un figlio», ribadì lui, con voce ferma.

Erano nel vestibolo del suo appartamento. Lei stava addossata alla parete, aspettando che l'uomo aprisse la porta. Invece lui appoggiò una mano al muro, sopra la sua spalla, aderì con il suo corpo a quello di lei e la baciò. Penelope si sentì in trappola.

«Voglio un figlio da te. Non da un'altra donna. Proprio da te, amore mio», sussurrò.

«Da quando?» gli chiese con un filo di voce.

Erano stati insieme per non più di due ore. Penelope era diventata abilissima nel ricavare ritagli di tempo da dedicare al suo amore. Aveva portato i bambini a casa di Donata e doveva andare a recuperarli entro le dieci. Erano già le nove e mezzo di sera.

«Da sempre», rispose lui.

«Ma io ho già i miei figli», protestò.

«E anche un marito. Questo l'ho sempre saputo. Però, da un anno noi ci amiamo. Da un pezzo è stato inventato l'istituto del divorzio, così che due come noi possano regolarizzare la situazione. I tuoi bambini staranno con noi e noi saremo una famiglia», affermò posando contro il muro anche l'altra mano come se volesse impedirle qualunque via di fuga.

«Perché me ne parli proprio adesso, mentre sono sul punto di andare via?»

«Perché tu possa pensarci. So che non è facile affrontare un divorzio. Ci sono passato prima di te, ricordi?»

«Mortimer, devo andare», disse lei, sgusciando da sotto le sue braccia per liberarsi da una situazione angosciosa.

«Lo so», sorrise lui, le aprì la porta e scesero insieme sulla strada. Un taxi stava aspettando Penelope. Mortimer aprì la portiera perché lei salisse.

Penelope arrivò puntuale a casa di Donata e citofonò perché i figli scendessero. Sarebbero tornati a casa tutti insieme con lo stesso taxi.

«Mamma, io non voglio più giocare con le gemelline», annunciò Daniele, appena salito in macchina. «Questa è davvero l'ultima volta che sto con loro.»

«Sono così arrendevoli da dare il voltastomaco», soggiunse Lucia, dando manforte al fratello.

«Avete litigato?» domandò lei.

«Ma è proprio questo il punto. Con Lavinia e Giulietta è assolutamente impossibile litigare. Dio, che palle!» proseguì la bambina.

«Fanno giochi stupidi. Io devo essere gentile perché loro sono femmine. La prossima volta che devi lavorare di sera, preferisco restare a casa con Lucia. Fidati, non combineremo malanni», disse suo figlio, accarezzandole una mano.

Penelope si sentì in colpa. Da troppo tempo depositava qua e là i suoi figli come fossero pacchi postali, con il pretesto di impegni improbabili.

Quando furono in casa, li mise a letto colmandoli di tenerezze, mentre pensava: «Sono una madre indegna. La nonna Diomira direbbe che conduco una doppia vita. Quanto di più spregevole si possa dire di una donna».

Rassettò velocemente la casa. Preparò un'insalata nizzarda per il marito e gliela mise sul tavolo, Andrea sarebbe tornato da un momento all'altro. Ascoltò i messaggi sulla segreteria telefonica. Poi entrò nella sua stanza. Si spogliò. Sentiva ancora su di sé il profumo di Mortimer.

La storia con lui era arrivata a un punto cruciale. Doveva prendere una decisione. Dei due uomini della sua vita, uno era di troppo. Solo che lei aveva bisogno di tutti e due.

Sentì due lievissimi trilli del citofono. Si infilò una vestaglia e si affrettò a rispondere. Era Andrea.

«Scusa. Ho dimenticato le chiavi in ufficio. Spero di non aver svegliato i bambini», disse il marito.

Penelope azionò l'apriportone e schiuse l'uscio di casa. Poi andò in cucina, prese dal frigorifero una lattina di birra e la mise sul tavolo.

«Non volevo svegliarti», disse il marito, entrando.

«Non ero ancora andata a letto», rispose, fingendosi occupata a riassettare la credenza.

«Perché non mangi qualcosa con me?» la invitò lui.

Lei lavò una manciata di fragole, le mise in una ciotola e sedette di fronte al marito.

«Sono poverissime di zucchero, quindi non fanno ingrassare», disse Penelope, come se volesse giustificarsi.

«Ultimamente mi sembri molto dimagrita», osservò Andrea.

«Ho perso cinque chili. In un anno non sono molti», replicò.

«Non stai bene?» le domandò timidamente. Aveva bisogno di parlare e, forse, sua moglie aveva bisogno di ascoltarlo.

«Non mi sono mai sentita meglio. Fisicamente, voglio dire. Quanto al resto...» lasciò la frase in sospeso.

«Già, quanto al resto, come la mettiamo?» chiese lui, osservando in controluce un'oliva snocciolata.

Penelope trattenne il respiro. La sua storia con Mortimer era nota a tanti. Era possibile che Andrea ne sapesse qualcosa.

«Di' tu», lo sollecitò.

«Io credo che si debba firmare un armistizio dopo un anno di guerra fredda. È possibile che ti abbia fatto dei torti. È sicuro che tu da molto tempo me li stai rinfacciando con il silenzio e l'assenza. Non ci sei neppure quando sediamo di fronte alla stessa tavola. Io non voglio perderti, ma non voglio continuare a vivere con una sfinge», disse pacatamente.

«Allora, che cosa proponi?» gli domandò, riprendendo fiato. Andrea era ancora all'oscuro del suo tradimento. Forse era arrivato il momento di parlarne.

«Ci sono due possibilità: la prima è che tu ritorni a essere la Pepe di sempre. Io avevo sposato una donna vivace, litigiosa, rompiscatole. La Pepe che conosco è una donna che fa una cosa e te la fa pesare per dieci, che ti prende a schiaffi e poi strilla dicendo che l'hai picchiata. È una che quando faccio uno sbaglio me lo rinfaccia per l'eternità, che non concede tregua, che non dà un minuto di pace, che fa chiasso dalla mattina alla sera. Insomma, la donna che ho sposato è davvero una rompipalle colossale», disse Andrea con tono veemente. Poi la sua voce si addolcì e soggiunse: «Però sa essere dolce come il miele, la sua risata mi allarga il cuore, è capace di tenerezze sublimi, scrive canzoni che mi commuovono e, avendo successo, non se ne vanta. La mia Pepe è capace di amare. È questa la donna che voglio riavere vicino a me».

Penelope, le mani mollemente abbandonate sul grembo, trattenne un singhiozzo. Andrea l'amava. Aveva bisogno di lei, perché lei e i loro figli erano il solo punto fermo della sua vita, la sua sicurezza, la sua fonte di calore da cui attingeva energia per vivere. Se lo avesse lasciato e gli avesse portato via i bambini, che cosa ne sarebbe stato di lui? Lo amò con tutta se stessa per la sua fragilità, per il dolore sincero che da tempo lo imprigionava, per la sua aria da bambino smarrito.

Mortimer era un uomo solido, affidabile, sicuro di sé, a cui potersi appoggiare. Andrea aveva bisogno di lei tanto quanto lei aveva bisogno di Mortimer. Non poteva rinunciare a nessuno dei due.

«Hai detto che ci sono due possibilità. Qual è la seconda?» domandò sommessamente.

«Non esiste una seconda possibilità», affermò con stizza infantile.

«Sì che c'è. Lo sai anche tu», replicò lei.

Riandò con il pensiero a tutte le volte in cui era scesa dall'auto di Mortimer, a pochi metri dal portone di casa. Qualche volta erano stati insieme per due o tre giorni, più spesso soltanto per due o tre ore. Ogni volta, lasciarlo era un tormento. Lui la guardava allontanarsi con passo frettoloso e, non resistendo al pensiero di separarsi da lei, la rincorreva, la riacciuffava per la vita, mentre lei si dibatteva tra il riso e il pianto.

«È l'ultima volta che ci vediamo di nascosto da tuo marito, quasi fossi un malfattore», protestava, non rassegnandosi a vederla andar via.

«Amore mio, per carità, non rendermi le cose più difficili. Sono già abbastanza angosciata», lo supplicava.

Mortimer la stringeva a sé e la baciava appassionatamente. Penelope apriva il portone e lui sembrava volerla seguire.

«Vai via, ti prego», sussurrava.

«Potresti incontrare un bruto, nell'androne. O in ascensore. Fammi entrare», insisteva.

«Non se ne parla.»

«Allora starò qui sotto fino a quando non ti saprò in casa. Affacciati alla finestra e fammi un segno.»

Penelope apriva piano piano la porta di casa, scivolava dall'ingresso nel salotto e alzava cautamente una tapparella. Mortimer, al centro del viale, sollevava le braccia verso di lei e poi saltava a piedi uniti come se volesse spiccare un balzo per raggiungerla. Lei gli faceva cenni per invitarlo ad andarsene, lui replicava con smorfie buffe a mezza via tra il riso e il pianto. A quel punto lei si dibatteva tra il bisogno di correre nelle stanze dei suoi figli per vederli, toccarli, sentirli respirare nel sonno, e il dolore di dover lasciare l'uomo che amava.

«Vorresti parlare di separazione? Di divorzio?» disse Andrea, con una smorfia tra il dolore e il disprezzo.

Fu allora che Penelope lanciò un urlo. Le mani posate mollemente sul grembo all'improvviso si contrassero sull'inguine, la fronte si imperlò di sudore, impallidì e pensò: «Sto morendo».

«Pepe, cosa succede?» domandò Andrea chinandosi su di lei, spaventato.

«Qualcosa mi sta squarciando il ventre», sussurrò con voce spezzata.

«Che cosa? Spiegati, per l'amor del cielo», supplicò abbracciandola.

La sua vestaglietta di cotone si stava macchiando di sangue.

«Hai un'emorragia», constatò il marito, terrorizzato.

Il male era così forte che lei non riusciva quasi a respirare.

«Ti porto subito in ospedale», decise Andrea, sollevandola tra le braccia.

17

ALLE nove e mezzo di sera, dopo che Penelope lo ebbe lasciato, Mortimer andò in ospedale. Quella notte era di turno. Fece subito il giro delle pazienti che riposavano tranquillamente. Poi si chiuse nel suo studio adiacente la sala delle medicazioni. Si liberò del camice e si sdraiò su una brandina, dietro il paravento. Sperò di riuscire a dormire un paio d'ore. Se ci fosse stata un'emergenza, le infermiere lo avrebbero chiamato.

Chiuse gli occhi, sperando di prendere sonno. Ma i suoi pensieri giravano intorno a Penelope. L'aveva messa alle strette forzandola a una decisione che era nell'aria da mesi e tuttavia veniva costantemente rimandata. Conoscendo la sua donna, sapeva di averle procurato una grossa tensione emotiva. Era ricorso a quell'atto di forza, perché non riusciva più a sostenere una relazione così incerta. La serietà del loro rapporto meritava qualcosa di più e di meglio.

I loro incontri erano troppo brevi, mentre Mortimer desiderava vivere con Penelope per sempre. Lei era la donna che aveva sempre cercato: vera, deliziosamente complicata, sostanzialmente schietta. Sapeva essere un'amante appassionata e un'amica gioiosa. Era impulsiva, sognatrice, ma sapeva affrontare la realtà con concretezza. Insomma, era perfetta e lui la voleva tutta per sé. L'aveva presentata a sua madre, a suo fratello, a pochi vecchi amici. Era piaciuta a tutti. Ora voleva sposarla e avere dei figli.

Prima di addormentarsi, sperò che lei riuscisse a trovare abbastanza coraggio per chiudere definitivamente il rapporto con il marito. Nel pieno del sonno, fu svegliato da un'infermiera.

«Dottore, la dottoressa Lorenzi la cerca dal pronto soccorso. C'è un caso grave. Chiede se può scendere subito.»

Con una mano gli tendeva il camice, con l'altra gli offriva una tazzina di caffè.

Prese l'uno e l'altro. Poi si infilò nell'ascensore. La dottoressa Lorenzi lo stava aspettando.

«Scusa se ti ho disturbato», disse, mentre si avviavano lungo un corridoio secondario. «Ho proprio bisogno di un tuo parere.»

«Di che cosa si tratta?» domandò lui. La dottoressa Lorenzi era una ginecologa esperta e se stava domandando il suo aiuto significava che il caso era grave.

«È una giovane donna. Ha avuto due gravidanze normali. Tra l'altro è in cura da Viviani per delle cisti disfunzionali. L'ha portata qui il marito il quale sostiene che la donna è stata aggredita all'improvviso da dolori addominali lancinanti e ha cominciato a perdere sangue», spiegò succintamente.

Le cisti disfunzionali sono un problema comune a molte donne. Mortimer sapeva che anche Pepe ne soffriva.

«Hai fatto un'ecografia?» domandò.

«Immediatamente. L'esame ha evidenziato una grossa cisti all'ovaio sinistro. Il marito della donna mi dice che l'ultima indagine ecografica risale a sei mesi fa. Allora non c'erano segnali anomali. Adesso è quasi collassata per il dolore. A tratti perde conoscenza», disse la ginecologa. E proseguì: «Mi sfugge il quadro complessivo. Non riesco a trovare un nesso tra la cisti, l'abbondante perdita ematica e il dolore. Credo di averti raccontato tutta la mia insipienza». Poi aprì la porta della stanzetta in cui si trovava Penelope.

«Le do un'occhiata», disse il ginecologo, avvicinandosi al lettino su cui era adagiata la donna, priva di sensi.

All'improvviso impallidì e si sentì gelare il sangue.

«Pepe, tesoro, che cosa ti sta succedendo?» sussurrò, piegandosi su di lei. Poche ore prima la teneva tra le braccia, appassionata e vitale, come sempre.

«La conosci?» domandò la collega.

«Abbastanza per intuire che cosa le è successo», replicò mentre scostava il lenzuolo azzurrino che la copriva. Le posò una mano sul ventre e individuò subito la zona colpita dal dolore.

«Vuoi vedere l'ecografia?» domandò la dottoressa.

«Sì. Anche se non mi serve», disse. «Avverti che preparino la sala operatoria. Devo intervenire immediatamente.»

«Perché? Non capisco», insistette la collega.

«Guarda», spiegò, mostrando la lastra, «la grossa cisti sta sanguinando in addome. E questo spiega il dolore acuto. L'emorragia interna è provocata dallo stato di sofferenza ormonale. Vedi come tutto si lega?» Afferrò la barella e la spinse fuori della stanza.

«Teodoli, aspetta. Chiamo un'infermiera», disse la donna, tallonandolo lungo il corridoio fino all'ascensore.

«Lascia stare. Faccio prima se la porto su io. Tu rintracciami la ferrista migliore. E trovami subito l'anestesista. Vedi se c'è Canziani. Voglio lui», ordinò, prima che l'ascensore si chiudesse alle sue spalle. Mortimer sapeva che una forte tensione emotiva poteva aver causato l'improvvisa torsione della cisti. Forse era stato proprio lui a scatenarla, con la sua insistenza, quella sera. Penelope aveva affrontato con

Andrea il problema della separazione, mandando in cortocircuito il sistema di regolazione ovarica.

«È colpa mia, soltanto mia. Perdonami, Pepe», sussurrò, mentre si chinava ad accarezzarle il viso.

L'ascensore si aprì. Erano arrivati nel blocco operatorio. Un'infermiera professionale li stava aspettando.

«Canziani è già in ospedale. Sta venendo qui di corsa», lo informò.

Mortimer annuì. Era preoccupatissimo. L'infermiera gli tendeva il camice sterile, il berretto e la mascherina. Lui calzò gli zoccoli, poi si lavò le mani.

«I miei bambini», sussurrò Penelope, riaffiorando alla realtà. Ora ricordava di averli lasciati soli, a casa, nel cuore della notte. Mortimer si chinò su di lei.

«Perché sei qui?» chiese stupita.

«Sembra che tu abbia bisogno di me», replicò lui, con un sorriso rassicurante.

«Sto morendo. Vero?» domandò.

«Pensi davvero che ti lascerei morire?»

«Rassicura mio marito, ti prego. È qui, da qualche parte. Ed è disperato. Lui è un uomo molto fragile», sussurrò.

«Lo farò. Adesso cerca di rilassarti», le suggerì con dolcezza.

In quel momento vide entrare l'anestesista.

«Misurale subito la pressione», ordinò.

Il dottor Canziani si dedicò a lei.

«Siamo un po' a terra», bisbigliò al chirurgo.

«Fai del tuo meglio e tirala su», replicò Mortimer.

«Posso sapere che cosa mi sta succedendo?» domandò Penelope, con un filo di voce.

«Succede che dovrò farti un piccolissimo taglio sopra il pube. Devo slegare quella cisti che ti fa tanto soffrire e fermare la perdita di sangue che può mettere in pericolo la tua vita. Per questo ti farò un raschiamento. Tra meno di un'ora ti avrò rimessa a nuovo», garantì. Poi fece un cenno all'infermiera perché la preparasse per l'intervento.

Quando Penelope fu sul tavolo operatorio, sentì la puntura di un ago nel braccio e, da lontananze remote, le giunse la voce del suo uomo: «Adesso dormirai. Ci vediamo al tuo risveglio». Lei vide i suoi figli che dormivano sereni nei loro letti e avvertì la levità dei loro respiri. Poi fu il nulla.

L'infermiera irrorò con la tintura di iodio il ventre di Penelope che stava dormendo. Poi l'assistente isolò la zona da incidere. Mortimer era pronto.

«L'hai tirata su questa pressione?» domandò all'anestesista.

«Ottanta su centoventi», rispose il dottor Canziani.

Trasse un lungo respiro. Tese la mano guantata verso la ferrista.

«Bisturi», disse.

Praticò un taglio netto e deciso. L'assistente asciugò subito il sangue per pulire la zona su cui stava operando. Vide le viscere palpitanti della sua donna e la brutta cisti nell'addome pieno di sangue. Ragionò velocemente sulla procedura da adottare.

Aveva due possibilità: arrestare l'emorragia e lasciare che la cisti si riassorbisse, oppure togliere l'ovaio che l'aveva prodotta. Ma non voleva compromettere la fertilità della sua donna. Scelse una terza via.

«Faccio una resezione ovarica», annunciò. Subito dopo interrogò l'anestesista. «La pressione com'è?»

«Riesco a mantenerla accettabile. Ma tu, fai alla svelta», lo sollecitò il collega.

Operò velocemente e con scrupolosa precisione. Raschiò l'utero, ricucì perfettamente le parti interne e la ferita esterna.

Di tanto in tanto l'infermiera gli asciugava il sudore sulla fronte. In mezz'ora aveva compiuto una piccola opera d'arte.

L'infermiera prese un cerotto per coprire la ferita.

«Lascia stare. Glielo metto io», disse. Lo appoggiò delicatamente sul ventre dove la pelle, irrorata di tintura, aveva assunto una colorazione ambrata.

L'anestesista aveva liberato la paziente dalla cannula con cui era stata intubata. Nell'incavo del braccio inserì l'attacco per le fleboclisi.

«Preparami una borsa di ghiaccio», disse Mortimer all'infermiera.

Penelope venne trasferita sul letto a rotelle. Lui sistemò la borsa del ghiaccio sopra la ferita. Poi seguì le fasi del risveglio.

«Com'è adesso la pressione?» domandò a Canziani.

«Perfetta.»

Si chinò su di lei e le sfiorò una guancia.

«Pepe, mi senti?» la sollecitò.

Lei emise un lamento.

«Molto bene. Potete portarla in reparto», ordinò mentre si liberava della mascherina. Poi sfilò i guanti.

«C'è il marito, lì fuori», l'informò un'assistente. «Lo tranquillizzi tu? È stravolto, pover'uomo.»

Incontrare Andrea era l'ultimo dei suoi desideri. Ma era un compito al quale non poteva sottrarsi. Così spalancò con energia la porta del blocco operatorio. Vide un uomo giovane, dall'aspetto decisamente gradevole, l'espressione disperata.

Con un gesto nervoso, Mortimer si tolse la cuffia.

«È lei il marito della signora Pennisi?» domandò con aggressività. Andrea gli andò incontro. Notò il camice verde macchiato di sangue.

I due uomini si scambiarono uno sguardo intenso.

In quello di Mortimer c'era lo stupore e la gelosia per

quell'individuo che, nella sfera affettiva di Penelope, occupava un posto di primo piano. Nello sguardo di Andrea c'era l'ansia dell'attesa e l'angoscia per la sorte della persona amata.

Il chirurgo capì che quell'uomo amava Penelope molto più di quanto lui desiderasse. Questa constatazione lo irritò. Penelope non gli aveva mai parlato di lui, mentre era stata prodiga di racconti sulle peculiarità dei loro figli. Soltanto qualche raro accenno velato lo aveva indotto a capire che la loro non era un'unione felice.

«È tutto sistemato», disse Mortimer, sforzandosi di esibire un tono professionale. «La signora sta per essere portata in reparto. Tra qualche minuto potrà andare a vederla.»

«Come sta?» domandò Andrea, angosciato, «ho creduto che sarebbe morta dissanguata.»

«Poteva succedere se non fossimo intervenuti in tempo. Domani il professor Viviani le spiegherà la dinamica dell'intervento. Intanto si tranquillizzi. La signora sta bene e tra pochi giorni potrà ritornare a casa», concluse, chiudendogli quasi la porta in faccia.

Aveva bisogno di restare un po' solo per riprendersi dalla paura che lo aveva assalito di fronte alle sofferenze della sua amatissima Pepe. Mentre slegava i nastri del camice, si rese conto che le sue mani tremavano.

Nei servizi della sala operatoria si spogliò completamente, si infilò sotto la doccia e, mentre l'acqua gli pioveva addosso, si mise a singhiozzare. Non era soltanto un pianto liberatorio. Piangeva perché si era reso conto di avere perduto la sua donna.

18

Un'infermiera del turno di notte del reparto di ginecologia lo stava aspettando per offrirgli una tazza di tisana.

Mortimer la ringraziò con un sorriso. Aveva ritrovato l'abituale compostezza.

«Segui da vicino la signora Pennisi», le raccomandò.

«L'ho fatta sistemare nella stanzetta in fondo. È la più tranquilla», lo rassicurò.

«Molto bene. Ci sono problemi?»

«La ragazzina della stanza numero sei ha contrazioni sempre più ravvicinate. Però non si è ancora dilatata. Le ho misurato la pressione. Ottantacinque su centoquaranta. Il battito cardiaco del bambino è ottimo», lo informò.

«Tra un momento andrò a vederla», disse Mortimer, lasciandosi cadere sulla brandina. Era stremato. Non per l'intervento in sé, ma per la tensione emotiva che non lo aveva ancora lasciato. «Hai controllato la pressione della signora Pennisi? Abbiamo rischiato di perderla», sussurrò.

«Lo so. La pressione è normale. C'è il marito, con lei», lo informò.

«Lo mandi a casa. Sembra che i figli siano rimasti soli e la signora era in ansia per loro.»

Mortimer voleva tornare da Penelope, ma non aveva nessuna intenzione di rivedere Andrea. Era sul punto di detestare quel marito troppo bello. Poi si vergognò dei propri pensieri. Bevve la tisana, si tirò in piedi. Era stanco, tuttavia decise di andare nella stanza numero sei. La ragazza gravida stava soffrendo in silenzio.

«Dolorose queste contrazioni, vero?» disse sorridendole.

«Non me ne parli», replicò lei.

Aveva sedici anni. Era studentessa del secondo anno di liceo artistico. All'inizio dell'anno scolastico era scappata di casa con il batterista di una rock-band. Era tornata dopo due mesi coperta di lividi procurati dalle percosse del compagno e dagli aghi con cui si iniettava eroina. Ed era incinta. I genitori l'avevano accolta e curata con amore. Con il sostegno di una comunità terapeutica, l'avevano aiutata a ritrovare se stessa. Lei era tornata a scuola, confortata dalla solidarietà dei compagni e degli insegnanti. Mortimer, che aveva seguito la sua gravidanza fin dall'inizio, l'aveva incoraggiata e accudita con affetto nei lunghi mesi di attesa.

«Allora, farò del mio meglio per convincere la tua bambina che è arrivata l'ora di affrontare il grande viaggio verso la luce», promise mentre scostava il lenzuolo per visitarla.

La ragazza teneva stretta nella sua la mano della madre che da ore stava vicina a lei, accarezzandole la fronte e confortandola.

«Secondo lei, la mia piccolina non vuole uscire?» domandò incuriosita.

«Lei sta molto bene nella tua pancina. Tu hai fatto il tuo dovere e hai elaborato una creatura perfetta, come te. Adesso devi assolutamente liberartene, anche se la piccola non è d'accordo.»

Gli bastò un'ispezione veloce per rendersi conto che il collo dell'utero non era sufficientemente dilatato.

«Ma neanche tu vuoi che nasca. Ti piace troppo tenertela dentro», sentenziò.

«Ho paura. L'idea di partorire mi spaventa», sussurrò la giovane.

«È normale. Si ha sempre paura di quello che non si conosce», disse e soggiunse: «Adesso pratico un piccolo taglio nella sacca che contiene la tua bambina. Così facciamo uscire il liquido amniotico». Tagliò e subito dopo chiamò l'infermiera.

«La porti in sala travaglio», ordinò. Poi si rivolse di nuovo alla ragazza: «Ti faranno una flebo di ossitocina per accelerare la dilatazione. Tua figlia nascerà tra meno di un'ora».

«Dottore, adesso ci lascia sole?» domandò la madre della ragazza, preoccupata.

«Non potrei mai abbandonare la mamma più bella di questo reparto. Devo andare a vedere una signora che ho operato un'ora fa e poi torno per aiutare sua figlia», garantì.

Nel corridoio gli venne incontro l'anestesista che lo aveva assistito durante l'intervento.

«L'ho lasciata adesso», annunciò, alludendo a Penelope. «Sta andando benissimo. Accusa soltanto una forte dolenzia alla schiena.»

«È sola?» indagò Mortimer.

«Il marito se ne è andato. È stata lei stessa a pregarlo di tornare a casa», lo informò.

Mortimer entrò nella piccola stanza a due letti. Penelope si lamentava, con voce fievole.

«Amore mio», sussurrò lui, accarezzandole la fronte.

«Che cosa mi hai fatto?» domandò lei.

«Il necessario perché tu possa velocemente guarire», rispose.

«Mi sembra di avere un falò nella pancia. Due cani rabbiosi addentano la mia schiena e la stanno dilaniando», soggiunse.

Quella notte, il ginecologo tornò più volte a trovarla, a

confortarla, ad alleviare la lunga veglia con massaggi alle gambe, a sostituire il ghiaccio sciolto, a fare tutte quelle cose che di solito un chirurgo non fa. Ma Penelope era una malata speciale.

«Mi sto comportando malissimo», disse lei. «Ma mi sento male davvero.»

«Sei la paziente più impaziente che abbia mai incontrato», la rimproverò. Ma sapeva che l'inquietudine di Penelope, la stessa che acuiva il senso del dolore e le impediva di rilassarsi e dormire, aveva radici profonde. Alle sette e mezzo del mattino arrivò Marco Viviani, il primario. Mortimer lo aggiornò sulla situazione delle pazienti e sull'intervento della signora Pennisi.

«Hai fatto analizzare il tessuto?» domandò il professore.

«Tutto negativo», disse il chirurgo.

«Andiamo subito a vederla», decise Viviani.

Nella stanza c'era Andrea. Sedeva al capezzale della moglie e le parlava, accarezzandola con tenerezza: «I bambini sono a casa dei tuoi genitori. Vogliono venire a trovarti. Te li porterò appena starai meglio».

Il primario pregò l'uomo di uscire. Mortimer gli fece un cenno di saluto.

«Il dottor Teodoli mi ha detto che questa notte non è riuscita a riposare. Adesso, come si sente?» le domandò il primario.

«Come una che ha ricevuto una scarica di bastonate», si lamentò lei.

«Queste bastonate, come le chiama lei, si riassorbiranno prima di quanto creda. Più tardi dovrà alzarsi. Farà due passi intorno al letto e poi starà in poltrona per mezz'ora. Lei non sa quanto sia stata fortunata a trovare il mio assistente. Il dottor Teodoli l'ha acciuffata per i capelli.»

«Invece lo so», tentò di sorridere.

Mortimer stava ritto, ai piedi del letto, e la guardava con

tenerezza. Aveva la barba lunga, gli occhi segnati dalla stanchezza.

«Ora parlerò con suo marito e lo tranquillizzerò. Passerò a trovarla questa sera», concluse il primario, uscendo.

Mortimer si accostò a lei, le accarezzò una mano.

«Vado a casa a riposare», le sussurrò. «Ho fatto chiamare un'infermiera che ti accudirà in mia assenza.»

Penelope dormì bene e, giorno dopo giorno, il dolore se ne andò.

«Il dottor Teodoli la aspetta nella sala delle medicazioni», annunciò un'infermiera. «Le toglierà i punti. Questa sera potrà lasciare l'ospedale», la informò.

Penelope si alzò, si infilò una vestaglia e, a piccoli passi, si avviò lungo il corridoio. Era debolissima. Si reggeva il ventre con una mano perché le sembrava che potesse cadere. Lui la stava aspettando. Chiuse la porta, la aiutò a sdraiarsi sul lettino, sollevò la camicia da notte e scoprì l'addome. Era silenzioso e concentrato. Umettò il cerotto con un solvente poi, con uno strappo deciso, liberò la ferita. La pulì con un disinfettante. Tagliò i punti, uno dopo l'altro, e li sfilò.

«È completamente rimarginata. Si stanno già formando le crosticine. Per molto tempo, questa zona ti sembrerà insensibile, perché ho reciso alcuni nervi. In compenso non resterà traccia della ferita», la informò.

Ricoprì il taglio con una garza leggera e la fermò con sottili strisce adesive. Poi l'aiutò a risollevarsi.

«Adesso siediti qui», ordinò, indicandole una poltroncina girevole, vicina a una scrivania di metallo.

«Devi dirmi qualcosa di spiacevole?» domandò lei.

«Qualcosa di molto doloroso, per tutti e due. Pepe, non ci vedremo più», sussurrò.

Lei chinò il capo per nascondere le lacrime.

«Lo so», disse. «L'ho saputo una settimana fa, quando

ho tentato di affrontare mio marito. Non lo lascerò mai, anche se amo te infinitamente.»

«L'ho capito quando mi sono trovato di fronte ad Andrea. Lui ti ama.»

Penelope annuì.

«Non mi piacciono le storie che finiscono», disse, piangendo.

«Ma il nostro amore non finirà mai. Si separano soltanto le nostre esistenze», affermò Mortimer, porgendole un fazzoletto perché lei si asciugasse gli occhi.

«Avrei preferito che ci fossimo parlati in un altro posto», disse lei.

«Avremmo finito per buttarci le braccia al collo e ricominciare da capo.»

«È vero. Ma non posso pensare di perderti», protestò lei, fra le lacrime.

«Ci telefoneremo. Io ti scriverò. Abbi cura di te, amore mio», sussurrò mentre riapriva la porta della sala medica.

Penelope si allontanò dalla sua vita a piccoli passi, lungo il corridoio del reparto di ginecologia.

Sono passati sette anni...

1

«Sono passati sette anni e ancora mi chiedo se la mia bellissima storia d'amore sia davvero finita», osservò Penelope, pensosa, e aggiunse: «Lui non si è mai risposato e ho come l'impressione che mi stia aspettando».

«È un dubbio grave, mia cara amica», disse il professor Briganti, scuotendo il capo. «Capisco che non è semplice venirne a capo perché non basta la volontà quando sono in gioco i sentimenti. Secondo me, quella famosa siepe non l'hai scavalcata del tutto. Te ne stai lì, da anni, con un piede da una parte e uno dall'altra, in un equilibrio molto precario. La tua storia assomiglia a tante altre che ho già sentito. Speri che con il passare del tempo, tutto si accomodi. Ma non è così.»

«L'ho capito quando sono rimasta incinta di Luca. Ho sperato che questa terza gravidanza potesse essere una specie di medicina per ricucire il mio rapporto con Andrea. E lo è stata per nove mesi. Il tormentone è ricominciato al momento del parto. E questa è un'altra lunga storia che le racconterò un'altra volta. Sono sempre stata una grande pasticciona», si commiserò.

L'uomo afferrò saldamente i braccioli della poltroncina e, facendo leva con le braccia, si alzò. Si avviò lentamente verso l'interno della casa. Mentre saliva i gradini si voltò e le sorrise.

«Non facciamo mai nulla a caso. Sei arrivata fino a Cesenatico per una ragione ben precisa che non ha niente a che vedere con la maturazione di tuo marito e i problemi dei tuoi figli. Tu, quel Mortimer, lo ami ancora. Se non si è risposato, è perché tu non lo hai lasciato libero. Ti conosco, ragazzina. Sei cocciuta come un mulo. Ma non hai il coraggio di scegliere. Che cosa aspetti? Che il destino scelga per te? Anche questo è possibile. Ma ricorda che mentre ti trastulli con i tuoi interrogativi, c'è qualcuno che soffre.»

Agitava l'indice verso di lei, e quel gesto era un rimprovero che il sorriso non mitigava. Entrò in casa e chiuse la porta.

Alla fine, il saggio amico aveva emesso un giudizio che non era assolutamente lusinghiero.

Lasciò il giardino del vicino ed entrò nel suo. Assimilò al suo stato d'animo la vista di tutti quei calcinacci e della confusione che gli operai stavano creando per ripristinare la casa. Come aveva potuto, il vecchio professore, rinfacciarle che Mortimer non si era risposato perché lei non lo aveva lasciato libero? Da dove traeva quel giudizio tanto severo? Si erano detti addio nella sala delle medicazioni, in ospedale, e dopo pochi mesi lei e Andrea avevano concepito il loro terzo bambino. Piuttosto era stato Mortimer a non rassegnarsi. Ancora tre mesi fa, il 26 febbraio, le aveva inviato, come ogni anno, un cuscino di nontiscordardimé e, come sempre, lei gli aveva telefonato per dirgli grazie, non ti dimenticherò mai. Ma questo era scontato. Una relazione tanto intensa, resta nel cuore per tutta la vita.

Penelope salì le scale e raggiunse la torretta. Da nord arrivavano matasse di nuvoloni grigi.

Sembravano carichi di pioggia. Una folata di vento freddo, insinuandosi tra gli archi, la fece rabbrividire. Sedette sulla panchina di vimini. Posò le gambe sul tavolino, reclinò il capo contro il muro e si addormentò. Quando si svegliò il sole stava tramontando. Saliva dal giardino il profumo della terra e delle foglie lavate dalla pioggia. Era piovuto e lei non se n'era accorta. Sentì voci di bambini venire dalla strada e il suo cuore si gonfiò di tenerezza. Ricordò l'ultimo tocco delle labbra di suo figlio prima che lei partisse. Si portò una mano alla guancia, come se volesse riacciuffare quel bacio, che non era proprio un bacio, ma una piccola vibrazione delle labbra che solo lui sapeva fare. Reagì alla commozione e scese le scale.

C'erano ponteggi vaganti un po' dappertutto. Uscì di casa e vide la luce accesa nel giardino del professore. Il vecchio la stava aspettando per la cena. Ma lei non aveva fame e, soprattutto, voleva stare sola.

Sedette su un gradino a guardare il cancello d'ingresso sulle cui lance Andrea aveva formulato la sua richiesta di matrimonio. Anni lontani che si erano nutriti di desideri e di speranze, della curiosità di scoprire ciò che la vita aveva in serbo per lei come se nel suo futuro ci fossero terre inesplorate, ricche di meraviglie.

I fari di un'auto illuminarono il vialetto del giardino. Si portò una mano agli occhi per schermare la luce degli abbaglianti. La macchina si fermò, una portiera si aprì e una donna avanzò verso di lei.

Era Donata, la sua amica del cuore. Penelope la vide e non nascose il proprio disappunto.

«Di che t'impicci?» l'aggredì, prima ancora che avesse varcato il cancello.

«Ho fatto trecento chilometri per venire fin qui. Potresti almeno chiedermi come sto», puntualizzò l'astrologa.

«Come stai?» ripeté Penelope, distrattamente, senza alzarsi dal gradino. Donata era sotto il pergolato delle fucsie e la stava raggiungendo.

«Sto come una travolta da una valanga. Sono tutta ammaccata», rispose con voce lugubre.

«Allora hai sbagliato indirizzo. Qui non troverai nessun pronto soccorso», replicò Penelope.

«Sei la mia più cara amica. Da chi dovrei andare se non da te, in un momento come questo?»

«Guarda che io me la sto cavando benissimo da sola. Sono venuta qui per stare sola. Non ho bisogno dei tuoi consigli, né di quelli di Sofia, né del Padreterno. Voglio essere lasciata in pace. Ti ho forse chiesto aiuto?» l'aggredì Penelope, decidendosi finalmente a scendere i gradini per andarle incontro. «Come vedi la casa è in disarmo e non posso ospitarti. Io stessa alloggio in albergo. E adesso il mio vicino mi sta aspettando per la cena», proseguì mentre si avvicinava a lei. Allora vide che Donata stava piangendo.

«Ma sono io che ti chiedo aiuto», disse l'amica tra le lacrime.

«Che cosa ti è successo?» domandò, con un filo di voce.

«Il mio matrimonio è andato a gambe all'aria. Giovanni mi ha tradita», singhiozzò, buttandole le braccia al collo.

Penelope pensò a Giovanni Solci, il marito perfetto, l'uomo che ogni donna avrebbe voluto sposare perché era bello, concreto, affidabile. Ricordò quanto Donata fosse sempre stata fiera di lui e delle loro gemelline, cresciute da genitori esemplari. Pensò a tutte le volte in cui le aveva invidiato Giovanni come marito e come padre, perché Giulietta e Lavinia erano due tredicenni equilibrate, serene, studiose, spensierate e il loro padre aveva una grande parte in tutto ciò. Quante volte aveva desiderato che Andrea assomigliasse a Giovanni, almeno un poco.

«Non ci si può fidare degli uomini. Sono tutti uguali», constatò, accarezzando la schiena dell'amica.

«Il mio è diverso», affermò Donata.

«Questo è quello che credevi tu. Che credevamo tutte.

Ma alla fine gli uomini sono degli stupidi, degli incoscienti, degli egoisti. Te ne farai una ragione. Io sopporto i tradimenti di Andrea da anni. Tu lo sai bene», disse.

Ricordò quando erano andati, tutti e quattro, a Londra e da lì, in treno, avevano proseguito per Ramsgate. Volevano unire il piacere della vacanza all'utilità di rispolverare il loro inglese tentennante. Avevano prenotato una stanza al *Priory Hotel*, in Priory Road. Un alberghetto delizioso di legno e mattoni, con mobili vittoriani, stanze civettuole e una direttrice, Mrs. Brewer, che sembrava uscita dalle pagine di Dickens. Un viso tondo come una mela, i boccoli biondi, un eloquio fatto di sospiri, sorrisi e bisbigli. «Sarete stanchi per il viaggio. Permettetemi di offrirvi uno cherry», aveva sussurrato, invitandoli a sedere nella piccola hall che era una specie di salotto tutto trine e velluti. Penelope e Andrea erano sposati da poco, mentre Donata e Giovanni erano fidanzati.

«Quando mai, in uno dei nostri alberghi, ti accoglierebbero così?» aveva detto Andrea.

«Gli inglesi hanno il senso dell'ospitalità. Ma questo accade soltanto in provincia. A Londra sarà tutt'altra musica», aveva replicato Giovanni che frequentava il Regno Unito da quand'era studente liceale.

All'improvviso, alle loro spalle, come scaturita dal nulla, si era sentita una voce di donna. «Andrea! Amore mio! Che gioia rivederti!» Una bellezza bruna, dal piglio vivace, l'aria sofisticata, si era chinata su suo marito, lo aveva abbracciato e baciato sulla bocca. Penelope, Donata e Giovanni erano rimasti senza fiato. Andrea, per niente imbarazzato, aveva fatto le presentazioni. La ragazza si chiamava Emanuela. «Una collega», aveva precisato suo marito, sorridendo spudoratamente. Emanuela aveva degnato appena di uno sguardo la sposina. Tuttavia si era affrettata a informare Andrea che quella era la sua ultima notte nel Thanet, dove aveva realizzato un servizio fotografico sulla casa di Charles Dickens a Broadstair.

«Ti salutano così tutte le tue colleghe?» aveva chiesto Penelope, furibonda.

«Sai com'è. Sono un tipo che piace», aveva commentato suo marito, con aria scherzosa.

Donata e Giovanni non avevano fatto commenti. Lei si era rasserenata quando era entrata nella loro camera che era semplicemente deliziosa. Era sui toni del bianco e dell'azzurro. Il letto d'ottone aveva un baldacchino di pizzo immacolato, come le tendine del bow window. Su una credenza laccata d'azzurro c'erano il bollitore elettrico e un vassoio d'argento con tazzine di porcellana e biscotti fragranti. Su un tavolino c'era un vasetto di anemoni. Catturata da quelle deliziose scoperte, Penelope dimenticò l'irritante incontro di suo marito con l'esuberante collega. Scostò la tendina per osservare la strada di case bianche con i portoncini d'ogni colore. Dalla finestra del bagno, invece, si vedevano il mare e il porto dov'erano ancorate le navi. Uscirono a cena con Donata e Giovanni. Mrs. Brewer aveva suggerito di andare da *Harvey's*, un pub che sembrava una taverna di pirati. Avevano mangiato gamberoni e scampi con fette di pane imburrato, bevuto birra e *blackcoffee*. Avevano riso da quei giovani spensierati che erano e avevano fatto ritorno al *Priory Hotel* cantando: *I wanna be loved by you...*, in una goffa imitazione della voce di Marilyn Monroe. Poi si erano ritirati nelle loro stanze. Giovanni e Donata avevano camere separate, poiché avevano deciso che soltanto da sposati avrebbero diviso lo stesso letto. Andrea aveva preparato due tazze di cioccolata. Una per sé e una per Penelope. Gliela offrì mentre lei era già a letto.

«Vado un attimo da Giovanni», aveva detto, prima di spogliarsi. Lei lo aveva aspettato per ore. Nel cuore della notte aveva bussato alla camera di Giovanni, che dormiva ed era solo. Poi era andata a piangere da Donata.

«È andato a letto con quell'orribile Emanuela. Lo so», aveva detto singhiozzando.

La sua amica l'aveva rincuorata, garantendole che nessun uomo, nemmeno un dannato Gemelli, avrebbe fatto un torto simile alla propria moglie, sposata da qualche mese.

«Adesso vado a bussare a tutte le stanze. Lo scoverò, quel disgraziato», aveva detto Penelope.

«Ma quella è partita. L'ho vista io mentre saliva su un taxi, quando siamo rientrati», aveva mentito l'amica.

Così l'aveva riaccompagnata nella loro camera e, insieme, erano rimaste a guardare le navi all'ancora dalla finestra del bagno. Andrea era rientrato all'alba mentre Penelope, sorda a qualsiasi ragione, aveva cominciato a rifare la sua valigia. Si era inginocchiato davanti a lei, chiedendole perdono e offrendole un mazzo di grappoli gialli di maggiociondolo. «Li ho colti per te, sulla scogliera», le disse e fornì una spiegazione fantasiosa di come aveva trascorso la notte. Penelope aveva voluto credere alla sua innocenza, come aveva voluto credere alle rassicurazioni di Donata.

Ora, Donata piangeva tra le sue braccia, ricordando con lei quel lontano episodio.

«Sì, lo so bene che Andrea ti ha sempre tradito. Ma non è vero che tutti gli uomini sono uguali. Qualcuno è anche peggiore», affermò, riferendosi al proprio marito.

«Non vuoi perdonargli un momento di debolezza?» replicò Penelope.

«Questo momento di debolezza, come lo chiami tu, Giovanni lo ha consumato nel nostro letto con Mariano Zegna, il suo maestro di tennis», sibilò Donata, lasciando Penelope senza fiato.

2

Le due amiche si trasferirono al *Grand Hotel*. Donata ottenne una camera attigua a quella di Penelope. Mentre l'amica disfaceva la valigia, andò sul balcone a guardare i riflessi scintillanti della luna sulla distesa buia del mare. E così come, dalla torretta della villa, i pensieri erano corsi al piccolo Luca, ora rincorrevano Mortimer. Conosceva perfettamente le sue abitudini, le piccole manie. Non c'era ora del giorno in cui non riuscisse a collocarlo in un luogo, in un atteggiamento. Svegliandosi, al mattino, pensava: «Lui adesso è già in ospedale per il giro di visite». La sera, addormentandosi, pensava ancora: «Lui si è già addormentato». Lo vedeva disteso nel letto dove per tanti mesi aveva fatto l'amore con lui. Girato su un fianco, la mano destra così ben modellata e forte, posata sul cuscino e le ciglia lunghe abbassate sui grandi occhi grigioazzurri. Sentiva il suo respiro lento e regolare.

Aveva ragione il professore: lei non lo aveva lasciato libero di allontanarsi.

Dalla stanza vicina le arrivava la voce di Donata che parlava al telefono con la madre. «Tranquilla. Sono a Cesenatico con Pepe. Starò qui un paio di giorni. Poi torno. Mi raccomando le gemelline. Loro non sanno e non devono sapere. No, lui non oserà telefonare. Certo, mamma: dopo il brutto viene il bello. Passami Lavinia.»

Penelope la sentì inventare pietose bugie per nascondere la verità alle figlie. Intanto un cameriere aveva servito sul balcone la tisana di tiglio.

La versò nelle tazze e chiamò l'amica.

«Dai, siediti, bevi e rilassati», la invitò.

«Vorrei vedere te al mio posto», si lamentò Donata.

«Be', non sono in una situazione migliore.»

«Ma fammi il piacere! Tu non hai diviso il letto con un degenerato. Io sì. E non lo sapevo», gridò con voce isterica.

«Ma, alla fine, sempre corna sono», insistette Penelope che era sconvolta dalla rivelazione, ma tentava di buttare acqua sul fuoco.

Donata non l'ascoltava. Seguiva il filo dei suoi pensieri.

«Ha ingannato me, le nostre figlie, i parenti, gli amici. Il marito modello di cui andavo fiera e che voi tutte mi invidiavate era un omosessuale. Hai idea di che cosa significhi scoprire che ho accolto nel mio grembo il seme di un degenerato?» sbottò.

«Non essere razzista», l'ammonì.

«Infatti non lo sono. È lui che è gay.»

«Smettila, o sarò costretta a suggerirti quelle miracolose goccine di Bach che tu distribuisci a tutti, ma che ignori per te stessa», la canzonò.

«Questa era meglio che me la risparmiassi», s'inalberò l'astrologa.

«Scusami tanto, Didì», disse, chiamandola con il nomignolo di quand'erano bambine. «Stavo solo tentando di sdrammatizzare. Ma capisco la tua disperazione. Io non riesco ancora a credere che Giovanni possa essere davvero un omosessuale. Non è il tipo, insomma.»

«Eccome se lo è. Avrei dovuto capirlo vent'anni fa. La sua mania del fidanzamento puro, dei rapporti intimi calibrati e di tutte le altre fregnacce che si inventava per evitarmi. Ma io dico: perché? Che ragione aveva di sposarmi, di atteggiarsi a marito modello, di mentire vigliaccamente a me, alle mie gemelline? È questo che mi fa disperare.»

Cominciò a raccontarle i particolari della scoperta casuale, avvenuta il sabato sera, quando era tornata da un congresso di astrologia con un giorno di anticipo, decisa a fare una sorpresa al marito. Sapeva che le gemelline erano a casa dei nonni per il fine settimana. Lei e Giovanni avrebbero trascorso una notte d'amore indimenticabile. Sapeva di trovarlo a casa, perché lo aveva chiamato poco prima dal cellulare.

«Sto elaborando un'idea per lo spot pubblicitario della pasta Buitoni. Tu sai che quando in casa non c'è nessuno, lavoro molto meglio che in ufficio», l'aveva rassicurata al telefono.

Era entrata nel loro appartamento in punta di piedi, convinta di trovare il marito insediato nello studio. Invece era tutto buio, tranne che in camera da letto dove la luce tenue di una lampada filtrava dalla fessura della porta socchiusa. L'aveva spalancata e aveva creduto di vivere un incubo. Il «suo» Giovanni e Mariano Zegna, il giovane Apollo del Tennis Club, erano nudi e completamente assorti in un complicato esercizio che neanche la fantasia degli antichi greci sarebbe riuscita a immaginare. E tutto questo avveniva nel «sacro talamo» coniugale. Non si erano neppure accorti della sua presenza.

Donata aveva lanciato un urlo di disperazione. Mentre i due amanti, richiamati così bruscamente alla realtà, ancora abbracciati, la guardavano come se lei fosse uno spettro, Donata aveva afferrato una stampella per gli abiti che era lì, su una sedia, a portata di mano, e aveva cominciato a menare fendenti. Intanto urlava tutta la sua delusione, lo schifo, il tradimento. Urlava e colpiva, determinata a cancellare una scena che non avrebbe mai dimenticato per tutta la vita. C'era voluta la forza dei due uomini per immobilizzarla. Alla fine, l'istruttore di tennis se l'era svignata e Giovanni aveva approfittato della sua spossatezza per confessarle che la tradiva da sempre, da prima di conoscerla.

«Ma questo non significa che io non ami te e le gemelline», aveva detto. «Siete la mia famiglia e vi adoro.»

«Ma perché? Perché mi hai rovinato la vita?» Donata non smetteva di porgli un interrogativo per il quale Giovanni non aveva una risposta.

«Mi sono sempre vergognato della mia diversità. Eppure non ho tralasciato occasione per accompagnarmi con uomini, sempre, dovunque fossi, in qualunque occasione. Finalmente sai la verità», aveva dichiarato.

Donata aveva tirato fuori il baule dal ripostiglio e, mentre lo riempiva con le sue cose e le cose delle bambine, il marito la travolgeva con le sue orribili confessioni.

«Aveva addosso la mia giarrettiera rosa e le mie calze di seta color cipria», confessò Donata a Penelope, singhiozzando. «Solo a te potevo raccontare questa catastrofe che si è abbattuta come una furia sulla mia esistenza costruita giorno dopo giorno con amore, con il piacere di raggiungere la perfezione. Perdonami, Pepe, per tutte le volte in cui ti ho criticata, compatita, giudicata. Naturalmente nessuno deve sapere, anche se tutti sanno. Lo sanno i vicini di casa che hanno sentito le mie urla e lo hanno certamente raccontato ad altri, che lo riferiranno ad altri ancora. Ma tutti faranno finta di non sapere. Ti prego di non parlarne neppure con Sofia.»

«Oh, Sofia! Non è messa meglio di noi!» esclamò Penelope.

«Ma io sono messa peggio di tutte. Lo capisci?»

«Hai pensato a Lavinia e Giulietta?»

«A loro ho soltanto detto che d'ora in poi la nostra famiglia cambia configurazione. Vivremo con i nonni perché il loro padre si è comportato da mascalzone. Non posso traumatizzarle spiattellando la verità. Quella, invece, l'ho snocciolata tutta al mio avvocato. Nonostante la disperazione, mentre riempivo il baule ho avuto l'idea geniale di portarmi via tutte le carte che Giovanni non lascia mai in ufficio. Lo spennerò a dovere. Dovrà passarmi un congruo mensile fino a quando vivrà», dichiarò furente.

«Fossi in te, non vorrei un soldo, da lui», osservò Penelope.

«Ma tu sei scema.»

«Grazie tante.»

«Scusami. Non volevo dire questo.»

«Sì che volevi. Non fai che scusarti. Prima per avermi mal giudicata. Ora per avermi dato della scema. Didì, scendi dal piedistallo e guarda la realtà com'è veramente e non come tu vorresti che fosse. La tua esistenza era troppo perfetta per essere vera. Qualche volta ti ho invidiata. Anche perché tu calcavi un po' troppo la mano sulla tua serenità famigliare.»

Donata trasse un sospiro penoso.

«Povere le mie bambine. Hanno un padre che indossa la mia giarrettiera rosa e le calze di seta color cipria. Se la scena che ho visto fosse stata quella di un film, forse avrei riso. Invece, da sabato notte non faccio che piangere.» Si asciugò le lacrime, bevve un lungo sorso di tisana. «Ti ricordi, Pepe, quanti sogni, quanti castelli in aria costruivamo sul nostro futuro quand'eravamo ragazze? Tu eri quella che sognava di più, naturalmente. Io interpretavo il mio quadro astrale sulla misura delle mie aspirazioni. Non avrei mai potuto immaginare che le stelle mi riservassero tanto squallore. Ti avevo detto peste e corna di Andrea e predetto disastri. Avrei dovuto accogliere con più modestia i tuoi ripetuti inviti a farmi gli affari miei. Adesso mi rendo conto d'aver concepito due bambine senza aver conosciuto un uomo. Perché è chiaro che Giovanni non è un uomo. Tutte le mie certezze sono crollate. È la fine!»

«Ma non è vero. Non è la fine di niente. Quando hai l'impressione che il mondo ti si rovesci addosso, è allora che nasce qualcosa di buono. È così, credimi», disse Penelope.

«Parole, parole vuote», replicò l'amica.

«Dolore, mia cara Didì. Tanto dolore. Ti prende qui, alla bocca dello stomaco, e poi si irradia in tutto il corpo e ti schiaccia i pensieri. Poi arriva la paura che si accompagna sempre alla sofferenza. Ma quando meno te lo aspetti, si apre uno spiraglio di luce. Non sai come, né da dove venga, ma arriva la luce. Prova a consultare le tue stelle. Tu ci credi, per fortuna.»

«L'ho fatto», rivelò Donata. «Urano e Nettuno sono in dissonante marcia di quadratura. Ho Marte in opposizione e questo mi spinge a essere aggressiva e precipitosa. Insomma, subisco l'influenza di un trio poco raccomandabile. Per questo sono corsa da te. Tu hai Giove che farà suonare per te una musica melodiosa. Giove, lo sai, è il pianeta più benefico dello zodiaco. Stare vicina a te mi farà soltanto bene. Tu ancora non lo sai e se lo sapessi non ci crederesti. Eppure si sta avvicinando un periodo di grande serenità per la tua vita affettiva», profetizzò l'amica con voce ispirata.

Penelope non riuscì a trattenere un sorriso, ma evitò un commento sarcastico.

«Se è così che la vedi, mi fa piacere. Cerca un po' di serenità anche per te.»

«Non so da che parte incominciare.»

«Pensa che tuo marito sta soffrendo quanto te e forse anche di più. Non è una colpa essere omosessuali. Pensa quanto deve aver patito per non essere come tutti noi. Voleva vivere come un uomo normale, ma prevaleva sempre il bisogno di indossare la tua giarrettiera. Povero Giovanni», sussurrò con sincera partecipazione.

«Povera me, vorrai dire. Io non ho mai trasgredito. Sono stata sempre una moglie fedele, io», puntualizzò. Era chiara l'allusione alla vicenda extraconiugale di Penelope.

«Sì, fedele alla tua idea di perfezione. Ma l'uomo, per fortuna, è imperfetto», sottolineò Penelope.

Erano sul punto di litigare, ma non avevano ancora accumulato abbastanza aggressività per farlo.

«Certo che tu, Sofia e io formiamo proprio un bel trio. I nostri anni più belli sono volati via come petali di rose nel vento e siamo rimaste sole. La solitudine mi spaventa», sussurrò Donata.

«Sofia è tanto più sola di noi. Non ha avuto figli da quel bastardo di Varini», disse Penelope e proseguì: «Anche se i figli non bastano a riempire i nostri giorni. Prima ti spremono come un limone e poi se ne vanno. Com'è giusto che sia. E, alla fine, che senso riusciremo a dare alla nostra vita? Soltanto ieri i nostri cuori vibravano per uno sguardo, una parola, un bacio. Oggi siamo qui, sole, su un balcone davanti al mare, a parlare di delusioni, tradimenti, sconfitte. Sai una cosa, Didì? Io non mi rassegno alla sconfitta. Ho ancora voglia di vivere, di amare, di essere felice. Ma prima, bisogna fare chiarezza intorno e dentro di noi».

Quella sera scrisse ad Andrea.

Cesenatico, 26 maggio
Caro Andrea,
ho riflettuto a lungo prima di rispondere alla tua lettera, che mi ha commosso per la franchezza con cui l'hai scritta. Alla fine ho deciso: con altrettanta sincerità, devo raccon-

tarti quello che ti ho taciuto per tanto tempo, anche se è una storia finita, che appartiene al passato.

Anni fa ho incontrato un uomo di cui mi sono innamorata. C'è stato un momento in cui ho perfino pensato di lasciarti. Lui è Raimondo Teodoli. Mortimer è il suo soprannome. Sue sono le lettere che hai trovato nel cassetto della mia scrivania. È una storia che si è conclusa sette anni fa. Non ti ho tradito perché tu mi trascuravi. È successo, semplicemente, perché il destino mi aveva fatto incontrare un uomo stupendo. L'ho amato appassionatamente. L'ho lasciato dopo un anno di dubbi e lacerazioni, perché ero convinta che tu fossi l'uomo della mia vita.

Ho voluto dirti tutto questo per fare chiarezza nel nostro rapporto. Se la storia di Gemma e della tua famiglia, accantonata per tanto tempo, ha procurato disagi a te e di conseguenza anche a me e ai nostri figli, forse è arrivato il momento di raccontarla.

So che stai incontrando tante difficoltà, ma spero che le risolverai con l'aiuto dei ragazzi.

Aspetto notizie.

                Penelope

3

Dopo aver letto la lettera di Penelope, Andrea si sentì mancare l'aria. Il tradimento di sua moglie era una ferita al suo orgoglio. Il fatto che fosse una vecchia storia, finita da tanti anni, non attenuava il dolore. Tanto più che Penelope aveva avuto il coraggio di scrivere che aveva amato Raimondo Teodoli appassionatamente. E lui non se n'era mai accorto. Come poteva immaginare che la madre dei suoi figli nascondesse il tradimento? Lui aveva sempre creduto d'essere il solo, l'unico uomo della sua vita.

Quando non era angosciato per sua madre e non era disturbato dall'irruenza dei figli, continuava a chiedersi che cosa avesse mai avuto, di speciale, quel Mortimer per scatenare la passione in una donna come la sua Pepe. Lei lo definiva «stupendo». Andrea conosceva un solo uomo stupendo e irresistibile: se stesso. Questo almeno aveva creduto prima di leggere la lettera di Penelope. E ora, confessando il tradimento, gli diceva di essere rimasta con lui, avendo maturato la convinzione che lui fosse l'uomo della sua vita. Erano stati sull'orlo della separazione, del divorzio, e lui non ne aveva saputo niente.

Vide Luca passargli accanto e pensò: «Ho fatto il mio terzo figlio con una puttana». Non aveva dubbi che Luca fosse figlio suo. Quel bambino gli assomigliava come una goccia d'acqua. D'istinto, lo prese tra le braccia e lo strinse a sé.

«Ti amo tanto», gli disse.

«Mettimi giù», gli ordinò il bambino.

«No, se prima non mi dai uno dei tuoi specialissimi baci», replicò suo padre.

Luca posò le piccole labbra rosate sulla guancia di Andrea e sfoderò al meglio il suo «brrr». Andrea lo rimise a terra mentre i suoi occhi luccicavano di commozione. Penelope gli aveva dato tre stupendi, complicati, affascinanti figli. Li aveva portati in grembo per nove mesi, senza mai angustiarlo con i suoi problemi di donna gravida. Ammesso che ne avesse avuti. Non lo sapeva, ma gli sembrava di ricordare che, per lei, i mesi della gravidanza fossero sempre stati di assoluto benessere. Era gioiosa e scatenata più del solito. Tranne in prossimità del parto. Allora la vedeva muoversi con pesantezza e i suoi occhi diventavano più grandi, più dolci.

Ripensandoci, non riuscì a reprimere un moto di tenerezza per la donna meravigliosa che aveva sempre amato. Ma subito la collera riprese il sopravvento. Sentiva il bisogno di conoscere nei particolari la storia del suo tradimento. Forse Penelope gli aveva mentito. Che la storia di Mortimer fosse tutta un'invenzione per stuzzicare la sua gelosia? Ma c'era quel pacco di lettere nel cassetto della scrivania. Non aveva ancora avuto il coraggio di leggerle. Forse, se lo avesse fatto, avrebbe scoperto che si trattava soltanto di una vicenda innocente perché, se non lo fosse stata, non si sarebbe affrettata a rassicurarlo, liberandolo da ogni senso di colpa. Se lo avesse tradito davvero, avrebbe scaricato su di lui ogni responsabilità.

Gli sembrava che la testa fosse sul punto di esplodere. La confessione di Penelope lo stava facendo impazzire. Conosceva un solo modo per scaricare la tensione: fare una scenataccia. Ma a chi, se Penelope non c'era? Non poteva certo infierire sui figli. Lucia e Daniele sedevano al tavolo della sala da pranzo e stavano studiando. Lucia si sforzava di spiegare al fratello alcuni elementari concetti matematici e lo faceva con la grinta che le apparteneva: parole chiare, intercalate da un interrogativo consueto: «Hai capito, testone?» Luca giocava a «macchinine» sul pavimento dell'ingresso con una sua coetanea, la figlia del portiere.

«Priscilla!» urlò.

La domestica entrò nel salotto.

«Sì, signore», disse, guardandolo con aria interrogativa.

Non voleva assolutamente nulla da lei e annaspò alla ricerca di un pretesto.

«Non mi hai dato lo scontrino della spesa», berciò. «E neppure il resto delle centomila lire.»

Con un gesto rabbioso, la filippina gli porse il conto del supermercato.

«Devi darmi ancora *two thousand* lire», disse.

Il conto che Andrea si era messo ad analizzare ammontava a centoduemila lire.

«Hai fatto la spesa anche per Muhamed», l'accusò, constatando che Priscilla aveva acquistato sapone da barba e lamette che lui non usava.

«La signora non mi fa mai di queste storie», replicò indignata la giovane.

«La signora ha la pessima abitudine di chiudere un occhio. Qualche volta anche tutti e due. Mi devi diciottomila lire e te le scalerò dallo stipendio», dichiarò.

«La signora chiude un occhio anche con te. Ma non ti sei mai arrabbiato per questo», lo aggredì. Quell'uomo stava negandole i suoi piccoli diritti, che comprendevano anche la cresta sulla spesa, e quell'atteggiamento non le piaceva.

«Sei licenziata!» sibilò Andrea.

Stava facendo sul serio. Priscilla si spaventò. Non poteva permettersi di perdere il lavoro in casa Donelli. Era una gabbia di matti, d'accordo, però la rispettavano, le pagavano regolarmente lo stipendio e, soprattutto, le volevano bene.

«La signora mi ha assunta e soltanto lei può dirmi di andar via», replicò a muso duro, soffocando la paura.

Nemmeno Andrea voleva che lei se ne andasse. Aveva assolutamente bisogno di lei. Ma non doveva lasciarsi sopraffare da quella filippina furbissima.

«Questo andrai a raccontarlo alla Camera del lavoro», disse.

In quel momento suonarono alla porta di casa.

«Vai ad aprire», ordinò Andrea.

«Subito, signore», disse, il viso improvvisamente illuminato da un largo sorriso. La bufera era passata. Lei avrebbe evitato di commettere altre imprudenze, almeno fino a quando la signora non fosse tornata.

Dall'ingresso arrivò uno strillo gioioso di Luca.

«Ciao, nonnino», esclamò il piccolo.

Era arrivato il suocero. Andrea gli andò incontro.

«Vieni al momento giusto. Devo andare da mia madre. Ti dispiace stare un po' con i ragazzi?» lo accolse.

Il suocero lo guardò con aria grave: «Offrimi un caffè e una sigaretta».

Mimì Pennisi sedette su una poltroncina dell'ingresso. Chinò lo sguardo a rimirare la punta delle sue lucentissime scarpe.

«Il Terrore giacobino è figlio naturale della Gironda», disse. E poiché il genero lo guardava allibito soggiunse: «È una conclusione cui sono arrivato approfondendo lo studio della guerra in Vandea. Perché, vedi, a quell'epoca si combattevano due guerre: quella contro le monarchie e l'altra, contro gli oppositori del governo repubblicano. È da lì che nascono complotti, attentati, delitti. Si vedono nemici ovunque e nasce la logica perversa dello sterminio come soluzione del conflitto politico».

«Sei venuto fin qui per dirmi questo?» domandò Andrea. L'uomo scosse il capo con aria sconsolata.

Priscilla era già corsa in cucina a mettere sul fuoco la caffettiera. Andrea gli tese il pacchetto di sigarette.

«È successo qualcosa che non so?» gli domandò, quasi controvoglia.

Sentiva odore di brutte notizie e non voleva ascoltarle.

«Irene mi ha lasciato solo», sussurrò Mimì.

«Spiegati meglio», disse il genero.

«Ieri pomeriggio sono uscito, come sempre, per andare in biblioteca. Sono tornato all'ora di cena. Lei non c'era. Non c'era neppure la cena. Mi ha telefonato verso le otto e mi ha detto: 'Starò via per un po'. Non preoccuparti'. Allora ho cercato di sapere qualcosa di più. Non potevo non preoccuparmi, capisci? Dice che dopo essersi sacrificata per anni, ha deciso di riappropriarsi della sua vita. Che cosa significa, secondo te?» domandò con fare sconsolato.

Invece di rispondergli, Andrea lo sospinse verso la cucina. Priscilla, che stava mettendo sul tavolo le tazzine e la zuccheriera, gli sussurrò: «Allora, non sono più licenziata?»

«Vai subito a rifare i letti», le ordinò lui.

«Non avevo idea che lei si fosse sacrificata per anni. Mi sembrava di averle dato tutto quello che avevo, anche se non era molto. Evidentemente mi sono sbagliato. Tu credi che io le abbia imposto molti sacrifici?» Mimì Pennisi lo guardava con aria smarrita.

«Sai che tra Irene e me non c'è mai stata grande sintonia», Andrea non si sbilanciò. Non voleva rivelare un sospetto che era quasi una certezza: sua suocera se ne era andata con Romeo Oggioni. Da anni Penelope avvertiva nell'aria quella decisione e gliene aveva parlato: «Mia madre e Oggioni si amano da più di vent'anni. Una volta o l'altra, papà rimarrà solo».

«Pensi che tornerà?» domandò Mimì.

«E lo chiedi a me? Non lo vedi come sono messo?»

«Mia figlia è stata un pessimo esempio per Irene», commentò l'uomo che non sapeva come spiegarsi la decisione della moglie.

«Di solito avviene il contrario. Tua figlia sostiene che io sia un pessimo esempio per i tuoi nipoti», osservò Andrea.

«Le donne! Chi le capisce?» brontolò Mimì, ruotando il cucchiaino nella tazzina del caffè.

4

Maria Donelli sembrava rinvigorita. La schiena appoggiata a una pila di cuscini, il vassoio posato sulle ginocchia, stava mangiando da sola una pappina densa, marroncina, che sembrava gradire molto.

«È un passato di mela», spiegò al figlio. «Ne vuoi?»

Andrea scosse il capo. Aveva parlato con la caporeparto che lo aveva rassicurato sulle condizioni generali della madre: «È cosciente e non soffre, mi creda», gli aveva detto, «l'insufficienza cardiaca è sotto controllo e il fastidio al braccio è sopportabile».

Maria ripulì la scodella.

«Sono stanca. Rimettimi giù», gli disse la donna.

La sistemò al meglio. La camera aveva due letti, l'altro era vuoto. Così erano soli.

«Non mi piace stare in ospedale. Quanto meno, vorrei Penelope vicina a me», si lamentò.

«Io non ti basto?»

«Tua moglie ti ha piantato in asso. È così?»

«Come fai a saperlo?»

«L'ho sognato. O forse me l'ha detto un uccellino», sorrise con occhi maliziosi.

Andrea la guardò perplesso. Si chiese se sua madre fosse consapevole di quello che stava dicendo.

«È venuto Daniele, stamattina, prima di andare a scuola. Mi ha portato questa», disse, indicando un'immaginetta sacra sul comodino.

Andrea la prese in mano. C'era un Cristo benedicente, con una lunga veste bianca, le mani e i piedi segnati dalle piaghe. Suo figlio aveva scritto, lungo il bordo della veste, una frase che lo colpì: *Gesù, ti amo*.

«Era affannato per la corsa. Mi ha baciata sulla fronte, mi ha messo in mano questa immagine e mi ha detto di pregare perché la sua mamma torni presto a casa», spiegò Maria.

Andrea si sentì spiazzato.

«Li hai cresciuti senza Dio, i tuoi figli. Così come aveva fatto tuo padre con voi. Ma loro hanno bisogno di credere nel Signore. Io pregherò perché Penelope ritrovi la strada di casa. Se ci riesci, prega Dio che ti illumini e ti renda migliore.»

L'uomo posò l'immaginetta sul comodino, senza replicare. Era smarrito. Credeva di conoscere sua moglie e i suoi figli e si rendeva conto, ogni giorno di più, di non sapere assolutamente niente di loro. Per lui erano esistiti soltanto il lavoro, l'affermazione professionale, il gioco della seduzione.

«Penelope ha avuto un amante. Lo sapevi?» sussurrò.

«Hai sposato una brava ragazza. Io le voglio bene come fosse una figlia. Sei stato fortunato che non ti abbia lasciato tanti anni fa. Se lo avesse fatto allora, non sarebbe più tornata da te. Ora, invece, può darsi che ci ripensi.»

«E io dovrei far finta di niente? Sono geloso come un riccio, io», protestò.

«Anch'io ho tradito tuo padre. Per ben due volte. È stato all'inizio del matrimonio. Lui mi trascurava e io ero molto infelice. Quando l'ha saputo, ha fatto finta di niente. Però ha smesso di tradirmi. Ma ho continuato a essere infelice. Fa' che non sia lo stesso anche con tua moglie.»

Maria si addormentò e lui le restò accanto, accarezzandole dolcemente la mano. Sua madre aveva ragione. Che cosa lo aveva spinto a tradire sempre la sua amata compagna? La prima volta, era stato il caso. Ricordò la notte a Ramsgate, al *Priory Hotel*. Non aveva nessuna intenzione di trascurare Penelope. Quando erano entrati nella loro bellissima camera, Penelope si era chiusa nel bagno e lui, affacciandosi alla finestra, aveva visto sulla strada Giovanni Solci. Non era con Donata, ma con un ragazzo che lo stava baciando.

«Vado un momento da Giovanni», aveva detto a Penelope.

Era sceso di corsa, aveva spalancato la porta della hall e, sulla via, non c'era nessuno. Allora era risalito e aveva bussato alla stanza dell'amico. Aveva aspettato un po' prima che Giovanni aprisse uno spiraglio. Era nudo.

«Che cosa vuoi?» aveva domandato.

«Niente. Scusami. Mi pareva di averti visto sulla strada. Un'immagine inquietante, t'assicuro», aveva tentato di spiegare.

«Ma va' al diavolo», era stata la sua risposta, mentre richiudeva la porta.

Era uscito di nuovo sulla strada, un po' confuso e non completamente rassicurato, chiedendosi che cosa gli stesse succedendo. Era assolutamente convinto che uno dei due giovani che si baciavano fosse Giovanni e ora si domandava per quale viziosa alterazione mentale avesse avuto quella certezza. Si era convinto di avere bevuto troppa birra e decise di fare due passi verso la scogliera. Gli alberelli di robinie erano carichi di fiori gialli. Ne aveva raccolti un fascio per sua moglie che, sicuramente, lo stava aspettando. E si era imbattuto di nuovo in Emanuela. Era con due fotografi e tutti e tre lo avevano invitato in un pub. Poi erano tornati in albergo. Emanuela lo aveva fatto entrare nella sua stanza. Lui era decisamente sbronzo e soltanto all'alba, quando era tornato in sé, si era reso conto del guaio in cui si era messo con Penelope. Aveva acciuffato i fiori, era tornato da lei deciso a giurare di non averla tradita. E quando più tardi aveva rivisto Giovanni, si era vergognato dell'abbaglio preso.

«Scusami per questa notte», gli aveva detto.

«Scusami tu. Ti ho mandato al diavolo, ma stavo facendo il bagno», aveva risposto l'amico. Era stata una vacanza fantastica. Lì era stata concepita Lucia.

«Ciao, Andrea», disse una voce frizzante che lo fece sussultare.

Sofia, l'altra amica del cuore di sua moglie, gli sorrideva dalla soglia della stanza. Sembrava la fotografia di un rotocalco di moda: tailleur di seta color rosa pallido, scarpe e borsetta color cenere, perle grigie ai lobi delle orecchie e al collo. La chioma sfavillante e il trucco accurato le conferivano l'aspetto di una giovane signora pronta per andare a un ricevimento. L'aveva sempre vista così, e gli aveva sempre suggerito l'idea che fosse sul punto di entrare sulla scena nelle vesti di primadonna. Sapendo quanto poco lei lo stimasse, da sempre l'aveva considerata una specie di calamità nella vita di sua moglie che difficilmente prendeva una decisione senza averla prima consultata.

La detestava da sempre, perché Sofia aveva tutto quello che a lui mancava: un grande senso organizzativo, la capacità di conservare la calma nei momenti più difficili, uno stile innato che le consentiva di muoversi con disinvoltura in qualunque situazione. E, infine, godeva della fiducia di Penelope, che seguiva sempre i suoi suggerimenti. Sofia organizzava il loro tempo libero indicando a Penelope il «viaggio giusto», la mostra che valeva la pena di non perdere, il concerto che bisognava assolutamente ascoltare, il menù per una cena da offrire agli ospiti, il luogo ideale per una vacanza in montagna con i bambini. Priscilla, la cameriera, era stata procurata da Sofia. Quando Penelope aveva un problema telefonava a Sofia che trovava la soluzione giusta e immediata.

«È così dedita ai fatti altrui, che non riesce a tener dietro ai propri», aveva commentato Andrea, tutto gongolante, quando il marito, Silvio Varini, l'aveva lasciata. Per altro, detestava anche l'insigne docente, supponente e antipatico.

Ora, però, mentre Sofia cinguettava: «Posso entrare?» Andrea ebbe un attimo di gioia. Quella presenza gaia in un posto dove regnavano dolore e solitudine era una nota allegra, potente e vitale.

Si alzò, le andò incontro e l'abbracciò.

«Francamente non ti aspettavo», disse lui.

«Ho pensato che Maria sarà contenta di vedermi. Ho portato un olio energetico perché bisognerà pure che qualcuno le massaggi il corpo. In ospedale non si preoccupano di queste cose, ma sono importanti quanto le terapie mediche. E, siccome sono ottimista, ho portato anche le carte da gioco. Vuoi vedere che le viene voglia di fare una partita a rubamazzo?» sciorinò sul letto una serie di pacchettini.

Maria stava dormendo. Sofia le accarezzò la fronte. E proseguì: «Vai dai tuoi ragazzi. Io mi fermerò con lei fino a quando arriverà l'infermiera di notte».

«Sei molto cara», sussurrò Andrea.

«Lo so. Lo sono sempre stata. Ma non è una virtù. Ci sono nata, così, come uno nasce musicista o attaccabrighe», minimizzò, compiaciuta.

Quando rincasò davanti al portone Andrea notò il giovane Roberto Tradati, il ragazzo di sua figlia.

«Che cosa fai, qui? Perché non sali?» gli domandò Andrea.

«Devo portare Lucia alle prove di flamenco», spiegò il ragazzo.

«Ma quante prove fa? Ce l'hai portata ieri e anche il giorno prima.»

«Il saggio è tra due giorni. Quelle povere ragazze stanno lavorando come dannate», spiegò con tono partecipe.

«Perché non frequenti anche tu il corso di ballo?»

«Io non ci sono portato. Per Lucia è un impegno molto serio. Comunque, mi ha dato un'idea. C'è un insegnante spagnolo che balla con lei. Per i miei gusti è troppo bello e troppo bravo. E lei lo guarda con troppo trasporto. Dice che fa parte del pathos della danza. Ma la cosa non mi piace. Lei ha più esperienza di me sulle donne. Che cosa ne pensa? Devo crederle?»

«Assolutamente no. Le donne, mio caro, non le conosci mai abbastanza. Quando pensi di averle in pugno, sgusciano via e neanche te ne accorgi. Tieni stretta la mia ragazzina più che puoi», gli suggerì con un sorriso complice, mentre Lucia compariva sul portone.

Gli diede un bacio di sfuggita, prima di salire sulla moto di Roberto.

In casa trovò Daniele e Luca insieme col nonno. Mimì Pennisi aveva cucinato una parmigiana di melanzane che aveva un profumo stuzzicante.

«Novità?» domandò Andrea, prendendo posto a tavola.

Priscilla era sul terrazzino e stava pulendo la gabbia di Cip e Ciop, e intanto recitava le solite litanie: «Sono stanca di prendermi cura dei vostri animali. La signora non c'è e tutto pesa sulle mie spalle. Sansone, i pesci e questi piccoli *birds* che sporcano per dieci. Li affogherò nell'acquario se non li curate voi».

Tutti fecero spallucce e continuarono a mangiare.

«Ho chiesto se ci sono novità», ripeté Andrea.

«Lucia ha telefonato a mamma», disse Daniele. «Si sono parlate a lungo.»

«Racconta», lo spronò Andrea.

«Chiedi a Luca. Lui stava lì e ha sentito tutto.»

«Allora?» domandò il padre, ansioso di sapere.

«Non ho sentito niente», disse Luca, con uno sguardo da impunito. Non avrebbe parlato neppure sotto tortura.

«Almeno, puoi dirci se la mamma ha intenzione di tornare a casa?» insistette Andrea.

«Mamma è in vacanza soltanto da una settimana. Priscilla, quando va nelle Filippine, sta via due mesi. Quanti giorni ci sono in una settimana? Quanti in due mesi? Prendi il numero più piccolo e toglilo da quello più grande. Quelli sono i giorni che mamma deve ancora fare.»

Il nonno, il padre e il fratello lo guardarono sbalorditi. Da dove gli veniva un concetto tanto preciso e complesso?

«Ma tu sai fare le sottrazioni!» esclamò Daniele.

«Che cosa sono le sottrazioni?» domandò con un candore disarmante.

«Quello che hai appena detto», intervenne Andrea.

«Lucia non ha fatto che ripetere queste cose a Daniele per tutto il pomeriggio. Ci vuole poco a capirle», tagliò corto.

«O sei un genio o sei tutto scemo», brontolò il fratello.

Mimì si fermò a dormire da loro. Disse che non se la sentiva di tornare a casa. Priscilla brontolò di nuovo perché un ospite in più le complicava la vita. Daniele passò la sera sui libri nel tentativo estremo di evitare una bocciatura. Luca e Andrea andarono insieme nel lettone. Sansone aveva ormai imparato a dormire sul tappeto, ai piedi del letto.

«Daniele ha buttato via il telo di gomma. Ha detto che non gli serve più», sussurrò Luca all'orecchio del padre, prima di addormentarsi.

«Grazie per avermi fatto questa confidenza», disse Andrea, dandogli un bacio. Avrebbe voluto che sua moglie lo sapesse.

5

TRE accordi di chitarra e il singhiozzo finale della *cantaora* Carmen Amor, regina del flamenco, conclusero l'ultima *sevillana*. Il pubblico che gremiva il teatro applaudì lungamente.

I primi ballerini, Carlos Sanlucar e Lucia Donelli, mano nella mano, si inchinarono ansanti, sprigionando felicità nel sorriso con cui rispondevano a quel caloroso omaggio. Dalla platea volarono fiori, mentre il pubblico, composto da amici e parenti, scandiva a gran voce i nomi delle ballerine, accompagnandoli con «ola» da stadio. Lucia vide il piccolo Luca inerpicato sulle spalle di Daniele che gridava come un forsennato il nome della sorella. Lei e Carlos, con un gesto elegante, indicarono le danzatrici schierate alle loro spalle.

Lucia continuava a sorridere mentre con lo sguardo passava in rassegna i volti dei suoi cari. C'era suo padre che lanciò verso il palcoscenico un bouquet di roselline bianche. Lei lo catturò al volo. C'erano i cugini Pennisi, c'era Sofia che, per l'occasione, aveva dimenticato l'abituale compostezza e si sbracciava scandendo a gran voce il suo nome. C'era Roberto Tradati, il suo ragazzo che, infilati il pollice e l'indice ai lati della bocca, fischiava tutto il suo consenso. C'erano le compagne e i compagni di scuola che gridavano in coro: «Lucia, sei forte!» Mancava soltanto Penelope. Quand'era ancora nei camerini, Lucia s'era vista recapitare un gran mazzo di gigli profumatissimi e un biglietto: «Ti penso con tutto il mio amore. Mamma». Aveva infilato il messaggio nella cintura del costume scarlatto di gitana. Si era osservata allo specchio e si era sentita bellissima. Aveva truccato il viso con sapienza e raccolto i capelli bruni sulla nuca in uno chignon dove aveva infilato una rosa di seta rossa. Sapeva d'aver danzato con la rabbia, la passione e il languore di un'autentica gitana.

«Ti amo», le sussurrò Carlos Sanlucar, il suo bellissimo maestro di flamenco che aveva danzato con lei.

«Anch'io ti amo», replicò, continuando a sorridere al pubblico.

Diceva la verità. Carlos aveva la forza e l'eleganza di un antico hidalgo. Gli occhi ardenti e tenebrosi l'avevano folgorata fin dal primo incontro, che risaliva all'ottobre scorso, quando si era iscritta al quarto anno della scuola di ballo.

L'insegnante che l'aveva seguita nei corsi precedenti era tornata in Spagna ed era arrivato Carlos.

Era giovane, aveva un volto zingaro, una voce ridente e l'aveva osservata come se Lucia fosse un fiore raro.

«Fammi vedere che cosa hai imparato finora», le aveva detto.

Lei si era esibita con naturalezza in alcuni passi sul ritmo di un fandango.

«Tu tieni molto gusto per il ballo», aveva sentenziato con gravità. Lucia aveva sorriso per quel suo linguaggio stravagante, ma soprattutto perché era stata colpita dalla musicalità della voce di Carlos. Poi aveva abbassato lo sguardo per nascondere l'emozione. «Hai un ottimo portamento, molto scenico. Hai temperamento e sei anche molto *linda*», aveva concluso Carlos, abbassando il tono della voce, come se parlasse a se stesso.

A quel punto Lucia era arrossita perché negli occhi di quel giovane, incantevole maestro, aveva letto il desiderio di poterla sfiorare. Penelope, che l'aveva accompagnata, aveva mascherato la propria contrarietà intervenendo bruscamente: «Sì, mia figlia è molto *linda*, come dice lei, e anche determinata. Tuttavia, per lei, la danza è un'attività assolutamente secondaria. A me invece interessa sapere se il costo per l'iscrizione è invariato».

Lucia l'aveva pizzicata sul braccio mentre sibilava: «Ti odio».

Carlos le aveva regalato un sorriso affascinante.

«Per questo, signora Donelli, dovrà informarsi in segreteria. Personalmente spero che sia aumentato, così guadagnerò di più.»

«Il nuovo insegnante mi sembra un po' troppo carino», aveva commentato Penelope, mentre rincasavano.

«Ma perché non ti cuci la bocca, qualche volta?» l'aveva aggredita sua figlia. «Perché sei così odiosa quando qualcuno mi piace?»

«Una mamma difende i suoi cuccioli», aveva spiegato.

«Lui non mi ha aggredita.»

«Ha fatto di peggio. Ti ha affascinata.»

«Io amo Roberto. E detesto te. Sei insopportabile, soprattutto quando ti fai venire strane idee.»

«Quelle me le hai fatte venire tu, con i tuoi rossori, lo sbattimento di palpebre e tutto il resto. Posso anche sbagliare.»

Ma sua madre aveva capito tutto. Nel corso dei mesi, settimana dopo settimana, Lucia si era infatuata di Carlos. Aveva motivo di credere che lui ricambiasse questo sentimento, anche se sapeva essere inflessibile e pretendeva il massimo da lei.

Roberto era accomodante, permissivo, mite e tenero. Carlos era severo, spietato, aggressivo. Ma, alla fine di ogni lezione, quando lei era distrutta dalla fatica, allora le sorrideva, le dava un pizzicotto sul naso e le diceva: «Sei perfetta, Lucia. Assolutamente perfetta». E lei si scioglieva come neve al sole.

Aveva gelosamente tenuto per sé i propri sentimenti e aveva continuato a ripetersi che Roberto era il suo ragazzo.

A poche settimane dal saggio di fine corso, Carlos l'aveva seguita al termine di una lezione.

«In giugno ritornerò a Barcellona», le aveva detto.

«Vuoi dire che non sarai più qui l'anno prossimo?» gli aveva domandato, soffocando la delusione.

«Potresti venire con me.»

Erano usciti insieme dalla scuola, in via Dogana, e lui l'aveva trascinata verso la piazza del Duomo.

«Perché dovrei?» gli aveva chiesto.

«Voglio continuare a ballare con te. E lo vuoi anche tu», aveva risposto, circondandole le spalle con un braccio.

Erano belli e i passanti li guardavano con ammirazione.

«Come ti ha detto mia madre, la danza, per me, è un'attività assolutamente secondaria.» Andando contro se stessa, il cuore in tumulto, Lucia stava mettendo alla prova tutta la sua capacità di resistenza.

«Però io ti amo. E mi ami anche tu», aveva sussurrato Carlos, accostando il viso a quello della ragazza, come se volesse baciarla. Lei chiuse gli occhi e ricevette il solito pizzicotto sulla punta del naso.

Lucia deplorò quell'istante di debolezza.

«Alla mia età, è facile cadere nella trappola di un uomo di ventinove anni, soprattutto se si chiama Carlos Sanlucar, è un ballerino straordinario ed emana quintali di fascino», replicò con voce ferma. Poi si liberò dal suo abbraccio e soggiunse: «Comunque non sono sicura di amarti. Forse la mia è soltanto un'infatuazione. Mi piacciono la tua voce, il tuo sorriso, il tuo profumo e come mi guardi. Credo che mi piacerebbe se tu mi baciassi. Ma questo non è amore. Lo capisci?»

«Questa è passione, mia preziosissima Lucia», obiettò lui, con un sorriso che avrebbe strappato applausi.

Lei aveva replicato con uno sberleffo un po' infantile.

«Ci vediamo sabato a lezione», aveva dichiarato. Poi si era avviata quasi di corsa verso l'entrata della metropolitana. Ora, il saggio si era concluso trionfalmente.

Mentre si avviavano agli spogliatoi, Carlos l'afferrò per un braccio e la sospinse dentro il suo camerino. Poi chiuse la porta.

«Tra due giorni partirò per Barcellona», le disse.

«Lo so», annuì Lucia.

Lui alzò le braccia, portò le mani alla nuca e sganciò dal collo una sottile catena d'oro che reggeva una piccola croce greca.

«La porto da quand'ero bambino. Me la mandò mio padre, che era emigrato in Argentina, come regalo della Prima Comunione. Voglio che sia tua», disse, mentre la chiudeva al suo collo.

«Perché?» domandò Lucia, con voce insicura.

«Sei la mia allieva migliore», sussurrò lui. Quindi prese tra le mani il viso della ragazza e la baciò, a lungo, intensamente.

Un nodo di pianto serrò la gola di Lucia e i suoi occhi si riempirono di lacrime. Se in quel momento Carlos le avesse detto: «Vieni via con me», lo avrebbe seguito.

«Tra due settimane avrai finito la scuola. Se vorrai, sai dove raggiungermi. Io ti aspetterò», disse, invece.

Lucia aprì lentamente la porta del camerino, uscì nel corridoio, si confuse tra le compagne ancora eccitate e stanche, si cambiò e lasciò il teatro. Nel cortile venne accolta dall'applauso festoso della sua famiglia. Roberto l'abbracciò. Zia Sofia le stampò un bacio sulla fronte. Suo padre le sorrise, orgoglioso. Luca e Daniele la guardarono con ammirazione.

«Torniamo a casa», disse lei. «Sono stanca.»

«Avrei voluto che mamma ti vedesse», sussurrò Daniele.

«Le telefonerò», rispose Lucia, sul punto di salire in macchina con la famiglia.

Appena fu sola nella sua stanza, chiamò Penelope.

«Grazie per i bellissimi fiori che mi hai mandato», esordì.

«C'è qualcosa che non va?» domandò sua madre avvertendo una stonatura nella sua voce.

«Carlos mi ha baciata e io ho pianto», confessò immediatamente.

Penelope non replicò. Si limitò ad ascoltare il seguito.

«Mentre mi baciava ho visto i colori dell'arcobaleno. Mi ha proposto di raggiungerlo in Spagna, quando avrò finito la scuola.»

«Il tuo ragazzo lo sa?» domandò la madre.

«Non deve saperlo. Io amo Roberto. Se gli dicessi che amo anche Carlos, lui non capirebbe. Non so che cosa fare.»

Penelope non rispose. Pensò che anche lei aveva amato due uomini. Aveva rinunciato a Mortimer, ma ne soffriva ancora adesso. Avrebbe voluto dire alla sua ragazzina: «Lascia perdere il ballerino». Ma non era sicura che quello fosse un buon consiglio. I sentimenti, le emozioni, le pulsioni del cuore devono seguire il loro corso.

«Allora, che cosa devo fare?» la sollecitò Lucia.

«Tu vorresti seguire Carlos, ma non vuoi perdere Roberto. Hai un problema e nessuno può risolverlo per te», disse infine.

In cuor suo, fosse dipeso da lei, avrebbe preferito che Lucia si tenesse stretto il suo ragazzo, perché lo conosceva e ne apprezzava la concretezza e l'onestà. Sarebbe stata molto in ansia se Lucia avesse deciso di raggiungere il ballerino. Di questo zingaro spagnolo, Penelope non conosceva nulla e temeva che volesse soltanto divertirsi con una ragazza di buona famiglia.

«Mamma, ti prego, aiutami», la supplicò.

«Vorrei che tu fossi qui per poterti abbracciare», disse sua madre.

«Invece sei a trecento chilometri di distanza e io sono nella mia camera, sola e incasinata», deplorò sua figlia, alzando la voce. «Se almeno potessi fare una sana litigata con te, forse riuscirei a chiarirmi le idee. Per esempio, se tu mi dicessi di dimenticare Carlos, so che correrei da lui. Non fosse che per contraddirti», dichiarò con semplicità.

«Ma io non lo farò perché voglio che tu sia libera di prendere le tue decisioni.»

«Ho come l'impressione che tu mi stia incastrando», sibilò sua figlia. E soggiunse: «Da quando sei diventata così comprensiva?»

«E tu, da quando ti rivolgi a me per sapere che cosa devi fare? Mi hai sempre accusata di essere la causa dei tuoi problemi. Ma non saranno un po' anche colpa tua, accidenti?» reagì Penelope.

«Adesso ti riconosco. Questa madre accomodante e comprensiva non mi convinceva affatto», dichiarò la ragazza e proseguì: «Però tu ce l'hai una risposta. È così difficile dire quello che pensi? Gli adulti non dicono mai quello che pensano, ma quello che ritengono giusto. Solo i vecchi hanno il coraggio di dire la verità. Nonna Maria, per esempio, mi direbbe che sono una stupida, destinata a un'infelicità perenne. Il nonno mi direbbe che sono una sciocchina, frivola e innamorata soltanto di me stessa. Ma tu sei mia madre. Perché non mi aiuti?» strillò.

«Se tu stessi affogando, farei di tutto per salvarti. Ma tu stai soltanto vivendo. Il tuo problema sentimentale fa parte della vita. Come il tuo amore per la danza, i tuoi successi scolastici, le tue gioie e le tue delusioni. Nella vita si ride e si piange.»

«Le mie amiche sono molto più felici e spensierate di me», precisò Lucia.

«Anche le mie amiche lo erano quando avevo la tua età. Poi è arrivato anche per loro il momento delle lacrime», disse Penelope.

«Ci sarà pure un modo per non soffrire», si stizzì Lucia.

«Se c'è, io non lo conosco», ammise la donna, con sincerità.

«Se in un compito in classe non faccio errori, sono premiata dall'insegnante con un buon voto. Se interpreto una danza alla perfezione, raccolgo applausi. Dunque, se vivo nel modo giusto, non potrò soffrire. Qual è il modo giusto per affrontare la vita?»

«La ricetta della felicità non esiste. Ognuno deve trovarla da solo, senza avere paura. Coraggio. Sono certa che ce la farai.»

«Ma perché noi donne dobbiamo essere così complicate?» sospirò con tono da melodramma. E aggiunse: «Il nonno adesso vive da noi. La nonna è scappata. Non si sa perché. O, almeno, il nonno non lo sa. O finge di non saperlo».

«Alla fine si è decisa», pensò Penelope. E disse: «Mi dispiace per lui. Ne soffrirà moltissimo».

«È ridotto come uno straccio. Credo che anche Roberto soffrirebbe molto se andassi con Carlos a Barcellona. E soffrirei anch'io, perché lo amo.»

«Lo vedi? Hai trovato da sola la risposta che cercavi.»

La tappezzeria
del salotto chippendale…

1

La tappezzeria del salotto chippendale, negli anni della prima infanzia di Penelope, era di seta verde marezzata. In seguito, era sparita per lasciare il muro nudo, tinteggiato di bianco. Penelope ricordava ancora la decisione di Irene: «Bisogna eliminare questa stoffa. Lì sotto si possono annidare gli insetti».

Adesso la casa era stata risanata. Mancavano soltanto poche rifiniture. Le sarebbe piaciuto foderare ancora le pareti con la seta, ma il costo era eccessivo. Così dovette convenire che la decisione di sua madre era stata, comunque, la più praticabile. Tuttavia, invece che per il bianco, optò per una tinta verde pallido e, lungo il perimetro superiore delle pareti, fece incollare una bordura della stessa stoffa che rivestiva divani e poltrone.

A restauro ultimato, il salotto di nonna Diomira era tornato a trionfare in tutto il suo splendore. I tavolini tondi, a tre gambe ansate e due ripiani, ripuliti dall'ebanista, mostravano la perfezione del disegno originale. Penelope, come faceva da bambina, si soffermò a considerare la figura del drago con le fauci spalancate e la lingua sottile biforcuta. Passò un polpastrello sulle piccole squame dorate del mostro che sembrava voler inghiottire il ponticello dalle sponde fiorite e la casina con il tetto a pagoda. Quel tetto a riccioli l'aveva colpita quand'era bambina e aveva passato ore a contemplarlo, immaginando paesi lontani che il bisnonno capitano aveva visitato nel suo infinito peregrinare sui mari del mondo.

«Hai visto, nonna? Alla fine ho fatto le cose a modo, proprio come tu avresti voluto. Sono sicura che sei contenta di vedere com'è tornata bella la tua casa», si disse, sedendo sulla poltrona dove Diomira aveva tirato l'ultima boccata di fumo.

Penelope era molto fiera di essere riuscita, senza l'aiuto di un architetto, a ridare alla villa l'impronta originale. Non aveva buttato nulla. Tutto quello che non aveva potuto recuperare, lo aveva fatto riprodurre dai disegni originali. Adesso era soddisfatta di sé.

«E brava Pepe! Ottimo lavoro. Dico sul serio.»

La voce era quella di sua madre che se ne stava lì, in piedi, sulla soglia del salotto, e le sorrideva.

Penelope si alzò e la fronteggiò con uno sguardo corrucciato.

«Ero in zona. A Forlimpopoli, per l'esattezza. Ho pensato di dare un'occhiata alla mia villa», proseguì Irene, sottolineando il possessivo «mia». E poiché Penelope non parlava, lei proseguì: «Naturalmente non sono venuta per fermarmi. Immagino saprai già che ho lasciato tuo padre. Sono in viaggio con Romeo. Vogliamo andare a Roma per qualche giorno».

«Ho trovato il tuo certificato di matrimonio», disse Penelope.

Irene mosse due passi verso l'interno della stanza e chinò lo sguardo a osservare le mattonelle ottagonali, bianche e verdi, tirate a lucido.

«Sembrano nuove», commentò. «È venuto bene questo pavimento. Manca un tappeto, naturalmente.»

«Hai sentito quello che ti ho detto?» la incalzò sua figlia.

Irene era uno splendore. Sulla sua pelle d'alabastro, il tailleur in shantung di seta color rosa confetto metteva in risalto la figura esile.

Penelope ancora una volta si sentì inadeguata. Calzava sandaletti piatti color cuoio, bermuda stinti, una maglietta bianca con una scritta vistosa: DIO È MORTO, MARX È MORTO E NEANCH'IO MI SENTO MOLTO BENE. La firma era quella di Woody Allen.

«Sì, ti ho sentita benissimo», replicò Irene, considerando il pensiero di Allen in bella vista sul seno di sua figlia.

«Io non mi sono mai fidata di te. E avevo ragione», affermò Penelope.

«Certo che ti porti in giro dei pensieri pieni di ottimismo», ironizzò.

Quella era una maglietta di Daniele. Penelope l'aveva trovata tra gli indumenti estivi lasciati in villa. L'aveva indossata perché suo figlio le mancava, ma anche perché, tutto sommato, quella specie di motto era in sintonia con il suo stato d'animo.

«Non ho molte ragioni per essere allegra», ribatté, guardandola con severità.

Ma Irene sfuggiva il suo sguardo e si mise a osservare le pareti del salotto dove gli acquerelli di nonna Diomira erano tornati a far bella mostra di sé dentro cornici nuove dai bei colori pastello.

«Hai sempre avuto un pessimo carattere. Sei di quelli che vedono sempre il bicchiere mezzo vuoto», sentenziò sua madre.

«Avere una madre come te non è stata un'iniezione di ottimismo.»

«Non sono venuta qui per litigare», sorrise la donna.

«Lo so. Sei venuta per l'estremo saluto, prima di sparire

con quell'orribile Romeo Oggioni», disse Penelope, con voce tagliente.

«Io ho portato due croci molto pesanti nella mia vita: tuo padre e te. Lui mi ama al di là di ogni ragionevolezza, tu mi detesti per gelosia. Alla tua età, tiri in ballo i miei rapporti prematrimoniali con tuo padre. Non ti sembra di esagerare?»

«Adesso capisco perché tu e Andrea non avete mai legato: siete uguali. Io gli chiedo ragione dei suoi tradimenti e lui nega. Voglio sapere perché hai portato alto il vessillo della sposa arrivata vergine all'altare», urlò la giovane, esasperata dall'atteggiamento di sua madre.

«Racconterai mai ai tuoi figli di aver avuto un amante?» replicò Irene in un sussurro.

Penelope si sentì spiazzata.

«Non mi sembra che il tuo rapporto con Lucia sia migliore del nostro», proseguì Irene, rincarando la dose.

«Io non ho mai recitato la parte della madre perfetta», tentò di difendersi.

«Io sì. Ho sempre pensato che dovevo propormi al meglio, se volevo esserti d'esempio. Non ci sono riuscita. Eppure, per te, solo per te, avevo chiuso la storia con Romeo. Se non fossi stata incinta, forse non avrei neppure sposato tuo padre. Ma tu eri dentro di me e non volevo ucciderti come hanno fatto e continuano a fare molte donne. Mimì è stato il migliore dei mariti. Solo che per stare bene insieme bisogna volerlo in due. Io non lo volevo. Sì, sono venuta a salutarti. Vado a stare con un uomo che amo e mi ama da trent'anni. Naturalmente mi è mancato il coraggio di dire la verità a tuo padre. Gli voglio bene e mi addolora sapere quanto soffrirà per la mia fuga. Sono venuta a dirti di stargli vicino, se puoi.»

Penelope fu sul punto di lasciarsi travolgere dalla commozione. Ma tenne duro. Aveva già i suoi guai e non voleva farsi carico anche di quelli dei suoi genitori.

«Così, con quattro paroline, ti sei sgravata la coscienza», commentò.

«Esattamente come te. Con quattro lavori di restauro in questa bicocca cadente, pensi di rimettere ordine nella tua vita sgangherata», replicò Irene, alzandosi e avviandosi fuori del salotto.

«Questa casa, fino a ieri, era definita la 'villa al mare', se ricordo bene. Quanto alla mia vita sgangherata, ti ho sempre tenuta fuori dai miei problemi. Questo, almeno, dovresti apprezzarlo.»

«E hai fatto male. Avrei potuto esserti di aiuto. Comunque, un consiglio te lo devo. Poi tu farai, come sempre, quello che vuoi», disse, scendendo i gradini.

Di là dal cancello Penelope vide Romeo Oggioni al volante di una Porsche nera. Guardava verso di loro.

«Chiudi la storia con quel medico. Sono anni che la tiri in lungo, mentre hai un marito che è proprio fatto su misura per te. Al contrario di tuo padre, lui sa darti filo da torcere. È di questo che noi donne abbiamo bisogno per sentirci utili», sentenziò Irene, avviandosi verso l'uomo che l'aspettava.

Romeo uscì dall'auto, aprì la portiera a Irene. Ma prima fece un cenno di saluto a Penelope.

Allora, d'impulso, Penelope corse lungo il viale, uscì dal cancello e, prima che sua madre salisse in macchina, l'abbracciò.

«Buona fortuna», le sussurrò.

«Ricorda il mio consiglio», ribadì sua madre, commossa.

2

Il bip-bip insistente dell'orologio elettronico si ripercosse nella sua testa come un susseguirsi di martellate che frantumarono le quiete regioni del sonno. Daniele allungò il braccio verso il tavolino da notte, spense la sveglia e guardò l'ora luminosa: erano le cinque e trenta del mattino.

Scivolò fuori dal letto, imprecando contro il senso del dovere che era una novità assoluta nella sua giovane vita. Muovendosi con cautela, per non disturbare il sonno della famiglia, andò in bagno a lavarsi. Poi si vestì, prese il testo di psicologia e si chiuse in salotto. Quella mattina aveva un'interrogazione, l'ultima dell'anno, e non voleva fare scena muta.

Si rintanò su una poltrona e scelse un capitolo a caso. In due giorni aveva quasi mandato a memoria la materia dell'intero anno scolastico. Il capitolo scelto si intitolava: «Elementi e funzioni della vita intellettiva». Allora cominciò a ripetere a voce alta: «Gli elementi sono: sensazione, percezione, memoria e concetto...»

Quando finiva di ripetere una frase, controllava sul testo l'esattezza dell'esposizione. E commentava per se stesso: «Io, per esempio, ho la sensazione che di queste cavolate me ne importi zero, ma ho la percezione che se queste cavolate non le so, prenderò un'altra fregatura».

Dopo un'ora e mezzo di ripasso, gli sembrò di avere una preparazione accettabile.

Tra pochi minuti si sarebbero alzati il nonno e Lucia. Suo padre e Luca avrebbero dormito fino alle otto. Decise di telefonare a sua madre. Il bisogno di lei diventava sempre più urgente. Non che avesse necessità particolari. Però aveva voglia di vederla, di sentire il calore del suo abbraccio, di ascoltare la sua voce.

La chiamò sul numero di Cesenatico e Penelope rispose dopo ripetuti squilli, nel momento in cui stava per riagganciare.

«Tesoro, sei tu!» disse con voce assonnata.

«Credevo che non fossi in casa», rispose Daniele, con un senso di sollievo.

«Il fatto è che dalla mia camera da letto sono dovuta scendere fino nel vestibolo. Credo che dovrò chiedere una derivazione al primo piano. Quand'ero ragazzina come te, scendevo queste scale a rompicollo. Ora sto perdendo agilità e scioltezza», spiegò lei.

«Mamma, starai via ancora a lungo?» domandò il ragazzo, affrontando il motivo della telefonata.

«Qui ci sono ancora lavori in ballo e…»

«E tu non sei pronta. Capisco», tagliò corto Daniele.

«Mi manchi, tesoro», sospirò lei. «Mi mancate tutti.»

«Anche papà?»

«Certamente, ma meno di voi. Vorrei avere qui te, Lucia e il piccolino. Chissà che presto non si possa fare. Vi penso moltissimo. Come state?»

«Bene, in generale. Io mi sono alzato alle cinque e mezzo per ripassare il testo di psicologia. Ho un'interrogazione alla seconda ora. So che sarò bocciato. Ma non voglio che sia con disonore. Ho già fatto tante cazzate. Alcune neanche le sai», confessò.

«Quali sono quelle che non so?» chiese lei, già in ansia.

«Adesso non contano più. È così bello fare le 'cose a modo', come dici tu. Prima non lo sapevo. Devo lasciarti, perché sento che qualcuno si sta muovendo di là. Forse è il nonno.»

«È ancora lì, mio padre?» domandò.

«Vive con noi. Sai, dopo la partenza della nonna, si è sentito molto solo. Lui e papà vanno d'accordo.»

«Stanno cambiando tante cose, da quando sono andata via. Ne sono contenta. In bocca al lupo per la tua interrogazione.»

«Mamma, ti voglio bene. Spero di vederti presto», disse Daniele.

Chiuse la comunicazione, prese il suo libro e andò in cucina. Aprì la porta sul balconcino, alzò le tapparelle e la luce di giugno irruppe nella stanza. Stava mettendo il latte sul fuoco, quando si rese conto che c'era un silenzio insolito. Cip e Ciop non si erano ancora esibiti nel solito cinguettio forsennato. Alzò lo sguardo alla gabbietta. Era vuota.

Il primo pensiero fu che fossero volati via. Ma lo sportellino era chiuso. Allora li vide esanimi, sulla lettiera. Erano due mucchietti di piume sfavillanti.

«Lucia! Lucia, vieni subito», supplicò, bussando alla porta del bagno.

«Sono appena le sette e dieci e tu già rompi le scatole», deplorò la sorella, spalancando la porta e guardandolo con aggressività.

«Cip e Ciop sono morti», annunciò.

«Ma non fare lo scemo. Ieri sera stavano benissimo.» Stava per richiudere la porta e vide che suo fratello aveva gli occhi lucidi di pianto.

«Porca miseria! E adesso chi lo dice a Luca?» sussurrò lei che era piombata in cucina per constatare il decesso.

«Qualcuno gli ha tirato il collo durante la notte», ragionò il ragazzo.

«Non sparare cazzate. Chi mai farebbe una cosa tanto brutta?»

«Priscilla. Non fa che lamentarsi. Tollera Sansone, ma soltanto perché lo teme. Ogni giorno ripete ossessivamente che di questi *birds* non ne può più. È stata lei», decise Daniele.

In quel momento comparve Mimì Pennisi. Aveva in mano il guinzaglio e si apprestava a portar fuori il cane. Era un compito che si era assunto volentieri. I due nipoti lo scrutarono con fare accusatorio, dopo essersi scambiati un'occhiata eloquente, che diceva: «E se fosse stato il nonno?»

«Be', cosa sta succedendo?» domandò Mimì, con aria candida.

«No, il nonno non si macchierebbe mai di una simile infamia», giudicò Daniele, a voce alta.

«Qualcuno ha tirato il collo a Cip e Ciop», annunciò Lucia.

Sansone uggiolava sulla soglia della stanza perché aveva visto il guinzaglio e voleva uscire subito. Il nonno aprì la gabbietta, prese un pappagallino tra le mani e lo esaminò con cura.

«Nessuno gli ha tirato il collo», sentenziò. «Forse sono morti d'infarto.»

«Tutti e due insieme?» dubitò Lucia.

«Succede. Forse è mancata prima Cip. Il povero Ciop non ha retto il dolore. Quando due si amano come loro, la morte di uno significa spesso la morte anche per l'altro. Lo sapete come vengono chiamati questi pappagallini?

'Gli inseparabili'. Non possono vivere l'uno senza l'altra.»

«Sarà un brutto colpo per Luca», insistette Lucia. «Prima è andata via la mamma, poi la nonna e adesso sono morti loro.»

«Io comunque non lo sveglio per dargli la notizia. Tanto più che sono in ritardo», decise Daniele.

«Non preoccuparti. Penserò io a parlare con il piccolo», li rassicurò il nonno.

Luca accettò il fatto con apparente tranquillità. Avvolse amorevolmente i pappagallini in un fazzoletto di carta. Sacrificò una piccola scatola del suo Lego per farne la loro bara. Mentre i suoi fratelli erano a scuola organizzò il funerale. Avvertì gli amichetti che abitavano nel condominio e confabulò con il portiere che promise di scavare una buca nell'aiuola in fondo al cortile, sotto una pianta di oleandro in fiore. Il pomeriggio di quel giorno, dall'atrio del palazzo, partì una piccola processione. Luca, in testa a tutti, reggeva solennemente, sul palmo delle mani, la scatola che conteneva le spoglie dei due uccellini. Altri bambini lo seguivano compunti. Daniele e il nonno chiudevano il corteo.

Per l'occasione, Daniele aveva scritto una breve canzone che cantò, accompagnandosi con la chitarra, mentre gli altri facevano il giro del cortile.

Lucia si era rifiutata di partecipare a quella che aveva definito «una pagliacciata infantile». Ma sentendo la bella voce del fratello si era affacciata al balcone e aveva seguito l'intera cerimonia.

Priscilla nascose la gabbietta ormai vuota sulla sommità di uno scaffale del ripostiglio.

«Se non altro, la cucina adesso sarà più pulita», sentenziò.

Lucia non fece commenti. Si mise a preparare la cioccolata.

«Con questo caldo?» protestò la domestica.

«A Luca piace. Ha bisogno di consolazione», replicò.

Luca la gradì. Mimì Pennisi, invece, rispolverò la sua anima siciliana e disse: «I pennuti morti in casa annunciano una disgrazia».

3

ANDREA aveva più di una ragione per essere preoccupato. Sua madre era ancora in ospedale. Al giornale c'era tensione perché, ultimamente, le tirature avevano subìto una flessione e Moscati non tralasciava occasione per scaricare sui giornalisti il malumore. La sua famiglia, senza Penelope, gravava interamente su di lui. Ma, soprattutto, lo tormentava la gelosia. Il fatto che sua moglie avesse aspettato otto anni per rivelargli un tradimento, non gli dava pace.

Per fortuna i problemi famigliari assorbivano gran parte del tempo che non dedicava al lavoro. Oltretutto, doveva programmare un'estate decente per il piccolo Luca. Stava anche cercando di capire che cosa stesse accadendo tra Lucia e il suo ragazzo. A vederli insieme, sembravano una coppia di vecchi coniugi più che due giovani innamorati. Andrea aveva l'impressione che sua figlia volesse scaricare Roberto e lui stesse cercando strade traverse per evitarlo.

Ormai si era fatto un quadro esatto di quanto fosse difficile occuparsi di una famiglia, di una domestica cretina, di un suocero che, quando non delirava sulle vicende di Marat e Charlotte Corday, profetizzava sventure a causa della morte di due stupidi pappagallini.

Adesso erano tutti a tavola a consumare una cena spartana preparata da Lucia. Quella sera aveva cucinato un riso freddo con rucola e code di gamberoni.

«Piatto unico», aveva spiegato. «Perché comprende primo, secondo e contorno. Costa un pozzo di quattrini, mangiatelo con rispetto.»

Luca, invece, prendeva dal suo piatto un gamberone dopo l'altro e lo allungava a Sansone.

«Tu sei tutto scemo!» si spazientì la sorella, avendo notato quella manovra fatta di soppiatto. «Hai idea di quanto costi questa roba?»

«Io non mangio i cadaveri degli animaletti», disse Luca, avvampando.

«Ma bene! Ci mancava il vegetariano in questo Barnum di pazzi», osservò Andrea.

Daniele era euforico, quella sera, perché si stava ancora godendo l'ottimo voto nell'interrogazione di psicologia.

Si alzò da tavola e tornò poco dopo tenendo tra il pollice e l'indice un pesciolino rosso che si dibatteva.

«Se non mangi gli animaletti morti, mangia questo che è vivo», affermò mettendoglielo nel piatto.

Per tutta risposta Luca impallidì, poi arrossì, boccheggiò, divenne violaceo e smise di respirare.

I due fratelli, sentendosi colpevoli, gli furono addosso preoccupati e teneri.

«Perdonami, perdonami», supplicò Daniele.

«Giuro che non ti sgriderò più», promise Lucia, perché il piccolo manifestava gli stessi sintomi preoccupanti di quella volta in cui era stato portato di corsa in ospedale.

Priscilla si mise a strillare. Non aveva mai visto Luca in quelle condizioni.

«*My God!* Il piccolo muore!»

Mimì Pennisi non si scompose.

Andrea prese la brocca dell'acqua che era sul tavolo e gliela rovesciò sulla testa. Funzionò. Il piccolo ingoiò aria e ricominciò a respirare. A quel punto il padre lo afferrò per le ascelle, lo mise in piedi sulla sedia e gli allentò due schiaffi pesanti sulle guance. Poi gli infilò una mano nella tasca dei calzoni e si impossessò della bomboletta di Ventolin.

«La vedi questa?» disse con voce ferma. «Guardala bene, perché da questo momento non la vedrai più.» La fece volare fuori dalla finestra.

«Adesso fila di corsa a cambiarti e poi torna qui a mangiare il riso e i gamberoni. Non voglio più sentir parlare di asma, di spray contro l'asma, di attacchi d'asma. È finita. Mi sono spiegato?» Lo rimise a terra e lo spinse fuori dalla cucina.

«Morirò. E tu mi avrai sulla coscienza», disse Luca, guardandolo con occhi minacciosi.

«Vuol dire che ti faremo un bel funerale come lo hanno avuto Cip e Ciop.»

«E se non morirò, starò così male che dovrai portarmi in ospedale», martellò il piccolino.

«Molto bene. Così starai insieme a nonna Maria. E ci rimarrai per tutto il tempo in cui ci rimarrà lei», decretò Andrea. «E sarà tantissimo.»

Pochi minuti dopo, Luca si ripresentò a tavola.

Si era cambiato e pettinato. Aveva sul viso i segni rossi degli schiaffi. Riprese il suo posto a tavola e mangiò tutto il riso, fino all'ultimo chicco, e i gamberoni.

Poi guardò dritto negli occhi suo padre e disse: «Non ti rivolgerò più la parola finché vivrai e non dormirò mai più nel lettone con te». Scese dalla sedia e, seguito da Sansone, si chiuse nella sua camera.

«Io vado in farmacia a comperargli il Ventolin», annunciò Lucia.

Andrea non fece commenti. Gli dispiaceva di aver preso a schiaffi il suo bambino. Sperava ardentemente che la sua fermezza potesse servire a placare le crisi ansiose del piccolo.

Andò a lavorare con il cuore gonfio di amarezza. Quando rincasò, poco dopo la mezzanotte, vide il suo letto vuoto. Sì sentì solo. Pensò a sua moglie che gli aveva scaricato una famiglia da gestire. Sedette alla scrivania. Prese carta e penna e cominciò a scrivere una lettera che meditava da giorni.

30 maggio

Cara Penelope,
ho taciuto per qualche giorno, nel tentativo di digerire il tuo tradimento. Non ci sono riuscito. È passato il furore, ma non l'amarezza. So di non averti reso la vita facile, ma che bisogno c'era, dopo tanto tempo, di farmi sapere che sei stata innamorata di un uomo stupendo? Soltanto il livore può averti dettato questa confessione tardiva. Se la tua rivelazione non è stata dettata dalla perfidia, che cosa ti ha spinto a farlo?

Sono stato un compagno trasgressivo e un padre assente. È vero. Forse la tua fuga era proprio necessaria. Ho avuto modo di pensare, di riflettere, di cercare in me stesso le ragioni di tanti miei atteggiamenti infantili e sciocchi. Ho capito quanto ti hanno ferito i miei scatti d'ira, la mia incapacità di avere un confronto ragionevole con te e con i nostri figli. Ho anche capito la causa di certi comportamenti irrazionali che adesso, faticosamente, tento di controllare. Se non te ne fossi andata, mettendomi di fronte ai fatti, invece che alle parole, probabilmente non avrei mai preso coscienza di un disagio che viene da lontano. E dunque, di questo ti sono grato.

Ma se è vero che, per anni, io ti ho ferita e umiliata, è altrettanto vero che tu hai ricambiato le mie colpe sparandomi a bruciapelo, come un killer spietato. Mi hai steso definitivamente.

Amatissima Pepe, devo dirti una verità inconfutabile: io ho amato una sola donna. Sei tu. E ti ho perduta per un fottutissimo Raimondo Maria Teodoli di San Vitale, che Dio lo strafulmini.

A questo punto, se ancora ritieni di aver sbagliato a lasciare lui per continuare a vivere con me, sono pronto a concederti il divorzio, assumendomi ogni colpa.

Non voglio ritrovarmi all'età di tuo padre, con te che scappi per inseguire un antico amore.

Andrea

4

Sistemata al meglio la villa di nonna Diomira, Penelope si rese conto che non aveva più niente da fare. Passò in rassegna la casa, dalla cantina alla torretta, cercando inutilmente un modo per impiegare il suo tempo. Tutto era pulito e ordinato. Il suo salvagente si era sgonfiato e lei annaspava nel mare infido della solitudine.

La sua fuga stava producendo frutti in seno alla famiglia. Per quanto la riguardava, l'aveva aiutata a capire che doveva assolutamente chiudere la partita con Mortimer. Ma non sapeva come. Sarebbe bastato alzare il telefono, comporre il suo numero, sentire la sua voce e dirgli: «È finita»? Non aveva senso. Una volta chiusa la comunicazione, si sarebbe ritrovata allo stesso punto.

Doveva rivederlo, guardarlo negli occhi, parlargli di sé. Doveva fargli sentire che la loro storia era davvero conclusa. Non ci sarebbero stati ripensamenti. Mortimer era nel suo cuore, ma Andrea e i loro figli erano nella sua vita, per sempre. Rinnovando la villa aveva voluto conservare il vecchio telefono nero a parete. Così entrò nel vestibolo, risoluta a telefonargli. Alzò il ricevitore e poi pensò che sarebbe stato meglio se, prima, si fosse presa un caffè.

Andò in cucina e mise sul fornello la napoletana. Sentì

suonare il campanello. S'affacciò alla finestra. Era il suo vicino.

«Posso entrare?» domandò il professore.

«Ha sentito il profumo del caffè. Vero?» disse lei, azionando l'apertura elettrica.

L'uomo avanzò lungo il vialetto. Penelope gli andò incontro.

«Nonostante sappia che tu sei in villa, il postino si ostina a infilare la tua posta nella mia cassetta», spiegò, porgendole un plico di lettere. Lei lo posò sul tavolo rotondo, nel vestibolo. Poi, lo precedette verso la cucina.

«Lo sai che il medico mi ha proibito di bere il caffè?» annunciò come se si trattasse di un divieto scandaloso.

«Da quando?» domandò lei, mentre metteva sul tavolo due belle tazzine di porcellana russa, blu e oro, che era tutto quanto restava di un servizio completo della nonna.

«Da ieri. Ho avuto un capogiro. Isabella si è preoccupata. Ha chiamato Fantini che mi ha fatto una visita molto accurata. Alla fine ha detto: 'Niente caffè, niente vino, niente intingoli e prendi queste pillole per la pressione'. Hai capito, ragazza mia, come stanno le cose?» Isabella era la donna del paese che lo accudiva e Fantini era il vecchio medico che aveva curato la nonna, la mamma, lei e anche i suoi figli, quando si ammalavano durante l'estate.

«Allora?» chiese lei, non sapendo se dovesse versare il caffè anche per lui.

«Intanto, non posso rifiutare il tuo invito. Quindi lo berrò. Inoltre volevo ragionare con te su questo fatto: è giusto proibire questi piccoli peccati a un uomo della mia età? Vedi, il mio obiettivo non è quello di arrivare ai novant'anni come mia madre. Se continuare a prendere caffè e tutto il resto significa abbreviare la mia vita, io dico che va bene. Ognuno di noi ha diritto alla propria dignità. Queste rinunce sanno di vigliaccheria. Ricordo quante volte Fantini diceva a tua nonna: 'Basta sigarette'. Non lo ha mai ascoltato. Senza fumare, forse, sarebbe vissuta di più. Ma come? In quali condizioni? È giusto aggiungere anni alla vita, come se si trattasse di una gara di resistenza? Ancora mezzo cucchiaino di zucchero. Lo sai che mi piace dolce. Grazie, cara. Dunque, ti stavo dicendo che ho pensato a lungo, ieri sera, a tutto questo. E dopo ho telefonato a Fantini e gli ho esposto queste perplessità. Fantini, lo sai, è un caro amico. Sostanzialmente si è dichiarato d'accordo con me. Però! C'è sempre un 'però', quando tenti di far valere le tue ragioni. 'Però', dice lui, 'con la pressione alta rischi un'ischemia cerebrale. Questo, tradotto in soldoni, vuol dire una paralisi. Vuoi correre questo rischio?' Io dico no, questo rischio non voglio corlo. Vorrei finire i miei giorni in un solo istante, come è stato per mia madre e per tua nonna. Tu cosa ne pensi?» domandò, mentre si portava alle labbra la tazzina del caffè.

«Io vorrei che lei non morisse mai. Ogni volta che una persona cara se ne va si porta via anche una parte della mia vita», replicò.

Venne a insinuarsi tra le sue gambe una gattina gravida miagolante.

«Ti sei presa un gatto?» domandò il professore.

«Lei ha preso me. Si aggirava da giorni nel giardino. Io le davo da mangiare e da bere. Poi mi sono accorta che è incinta. Allora le ho preparato una cesta, sotto la veranda, e l'ho imbottita con una vecchia maglia di lana. Credo che andrà lì a sgravarsi», spiegò.

«Be', adesso si sta lamentando. Forse ha bisogno di te», l'avvertì. Si alzò e si avviò fuori della cucina. «Grazie per il caffè. Ho trovato una soluzione alla minaccia di Fantini: prenderò le sue pillole, ma non mi priverò del vino, degli intingoli e neanche del caffè», concluse.

La gatta seguì l'uomo in giardino. Penelope chiuse l'uscio. Adesso avrebbe telefonato a Mortimer.

Fece il numero di casa, a Milano. Il domestico spagnolo la informò che il dottore era a Bergamo.

Allora chiamò palazzo San Vitale.

«È un piacere sentirla, signora», esclamò Cesira. «Le passo subito il dottore.»

Pochi istanti dopo lui disse: «Ciao, Pepe».

«Devo vederti», rispose lei.

«Quando vuoi.»

«Sono a Cesenatico. Mi ci vorranno tre ore per arrivare fin lì.»

«Puoi venire in qualsiasi momento.»

«Chiudo casa e parto.»

«Ti aspetto.»

Penelope ricollocò lentamente la cornetta nella sua forcella. Fece il giro della casa per chiudere porte e finestre. Sentì il lamento della gattina. Corse fuori e la trovò nella cesta. La piccola randagia la guardava con occhi supplichevoli. Stava per partorire e soffriva. Allora le accarezzò il ventre come aveva fatto Mortimer, con lei, quando stava per partorire Luca.

La terza gravidanza

1

PENELOPE rincasò ansante per la fatica di reggere due grandi borse di plastica colme di provviste. Era entrata nel nono mese di gravidanza ed era ingrassata di dieci chili. Il telefono stava squillando. Appoggiò le borse per terra e si precipitò a rispondere. Era suo marito che la chiamava dal giornale.

«Pepe, ho invitato a cena, per questa sera, Moscati e la moglie. Metti insieme qualcosa di squisito, come sai fare tu. Mi raccomando, fammi fare bella figura.»

Lei aveva il fiato corto e le gambe gonfie, perché tratteneva molti liquidi. Il professor Viviani, che la seguiva dall'inizio, l'aveva rassicurata. Il bambino stava benissimo. Lei avrebbe soltanto dovuto essere più severa con la dieta. Ma non riusciva a rinunciare a qualche incursione furtiva nella pasticceria all'angolo dell'isolato, dove faceva man bassa di bignè alla vaniglia e al cioccolato.

«Ma proprio questa sera? Sono così stanca, Andrea», tentò una timida protesta.

«Sono soltanto le undici del mattino. Hai tutto il giorno per riposare e questa sera sarai in gran forma. Mi fido di te. Baci», disse lui, chiudendo la comunicazione.

Penelope si abbandonò esausta su una poltrona. Si liberò

delle scarpe che faticavano a contenere i piedi gonfi. Emise un sospiro di rassegnazione. Doveva ancora riordinare i letti. Aveva un cesto di biancheria da mettere in lavatrice. Bisognava preparare il pranzo e andare a scuola a prendere Daniele e Lucia. E poi avrebbe dovuto cucinare tutto il pomeriggio per allestire una cena decente. Altro che tutto il giorno per riposare! Andrea era unicamente preoccupato di far bella figura con il suo direttore e la gentile consorte, che continuava a tradire con Diana Migliavacca. Voleva che Moscati vedesse la loro bella casa, che si rendesse conto di quali buoni piatti Penelope sapesse preparare. Il fatto che tutto questo fosse il prodotto delle fatiche di Penelope era assolutamente secondario. Per allestire il nuovo appartamento, Penelope aveva dato fondo a tutti i guadagni che le erano venuti dai diritti d'autore di *Baci di dama*. A quel punto, sebbene avesse estremo bisogno di un aiuto domestico, sapeva di non poterselo permettere. Così continuava a sostenere con le sue sole forze il peso della famiglia.

Preparò una cena al meglio delle sue capacità. Poi mise a letto Daniele e Lucia, raccomandandogli di stare buoni perché papà aveva ospiti importanti. Apparecchiò la tavola in sala da pranzo con la tovaglia in lino di Fiandra, i piatti di porcellana e i preziosi calici di cristallo che erano appartenuti alla nonna. Le posate d'argento inglesi avevano un'identica provenienza.

Moscati, che era un partenopeo d'origine proletaria, e la moglie, milanese di origine modesta, non si resero neppure conto della raffinatezza di quell'apparato.

Per tutto il tempo, Penelope trascinò la sua pesantezza dalla cucina alla sala da pranzo e viceversa, mentre Andrea conversava amabilmente con gli ospiti, le impartiva ordini e ignorava ottusamente la sua spossatezza.

La signora Moscati a un certo punto disse: «Cara, mi sembri un po' stanca».

Quel commento suonò come una presa in giro. La signora non si era neppure degnata di aiutarla a sparecchiare la tavola. Eppure la vedeva annaspare, gravata dal peso del pancione. Lei non si curò di risponderle. Mentre Andrea formulava una nuova richiesta – servire il caffè e quel whisky scozzese di dodici anni – Penelope si avviò lungo il corridoio, entrò in camera, si distese sul letto. Era sfinita e sentiva fitte sorde e dolenti martoriarle la schiena.

Andrea spalancò la porta della camera.

«Ma sei impazzita? Noi, di là, stiamo aspettando whisky e caffè. Che cosa ti è venuto in mente di mollarci...»

«Telefona al professor Viviani. Digli che mi sembra di avere le doglie», disse lei, boccheggiando.

Un'ora dopo era nella sala travaglio del reparto di ginecologia del Policlinico.

Il professor Viviani non c'era. Era andato a Vienna per un congresso. C'era però un'ostetrica che stava litigando con il ginecologo di turno perché questi sosteneva che il bambino non era girato nella posizione giusta per uscire.

«È un parto prematuro», disse il ginecologo. «Ma ci vorranno ore prima che la signora si sgravi», spiegò ad Andrea.

Ancora una volta Daniele e Lucia erano rimasti a casa, da soli, in piena notte.

«Vai da loro, per favore», Penelope supplicò il marito.

Andrea era ansioso e sconvolto.

«Pepe, ti domando perdono. Sono stato un egoista, come sempre. Ero così preoccupato per gli ospiti, da dimenticare la tua condizione. Mi sento un verme.»

«Lascia perdere. Adesso occupati dei bambini. Vai subito da loro», gli raccomandò.

«Perché? Ormai sono grandini. Inoltre, per fortuna, stanno dormendo», protestò lui. «E poi anche questo che sta per nascere è mio figlio.»

«Sì, ma per il momento è soltanto affar mio. Togliti di mezzo, Andrea. Ho già fatto due figli. So come vanno queste cose. Sento che questo travaglio andrà per le lunghe. Vai subito a casa», gli ordinò.

L'ostetrica annuì. Apparteneva alla vecchia scuola secondo cui il parto è un problema esclusivamente di donne. I padri, in sala parto, le davano molto fastidio, anche se doveva fare buon viso perché queste erano le nuove regole.

Appena Andrea se ne andò, lei si chinò sulla partoriente ad accarezzarle i capelli.

«Ascolti, figliola», disse in un sussurro. «Io, questo parto non lo vedo tanto bene, con il dottor Botti che è ubriaco fradicio.»

«Mi è venuta la nausea appena ho sentito il suo fiato da avvinazzato», confermò Penelope.

«Così mi sono permessa di chiamare il dottor Teodoli. È il migliore, qui dentro. L'ho trovato in casa, per fortuna. E siccome sta a due passi, arriverà subito. Con lui, sarò più tranquilla io e lei sarà in ottime mani.»

Questa non ci voleva. Penelope e Mortimer si erano lasciati da un anno, ormai. Con quale animo l'avrebbe aiutata a partorire il figlio che avrebbe tanto desiderato avere da lei?

«Non doveva», protestò debolmente.

«Figliola, io lavoro qui dentro da una vita. Ne ho viste di tutte, tra medici e pazienti. Botti è una palla al piede che ci portiamo dietro da anni. Per questo i medici stanno all'erta, quando c'è lui di guardia. Tra poco arriverà la persona giusta per aiutarla. Ecco, guardi, è già qui», disse con sollievo mentre Mortimer entrava nella stanza. Lui vide il viso gonfio e sofferente di Penelope. Le sorrise. Scoprì il ventre enorme, posò una mano sul suo grembo e l'accarezzò. Penelope aveva gli occhi sbarrati. Faceva piccoli respiri, inglobando poca aria con molta frequenza. La carezza del medico sul ventre le diede sollievo.

«Sei in anticipo di tre settimane sulla data del parto», disse. E soggiunse: «È evidente che questo bambino ha una gran fretta di nascere». Mortimer sapeva di questa gravidanza, perché Penelope glielo aveva scritto. Lui, però, aveva lasciato passare qualche settimana prima di farsi vivo.

«Come va la gravidanza?» le aveva domandato.

Conoscendolo, Penelope sapeva quanto dovesse costargli quel tono solo apparentemente asettico. Il fatto che fosse rimasta incinta implicava una ritrovata serenità nei rapporti con il marito.

«Viviani dice che è tutto a posto. E tu, come stai?» aveva domandato a sua volta.

«Sono appena tornato da Boston. Mia moglie si è risposata e mi ha voluto come testimone di nozze», spiegò.

«È stato difficile?»

«È stato molto divertente. Katherine sa essere spiritosa.»

Così le aveva inviato un altro messaggio. Adesso lui era davvero un uomo libero. Lei invece si era impegolata in una nuova gravidanza.

«Io no. Non so essere spiritosa in faccende di questo genere. E nemmeno tu», aveva detto.

Ora Mortimer era chino su di lei, le sfiorava il ventre con quelle mani che avevano davvero il potere di farla stare meglio, e le parlava con dolcezza.

«Mi sembra che il piccolo sia in ottima posizione. Il monitoraggio cardiaco mi dice che sta bene. Le contrazioni si fanno sempre più frequenti. Pepe, credo che ci siamo. Ti porto di là. Tuo figlio sta per nascere», dichiarò con voce gioiosa.

In sala parto, l'aspettavano l'ostetrica, due infermiere e il neonatologo. Mortimer le praticò un'anestesia locale e quindi fece una piccola incisione nella vagina per facilitare l'uscita del bambino, senza procurare lacerazioni alla mamma.

«Spingi, Pepe. Spingi con forza», la spronò. «Così, bravissima. Sto vedendo la testa. Ancora una bella spinta, tesoro.» Quel «tesoro» gli era sfuggito e neanche se ne accorse. L'ostetrica avvertì quelle tre sillabe pronunciate con amore. Lavorava con lui e conosceva il suo intercalare abituale con le partorienti. Era sempre tenero e risoluto. Ma non aveva mai chiamato «tesoro» nessuna di loro. La donna prese la testa del bambino che era tutta fuori. Mortimer posò gli avambracci sull'addome di Penelope ed esercitò una robusta pressione per aiutarla a espellere il piccolo. Penelope era imperlata di sudore, dilaniata dalle contrazioni, ma spinse con tutte le sue forze.

Fu lui a raccoglierlo mentre con un ultimo guizzo usciva dal grembo della madre e lo affidò all'infermiera perché lo pulisse. Poi glielo mise tra le braccia. Era un bambino bellissimo. Il neonatologo lo visitò velocemente. «Non ha bisogno di incubatrice», decise. E rivolgendosi a Penelope soggiunse: «Complimenti, signora. Ha fatto un bambino bellissimo».

Poco dopo espulse la placenta. Infine Mortimer la ricucì. Poi venne messa su un lettino per essere portata in camera.

«Portala di sopra, al reparto solventi», disse il ginecologo.

«Ho freddo», si lamentò Penelope quando fu nella stanza. Era sempre così, quando partoriva. Prima brividi di freddo e tremore in tutto il corpo. Poi arrivava la pace e, con questa, anche le lacrime.

Stava piangendo quando Mortimer entrò nella stanza. Adesso si era liberato del camice. Indossava lo stesso vestito di quella domenica di due anni prima, quando l'aveva condotta a Bergamo per la prima volta.

«Voglio dirti che sei stata bravissima», esordì lui, prendendole una mano e sfiorandola con un bacio.

«Ho un certo allenamento. Alla quarta gravidanza sarò quasi perfetta», tentò di scherzare.

«Non cercare la battuta a tutti i costi. Piangi tranquillamente tutte le tue lacrime. Ci vorrà qualche giorno, lo sai, prima di uscire dalla depressione.»

«Lo so. Ma questo non toglie che io mi senta da schifo. Sei arrivato un'altra volta, proprio nel momento in cui avevo bisogno di te», sussurrò, tra le lacrime.

«Sembra che, nonostante la nostra buona volontà per stare lontani, la sorte ci rimetta ogni volta sulla stessa strada», disse lui, con un sorriso malinconico.

Entrò nella stanza un'infermiera con garze e disinfettante per pulire il seno. «Adesso le portiamo il bambino. Sa già come attaccarlo al capezzolo. Vero?»

Penelope annuì. Furono di nuovo soli e Mortimer mosse due passi all'indietro, verso la porta.

«Scegli un nome per il piccolo. Ne hai il diritto», disse Penelope.

Lui scosse il capo.

«Non coinvolgermi oltre le mie possibilità», rispose.

«Passerai ancora a trovarmi?» gli domandò.

«Non hai più bisogno di me, Pepe.»

Quando le portarono suo figlio, lei avvicinò al seno la piccola bocca assetata di vita. Sorrise tra le lacrime.

«Ti chiamerò Luca, come l'evangelista. Era medico e pittore. Forse diventerai un artista, oppure un buon dottore. Proprio come Mortimer», sussurrò.

**Continuò ad accarezzare
la gattina...**

1

CONTINUÒ ad accarezzare la gattina che la guardava con occhi colmi di riconoscenza. Nacquero quattro cuccioli, bianchi e neri come la madre. Erano bagnati e affamati. Avevano gli occhietti ancora chiusi, ma l'istinto li guidò verso i capezzoli della mamma che li nutriva e li puliva con la piccola lingua ruvida.

«Sei una mammina perfetta», la consolò Penelope. «Un giorno troverò un nome adatto a te.»

Mise accanto alla cesta una ciotola d'acqua. Poi chiamò il professore che era in giardino.

«La gatta ha fatto quattro piccoli», annunciò. «Ho lasciato qui alcune scatole di mangime. Potrebbe darle un'occhiata, di tanto in tanto?» gli domandò.

Il professore si avvicinò alla recinzione che separava i rispettivi giardini.

«Come hai detto, cara?»

«Sto per partire.»

«Torni a Milano?»

«No. Vado a vedere se devo saltare quella famosa siepe», gli confidò.

«Ottima decisione, bambina mia.»

«È probabile che torni in serata. Se invece arrivassi domani, chi curerà la mia gattina? Il cibo è sul parapetto della veranda. Se ne occupa lei, professore?»

«Contaci», garantì il vecchio.

Salì in macchina, sicura di tornare a Cesenatico in serata. Ma non voleva che il professor Briganti stesse in ansia per lei, così si era tenuta larga con i tempi.

Era di nuovo in viaggio. Il suo stato d'animo, per fortuna, era migliore di quando aveva lasciato la sua famiglia. Nella solitudine di Cesenatico aveva preso una decisione che avrebbe consentito a lei e a Mortimer di separare definitivamente i loro destini. Finalmente gli avrebbe parlato con la serenità e il distacco di chi ha maturato un convincimento profondo. Quello vissuto con lui era stato un bellissimo sogno. Un magnifico ricordo da cullare per tutta la vita.

Mentre macinava chilometri, ricordò il palazzo barocco di via Porta Dipinta, i magnifici affreschi di Gian Giacomo Barbelli, al piano nobile, le sale che si aprivano sul cortile, le stanze di Mortimer dove, per molti mesi, aveva trascorso momenti di assoluta felicità. A Lodi, prima di infilarsi nella deviazione per Bergamo, si fermò a fare benzina. Si avvicinava un temporale. Appena risalita in macchina, arrivarono i primi goccioloni d'acqua sporca di sabbia. Sembrava che la pioggia le tendesse agguati ogni volta che decideva di partire. Quando uscì dal casello di Bergamo, il temporale si era allontanato verso ovest. Percorse fino in fondo il lungo rettilineo della Bergamo nuova e poi cominciò a salire verso la città alta. Passò sotto l'antica porta sovrastata dal Leone della Serenissima e lasciò la vettura nel parcheggio a pagamento, non lontano dal palazzo dei Teodoli.

Agguantò la borsetta e uscì su una piccola piazza. Si avviò lungo una stradina tortuosa, fiancheggiata da palazzi antichi e da giardini affacciati sulle vecchie mura.

Quando si profilò la sagoma imponente di palazzo San Vitale, si fermò a prendere fiato. Era sul punto di chiudere per sempre un capitolo molto importante della sua vita. Era emozionata. Incontrando Mortimer gli avrebbe detto: «Fatti una famiglia. Sposati e non pensare più a me».

Trasse un lungo respiro e, con passo deciso, attraversò l'androne. Mortimer sedeva sul bordo della fontana, al centro del cortile. Il grande Nettuno lo sovrastava con la sua imponenza e, con il braccio che reggeva il tridente, sembrava dividere la zona in ombra da quella soleggiata dove la siepe di mortella, dalle foglie ancora tenere, brillava lavata dalla pioggia recente.

Lui aveva i capelli cortissimi. Il volto era smagrito, i lineamenti perfetti avevano acquistato maggiore incisività. Indossava pantaloni grigi, una polo bianca e una giacca blu. Sentì l'eco dei suoi passi, alzò il viso e le sorrise.

«Mio Dio, come sei pallido», sussurrò lei, mentre Mortimer l'abbracciava.

Il loro ultimo incontro risaliva a due anni prima. Si erano visti durante la serata inaugurale di una commedia musicale al *Teatro Nuovo*. Il nome di Penelope era citato, sul cartellone, tra quelli degli autori. Lei aveva scritto i testi delle canzoni ed era lì, a godersi una festa anche sua, con Andrea e Lucia.

Nel primo intervallo, a metà dello spettacolo, mentre il pubblico si riversava nel ridotto, Andrea rimase in platea a chiacchierare con alcuni colleghi, critici musicali. Lei e Lucia si fecero strada a fatica tra la gente per cercare di raggiungere il bar e ascoltare, se possibile, i commenti degli spettatori.

Sebbene fosse di spalle, riconobbe subito Mortimer tra la folla. La figura imponente, la nuca solida, la massa di capelli scuri che gli accarezzava il collo erano inconfondibili.

«Vai al bar. Prendi quello che vuoi e compera delle caramelle», aveva detto alla figlia. «Ci rivediamo in sala», aveva soggiunto, mettendole in mano dei soldi, senza fornire spiegazioni.

Lui, le mani affondate nelle tasche dei calzoni, osservava uno dei tanti manifesti che tappezzavano la parete.

«So che non è il genere di spettacolo che preferisci», aveva esordito Penelope, sfiorandogli una spalla. «Dunque, ti ringrazio due volte per essere qui.»

«Sono molto fiero di te», aveva replicato lui, girandosi a guardarla.

Lei gli aveva teso una mano che lui tenne stretta nella sua. Si erano guardati a lungo negli occhi e i loro sguardi erano stati più eloquenti delle parole. Non avevano smesso d'amarsi. Penelope aveva liberato la mano che lui tratteneva, era indietreggiata di un passo e, colma di rimpianto, aveva sussurrato: «Ti telefono, uno di questi giorni».

Ora, nel cortile del palazzo, mentre si stringevano l'uno all'altra, Penelope ebbe la sensazione di abbracciare il nulla. Che fine aveva fatto quel corpo solido, ben strutturato e palpitante di vita che lei aveva tanto amato? Avvertì ancora, però, l'intensità del suo profumo.

«Che cosa ti è successo?» gli domandò, allarmata, nascondendo il viso nell'incavo della sua spalla.

«Le persone cambiano», rispose lui, staccandosi dalle sue braccia. «Tu, per fortuna, sei la bella ragazza di sempre», soggiunse. Poi affiorò sulle labbra il sorriso che lei conosceva. «Però io ti preferisco così.» Passò una mano tra i capelli e glieli scompigliò.

«Insomma! Mi ero pettinata con tanta cura. Sai come siamo fatte noi donne. Di fronte a un uomo, vogliamo presentarci al meglio», scherzò e soggiunse: «Perché non mi dici che cosa ti è successo?»

Sembrava che lui non avesse voglia di risponderle. La prese sottobraccio guidandola verso l'interno del palazzo. Salirono lo scalone che portava al piano superiore. Penelope guardò distrattamente i ritratti di Teodoli e dei San Vitale. Li conosceva a memoria.

«Prima parli tu. Sei stata tu a chiamarmi e a dire che volevi vedermi», precisò.

Ma Penelope era senza parole. Era arrivata fin lì con il fermo proposito di chiudere per sempre con lui. Adesso, percepiva una sorta di emozione e di sgomento che le impedivano di esprimersi.

Al primo piano venne loro incontro la signora Teodoli che teneva per mano un bel bambino dai grandi occhi scuri e ridenti.

«Ciao, Pepe», la salutò, abbracciandola. «Mi dispiace che tu sia arrivata soltanto adesso, quando tutti se ne sono andati. Sai, abbiamo avuto a pranzo alcuni colleghi di Mortimer e mio figlio Riccardo con la sua famiglia. Ora me ne sto andando anch'io e porto Manuel con me. Te lo ricordi, vero, il piccolo Manuel?»

Le parlava come se l'avesse vista appena ieri e non sette anni prima. Nella sua voce c'era la vivacità di un tempo, ma sembrava invecchiata e aveva negli occhi un'ombra di tristezza.

«Certo che me lo ricordo. Era un bimbetto alto così», disse Penelope riferendosi al bambino, figlio dei domestici spagnoli che vivevano con Mortimer nella casa di Milano. «Ciao, Manuel», sorrise. Poi si rivolse alla signora: «Forse sono capitata in un momento poco opportuno».

«Questo non lo credo proprio. Ho fatto preparare il tè da Cesira.»

Si allontanò con il ragazzino, mentre lei e Mortimer varcavano la soglia del salotto. La porta a vetri era spalancata sulla terrazza. Cesira stava apparecchiando il tavolo di plexiglas trasparente, sorretto da una struttura in acciaio, con tazzine, vassoi di pasticcini e tovaglioli di bisso finemente ricamati.

Salutò festosamente Penelope, poi si ritirò, lasciandoli soli. Presero posto su un divanetto coperto di cuscini rivestiti di tela grezza. Mortimer versò il tè nelle tazze.

«Baci di dama?» le domandò.

«Ti ricordi ancora che mi piacciono?» disse lei.

«Sono freschissimi. Li ha fatti Cesira sapendo che venivi.»

«Dimmi di te», lo sollecitò Penelope, prima di portare alle labbra la tazzina.

«È cominciato tutto con un neo sulla gamba», sussurrò Mortimer, guardando il cielo sopra il giardino. E soggiunse: «Un'ora fa pioveva ancora. Poi è tornato il sole per accoglierti».

«Vai avanti», lo spronò.

«Il tailleur che indossi mi riporta indietro nel tempo. E mi viene in mente una bella ragazza che avrei voluto portare al fiume», scherzò, evitando di parlare di sé.

«Dai, Mortimer. Tanto, prima o poi finirò per sapere tutto. Era tanto brutto quel neo?»

«Abbastanza. È esploso sei mesi fa, sparando ovunque cellule anomale. Il risultato, lo vedi», confessò, infine.

Penelope si sentì mancare. L'uomo forte, vitale, affascinante che aveva conosciuto non c'era più. Mortimer la guardava tristemente, la vide impallidire e recuperò il sorriso. Prese tra le dita un bacio di dama e glielo mise tra le labbra. «Dimmi se ti piace», sussurrò.

Penelope afferrò il suo polso e lo tenne stretto, guardandolo sgomenta.

«Perché non ne ho saputo niente?» gli domandò.

L'ultima lettera di Mortimer risaliva a tre mesi prima. Le parlava di un viaggio a Parigi dove era stato ospite della madre e del patrigno. Le raccontava di una cena al *Procope* dove aveva incontrato un paio di colleghi, ex compagni d'università. Era scritta con parole lievi e il tono scherzoso non lasciava trapelare il dramma che stava vivendo. Ora capiva che era andato in Francia per consultare qualche specialista che gli offrisse una speranza. «Perché non ne ho saputo niente?» ripeté aggressiva.

Mortimer ebbe un moto di impazienza.

«Avrei forse dovuto telefonarti o scriverti che ero ammalato? Che cosa avresti fatto? Non ho bisogno di lacrime. La pietà mi irrita. La verità mi atterrisce. Amo la vita, lo sai, mia dolcissima Pepe.»

Penelope si portò le mani al viso, come per porre una barriera tra sé e quella terribile verità.

«Ho avuto giorni difficili», proseguì Mortimer, «sono riuscito persino a detestare le persone che più mi amano: mia madre, mio fratello, i miei nipoti, i colleghi. Si sentivano tutti in dovere di consolarmi. Alcuni, ancora oggi, cercano di minimizzare. Sono bugie che mi irritano.»

Penelope di slancio lo abbracciò, gli occhi umidi di pianto.

«La morte non ha amici. Ti ho taciuto la mia situazione. Non volevo che sapessi. Poi tu mi hai telefonato. Hai detto che volevi vedermi. Avrei voluto risponderti che non era il caso. Invece, per debolezza, ho ceduto. Sono felice di rivederti», disse Mortimer stringendola a sé.

«Amore mio», sussurrò Penelope e soggiunse: «Ero venuta per dirti che non dovevi più aspettarmi, che dovevi farti una famiglia. Forse, se non ci fossimo lasciati, non ti saresti ammalato».

«Quel neo c'era da molto prima che ti incontrassi. Non lo avevo mai considerato. Non lasciarti catturare dai sensi di colpa. Ti metteresti su una brutta strada. E, questa volta, non potrei offrirti una spalla alla quale appoggiarti.»

Era scesa la sera e si erano levate folate d'aria fresca che avrebbero portato altra pioggia. Il tè si era raffreddato nelle tazze. Penelope rabbrividì.

«Andiamo dentro», suggerì lui.

Entrarono nel grande soggiorno dove Cesira aveva messo in bella mostra, su un tavolo, una ciotola di ciliegie.

«Sono del nostro frutteto. Ne vuoi?» domandò Mortimer.

«Forse dopo. Adesso vorrei riposarmi», replicò. All'improvviso si sentiva stanchissima, priva di forze.

«Se vuoi cambiarti, in camera troverai ancora i tuoi vestiti», la informò.

«Per tutti questi anni…» sussurrò lei senza finire la frase.

«Ho sempre sperato che saresti tornata», annuì, con una smorfia buffa, tra il riso e il pianto.

Penelope era angosciata e l'idea di rimettersi in viaggio per tornare a Cesenatico le sembrava insostenibile.

«Credi che potrei passare qui la notte?» domandò, esitando.

«Davo per scontato che ti saresti fermata», replicò lui.

Penelope s'inoltrò nell'appartamento di Mortimer e raggiunse la camera che occupava abitualmente. Non era cambiato nulla da quando era stata lì l'ultima volta. Ovunque c'era lo stesso ordine meticoloso, lo stesso profumo, i pochi vestiti che lei aveva lasciato erano ancora appesi nell'armadio. Finalmente sola, Penelope esplose in un pianto liberatorio. Poi, entrò nella stanza da bagno. C'era una vasca con l'idromassaggio. Quella era una novità. La riempì d'acqua, si spogliò e si distese in quel piccolo mare che ribolliva di bollicine.

«L'acqua che frigge», sussurrò, ricordando il chiosco di bibite accanto al cinema *Arena* di Cesenatico. Aveva sedici anni e, nelle sere di luglio e agosto, faceva l'aiutobarista, con estremo disappunto della nonna e con i sospiri rassegnati di sua madre. I bambini, prima di entrare nell'arena estiva, le allungavano cinquecento lire e le dicevano: «Pepe, dammi una bottiglia d'acqua, di quella che frigge». Si riferivano alla minerale frizzante.

In quegli anni, lei e le sue amiche si interrogavano spesso

sul loro futuro. Sofia diceva: «Io farò la signora, come mamma». E quello voleva dire che nelle sue aspirazioni c'era un buon matrimonio, che avrebbe continuato ad abitare in via Cappuccini, che avrebbe trascorso le sue giornate al golf e le sere a giocare a bridge.

Donata elaborava progetti sulla sua attività di astrologa: «Sposerò un uomo che possa essere un buon padre per i miei figli e aprirò uno studio di consulenze. Avrò una clientela importante e un'esistenza molto serena».

Penelope sospirava: «Io vorrei soltanto essere sempre innamorata».

A quell'epoca aveva quasi l'età di sua figlia Lucia.

Uscì dalla vasca. In un armadietto trovò la crema idratante per il corpo e quella per il viso. Si asciugò velocemente i capelli, si rivestì indossando pantaloni di lino blu e una camicetta di seta bianca.

Tornò nel soggiorno. Attraverso le portefinestre che davano sul terrazzo vide Cesira che stava riordinando il tavolo su cui aveva servito il tè. Nel cielo, grandi nuvole scure annunciavano altra pioggia.

«Il dottore è andato a riposare», la informò, raggiungendola.

«Ma è quasi ora di cena», obiettò Penelope.

«Ha avuto una giornata faticosa. Ultimamente si stanca con niente», commentò scuotendo il capo. Poi disse: «Sto preparando un minestrone di verdura e le frittelle con le zucchine. Mi sembra di ricordare che le piacciano. Quando vuole cenare, non ha che da dirlo, signora».

«Aspetterò che il dottore si alzi», replicò, sedendosi su una poltrona. Le sembrava di vivere un brutto sogno. Su quel grande palazzo, così bello e confortevole, dove un tempo aveva trascorso ore di intenso piacere, era scesa l'ombra della morte.

«Non ha neanche assaggiato le nostre ciliegie. E dire che

Tito le ha raccolte proprio per lei», la rimproverò l'anziana domestica.

«Mi dispiace, mi si è chiuso lo stomaco», si scusò Penelope.

«La capisco. Però, oggi lei è di nuovo qui e mi sembra che lui sia molto contento. La mia signora non lo lascia quasi mai. Gli amici vengono spesso a trovarlo, ma sembra che gli diano quasi fastidio», disse, prima di uscire dalla stanza.

Penelope vide cadere una pioggia fine e avvertì sulla pelle il soffio gelido della solitudine. «La morte non ha amici», aveva detto Mortimer, poco prima. Parole crude che esprimevano sostanzialmente una grande verità. Calò un pugno sul bracciolo della poltrona, in un inutile gesto di disperazione. Non riusciva ad accettare quella realtà così crudele.

Lasciò il soggiorno, tornò nell'appartamento di Mortimer e schiuse la porta della sua camera. Sul tavolino da notte, la lampada era accesa. Lui dormiva. Si avvicinò al letto in punta di piedi. Dal risvolto candido del lenzuolo emergeva un braccio nudo, dalla muscolatura ancora armoniosa.

Si accovacciò sul tappeto, di fianco a lui. Ascoltò il suo respiro, mentre spiava il suo viso, così come faceva con i suoi figli, quando era inquieta per loro. Approfittava del sonno per stargli vicina, poterli guardare, sentire il loro profumo e immaginare i loro sogni. La tenerezza le gonfiò il cuore. All'improvviso, Mortimer mosse il braccio e lo posò sulla sua spalla.

«Lo sapevo che saresti venuta», sussurrò.

«Ti ho svegliato?»

«Ti sento vicina e mi sembra che il sogno continui», disse lui.

«Che cosa hai sognato?» Penelope si mise in ginocchio e posò la testa sul cuscino, accanto alla sua.

«Una cosa bella e strana.»

«Racconta.»

«Ero in un bosco di alberi altissimi e camminavo su un terreno coperto di foglie. Era buio, intorno a me, e avevo paura. Poi ho alzato lo sguardo verso l'alto e ho visto una girandola di luci che aveva i colori dell'arcobaleno. Ho provato una sensazione di gioia assoluta, paragonabile soltanto a quella che provavo quando facevo l'amore con te.»

«Mi stai dicendo una cosa bellissima», sorrise lei.

«Mi hai fatto un regalo splendido venendo qui», sussurrò lui. E l'abbracciò.

Allora Penelope si tolse la camicetta, sfilò i pantaloni e scivolò nel letto, facendo aderire il suo corpo a quello di Mortimer.

«Neppure io, lo sai, avevo mai provato un piacere così intenso e perfetto, prima di conoscere te», gli confessò. E soggiunse: «Io credo che tu sia l'altra metà della mia mela».

Mortimer sorrise, mentre lei prese a spogliarlo con gesti lenti e delicati. Sentiva sotto le dita la levità di quel corpo tanto amato che conservava la levigata compattezza e il profumo che conosceva. Voleva con tutta se stessa che Mortimer percepisse, ancora una volta, il piacere della vita.

Sentirono cadere la pioggia mentre lei lo accoglieva dentro di sé.

Poi, piansero insieme, stretti l'uno all'altra.

«Ti ricordi, amore mio, quante volte siamo stati felici in questo grande letto?» domandò Penelope, in un sussurro.

«Il miracolo si è ripetuto ancora una volta», disse lui. «È valsa la pena aspettarti.» E le coprì il volto di tanti piccoli baci fino a quando lei si addormentò.

Mortimer rimase immobile, tenendola tra le braccia.

Quando la sentì avvolta da un sonno profondo, si sciolse da lei, si alzò, si rivestì. Aprì la cassaforte a muro, celata sotto un disegno di Gustav Klimt. Prese una piccola scatola rivestita di pelle scura. La aprì. Osservò l'anello in platino con un grosso diamante rosa tagliato a *marquise*. Era stato di sua madre. Avrebbe dovuto regalarlo a sua moglie Katherine. Non lo aveva mai fatto. Sette anni prima aveva inutilmente aspettato il momento opportuno per infilarlo al dito di Penelope. Lo fece ora, delicatamente, senza svegliarla.

Poi si chinò su di lei. Le sfiorò i capelli con una carezza. Spense il lume. Uscì dalla stanza.

Andò in bagno e si iniettò un antidolorifico. Da due mesi aveva sospeso la chemioterapia. Non aveva più ragione di prolungare, anche se di poco, la sua esistenza.

Cesira stava preparando la tavola per la cena.

«Metti un solo coperto, per la signora», le ordinò. Poi soggiunse: «Di' a Tito che si prepari a riportarmi a Milano».

«Ma la signora...» tentò di obiettare Cesira.

«Dorme.»

«E quando si sveglierà?»

«Capirà», disse lui. E non c'era davvero altro da aggiungere.

2

PENELOPE si svegliò di soprassalto, in preda a una sensazione di angoscia. Pensò d'aver fatto un brutto sogno. Poi ricordò. Allungò una mano nel letto per cercare Mortimer. Non c'era. Annaspando, trovò l'interruttore della luce e, facendo quel gesto, avvertì qualcosa di pesante all'anulare. La lampada sul comodino rischiarò la camera e la grossa pietra che le splendeva al dito. Sul comodino c'era la piccola scatola di pelle scura che aveva contenuto l'anello. Non poteva che essere stato lui a farle quel magnifico regalo.

Andò in bagno a rinfrescarsi, poi si rivestì ed entrò nel soggiorno. Cesira stava sferruzzando davanti al televisore che trasmetteva un vecchio film.

«Ha riposato bene?» le domandò.

«Dov'è il dottore?» chiese Penelope.

«Si è fatto accompagnare a Milano. Ha detto che lei avrebbe capito.»

«Che ore sono?» Era frastornata e infinitamente triste.

«Quasi le dieci. Se la sente di mangiare qualcosa?» propose la domestica, abbandonando il film e il lavoro a maglia.

Si sentiva il ticchettio della pioggia sui vetri della finestra.

«Prenderò quelle ciliegie che mi ha offerto prima.» E soggiunse: «Credo che partirò anch'io».

«Con questo tempo?»

«Cesira, devo andare via da qui.»

La donna annuì. Così Penelope se ne andò per sempre da quel palazzo in cui lasciava una parte importante della propria vita.

Arrivò a Cesenatico nel cuore della notte. Continuava a piovere e, prima ancora di entrare in casa, andò a cercare la gatta. Illuminò il sottoscala con una torcia che teneva sempre sul parapetto della veranda. La cesta era vuota. Non c'era traccia né della mamma né dei suoi cuccioli.

«È scappata!» sussurrò, colma di delusione. Sovrastata com'era dal pensiero della morte, la prospettiva di ritrovare quei micini palpitanti di vita aveva rappresentato una piccola consolazione. «Perché?» si domandò con amarezza, mentre apriva la porta di casa. Accese tutte le luci, andò in cucina e mise sul fuoco un pentolino di latte e cacao. Nonna Diomira, quando aveva un dispiacere, si consolava bevendo latte e cacao. Lei fece la stessa cosa. Lo zuccherò bene e lo versò in una scodella. Entrò in un salotto e sedette con aria pensosa sulla scomodissima sedietta chippendale. Prese a sorseggiare la cioccolata, sentendosi assolutamente priva di ogni energia. Vuotò la scodella e, senza rendersene conto, prese a dondolarsi sulla sedia, come faceva da bambina.

Risentì la voce roca di nonna Diomira che le diceva: «Penelope, per amor del cielo, smettila di dondolarti sulla mia chippendale».

Chiuse gli occhi. Rivide la nonna seduta davanti a lei, sulla poltrona con i braccioli. Indossava l'abito di seta nera a fiori bianchi. Tra l'indice e il medio stringeva la sigaretta. Sentì il suo profumo di cipria, tabacco e Givenchy.

«Sto soffrendo molto, nonna. E la tua cioccolata non mi è di grande conforto», bisbigliò.

Le sembrò che lei rispondesse: «Chi ti ha detto che la vita è una bella passeggiata? Io no di certo. Se non soffri, non puoi nemmeno dire di essere viva».

Un miagolio flebile la riportò alla realtà. Penelope aprì gli occhi. Sulla poltrona chippendale, al posto di Diomira, c'era la gatta.

Smise di dondolarsi e la guardò sopraffatta dallo stupore.

«Micia, amica mia!» esclamò. Si chinò ad accarezzarla, parlandole con dolcezza. «Dove hai portato i tuoi piccolini?»

Miagolando, la gatta la precedette sulla veranda. Per terra, in un angolo, sotto il divanetto di vimini, aveva sistemato i suoi piccoli su un cuscino fiorato, caduto da una poltrona.

«Non ti andava bene la cesta là fuori. È così? Avevi paura che qualche brutto gatto venisse a disturbarti», ragionò commossa.

La gatta si acciambellò sul cuscino, rinserrò i cuccioli tra le zampe. Vide i loro capini tremanti cercare il latte della mamma che ora la guardava con fierezza. Allora Penelope si inginocchiò vicino a lei e, finalmente, pianse tutte le lacrime che aveva trattenuto. Singhiozzando tolse dal dito l'anello con il diamante e lo infilò nella catenina che portava al collo. Lo avrebbe tenuto sempre con sé, così come avrebbe portato per sempre nel cuore il ricordo di Mortimer. Pianse per sé, per lui, per l'assenza dei suoi figli, per quel marito che non sarebbe più riuscita ad amare come quando aveva vent'anni e pensava che sarebbe stato il solo uomo della sua vita. Dopo tanto piangere, infine si calmò.

«Tu sei più fortunata di me», sussurrò dolcemente alla gatta. «Puoi tenere i tuoi piccoli vicini a te. E te ne infischi di quel disgraziato del loro padre.»

La gatta chiuse gli occhi e si addormentò. Penelope spense le luci e, passando dal vestibolo, notò la posta che aveva abbandonato sul tavolo il giorno prima. La scorse velocemente. C'erano bollette, fatture, pubblicità e una lettera. Riconobbe la scrittura di Andrea. Non aveva intenzione di leggerla. Non quella notte. La lanciò distrattamente sulla consolle e non si accorse che la lettera finì tra la parete e il dorso del mobile, scomparendo alla vista. Salì al primo piano e si rifugiò nella sua camera. Si distese sul letto e, sfinita, si addormentò subito.

Si svegliò quando il sole di giugno splendeva in un cielo di cristallo.

Scese al piano terreno e, solo allora, ricordò la lettera di suo marito. Avrebbe dovuto leggerla. Ma non la trovò. Sembrava svanita nel nulla.

3

Sofia rincasò quando mancava poco all'ora di cena. Veniva dalla casa di Maria Donelli, dove aveva trascorso un paio d'ore con Lucia, la sua figlioccia. Maria, infatti, era stata dimessa dall'ospedale in condizioni precarie ed era tutto merito del senso organizzativo di Sofia se aveva potuto ritornare a casa, invece di essere trasferita in uno dei tanti ricoveri per anziani non autosufficienti dove le persone come lei aspettavano di morire.

Sofia aveva sistemato il piccolo appartamento sulla misura di una donna gravemente malata nel corpo e nella mente. Aveva sostituito il suo letto con uno bene attrezzato e munito di sbarre per evitare che potesse cadere. Aveva scovato una donna indiana, dolce e intelligente, che aveva immediatamente imparato ad assisterla. Aveva preso accordi con i servizi sociali del Comune e ottenuto l'intervento quotidiano di un'assistente che si occupava della pulizia personale dell'inferma. Lei andava a trovarla con Lucia a giorni alterni. Daniele copriva le altre giornate. Andrea passava da sua madre ogni mattina prima di andare al giornale. Alla fine, Maria riceveva quello che aveva sempre dato a tutti: amore e dedizione.

Andrea soffriva per il disagio di sua madre ma, soprattutto, non si rassegnava all'idea che suo fratello Giacomo si fosse totalmente disinteressato a lei.

«Dio lo punirà per questo sacrilegio», aveva commentato Sofia.

«Questa non è una consolazione», aveva replicato lui.

Quella sera, dopo aver lasciato Maria, Sofia riaccompagnò a casa la sua figlioccia. Questa affrontò l'argomento che più le stava a cuore: le vacanze estive. Con la leggerezza dei giovani, aveva già dimenticato le condizioni della nonna, presa com'era dai propri problemi.

«Andrai in barca anche questa estate?» si informò.

«Naturalmente. E spero di riacciuffare per i capelli, i pochi che gli rimangono, quel verme che tu chiami zio.» Alludeva a Silvio Varini che si era allontanato da casa da molti mesi per andare a vivere con una giovane allieva.

Lucia conosceva le disavventure coniugali di Sofia che, evidentemente, aveva sposato l'uomo sbagliato. Lei non voleva commettere un identico errore. Per questo teneva in sospeso la relazione con Roberto e la passione per Carlos.

Voleva riflettere e dunque aveva deciso di approfittare delle vacanze per stare lontana da entrambi.

«Se tu mi invitassi, io verrei volentieri con te», dichiarò. Sofia reagì con un gesto di nervosismo. Quella di Lucia era un'idea pessima. Lei aveva bisogno di una certa intimità per ricucire il legame con il marito e ricondurlo tra le mura domestiche.

«Temo che tu possa annoiarti. Sai, non è che noi si vada per discoteche e cose del genere. Per dirtela tutta, le nostre giornate sono di un tedio mortale. Quando siamo in navigazione, prendiamo il sole. Quando attracchiamo, facciamo i soliti banalissimi giri di shopping e, la sera, ci tiriamo a lucido per andare a mangiare nei soliti posti e salutare la solita gente che incontriamo anche in città. Qualche volta tiriamo tardi a far chiacchiere sul ponte di questa o quell'altra barca di amici e infine andiamo a nanna in quelle scomodissime cabine che ti fanno rimpiangere la tua camera da letto. Ti sembra una vacanza così eccitante?» Naturalmente Sofia aveva calcato la mano sulla noia della vita in barca per sventare il pericolo di un'intrusione. Poi, aveva letto la delusione nello sguardo di quella ragazza cui era profondamente affezionata e aveva soggiunto: «Pensaci. Se non ti sembrerà così terrificante un mese intero con me e il professore, sarò contenta di averti nostra ospite».

Così si erano lasciate e Sofia era corsa a casa per dare le ultime disposizioni a Tina, la cameriera.

La tavola era già stata apparecchiata e impreziosita, come sempre, da fiori freschissimi e profumati, dai candelieri d'argento, dai piatti di porcellana, dai bicchieri di vetro soffiato.

In cucina, la domestica stava lavando sedano, carote, cuori di carciofo e ravanelli che il professor Silvio Varini amava gustare in pinzimonio.

«Mi raccomando, Tina, appena una lacrima d'olio. Non dimentichiamo che il professore ha i trigliceridi alti», disse Sofia.

«Lo so, signora. Soltanto limone, poco aceto, sale dietetico ed erbe aromatiche», recitò la donna, con tono paziente. Fosse dipeso da lei, avrebbe aggiunto volentieri qualche goccia di arsenico nei cibi del professore e della sua esuberante amichetta. Invece, ogni volta che i due si presentavano a pranzo o a cena, le toccava misurare i condimenti con il bilancino. Le toccava anche ricevere da lui, con un sorriso, il sacco della biancheria da lavare perché la sua amichetta non sapeva neppure far funzionare la lavatrice. Quanto al ferro da stiro, la ragazza non aveva idea che fosse stato inventato. Lui la scusava con aria divertita: «È così giovane! Deve ancora essere plasmata», diceva.

«Sul pollo alla piastra, aggiungi una spolveratina di semi

di sesamo. Gli fanno bene per il calcio. E metti un bel po' di pomodori nell'insalata, perché sono ricchi di sodio», si raccomandò Sofia.

«Signora, ormai conosco a memoria i valori dei trigliceridi, del colesterolo e degli zuccheri del professore. Non si parla d'altro in questa casa», si spazientì la donna.

«Tina, intendiamoci bene, se non pensiamo noi a lui, chi ci pensa?» la interrogò Sofia. «La Capuozzo?» soggiunse con fare ironico.

Angelina Capuozzo era il nome della ventiduenne con la quale il «verme» aveva messo su casa. Nata su qualche monte della Campania, era cresciuta in una stamberga in mezzo alle capre e alle pecore. Si era diplomata, «Dio sa come», maestra d'asilo e poi era arrivata a Milano e si era iscritta all'università. Non si poteva neppure definire bella. Non aveva classe. Ma, per definizione del professore, aveva uno «sguardo da femmina» che lo faceva impazzire.

All'inizio, Sofia l'aveva accolta in casa, come era solita fare con le precedenti allieve di suo marito, con eleganza e un pizzico di condiscendenza. In generale si trattava di giovani catturate dal fascino del grande accademico, brillante, estremamente preparato. Non se ne era forse lasciata catturare anche lei, quand'era universitaria e seguiva le sue lezioni? Il professor Varini era autore di testi le cui tesi venivano analizzate e discusse negli ambienti accademici. Era dichiaratamente un uomo di sinistra e i politici si avvalevano delle sue consulenze. Era spesso ospite conteso di dibattiti televisivi. Insomma, era un personaggio noto, che godeva di una certa fama. Era anche di un'avarizia estrema che lui definiva parsimonia. E, secondo questa definizione, preferiva servirsi della domestica di sua moglie piuttosto che assumerne una e pagarla.

Sofia diceva: «Sono le debolezze dei grandi uomini». E lo scusava.

La montanara campana, questo Sofia lo aveva intuito immediatamente, era un osso duro. Così, fin dall'inizio, aveva sfoggiato tutta la sua capacità di simulazione, rivolgendosi a lei con un «cara figliola», mentre con il marito e le amiche la chiamava «la Capuozzo». Per niente al mondo le avrebbe dato del tu e l'avrebbe chiamata Angelina.

«Vado a fare una doccia e a cambiarmi», annunciò Sofia. E, uscendo dalla cucina, ordinò a Tina: «Se arrivano prima che io sia pronta, servi del succo di pomodoro. Con molto limone e poco sale, per il professore. In quello della Capuozzo aggiungi pepe, molto pepe. Mi dicono che spacca il fegato», dichiarò, con voce dolcissima.

Quelle cene a tre – lei, lui, la giovane amante – erano una specie di rito settimanale che si ripeteva da quasi un anno. Davvero troppo per la tolleranza di Sofia che aveva in animo di approfittare della lunga vacanza in barca per indurre il marito a chiudere definitivamente con l'amichetta.

Così, mentre erano a tavola, Sofia, bella e altera come sempre, annunciò: «Sai, caro, ho prenotato la barca per il primo di luglio. I soliti due marinai, naturalmente. E qualche ospite cui tieni molto».

«Chi sono?» s'incuriosì subito il professore.

«Il ministro Frontini e signora. Il senatore Bellani e signora», precisò con voce soave. Quindi proseguì: «Frontini starà con noi soltanto dalla seconda metà di luglio. Ha accampato doveri parlamentari. Sarà vero?» domandò con aria innocente.

«Be', quando vuoi, riesci a superare te stessa», osservò compiaciuto il professore e proseguì: «Con Frontini ho più d'un argomento da discutere. E non è male anche la presenza del senatore», commentò soddisfatto. Quindi si rivolse alla giovane compagna e disse: «Hai molto da imparare da Sofia. Quattro settimane in barca con noi saranno un ottimo apprendistato».

Sofia impallidì. Non era preparata a ricevere quella pugnalata a tradimento. «Ma caro, questa povera figliola non può assolutamente far parte del gruppo. Come dovremmo presentarla?» sussurrò, ostentando un sorriso che nascondeva lacrime di rabbia.

«Sofia! Non ti riconosco più. Da dove ti vengono questi pudori ottocenteschi? Siamo tutti adulti e vaccinati. Che diamine!» disse il «verme», sorridendo alla giovane che guardò Sofia con aria di sfida.

«Come hai detto?» trasecolò Sofia.

«Sto dicendo che Angelina verrà con noi. Tu e lei, ormai, fate parte della mia vita», replicò il marito, con serenità.

A quel punto Sofia ripercorse in un attimo tutti gli anni della sua vita da moglie affettuosa, fedele, tollerante, in ossequio all'educazione che aveva ricevuto. Sia sua madre sia sua nonna le dicevano: «Il matrimonio è un sacramento che tocca solo alle donne rispettare». Aveva visto il nonno e il padre alle prese con relazioni clandestine di fronte alle quali la nonna e la mamma tacevano, fingendo di ignorarle. I mariti, prima o poi, tornavano all'ovile con l'aria delle pecorelle smarrite. Ora, solo ora, Sofia si domandò da dove venisse a quelle donne tanta forza per ingoiare rospi con il sorriso sulle labbra. Ricordò tutte le volte in cui era tornata a casa, nell'appartamento vuoto, avendo soltanto Tina come interlocutrice. Ricordò giorni, mesi, anni di malinconie, di pianti solitari, di ansiose attese e si rese conto della propria stupidità. Non avrebbe più permesso a suo marito di fare a lei quello che suo padre e suo nonno avevano fatto alle loro mogli. Avrebbe imparato a vivere per se stessa e non in funzione di un marito egoista e sciocco.

«Tinaaa!» urlò.

«Eccomi, signora.»

«Prendi il sacco degli stracci che questo verme ha portato e buttalo dalla finestra», ordinò.

«Con grande piacere, signora», annuì la cameriera.

«Quanto a te, fuori di qui, immediatamente», ingiunse al marito con un tono che non ammetteva repliche.

Varini, letteralmente spiazzato, non capì la situazione.

«Amica mia, che cosa ti ha preso? Io... io non ti riconosco più. Da un momento all'altro, tu...» balbettava spaventato.

La Capuozzo, invece, aveva afferrato immediatamente il senso della reazione di Sofia.

«Ma è così semplice. La signora, finalmente, ha smesso di fingere. La moglie generosa, comprensiva, di ampie vedute, ha tolto la maschera. Non lo capisci, Puccio?»

Puccio! Il docente illustre che aveva superato i cinquant'anni, era quasi calvo e mostrava segni di invecchiamento precoce, nell'intimità con la pastora della Campania era diventato Puccio! «L'apoteosi del ridicolo» pensò Sofia, irritata per aver rivestito il ruolo di scendiletto, mitizzando le loro affinità elettive.

«Ho detto fuori!» ripeté Sofia. «Se non te ne vai immediatamente, ti infilzo con questa forchetta.»

Era gonfia di collera a lungo trattenuta e gli premette sulla gola, proprio in corrispondenza del pomo d'Adamo, le punte di una forchetta d'argento.

Il professor Silvio Varini capì che era arrivato il momento di cambiare tattica. Si rese conto d'aver passato il segno proponendo alla moglie la presenza della Capuozzo sulla barca affittata per le vacanze. Alzò le mani in un gesto di resa, mentre indietreggiava cautamente verso la porta. Non voleva assolutamente perdere Sofia, anche perché senza il suo sostegno si sarebbe sentito smarrito.

«D'accordo, me ne vado», accondiscese. E soggiunse: «Ma sappi che ti amo».

Tina aveva spalancato l'uscio di casa e stava ritta sulla soglia, grondando soddisfazione per l'impennata d'orgoglio della sua signora.

«Sarebbe bastato dire che non volevi Angelina con noi. Sai bene che ogni tuo desiderio è sacro. Angelina è molto comprensiva e non verrà con noi. Vero, Puccia, che non verrai?» Il pensiero di perdere l'incontro con il ministro e il senatore gli era intollerabile. Così come non voleva perdere i vantaggi che gli venivano dal matrimonio con Sofia.

A quel punto, però, la sua giovane allieva lo guardò con la stessa espressione con cui si guarda un oggetto disgustoso.

«Ma vaffanculo, stronzo!» sibilò.

Uscì di casa sculettando mentre Sofia, sorridendo, le dedicò un compassato applauso.

«Brava, Capuozzo. Trenta e lode!» dichiarò. Subito dopo sbatté la porta di casa in faccia al marito.

Tina esplose finalmente in una risata liberatoria.

«Brava, signora. Era ora», non riuscì a trattenersi dal commentare.

«Sì, era ora», disse Sofia, con amarezza.

Si infilò nello spogliatoio. Desiderava soltanto mettersi in libertà, indossare un pigiama e andare a letto.

Pensò a Penelope e a Donata, le sue amiche del cuore. Tutte e due avevano scaricato i loro mariti a pochi giorni di distanza. Che fosse una malattia contagiosa? Conosceva le ragioni di Penelope, ma a questo punto era disposta ad ammettere che Andrea era di gran lunga migliore del «verme». Le ragioni di Donata, invece, erano ancora avvolte nella nebbia. Giovanni Solci era una perla d'uomo. Eppure, qualcosa doveva essere andato storto se Donata l'aveva lasciato nel cuore della notte, portandosi via anche le figlie. Un giorno o l'altro, avrebbe scoperto la verità. Adesso era nella loro stessa situazione.

«Ma perché ho aspettato tanto tempo prima di metterlo alla porta?» si domandò con stizza. Poi ammise con se stessa che la ragione per cui era stata così tollerante era stata l'amore. Era perdutamente innamorata del professor Varini. Era soggiogata dal suo fascino, dalla personalità prorompente, dall'intelligenza vivace, dall'eloquio brillante. Quella sera, all'improvviso, era accaduto il miracolo. Lo aveva visto qual era: un uomo di mezza età, niente affatto bello, incurante fino all'insulto dei sentimenti altrui, ambizioso ed egoista. In quel momento aveva smesso di amarlo. Quell'uomo mitizzato non le piaceva più. Sdraiata sul letto, davanti a un programma televisivo che non guardava, afferrò il telefono e compose il numero del suo legale.

«Voglio divorziare da Varini», gli annunciò. «Voglio un divorzio cattivo. Ti fornirò tutti gli elementi per castigarlo come merita.»

Poi trasse un lungo respiro di sollievo. Avrebbe colto il pretesto del divorzio per liberarsi dell'impegno con i due politici e le loro mogli. Erano personaggi che non stimava e verso i quali si era sempre mostrata condiscendente per assecondare il marito.

Poi chiamò Lucia.

«Sai, ho ripensato al tuo desiderio di fare una vacanza insieme. Mi sembra una soluzione eccellente, tanto più che questa sera ho scaricato il verme», annunciò.

«Mi porti in barca con te? Come sono felice, zia Sofia», si entusiasmò Lucia.

«Proprio così. Due ragazze a spasso per il Mediterraneo. Che cosa ne dici?»

«Dico che mi sembra il titolo di un film», approvò Lucia. Era sicura che con Sofia si sarebbe divertita e, forse, sarebbe riuscita a dimenticare il ballerino spagnolo.

4

La notizia gli arrivò per telefono e, sul momento, lo lasciò incredulo e dubbioso.

«Ti hanno promosso», aveva annunciato Lele, il suo compagno di classe.

«Dai, non prendermi per i fondelli», s'inalberò Daniele.

«Giuro! Mia madre mi ha trascinato quasi di forza a vedere i tabelloni. Io, cannato. Tu, promosso. Mamma mi ha fatto un mazzo così. Oggi la famiglia mi metterà sotto processo e so già la sentenza: niente vacanze, corsi di recupero estivi, quindi iscrizione in una scuola privata. Una rottura pazzesca!» disse l'amico.

«Mi dispiace per te», lo commiserò.

L'incredulità lo indusse tuttavia a fare una verifica. Telefonò a un altro compagno. La sua promozione venne confermata.

Daniele aveva passato le prime ore del mattino ad aggirarsi per casa senza trovare il coraggio di presentarsi nell'atrio della scuola per vedere i risultati. Era sicuro che lo avrebbero bocciato.

Adesso era così felice che sentì il bisogno di farlo sapere ai suoi. Ma, tranne Luca che era barricato nella sua stanza, in casa non c'era nessuno, nemmeno Priscilla, che era andata a fare la spesa.

Andò dal fratellino. Lo trovò alla scrivania. Sansone, accovacciato ai suoi piedi, levò un brontolio di protesta per l'intrusione di Daniele.

«Cuccia, tu!» gli ordinò. Poi si rivolse a Luca: «Cosa stai facendo?»

Il bambino non rispose. Aveva appoggiato la mano aperta su un foglio bianco e, con un pennarello, ne andava delineando i contorni.

Finì il suo tratteggio. Poi sollevò la mano.

«Ho scritto la mia mano», disse Luca.

«L'hai disegnata», lo corresse il fratello.

«No. L'ho scritta.»

«Va bene. L'hai scritta. Adesso vuoi scrivere anche il piede?» gli domandò, con aria impaziente.

«Già fatto», dichiarò il piccolo, sfilando un altro foglio dove era ben evidenziato il contorno del suo piedino nudo.

«Sono stato promosso», annunciò Daniele.

«Il piede va incontro alla mamma. La mano la tocca», bisbigliò Luca.

«Oh, Gesù, ma che cosa stai cercando di dire?»

«Non lo so», replicò Luca e, con un gesto di stizza, appallottolò i due fogli e li buttò nel cestino.

«No. Aspetta. Per ragionare con te bisognerebbe usare un interprete», sbuffò Daniele. Raccolse i fogli, li appianò sul tavolo e li osservò.

Intanto ripeté: «Hai sentito? Ti ho detto che mi hanno promosso».

«Non me ne frega niente», replicò Luca.

«Quanto sei stronzo!» deplorò il fratello.

Luca si tuffò sul letto e Sansone gli balzò addosso, pronto a giocare. Daniele pensò che, nonostante la promozione, gli toccavano comunque due mesi di vacanza in una lercia fattoria irlandese, perché ormai suo padre aveva pagato l'anticipo a una certa signora O'Donnell, che l'avrebbe ospitato, e comperato il biglietto per il viaggio.

I suoi amici si sarebbero divertiti come matti a girare l'Europa in assoluta libertà, incontrando chissà quali eccitanti avventure, mentre lui sarebbe stato relegato in un posto orribile, in mezzo alle pecore, nei campi spazzati dal vento e dalla pioggia. Però mancavano ancora dieci giorni alla partenza e, poiché aveva superato l'anno scolastico, doveva tentare di indurre mamma e papà a rivedere il programma.

«Io sono molto contento della mia promozione. Vorrei telefonare a mamma e dirglielo. Così sarà contenta anche lei», insistette Daniele.

«A mamma non frega niente di te e neanche di me», disse Luca, con uno sguardo cattivo.

«Tu vuoi che torni. Vero?»

«Non voglio vederla mai più.»

«Bugia. Hai 'scritto' il tuo piede per andare da lei e la tua mano per poterla toccare», insistette il fratello, mostrandogli i disegni sui fogli. «Mi è venuta un'idea. Aiutami a portare via Igor.»

«Perché?»

«Lo rivendo a Luigi.»

Luigi era il commerciante di animali esotici dal quale aveva acquistato il serpente. La sua bottega era in fondo all'isolato.

«Non lo vuoi più?» si stupì il bambino.

«Starò via tutto luglio e agosto. Chi lo curerebbe?»

«Io no. Igor non piace a Sansone. Dunque non piace nemmeno a me. Arrangiati.»

Luca era diventato più aggressivo dopo l'ultima sfuriata del padre che gli era costata due ceffoni. La sua vena polemica si era acuita e il bisogno di rivedere la madre si era accentuato.

«Ascolta. Ho avuto una folgorazione. Luigi mi darà dei soldi e noi due potremo attuare un piano brillante», insistette il fratello.

«Che cos'è un piano brillante?»

«Lo scoprirai se mi aiuterai a portare fuori Igor», gli promise.

«E se non avessi voglia di scoprirlo?» domandò con fare provocatorio.

«Mi aiuterai ugualmente, perché questo è un ordine», disse Daniele, con voce ferma.

«Mi fai schifo», dichiarò il bambino. «Prima vuoi bene a Igor e dopo non lo vuoi più. Io non darei via Sansone neppure per una nuova scatola di Lego.»

«Non dire cazzate!»

«E tu non dire parolacce. Lo sai che papà non le sopporta.»

«Alzati da quel letto e ubbidisci.»

«Pensi che abbia paura di te?» lo sfidò.

«Sì, lo penso, perché io sono più grande e più grosso di te e posso menarti finché mi pare.»

«Sansone, sbranalo!» ordinò Luca.

Il maremmano fece uno scatto e, con le zampe anteriori, immobilizzò Daniele, inchiodandolo al muro.

«Adesso vediamo se sei più forte del mio cane», lo sfidò il fratellino.

Priscilla rincasò in quel momento e, sentendo la lite, si intromise, urlando a sua volta.

«Se vostra madre non si sbriga a tornare, io mi licenzierò. Sono stanca di voi», li minacciò.

Quando vide i due ragazzi infilarsi nell'ascensore portando via Igor nella sua teca, respirò di sollievo. Era così felice che accarezzò Sansone. Per tutta risposta, il cane le rivolse un ringhio minaccioso. L'aspetto positivo dei bambini Donelli, pensò, era che, dopo essersi accapigliati come selvaggi, tornavano quieti e amici più che mai.

Andrea telefonò dal giornale, come ogni giorno, verso mezzogiorno, per avere notizie.

«Tutto bene, signore», lo informò Priscilla. «Il nonno è andato in *bibblioteca*, Lucia è andata *on shopping* con la signora Sofia, Daniele e il piccolo sono usciti insieme: hanno portato via Igor. Il serpente non c'è più», concluse ridendo.

«Con quale altro animale è stato sostituito?» indagò cautamente.

«Come faccio a saperlo? Non sono ancora tornati.»

Andrea chiuse la comunicazione e si domandò che cosa stessero combinando i suoi figli. Aveva notato i progressi di Daniele che si era liberato di tutti quegli anelli che lo deturpavano, non bagnava più il letto e, in un estremo quanto inutile moto di orgoglio, si era persino messo a studiare. Adesso aveva rinunciato anche al serpente. Questo gli sembrava davvero esagerato. Doveva capire al più presto che cosa stesse succedendo. Ma intanto si godeva una grossa soddisfazione.

Proprio quella mattina era stato chiamato al telefono da un dirigente della Rai di Roma.

«Si tratta di un incontro informale, almeno per ora. Vorremmo vederla qui, a Saxa Rubra. Naturalmente le saranno rimborsate le spese di viaggio», gli aveva detto l'interlocutore.

«Posso avere almeno un'idea del motivo di questo incontro?» aveva domandato.

«Stiamo studiando un programma assolutamente nuovo. Dovrebbe essere un telegiornale dello spettacolo. Ma è ancora tutto da precisare. Insomma, l'aspettiamo domani pomeriggio. Pensa di riuscire a presentarsi?»

Andrea era così eccitato che corse a raccontare tutto al suo direttore. Moscati non si preoccupò di nascondere il suo disappunto.

«Proprio adesso che il giornale attraversa una fase difficile, tu mi pianti in asso», disse.

«Magari è un progetto che non andrà mai in porto», minimizzò lui.

«Lo spero per me», concluse il direttore.

Rincasò per l'ora di pranzo contemporaneamente a Lucia che era carica di borse e pacchetti.

«Sofia mi ha regalato un intero guardaroba per il mare», spiegò. «Costumi da bagno, pantaloni, magliette, sandali. Vuoi vedere?» domandò eccitata.

«Francamente, non mi interessa. Distinguo a stento un pareo da dei bermuda», dichiarò suo padre, con sincerità. «E non mi piace che Sofia spenda tanti soldi per te», concluse.

«Zia Sofia sarebbe stata la mia madrina, se tu mi avessi fatta battezzare. Comunque lei è quasi una seconda mamma, che a te piaccia o no», volle precisare sua figlia.

«Va bene. Non facciamo polemiche e andiamo a mangiare. Chiama i tuoi fratelli», ordinò.

«Luca e Daniele non sono ancora tornati», disse Priscilla, preoccupata.

«Ma è l'una e mezzo. Com'è possibile?» si allarmò Andrea.

Lucia fece un'incursione nella stanza dei fratelli e tornò con un biglietto che era stato messo in bella mostra sulla scrivania. Diceva: *Sono stato promosso. Parto con Luca. Andiamo a trovare la mamma. Baci. Daniele*.

Cesenatico, 15 giugno

Caro Andrea,
  avevo ricevuto la tua ultima lettera in un momento particolarmente difficile. L'ho messa da parte per leggerla quando fossi stata un po' più serena. Ora lo sono. Ma la tua let-

tera è sparita. Non riesco a trovarla. Non avevo idea che mi sarebbe tanto dispiaciuto. Però, le cose stanno così. Non volevo più vederti né parlarti, ma le lettere erano e sono un modo per dialogare civilmente a distanza e riuscire a dirci quello che in diciott'anni di matrimonio ci siamo taciuti.

Qualche giorno fa, sono stata a Bergamo, da Raimondo Teodoli. È stata una visita breve e traumatizzante. Sapevo che, in tutti questi anni, lui non aveva smesso di aspettarmi e volevo dirgli che non c'è nessuna possibilità di riprendere una storia finita perché la mia famiglia è quanto di più importante io abbia. Ho trovato un uomo sofferente, gravemente ammalato. Non gli ho detto niente. L'ho amato per il suo dolore. So che non lo rivedrò più.

Sono tornata qui in piena notte e non ero nello stato d'animo di leggere la tua lettera. L'ho messa da parte. La mattina dopo non c'era più. Ho frugato ovunque. Niente. Mi dispiace.

So che tu, mio padre e i ragazzi ve la state cavando bene. Questo mi conforta.

Comincio davvero a credere che fosse necessario uno stacco netto per fare un po' di chiarezza tra noi. Non so se avremo un futuro insieme. Sono certa, invece, che i miei bambini avranno una madre più consapevole. Soffro per la loro mancanza. Ti prego, scrivimi subito.

Penelope

5

PENELOPE spedì la lettera per il marito. Poi andò alla Coop a fare la spesa. Caricò tutto sulla bicicletta e pedalando con calma si avviò verso casa. All'altezza dell'*Hotel Pino*, vide venirle incontro la signorina Leonida, che cominciò a scampanellare per salutarla. A quel punto frenarono tutte e due e si trovarono faccia a faccia.

«Ma Dio benedetto! Ho saputo che sei qui da un pezzo. Com'è che non ti sei fatta viva?» l'aggredì l'anziana signorina, nota in paese con il soprannome: «La gazzetta di Romagna».

«Cara signorina Leonida, sapesse quanto ho avuto da fare», le sorrise Penelope e, protendendosi oltre il manubrio, le stampò un bacio sulla guancia rugosa.

«Lo so, lo so. Giusto avant'ieri ero a Sant'Arcangelo e ho incontrato il doratore Maffei. Mi ha detto che ti ha restaurato il salotto chippendale della Diomira. Sai, finché mi lasciano la patente, continuo a seguire gli allievi tra Sala, Sant'Arcangelo, Gambettola e Cannucceto. Dio benedetto, vado per i settantacinque. Lo sai? Ma il lavoro mi tiene giovane. Proprio l'altro giorno, il Bruno, lo conosci, mi ha detto: 'Signorina Leonida, lei ha ancora le gambe più belle di Cesenatico'. È con queste gambe che avevo fatto girare la testa ad Artemio Santamaria, che Dio l'abbia in gloria. Certo che, quanto a belle gambe, la tua mamma non è seconda a nessuno. Eh, l'Irene è stata sempre un gran bel pezzo di figliola. Sai, mi dicono d'averla vista a *Frampula*, con il Romeo. Sarà poi vero?»

Leonida Casadei, a dispetto del nome maschile, assolutamente usuale in Romagna, ai suoi tempi, era stata davvero una bella ragazza. Figlia di contadini facoltosi, aveva studiato pianoforte a Cesena. La madre, autoritaria e gelosa, era sempre riuscita ad allontanare i suoi corteggiatori. Aveva deciso che dei suoi otto figli, l'ultima, Leonida, dovesse restare nubile per accudire i genitori nella vecchiaia. Sennonché, a ventisei anni, la pianista aveva conosciuto un violinista bolognese: Artemio Santamaria. Un bell'uomo di cui si era invaghita. Per non farselo sottrarre, aveva attuato una fuga d'amore. Ma il paese vide e parlò. I fratelli di Leonida scoprirono subito la coppia in un alberghetto di Faenza, nel momento in cui il violinista stava per svelare alla giovane compagna i segreti del piacere. Artemio venne bastonato e Leonida fu ricondotta a casa in lacrime. Si era infatti saputo che il violinista aveva moglie e quattro figli e aveva già subito due condanne per violenza carnale. Leonida fu segregata in casa per molto tempo e, soltanto quando sembrò rinsavita, le fu concesso di dare lezioni private di pianoforte ai bambini del paese. La signorina Leonida restò nubile. E questo un po' l'amareggiò. Qualche volta diceva: «Sono invecchiata senza sapere se quella roba lì è bella, come dicono alcuni, o brutta, come diceva la mia mamma».

Quando Penelope era bambina, lei era stata per alcune estati la sua maestra di pianoforte. Poi aveva continuato a frequentare la villa perché era diventata amica di nonna Diomira.

Ora voleva sapere da Penelope se era vero quello che si raccontava a Forlimpopoli a proposito di una fuga d'amore di sua madre con Romeo Oggioni. Per quanto disapprovasse il colpo di testa di Irene, Penelope non voleva rinfocolare i pettegolezzi.

«Signorina, non ascolti tutte le chiacchiere della gente. La mamma è stata qui per controllare i suoi interessi. Lo sa bene che quel laboratorio di *Frampula* appartiene alla mamma», disse. Poi, si allungò di nuovo verso di lei e la baciò con affetto. «Venga a trovarmi», soggiunse. «Così le offrirò una tazza di tè nel salotto chippendale.»

Rincasando, sentì suonare il telefono. Neanche a farlo apposta, era sua madre.

«Dove sei?» le domandò.

«A Roma. All'*Hotel d'Inghilterra*. Starò qui per diversi giorni, perché Romeo ha una serie d'incontri di lavoro. Intanto io vado in giro per negozi. La sera andiamo a cena in certi ristoranti davvero graziosi. Insomma, non è proprio una luna di miele, ma un po' le assomiglia», sussurrò Irene.

«È per dirmi questo che mi hai chiamato?» indagò Penelope.

«Volevo notizie di tuo padre.»

«Perché non ti rivolgi direttamente a lui?»

«Sai bene che non ne ho il coraggio. Però penso molto a lui», confessò.

«Perché? Ti manca?» insinuò sua figlia.

«Non ho detto questo.»

«In paese si fanno chiacchiere sul conto tuo e di Oggioni», rivelò.

«Non me ne può importare di meno. Noi siamo state sempre al di sopra dei pettegolezzi. Come stanno i tuoi figli?»

«Bene, spero. Mi mancano tantissimo.»

«Anche a me. Ho perso i miei punti di riferimento, le mie amiche, le vecchie abitudini. Non è semplice, alla mia età, inventare di nuovo la vita», si lasciò sfuggire. E soggiunse: «Ma tu non puoi capirmi».

Invece la capiva. Capiva le sue contraddizioni e la delusione di un amore sognato per trent'anni che ora si rivelava inconsistente, paragonato agli affetti famigliari che danno un senso alla vita. Capiva che sua madre sentiva la mancanza del marito.

«Dirò a papà che lo pensi», promise.

Chiuse la comunicazione, raccolse i sacchetti della spesa e li portò in cucina. Prima di tutto voleva preparare un piattino nutriente per la sua gatta. Prese un pugno di piccole sarde, le pulì, le diliscò, le sminuzzò, le mise in una ciotola e andò in veranda. La micia sentì il profumo del pesce fresco. Lasciò i suoi cuccioli e, miagolando in segno di riconoscenza, prese a mangiare con la delicatezza e l'eleganza dei gatti. Penelope la coccolò e accarezzò i piccoli. La micia la lasciò fare. Di lei si fidava. Dopo uscì in giardino, sedette sulla panchina sotto la veranda e proseguì nella lettura di un libro che aveva appena incominciato. Ogni tanto, smetteva di leggere e pensava a Mortimer. Lo immaginava nella casa di via San Barnaba, accudito dalla madre, dal fratello, dai domestici. Certamente pensava a lei e tuttavia non la volevo vicino a sé. Capiva le sue ragioni e le rispettava.

Dopo un po', sentì una voce che la chiamava: «Mamma! Mamma!»

Il suo cuore prese a galoppare. Abbandonò il libro, corse lungo il vialetto del giardino e, dietro le sbarre, vide Daniele e Luca. Si fermò, portandosi una mano al petto.

«Mamma, siamo qui», gridò Luca, alzando un braccio per salutarla.

Spalancò il cancello, aprì le braccia e le salì dal cuore una risata gonfia di pianto.

6

SORRIDEVA come quando era bambina e, sull'orizzonte piatto della Romagna, vedeva nascere l'arcobaleno dopo il temporale. Una volta si era messa a correre su un prato, lungo l'argine del Rubicone.

«Pepe, dove stai andando?» aveva gridato suo padre.

«A prendere l'arcobaleno. È laggiù», aveva risposto, ridendo di gioia.

Non aveva mai dimenticato quel lampo di felicità assoluta.

La stessa che provava ora, mentre stringeva tra le braccia i suoi figli e li subissava di domande. Voleva sapere tutto di loro e di Lucia, del padre e del nonno. Intanto, il telefono di casa continuava a trillare, ma non se ne curò.

Toccò a Daniele entrare in casa e rispondere.

Era Andrea, fuori di sé per quella che considerava un'azione sconsiderata e imperdonabile.

«Se sono stato abbastanza maturo per superare l'anno scolastico, lo sono anche per venire a trovare la mamma», replicò calmo il ragazzo.

«Poteva succedervi qualunque cosa. Che giustificazione avrei avuto per tua madre?» gli domandò il papà.

«Ma non è successo niente. È andato tutto bene. Speravo

che fossi contento perché sono stato promosso e non ti ho chiesto soldi per il viaggio. Ho venduto Igor per arrivare fin qui. Ho dovuto portare anche Luca prima che andasse fuori di testa. Voleva vedere la mamma. Quindi non urlare», replicò.

Quando si salutarono, Andrea si era calmato ed era molto contento per il successo scolastico di Daniele.

Penelope mostrò ai figli la gatta randagia che ormai le apparteneva e i suoi piccolini. Quando Luca cercò di accarezzarli, lei prese a dimenare nervosamente la coda. Poi si quietò. Aveva capito che il piccolo non li avrebbe maltrattati. Daniele fece una rapida incursione, dalla torretta alla cantina, per visitare la villa di nonna rimessa a nuovo.

«Hai speso un pozzo di soldi», constatò, mentre la mamma friggeva spiedini di gamberetti.

«Ancora una volta ho dato fondo ai miei risparmi per questa casa che neanche mi appartiene. Ma dovevo occupare il mio tempo per non pensare troppo a voi», si giustificò.

«Noi ce la siamo cavata bene, nonostante tutti i casini che sono successi», disse Daniele.

«Be', qualcosa ho saputo», replicò Penelope, che era stata quasi quotidianamente aggiornata da Sofia.

«Sai anche che papà è molto severo?» domandò Luca.

«Tutti i padri lo sono. Essere dolci e comprensivi è compito soltanto delle mamme», sorrise Penelope, prendendo nota del fatto che Andrea, finalmente, aveva cambiato atteggiamento con i suoi figli.

«Mamma, posso stare qui con te?» domandò il bambino.

«Ci sei già.»

«Ma io dico stare, invece che tornare a Milano con Daniele.»

«Devi chiederlo a tuo padre. Se lui dice di sì, per me va bene.»

«E se lui dice di no? È capace di dire no, anche se mi

viene una crisi d'asma», sottolineò Luca. «Lo sai che ha buttato dalla finestra il mio Ventolin?»

«Credo che abbia fatto bene. Non sei mai stato così chiacchierone come da quando sei rimasto senza quella medicina. Comunque, se papà dicesse no, tu dovrai ubbidire», decise Penelope, sapendo che Andrea avrebbe acconsentito. «Ma penso che dirà di sì», concluse, con un ammiccamento complice.

La confortava vedere quanto Luca fosse cambiato in meglio. La stupiva l'improvvisa maturazione di Daniele. Suo figlio era stato promosso contro qualsiasi previsione, era diventato più bello, più dolce e riflessivo. Sarebbe accaduto comunque? Non poteva saperlo, ma voleva credere che la sua assenza aveva affrettato i tempi di una presa di coscienza. Anche Lucia sembrava più consapevole. Certo, sua figlia le avrebbe dato sempre filo da torcere. Le assomigliava più di quanto Penelope desiderasse. Era una ragazza complicata e un giorno sarebbe diventata una moglie e una madre complicata, proprio come lei.

Commiserò, senza conoscerlo, l'uomo che l'avrebbe sposata. E, in quel momento, per la prima volta, ebbe un lampo di comprensione anche per suo marito.

«Telefona a papà per accordarti sul viaggio di ritorno. Se ti chiede di parlarmi, passamelo», disse a Daniele.

Ma quando il ragazzo gli parlò, Andrea si limitò a domandargli come stava la mamma.

«Bene», rispose Daniele e, abbassando il tono di voce, soggiunse: «Vuoi che te la passi?»

«Non è necessario. Mi fido di te. Però dille che se ha bisogno di me, sa dove trovarmi.»

«Non sono ancora preparato a questi raffinati giochi tra adulti. Non le dirò assolutamente nulla», concluse Daniele.

Penelope non fece domande e lui non riferì il messaggio.

Lei si tenne stretti i suoi ragazzi per due giorni. Poi decise che era arrivato il momento di separarsi dal più grande.

«Ormai devi rassegnarti ad andare in Irlanda e a guadagnarti da vivere per due mesi», disse sua madre.

Daniele tentò di giocare la carta della commozione.

«Non potrei restare qui con te? Mi occuperei di Luca, del giardino che è malmesso. La sera potrei andare al chiosco, come facevi tu da ragazza, a vendere l'acqua che frigge. Sai come staremmo bene noi tre, vicini vicini?»

«Andrai in Irlanda. Per due mesi dovrai imparare a capire e a farti capire dai tuoi ospiti. E forse ti divertirai. Vivere in un modo diverso ti sarà utile», replicò sua madre con un tono che non ammetteva repliche.

Così, assieme a Luca, lo accompagnò a Rimini a prendere il treno. Andrea gli sarebbe andato incontro alla stazione di Milano.

Quel giorno, uscendo per andare al giornale, Andrea trovò nella casella della posta la lettera di Penelope.

La aprì subito e cominciò a leggerla. Le parole accorate lo commossero. Sembravano quasi una richiesta d'armistizio, se non di pace. Ma dopo le prime righe, avvampò. «Ieri sono stata a Bergamo da Raimondo Teodoli.»

«E me lo dici pure! Ma sei veramente una stronza», sbottò, mentre attraversava l'atrio del palazzo.

Il portiere, che aveva sentito il commento, gli rivolse un ossequioso: «Buongiorno, signor Donelli», accompagnato da un sorriso ironico.

«E lei, di che cosa s'impiccia?» lo fulminò Andrea con un urlaccio che servì, momentaneamente, a placarlo.

Salì in macchina e proseguì nella lettura: «L'ho amato per il suo dolore. So che non lo rivedrò più». Su queste parole, di nuovo, si fermò.

Nella lettera precedente gli aveva scritto che quella storia era finita da sette anni e adesso gli rivelava di averlo amato per il suo dolore. Che senso aveva tutto questo? Era poi vero che quel maledetto individuo fosse tanto malato?

La gelosia tornò ad aggredirlo. Invece di mettere in moto la macchina, risalì in casa, tornò in camera da letto, prese dal cassetto della scrivania quel pacco di lettere che non aveva mai osato aprire. E cominciò a leggerle.

A tratti, la collera si stemperava nella pietà. Non che quei messaggi fossero drammatici. Erano anzi scritti con levità e senso dell'umorismo. Erano punteggiati da sprazzi di allegria. Ma, nella ricostruzione di una passione che lui aveva ignorato, avvertiva la malinconia di un amore intenso bruscamente soffocato. Ricostruì il conflitto di sua moglie divisa tra due uomini che amava sinceramente. E non sapeva bene se, a uscirne vincitore, fosse lui o quel Mortimer che prima le aveva salvato la vita e dopo l'aveva aiutata a dare alla luce il piccolo Luca con la tenerezza di un uomo innamorato. Mentre lui era a casa con i bambini, l'altro aveva preso tra le mani suo figlio e lo aveva consegnato alla vita.

«Deve essere straziante aiutare la donna che si ama a far nascere il figlio di un altro», si disse, con un'ombra di commozione.

In quel momento non riusciva più a odiare il rivale. Si rese conto che non si era mai chiesto in tanti anni di matrimonio se sua moglie lo avesse tradito per non dover affrontare una situazione spiacevole. Così come aveva rimosso per anni la sua infanzia tragica. Soltanto dopo la fuga di Penelope era riuscito a guardare in faccia la realtà. E adesso, senza ipocrisie, sua moglie gli diceva con poche accorate parole il suo dolore e il suo bisogno di parlare con lui. Doveva credere alla sua sincerità?

Mai prima d'ora Andrea si era posto tanti interrogativi su quello che Penelope sentiva e pensava.

Ripiegò tutte le lettere di Mortimer, le rimise nelle buste e le chiuse a chiave nel cassetto. Infilò in tasca la lettera di sua moglie e uscì. Arrivò in redazione senza aver letto i giornali. Sul suo tavolo erano già pronti i notiziari dell'Ansa. Li scorse velocemente, andò nella stanza dei redattori e concordò le notizie e i servizi da ampliare. Poi si ritirò nel suo ufficio e cominciò a scorrere un quotidiano.

Si fermò di botto sulla pagina dei necrologi: era interamente dedicata a Mortimer. Parenti, amici, colleghi piangevano la scomparsa del dottor Raimondo Maria Teodoli di San Vitale.

Fu come ricevere un pugno nello stomaco. Ricordò le parole della sua lettera a Penelope: «Quel Mortimer, che Dio lo strafulmini», e le sue mani furono prese da un tremito mentre sussurrava: «È colpa mia. Io gli ho augurato di morire». Si ricordò di suo padre, di Gemma, della maestra Cazzaniga. Tutte persone di cui aveva ardentemente desiderato la morte.

«Ma cos'è questa maledizione che mi porto dietro?» s'interrogò e gli occhi si riempirono di lacrime.

«Da quando tua moglie ti ha lasciato, non ti riconosco più», disse il direttore, che era entrato nella stanza di Andrea.

«Non mi riconosco più neppure io», rispose lui, vergognandosi di essere stato colto in un momento di debolezza.

Milano 20 giugno

Cara Pepe,

Luca è con te. Lucia e Daniele sono con me per l'ultima sera. Domani Sofia verrà a prendere nostra figlia per una vacanza in barca, sul Mediterraneo. Io invece accompagnerò Daniele all'aeroporto di Malpensa. Arriverà a Dublino con un volo Alitalia e da lì raggiungerà Galway in treno.

Alla stazione troverà Patrick, il figlio maggiore della signora Margareth O'Donnell, che lo condurrà nella loro fattoria, a pochi chilometri dalla città. Dunque resterò solo con Priscilla, perché anche tuo padre è andato via. Saremmo dovuti andare a Roma insieme, io per discutere un'offerta di lavoro in Rai, lui per affrontare sua moglie.

All'ultimo momento non me la sono sentita di partire. Ho pensato che, nel caso le trattative fossero andate in porto, avrei dovuto trasferirmi a Roma. Francamente non me la sento di allontanarmi dai ragazzi per cinque giorni la settimana. Lucia, Daniele e Luca, fino a quando tu non sei andata via, non hanno avuto un padre. Adesso, per fortuna mia e loro, ce l'hanno e non ho più intenzione di ripetere gli errori del passato. Sto scoprendo che cosa significa amare veramente i propri figli. E so che lo devo a te.

Sono contento che tu non sia riuscita a trovare la mia ultima lettera. Era una brutta lettera e non meritava di essere letta. Se mai la ritrovassi, strappala senza aprirla. Te lo chiedo come un favore personale.

Poco fa ho saputo dai giornali che Raimondo Teodoli è mancato. Mi dispiace per te. Questa mattina ho letto le lettere di Mortimer che conservi nel cassetto della scrivania. Non sono stato corretto, lo so. Me ne hai perdonate tante. Se puoi, perdonami anche questa. Non ero mosso dalla curiosità, ma dalla disperazione, dal bisogno di capire. Ti amo più di quanto tu creda.

Negli ultimi giorni sono stato più volte sul punto di telefonarti. Non l'ho fatto, soltanto perché me lo hai proibito.

Abbraccia per me il nostro piccolino.

Andrea

7

Luca non si staccava più da lei. La teneva per mano quando andavano in spiaggia e non entrava in acqua se la madre non nuotava vicino a lui. Dormiva con lei nel letto grande e la seguiva ovunque, persino in bagno.

«Tu fai quello che devi. Io sto qui e ti aspetto», le diceva.

«Guarda che non scappo», tentava di rassicurarlo Penelope, sapendo che era fiato sprecato, perché soltanto con il contatto fisico Luca acquisiva la certezza che lei non sarebbe andata via un'altra volta. Penelope lo capiva e lo assecondava.

Le scuole erano finite e la spiaggia si era animata. Penelope ritrovava le amiche di sempre con i loro figli. Per placare la loro curiosità aveva dovuto spiegare che Lucia e Daniele ormai erano cresciuti e preferivano altre mete, per le loro vacanze. Andrea era molto impegnato e l'avrebbe raggiunta quando avesse avuto le ferie. Quanto a Irene e suo padre, non avrebbero tardato ad arrivare. Ma per quanto si sforzasse di non alimentare pettegolezzi, questi divampavano comunque perché, nei modi e nelle parole di Penelope, gli amici avvertivano qualcosa di insolito.

Un giorno, la signorina Leonida l'affrontò apertamente.

Penelope stava sdraiata sotto l'ombrellone. Luca, ai suoi

piedi, giocava a biglie con due piccoli amici. L'insegnante di pianoforte le andò vicina tendendole un bastoncino di frutti canditi.

«La ringrazio molto. Posso tenerlo per dopo?» disse Penelope che non aveva nessuna intenzione di assaggiare quei frutti caramellosi. Da qualche tempo, insolitamente, sentiva avversione per i dolciumi e se ne compiaceva pensando che questo rifiuto le avrebbe consentito di conservare una forma perfetta.

«Ti conosco da quand'eri ancora in fasce. Sei stata sempre una ragazza esuberante, piena di vita. Adesso sei cambiata. Che cosa ti è successo?» domandò l'anziana signorina, prendendo posto sulla sdraio accanto.

Penelope la osservò con aria pensosa. Non voleva fare pettegolezzi, piuttosto c'era nella sua voce una nota accorata, quasi materna. Tese una mano e accarezzò la sua.

«Non sono mai stata così serena», garantì.

«Sei magra come un chiodo. Non ti avevo mai vista in questo stato.»

Finalmente capì che la gente del posto era preoccupata per la sua salute. La credevano malata e si dispiacevano della sua riservatezza che impediva loro di aiutarla.

«Allora perché ti tieni sempre addosso il piccolo Luca come se temessi di non doverlo più rivedere?» osservò la signorina Leonida.

A toglierla dall'imbarazzo sentì una voce che conosceva bene.

«Oh! siete qui, finalmente!» esclamò Irene, con un sorriso festoso.

Sua madre e suo padre, tenendo in mano gli zoccoli, si dirigevano verso l'ombrellone. Irene si aggrappava al braccio di Mimì non per cercare un sostegno, di cui non aveva bisogno, ma come se temesse di perderlo. Indossava un costume intero di un bel giallo dorato che sottolineava la perfezione di un corpo stupendamente conservato. Suo padre portava un paio di bermuda dai colori sfavillanti.

Luca li vide e corse ad abbracciarli.

«Che cosa mi avete portato?» domandò.

Penelope non sembrava così sorpresa di rivederli insieme. Li baciò tutti e due, mentre sua madre già sfoderava la sua aria salottiera per salutare la signorina Leonida. Nacque immediatamente una fitta conversazione tra l'anziana insegnante di pianoforte e sua madre. Luca tornò a giocare con i compagni e Penelope si appartò con suo padre.

«Come hai fatto a recuperarla?» gli domandò subito.

«Tu mi hai detto dov'era. Io sono andato a prenderla. Sembrava che non aspettasse altro. Ha fatto le solite bizze, naturalmente. Io ero così furibondo che, per la prima volta nella mia vita, ho alzato le mani su una donna. Le ho dato uno schiaffo. Uno solo, Pepe. Eravamo nell'atrio dell'albergo. Gli ospiti e i portieri ci hanno guardati come se fossimo marziani. E sai che cos'ha fatto tua madre? Portandosi una mano alla guancia ha sorriso a tutti e poi ha detto: 'Non fateci caso. Mio marito è un manesco. Ma non avete ancora visto me'. Mi ha allentato un manrovescio da stordire. Poi ha aggiunto: 'Questo è per avermi permesso di andarmene con quell'Oggioni che è più insopportabile di te'. Mi ha preso sottobraccio e ha detto: 'Riportami subito a casa'. È andata esattamente così. E di questo devo ringraziare te. Pare che si sia trovata malissimo con l'eroe dei suoi sogni. Uno che pensa solo al lavoro e si dedicava a lei soltanto nei ritagli di tempo», raccontò suo padre. Aveva l'aria di essere molto soddisfatto.

Irene li raggiunse dopo aver liquidato l'amica. Guardò sua figlia con una tenerezza nuova.

«Sei molto bella», le disse con dolcezza. E soggiunse: «Da dove viene questo stupendo solitario che porti al collo con tanta nonchalance?»

«È un regalo», sussurrò Penelope, arrossendo.

«Lo immagino. L'hai avuto da lui?»

«Sì. È stato prima…»

«Andrea mi ha detto. Mi dispiace. Così è finito tutto», disse, accarezzandole il viso.

Tornarono a casa tutti insieme. Luca si infilò nell'automobile dei nonni per cercare i regali che gli avevano portato. Irene e sua figlia si misero ai fornelli.

«Tuo marito è molto cambiato. Lo sai? E devo dirti che è cambiato in meglio. Lavora sodo, ma su questo non c'è mai stata questione. Passa il tempo libero con quella povera Maria. Sono andata a trovarla anch'io. Mi fa tenerezza. Le hanno tolto il gesso dal braccio. Andrea glielo massaggia, lo muove per ridargli tono. Dovresti andare da lei, uno di questi giorni.» Irene raccontava mentre impanava fettine di vitello per farne cotolette.

Penelope puliva ciuffetti di lattuga e songino, in piedi, davanti al lavello. All'improvviso ebbe un capogiro. Sentì un malessere che, dallo stomaco, montava verso l'alto. Lasciò tutto e corse in bagno. Vomitò. Stette subito meglio. Tutta colpa delle patatine fritte che suo padre aveva insistito a offrirle al bar della spiaggia. Da qualche giorno non tollerava i cibi fritti. Tanto che, quando Irene cominciò a friggere le cotolette, lei uscì in giardino a giocare con Luca e i gattini.

Quella sera Daniele telefonò dall'Irlanda. Lo faceva ogni fine settimana con chiamate a carico del ricevente. All'inizio si faceva sentire quasi ogni giorno per supplicarli di farlo ritornare. Andrea non si era lasciato commuovere e gli aveva detto che, se fosse tornato, avrebbe trovato sbarrata la porta di casa.

«Papà, ti prego, qui sto malissimo. Mi fanno raccogliere la torba, mungere una povera mucca e accudire pecore puzzolenti. Piove sempre. Mi è venuto un raffreddore terribile. Mi danno da mangiare cose disgustose e per giunta, prima di ogni pasto, bisogna ringraziare il Signore per il cibo che ci offre», si era lamentato. Andrea aveva avuto un attimo di compassione per questo ragazzino di sedici anni che fino a poche settimane prima faceva ancora pipì nel letto. A quel punto, aveva chiesto consiglio a sua moglie. Quella era stata la prima telefonata a Penelope dal giorno in cui se ne era andata.

«Che cosa faresti al mio posto?» le aveva chiesto.

«Esattamente quello che stai facendo tu. Tieni duro. Capirà che nella vita bisogna sapersi adattare», aveva replicato lei.

E quando Daniele aveva chiesto l'aiuto della mamma per fare breccia nella durezza paterna, Penelope gli aveva detto: «Mi dispiace, ma dovrai ubbidire a papà». Era stata una gioia poter scaricare ogni responsabilità su suo marito.

Nel giro di una settimana, le notizie dall'Irlanda diventarono più tollerabili.

«Mamma, sto facendo dei muscoli così», disse, appena sentì la sua voce. E soggiunse: «Lo sai che ho imparato ad andare a cavallo? La sera faccio le prove con il coro della chiesa e domenica potrò cantare con gli altri alla messa grande. La signora O'Donnell è simpaticissima. Patrick e Sean, i suoi due figli, mi insegnano a tirare pugni. Sai, adesso con la lingua ci intendiamo meglio. E tu, come stai?»

Fu una telefonata piena di allegria. Piacque soprattutto a Penelope sapere che Daniele avrebbe cantato nel coro. Aveva sensibilità per la musica e sperò che, con la ripresa delle scuole, suo figlio proponesse di iscriversi a un corso di chitarra classica. Come ogni madre, riponeva nei figli i propri sogni non realizzati.

All'ora di cena telefonò anche Lucia da Porto Cervo. Era frizzante e parlava con la stessa intonazione di Sofia. Si stava godendo una vacanza stupenda, com'era giusto per una studentessa che era la prima della classe.

«Ti raggiungerò in agosto a Cesenatico, sempre che tu sia ancora lì», disse.

«Certo che sarò qui. Dove vuoi che vada?» l'interrogò Penelope.

«In questo caso, sarebbe bello se papà fosse con noi.»

«Lo spero anch'io», rispose sua madre e soggiunse: «Dimmi piuttosto come vanno le tue questioni di cuore».

«Sto considerando la meraviglia di essere single. Credo che diciassette anni siano davvero pochi per legarsi a un uomo. Comunque ho rivisto Roberto proprio oggi. Stasera usciremo insieme. Poi ti dirò», concluse con una risatina frivola.

Penelope tornò a tavola con un sorriso radioso. Quando i suoi figli erano contenti, lei si sentiva felice.

«Mamma, questa sera ci sono i *s-ciocador* in piazza. Mi porti?» domandò Luca. I *s-ciocador* erano i frustatori, giovani armati di braccia solidissime che facevano schioccare lunghe fruste sul ritmo di musiche popolari.

«Ma certo. Sbrigati a finire la tua insalata», lo sollecitò Penelope. «Venite anche voi?» domandò ai genitori.

«Tua madre e io pensavamo di andare a ballare. A Sant'Arcangelo c'è un'orchestrina che suona il liscio», puntualizzò Mimì. Prese una mano di sua moglie e se la portò alle labbra. Irene annuì con fare ammiccante.

Penelope e suo figlio si ritrovarono sulla stessa piazza in cui, da bambina, aveva assistito con la nonna e l'amica Sandrina al dramma di *Romeo e Giulietta*. Luca, come tutti gli altri bambini, seguì la lunga esibizione, che traeva origine da feste popolari antichissime, con stupore e ammirazione.

«Mamma, mi comperi una frusta?» le domandò, sulla via del ritorno.

«Domani andremo al mercato di Sant'Arcangelo. Se ne troviamo una piccola, adatta a te, te la comprerò», promise.

Penelope era serena e, a rafforzare questo stato d'animo, c'era anche il fatto che Luca non aveva più avuto crisi d'asma. Questo era il segno più tangibile della serenità del suo bambino. Lo mise nel letto e lui si addormentò quasi subito. Allora scese in cucina. Le era venuta fame. I suoi genitori erano ancora fuori. Non li aveva mai visti così uniti e, soprattutto, non aveva mai visto sua madre tanto arrendevole con il marito. Sulla distanza, l'onestà, la dedizione, la dolcezza del padre avevano avuto ragione della inquietudine di Irene.

Su un piatto ovale, coperte da un foglio di pellicola trasparente, c'erano le cotolette avanzate dal pranzo di mezzogiorno. Le vide e fu colta dalla nausea. Ancora una volta corse in bagno e vomitò. Fu allora che si palesò in tutta la sua evidenza quello che, per alcuni giorni, era stata l'ombra di un sospetto. Entrò nel salotto chippendale, sedette sulla poltrona di nonna Diomira e sussurrò: «Sono incinta».

8

Penelope andò a letto nel momento in cui i suoi genitori stavano rincasando. Si avvicinò a Luca, che dormiva accanto a lei, e lo abbracciò.

«Sembra che avrai un fratellino. O forse una sorellina», gli bisbigliò all'orecchio.

Nei giorni successivi, la prova delle urine confermò la gravidanza.

Una mattina, all'alba, sentì suonare il telefono nel vestibolo. Si fiondò giù per le scale, imprecando contro la sua pigrizia che la induceva a rimandare la richiesta di un telefono supplementare al piano superiore.

«Sono in spiaggia. Perché non mi raggiungi?» Era Andrea.

«Vengo subito», rispose.

Dalla stanza del primo piano arrivò la voce di sua madre.

«Chi è che chiama a quest'ora?» domandò indispettita.

«Hanno sbagliato numero. Torna a dormire», disse Penelope.

Aprì piano piano la porta di casa, uscì in giardino, inforcò la bicicletta e prese a pedalare velocemente verso la spiaggia. Cesenatico, all'alba, era quella di sempre: una città lunare. Abbandonò la bicicletta davanti alla saracinesca ancora abbassata del bar. Aggirò la costruzione bianca e fu sulla spiaggia. Gli ombrelloni erano chiusi, le sedie a sdraio e i lettini erano ripiegati e appoggiati ai tavolini. Il sole nasceva sul pelo dell'acqua. Andrea, in jeans e maglietta, le venne incontro.

Si fermò a un passo da lei e le sorrise.

«Ti trovo bene», disse.

«Mi trovi ancora in camicia da notte», replicò.

«Facciamo un bagno?» propose suo marito, mentre si liberava della maglietta.

«Dici che questa volta arriveremo a raggiungere il sole?» domandò lei, correndo verso il mare che si allungava in onde piatte ad accarezzare la riva.

Nuotarono in sincronia verso il largo. Poi si girarono sul dorso a guardare il sole che si andava velocemente alzando nel cielo.

«Pensavo che un momento così bello non si sarebbe ripetuto mai più», esclamò Andrea.

«Qualche volta, la felicità ritorna», affermò lei. Fece una capriola su se stessa e riprese a nuotare verso la riva.

Uscirono dall'acqua rabbrividendo.

«Nella cabina ci sono accappatoi per tutti e due», annunciò lei. In quel momento si aprì il bar. Il bagnino, che tanti anni prima aveva tentato di sedurre Penelope, si fece sulla soglia e li vide.

«Siete mattinieri, voi due», osservò, divertito.

«Ce li hai i bomboloni freschi?» gli domandò Andrea.

«Sono arrivati adesso. Metto in pressione la macchina e vi faccio il solito cappuccino», promise.

Nella cabina con Andrea, Penelope si liberò della camicia inzuppata d'acqua e si avvolse in un telo di spugna.

«Sei molto bella. Vent'anni fa non mi hai permesso di vederti nuda», scherzò Andrea. Penelope gli sorrise e uscì dalla cabina.

Si avviarono verso il bar e lei disse: «Vent'anni fa non avevamo fatto tre figli insieme». Poi, sottovoce, aggiunse: «Ora ce n'è un quarto in arrivo».

Suo marito l'agguantò per un braccio, la costrinse a voltarsi, la guardò con un'espressione di assoluta felicità.

«Sei incinta?»

Lei annuì.

«E me lo dici soltanto adesso?» Sbottò in una risata piena di gioia che subito si spense. Le lasciò il braccio e chiese: «Chi è il padre?»

Penelope tacque. Volse lo sguardo sulla scintillante distesa del mare e sussurrò: «Non lo so».

Andrea non reagì. Sapeva che sua moglie stava dicendo la verità.

Lei abbassò gli occhi e si accostò a un tavolino. Sedette stringendosi al petto il telo di spugna. Alzò il viso. Suo marito si chinò su di lei, posò le labbra sui capelli bagnati. Le circondò le spalle con un braccio e la strinse a sé.

«Questo figlio è mio, perché ti amo», disse.

Rimasero così, abbracciati, a guardare il cielo terso di quella splendida mattina di giugno.

«Non sei ancora andato a dormire. Vero?» chiese Penelope.

«Ho finito di lavorare tre ore fa. Come potevo?»

«Devi tornare in città?»

«Ho voglia di abbracciare Luca. E ho bisogno di stare con te. Andiamo a casa.»

FINE

*Finito di stampare nel gennaio 2007
presso la Mondadori Printing S.p.A.
Stabilimento N.S.M. di Cles (TN)
Printed in Italy*

Gentile lettore,

la ringraziamo per aver scelto uno dei romanzi della ricca collana Superbestseller.

Per poter soddisfare sempre meglio le sue esigenze e i suoi gusti, le chiediamo di voler gentilmente compilare il seguente questionario. Se ci fornirà anche il suo indirizzo, le invieremo le informazioni relative alle nuove pubblicazioni del gruppo Sperling & Kupfer e alle iniziative speciali rivolte ai nostri lettori. Se invece preferisce registrarsi sul nostro sito www.sperling.it, riceverà nella sua casella e-mail la nostra newsletter informativa.

Ho trovato questo questionario nel volume dal titolo

....

Ho acquistato questo volume

☐ in libreria ☐ in edicola ☐ al supermercato

Numero libri acquistati in un anno: ....

Il mio autore preferito è: ....

Il mio genere preferito è

☐ Narrativa
☐ Thriller
☐ Narrativa al femminile
☐ Narrativa per ragazzi
☐ Saggistica
☐ Business

INFORMAZIONI ANAGRAFICHE

Età: Sesso: ☐ M ☐ F

Professione: ....

FACOLTATIVO

Nome ....
Cognome ....
Via .... n. ....
Città .... Provincia .... CAP ....
E-mail ....

Informativa ai sensi dell'art. 13 D. Lgs n. 196/2003

I suoi dati saranno trattati da Sperling & Kupfer Editori S.p.A. e dalle società con essa in rapporto di controllo e collegamento ai sensi dell'art. 2359 cod. civ. – titolari del trattamento – per evadere la sua richiesta di invio di materiale d'informazione libraria delle titolari e più in generale per finalità di marketing, attività promozionali, offerte commerciali e per indagini di mercato da parte delle stesse titolari.

Nome, cognome, indirizzo sono indispensabili per il suddetto fine. Il suo indirizzo di posta elettronica è necessario solo se desidera ricevere via mail i suddetti materiali.

Inoltre, previo suo consenso, i suoi dati potranno, altresì, essere comunicati a soggetti operanti nei settori editoriale, largo consumo e distribuzione, vendita a distanza, arredamento, telecomunicazioni, farmaceutico, finanziario, assicurativo, automobilistico, e a enti pubblici e Onlus, per propri utilizzi aventi le suddette medesime finalità.

Responsabile del trattamento è il Responsabile Dati presso Sperling & Kupfer Editori S.p.A. L'elenco completo e aggiornato delle società in rapporto di controllo e collegamento ai sensi dell'art. 2359 cod. civ. con Sperling & Kupfer Editori S.p.A., delle aziende terze a cui i dati possono essere comunicate e dei responsabili è disponibile al seguente indirizzo e-mail: privacy@mondadori.com

I suoi dati saranno resi disponibili agli incaricati preposti alle operazioni di trattamento finalizzate all'elaborazione e gestione dei dati.

Ai sensi dell'art. 7 D. Lgs. n. 196/2003, potrà esercitare i relativi diritti, fra cui consultare, modificare e cancellare i suoi dati o opporsi al loro trattamento scrivendo a Sperling & Kupfer Editori S.p.A. Ufficio Promozione - Via Marco d'Aviano 2 - 20131 Milano.

Acconsente che i suoi dati siano comunicati ai suddetti soggetti terzi e da questi utilizzati per le finalità e secondo le modalità illustrate nell'informativa?   sì ☐   no ☐

La preghiamo di tagliare lungo la linea tratteggiata e di inviare in busta chiusa e affrancata a:

Sperling & Kupfer Editori S.p.A. Ufficio Promozione
Via Marco d'Aviano 2 - 20131 Milano

Prova d'acquisto
978-88-8274-228
2007